講談社文庫

黒い巨塔

最高裁判所

瀬木比呂志

講談社

目次

最高裁判所の機構

1　裁判部門

十五名全員の裁判官で構成される大法廷と、五名ずつの裁判官で構成される第一小法廷から第三小法廷までの三つの小法廷がある。もっとも、最高裁判所長官は小法廷の審理には加わらないことが多い（長官所属の小法廷は基本的に四名で審理）。

2　司法行政部門

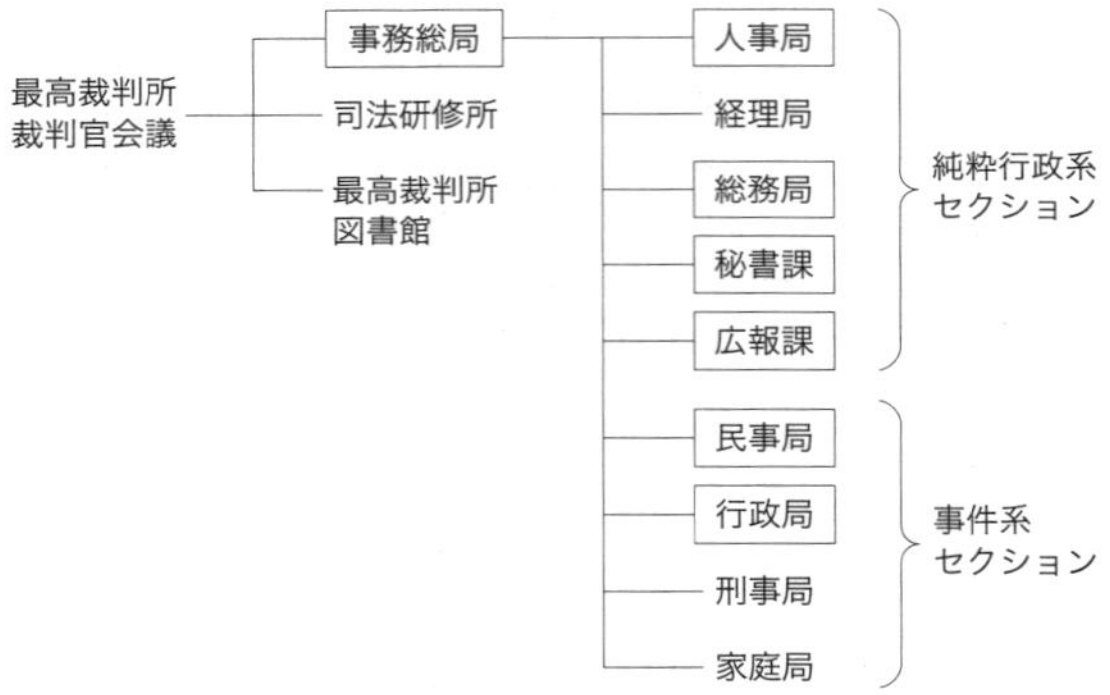

司法行政部門の構成は図のとおりであり、本作の主要な舞台となる事務総局は、純粋行政系セクションと事件系セクションに大別される。

純粋行政系セクションは、行政機関の場合の官房系に相当し、人事・経理・総務・広報等の事務を担当している。事件系セクションは、民事事件、行政事件等裁判の各分野に関する事務を担当している。本作に関係者が登場する局課は、図の中で四角で囲まれているものであり、その中でも民事局が中心である。

事務総局を統轄するのは、形式上は最高裁判所裁判官会議だが、実質的には最高裁長官とその直属の事務総長である。

なお、司法研修所と最高裁判所図書館も最高裁判所の司法行政部門を構成している。

主要登場人物

須田《すだ》謙造《けんぞう》　最高裁判所長官。歴代で最も有力な長官であり権力者。

折口《おりぐち》茂《しげる》　最高裁判所事務総局事務総長。刑事系の官僚裁判官。

神林《かんばやし》弘人《ひろと》　最高裁判所首席調査官。須田の腹心の部下の一人。

篠原《しのはら》勉《つとむ》　事務総局秘書課長兼広報課長。須田の腹心の部下の一人。

矢尾《やお》道芳《みちよし》　事務総局民事局長兼行政局長。学究肌で、きわめて優秀。

桂木《かつらぎ》秀行《ひでゆき》　民事局一課長。横紙破りの人物。

田淵《たぶち》留助《とめすけ》　民事局二課長。上昇志向の強い事大主義者。

笹原《ささはら》駿《しゅん》　民事局付《きょくつき》。この物語の主人公。

長谷川《はせがわ》朔也《さくや》　民事局付。知的で物事に筋を通す人物。笹原と親しい。

野々宮《ののみや》敏和《としかず》　民事局付。明朗な正義派で理想家肌。笹原と親しい。

満田《みつだ》史郎《しろう》、金脇《かなわき》浩二《こうじ》　民事局付。笹原ら三人より先任。

橋詰《はしづめ》京子《きょうこ》、熊西《くまにし》祥吾《しょうご》　民事局付。笹原ら三人より後任。

影浦《かげうら》昌平《しょうへい》　事務総局行政局一課長。行政寄りの姿勢が強い。

太田黒《おおたぐろ》恵利奈《えりな》　行政局付。上昇志向が強い。

火取《ひとり》恭一郎《きょういちろう》　事務総局総務局一課長。刑事系の野心家。

柳川《やながわ》俊之《としゆき》　総務局二課長。気弱なエリート。

谷崎《たにざき》達哉《たつや》　総務局付。火取の腹心の部下。

如月《きさらぎ》光一《こういち》　福島地裁判事補。原発訴訟に打ち込む。笹原の親友。

如月《きさらぎ》愛《あい》　如月光一の妹。両親から逃れて笹原宅に同居する。

渡邉《わたなべ》直之《なおゆき》　大物政治家。与党の陰の実力者。

灰谷《はいたに》怜司《れいじ》　全国紙社会部司法担当デスク。須田との関係が深い。

鳥海《とりうみ》景子《けいこ》　同紙社会部記者。笹原と如月光一の共通の友人。

黒い巨塔

最高裁判所

これは、この世界の出来事ではない。
あるパラレルワールドの物語である。

クルップ　アドルフ、よくやったよ。君は左を斬り、返す刀で右を斬ったのだ。
ヒットラー　そうです、政治は中道を行かなければなりません。

三島由紀夫『わが友ヒットラー』終幕

この作品は、架空の事柄を描いた純然たるフィクションであり、
実在の人物、団体、事件、出来事等には一切関係がありません。

プロローグ

風の強い、四月の初めにしては肌寒い日だった。朝方はひどく冷え込んだ。それでも、年々開花期が早くなっているお堀端の桜並木は、そろそろ満開に達し、中には、風が吹くと、薄桃色の花弁の間に、ほんのかすかに緑の若葉をのぞかせ始めている樹々さえみられた。

早朝の三宅坂に人影はなく、たまに通り過ぎる車のタイヤのきしみが、間遠く響いていた。

最高裁判所事務棟の執務室には、朝一番早く登庁する筆頭格の課長補佐たち、裁判所書記官上がりで、行政官僚でいえばノンキャリアの上層部に当たる人々が、ぽつぽつ現れ始め、鍵を開ける鋭い金属音を、静かな部屋部屋に響かせていた。

そのうちの一人、長い書記官時代に習い性《せい》となった几帳面さから日々の仕事について細々《こまごま》とした記録を取っているある初老の課長補佐は、机に向かい、ノートの新しい頁を開くと、ていねいな楷書で書き付けた。

「四月二日　昨日は、年度末からの残務で十時まで居残り。いささか疲労。今日は、新任課長、局付《きょくつき》の挨拶《あいさつ》回り先導以外には、特別な事務はない見込み。おそらくは、平穏な一日」

四月初めの数日間は、古参の課長補佐たちにとっては、年度末のあわただしさの後、新たな年度の仕事が軌道に乗り始める前の、ウォーミングアップ期間、準備期間であり、ストレスの多い勤務の中で少しはほっと息のつける、単調ながら平穏な日々でもあった。

しかし、この最高裁判所に勤務する人々の中にも、その数日間が、彼らのキャリアの一つの転換点、その始まりに当たり、したがって、大きな緊張感とプレッシャーを感じながらこの日を迎えた人々がいた。四月から最高裁判所に勤務することが、あるいは再度勤務することが決まっていた一群の裁判官、ことに、任官後初めて黒い法服を脱いで最高裁判所に勤務することとなる、十名足らずの局付判事補たちがそうだった。

そんな局付判事補の一人、東京地方裁判所民事部に在籍しながらアメリカの大学で客員研究員として一年間の研究を行った後、三年足らずの地方勤務を終えた最高裁判所事務総局民事局付、笹原駿《ささはらしゅん》は、初日の勤務に就く前に、それまでは裏口に当たる南西方向の門からしか入ったことがなく、したがって、裏側、事務棟側からしか見たことのなかった最高裁判所の建物をよく見ておこうと、その広大な敷地の外側を半周して、今、三宅坂に面する、構えの大きな正門にたどり着いたところだった。

裁判所の正門の前には、どの裁判所にも、「裁判所」という、石造やコンクリート造の大きな銘板がある。高等、地方、家庭、簡易のどの裁判所でもそれは変わらない。ただ「裁判所」とあるだけで、その具体的な名称は記されていないことが多い。

しかし、今、笹原は、大理石の表面に鈍い金文字をもってはめ込まれたその表示が、ほかの裁判所の場合とは異なり、「最高裁判所」であることに気付いた。

《なるほど。ほかの裁判所とは別格の、特別に高い裁判所という含みか……》

その特別な表示と、海外でもあまり見かけない、灰色の花崗《かこう》岩で全面をおおわれ、そこここに銃眼のうがたれた堅固な要塞《ようさい》のような建物の威容に圧倒され、同時に、そこに勤める判事補の一員となることに一抹の誇らしさを感じながらも、笹原は、半面、その建物の、人を寄せ付けない暗い雰囲気に、ある種の違和感をも覚えていた。

風吹く春の日の、薄いフィルターのかかったような陽光の下、笹原の前面には、建物正面玄関前の、大振りの敷石で埋め尽くされた空間が広がり、その向こうには、そそり立つ二つの花崗岩壁によって支えられた最高裁判所の正面《ファサード》が望まれた。

正門は開いていたが、その門から広大な広場を突っ切って建物の内部に入って行くことは、はばかられた。それが、最高裁判所長官、最高裁判所判事等限られた人々の特権に属する行為であろうことは、その種の事柄にうとい笹原にも、容易に想像がついた。もしも自分がここから建物に入って行って、守衛に見とがめられたりでもすれば、おそらく、数日後には、

「今年の新任局付の中には、こともあろうに初日に正面玄関から堂々と登庁した者がいたそうだ。それも、ものを知らない初任明けというのならまだしも、留学と地方勤務を終え、判事任命まで数年を残すのみの局付だったらしい……」

たとえばそういった噂が、内部の口さがない人々によって交わされることになるのだろう。

《ここは、気を許せる場所ではないのかもしれない。いや、間違いなくそうに違いない。……少なくとも、三年近くを過ごしてきた地方ののどかな裁判所とは全く異なる場所であることだけは、確実だ》

笹原は、心の中でそうつぶやきながら、なおも一分ほどの間、東京都千代田区隼《はやぶさ》町《ちょう》に位置する日本国最高裁判所のいかめしい正門前にたたずみ、静まりかえった建物

の印象を心の中に焼き付けながら、春物の薄いコートを風になびかせていた。

一九八〇年代後半、どこにでもある平凡な春の、しかし、笹原にとっては特別な意味のある光景であり、時間であった。

第1部

1

事務総局民事局における笹原駿の最初の数日間は、戸惑いの連続だった。

それまでに笹原が携《たずさ》わってきたのは、もちろん裁判官としての仕事だけであり、中心は民事のそれだった。すなわち、記録読みと手控えの作成、弁論等の審理、和解、判決といった事柄である。基本は専門的な職人仕事といってよいが、その質を上げるには、それなりの視野、視点や深いヴィジョン、それらを支えるバックグラウンドがあることが望ましい。

しかし、いずれにせよ、医師の仕事と同じく、その範囲は限定されていて、定まった枠組みの中で専門知識とその使い方を磨けばよく、あるいは、個々の事案の本質をつかむ眼、弁護士や訴訟当事者本人の性格や信用性をみる眼を磨けばよかった。裁判所という閉じられた世界が、時に狭く、息苦しく感じられることはあったとしても、裁判官の職務それ自体についていえば、多くの書物や芸術に子どものころから親しんできた笹原にとっては、それなりに性にあった、イメージのもちやすい仕事だった。

けれども、事務総局の仕事は、基本的に、行政官としてのそれである。行政といっても、普通の行政とは違って国民や企業を相手にするわけではなく、裁判官と書記官等の裁判所職員だけを対象とする行政、すなわち司法行政にすぎないから、その仕事が市井の人々にまで直接的な影響を及ぼすことはない。その意味では、対象が限られ、また、ダイナミズムにも乏しいのだが、それでも行政であることには変わりがなく、裁判事務とは全く異なった発想法、対処の仕方、処理の技術が必要だった。

また、ここにいる人々の行動様式も、普通の裁判所にいる人々のそれとは全く異なっていた。

初日に挨拶回りをした際の、局長や課長たちの態度からして、普通の裁判所の裁判官たちとは違っていた。横柄な、人を小馬鹿にしたような物腰や目付きが、《君にはまだわかるまいが、ここは普通の裁判所とは異なった原理で動いている場所なのだよ》、あるいは、《君がこれまでに身につけてきた事柄など、ここでは、基本的には、何の役にも立たないのだよ》といったメッセージを、口に出される言葉以上に露骨に伝えていた。

事務総局のトップ、事務総長の折口茂《おりぐちしげる》に至っては、笹原の名刺を見るなり、「君の名刺の書き方は、間違っているぞ」と吐き出すように一喝《いっかつ》し、そのままぷいと席に戻ってしまった。笹原は、事務総長室を出てから、自分の新しい名刺をしげしげと点検してみたが、先輩たちに注意深く確かめた上で作ったもので、これ以外の表示方法があるとは思えなかった。

結局、こうした持って回った態度や物言い、一種のショック療法が表しているのは、煎《せん》じ詰めて要約すれば、次のようなことだと思われた。

《事務総局のメンバーである裁判官たちは、裁判を行っている裁判官たちよりも一段高い存在なのであり、地裁ではそれなりに評価されてきただろう君も、もし我々の仲間に加わりたいのなら、これまでにつちかってきた考え方やものの見方を一度は御破算にし、性根を入れ替えてもらわなければならない》

2

最高裁判所という「裁判所」の中に行政組織があることについては、一般の人々のみならず、裁判官になったばかりのころの笹原も、あまりよく理解していなかった。

「事務総長って具体的にどういうポストなんですか？」

裁判官の先輩で、今では総務局の第二課長になっている柳川俊之《やながわとしゆき》にそう質問して、

「えっ、笹原君、そんなことも知らないんだ？　最高裁事務総局のトップで、最高裁

長官の意を受けて局課長なんかを統轄している人だよ。これ、裁判所の常識だよ」と、あきれられたことさえあった。

そして、その機構のみならず司法行政の実態について笹原が実感をもって知ることができたのも、自分自身が局付として司法行政の中核組織で働くようになってからのことだった。

最高裁判所は、十五名の最高裁判所裁判官から構成される裁判部門と、四、五十名の裁判官すなわち、事務総長、局長、課長、局付及びその十倍程度の裁判所職員から構成される司法行政部門とから成り立っている。別組織である司法研修所等の教育機関と最高裁本体の中にある大きな図書館も、広い意味では最高裁の司法行政部門の一部だ。司法行政部門は、最高裁判所裁判官会議の統轄下にあるが、裁判官会議は、最高裁からみての下級裁判所、すなわち、高裁、地家裁の場合ほどではないにしてもやはり形骸化しており、実際には、最高裁長官とその意を受けた事務総長とが、全司法行政を取り仕切っているといってよい。

さらに、最高裁長官は、裁判部門の補助官、スタッフであり、やはりエリートコースとされている三十名ほどの最高裁判所調査官についても、そのトップに位置する首席調査官を通じて影響を及ぼすことが可能である。つまり、最高裁長官は、大法廷事件の裁判長となるのみならず、支配や統治の根幹に関わる裁判を含む重要な裁判全般についても、首席、上席という調査官のヒエラルキー、決裁制度を通じて、コントロールしようと思えばすることができるのだ。

日本の組織におけるトップの権力は、通常は、かなりの程度に限られた、派閥、タテ社会組織のボスとしてのそれである。首相を始めとする政治家たちは、下支えを行う黒子集団である官僚組織にその権力の実質をかなりの程度に奪われている。一方、霞ヶ関の官僚トップである事務次官たちも、常に、官僚ＯＢ、企業、業界団体等の圧力を受けるほか、政治家たちの横やりやプレッシャーにもさらされている。

しかし、最高裁判所長官は、三権の長の一人として、直接的には、誰の支配も受けていない。裁判所の中には彼に並ぶ存在はいないし、外部からの圧力も、少なくとも、目にみえるような形では存在しない。そのことを考えるならば、三権の中では比較的小さく地味であるとはいえ、これだけの権力が実質的にただ一人の人間に集中していることはおそらくほかに例がなく、また、現在の最高裁長官である須田謙造《すだけんぞう》のような強烈な独裁者的人物が日本の組織のトップにまで昇り詰めることも、あまり例がないだろう。

ある意味で、裁判所の組織は、その法的な仕組みや外見とは異なり、戦前日本の組織からピラミッド型ヒエラルキーの上意下達《かたつ》体制を最も色濃く引き継いだものであり、その頂点が戦前の司法省から戦後の最高裁にすげ替えられただけだともいえた。異なるところは、戦後、三権の一翼として、裁判所の地位が飛躍的に向上し、裁判官を志す若者の能力も、少なくともその上層部分については、行政のトップと並ぶレヴエルにまで高くなっていたという点にすぎなかった。

つまり、最高裁判所長官を頂点として新任の判事補まで、相撲の番付のように連綿と続く微細な序列によるピラミッドという形、先進諸国にはあまり例のないシステム自体は戦前と何ら変わらなかったのであり、ただ、それを支配、統制する機関が、戦前の司法省から、戦後の最高裁事務総局、その上にある最高裁長官と事務総長に取って代わっただけのことだった。

最高裁事務総局は、大きく、人事局、経理局、総務局、秘書課、広報課の純粋行政系、行政機関でいうところの官房系セクションと、民事局、行政局、刑事局、家庭局の事件系セクションとに分かれている。各局には、一名の局長、二名以上の課長、そして、経理局を除き、局長、課長の下で働く二名から五名程度の局付がいる。これらの役職は、人事局、経理局の課長の一部を除けば裁判官によって占められている。この組織には、数の上からいえば裁判官よりもずっと多くの裁判所書記官、また、事務官すなわちまだ書記官試験に合格していない主として若手の職員も働いていたが、実際に権限、決定権、発言権をもっているのは、裁判官たちだけだった。

事務総局の裁判官以外の職員たちの中には、もちろん、すぐれた能力をもった者やそれなりの人格者、また魅力ある人間もいたが、彼らの個性がある限度を超えて発揮されるような機会は、まず絶対になかった。人事局や経理局のわずかなノンキャリア課長等の高いポストをもらっている者も、いや、もらっているがゆえに一層、頭を低くし、目立たないように息を殺していた。彼らは、いわば、一般職員たちの象徴としての飾り物であり、「そこにいるけれどいない人間」、見えない人間《インヴィイザブル・マン》であるかのようにふるまっていたのである。

そうしたことは裁判の現場でも同様ではないかと思う人がいるかもしれないが、それは誤りだ。医師が、看護師等の補助職員の意向を無視して独裁的な権力をふるうことなどできないのと同様に、現場の裁判官も、書記官等の職員の意向を無視して裁判事務を行うことはできない。書記官等の職員との間に良好な関係を保ってゆく能力は、裁判官に必須の能力の一つである。

しかし、事務総局では、司法試験に合格しており裁判官であるキャリアの権力は圧倒的であり、その末端に位置する局付といえども、実際上のランク付けは、書記官出身の課長補佐たちよりもはるかに上だった。各局の筆頭課長補佐である第一課の課長補佐であっても、局付よりは一段下にみられていた。また、事務総局には若手の優秀な書記官もかなりの割合で配属されており、彼らの中には東大、京大を始めとする一流大学の卒業者も多かったが、だからといって彼らが特別扱いされるということもなかった。あくまで、裁判官は裁判官であり、書記官は書記官であって、その間には、明確な一線がきっちりと引かれていた。

新任判事補は、そのころにはまだ大変な難関であった司法試験に合格した若者の中の上位層から、司法研修所の一期当たり六十ないし七十名程度任用されていたが、局付は、さらに、その判事補たちの間から年に七、八名ずつ選ばれて最高裁に配属される人々であり、ほとんどが、東大、京大等の一流国立大学を優秀な成績で卒業していた。裁判所におけるエリート層の大半が局付を経験しているところから、局付の実際上のステイタスは、その位階制上の位置付けよりもずっと高かったのである。いわば、彼らは、軍隊でいうならば、将来を約束された下級将校だった。

民事局の構成員は五十名余り、その全員が一つの大きな区画で仕事をしており、一角に設けられた局長室と会議室だけが独立した部屋になっていた。民事局には二名の課長と五名の局付がいた。

日本の裁判所は、裁判所全体としても、その事務部門のトップである最高裁事務総局をとってみても、上から下まで延々と連なる相撲の番付にも似たピラミッド型のヒエラルキーを構成している。そのため、民事局等の事件局に存在する第一課と第二課の間にも明確な序列があり、第二課長は、局長の決裁の前に第一課長の決裁を受けなければならない。昇進の形としても、第一課長のポストは、第二課長から昇進するのが通例だった。例外は、第二課長が無能あるいは問題ありと判断される場合に限られ、その場合には、外から直接第一課長が入ってくることになる。このように、事務総局では、各局の課長の間にすら明確な序列があるのだ。

局付は、その名称から明らかなとおりラインではなくスタッフの職務のはずだった。すなわち、建前上は局長直属のはずである。しかし、実際には、総務を扱う第一課に一名、訴訟、調停関係を扱う第二課に二名、執行、破産等訴訟以外の関係を扱う第三課に二名と、課ごとに配属されていた。

もっとも、課長たちとは異なり、どの課の局付もポストとしては平等である。局付に任命されるのは、任官して四年目から十年目くらいの判事補たちだった。その発言の重みもおおむねキャリアに比例しており、概して上のほうの期ほど尊重されていたが、一方、局付の在任期間が、ほかの局に移るなど特殊な場合を除いては基本的に二年間であるため、二年目の局付は、一年目の局付よりもはるかに事務総局の仕事に慣れその内部事情もわかっており、その意味では、自分より期が上の局付に対してもある程度優位に立てる部分があって、局付たちの間の力関係は、常に、微妙に変化していた。

以上の裁判官たち、つまり、司法試験に合格した人々は、繰り返せば、官庁でいえばキャリア組、軍隊でいえば将校グループであり、たとえ任官して四年目、初任明けの最年少局付であっても、課長補佐以下の職員たち、通常の裁判所の役職としては書記官、事務官である人々に対しては、命令する立場にあった。この二つのグループの間の上下関係は、きわめて厳密に保たれており、そのラインが侵されることは決してなかった。

そのことは、裁判官グループと職員グループの机の配置からして明らかだった。局長室の手前に、窓を背にして、第三課長を兼務する第一課長の席があり、その左手に

第一課と第三課の三名の局付の席、続いて、第二課長の席、さらにその左手に第二課の二名の局付の席があった。以上のように窓側に一列に並んだ課長と局付七名の裁判官たちの机と向かい合う形で、各局付の事務に対応する形で職員たちの五つの島が設けられており、それぞれの島の筆頭は課長補佐、その下に二名の係長と六名前後の調査員とがいた。

民事局の課長補佐たちは、第一課を除けば、おとなしく上のいうことを聞いて後生大事に書記官を勤め上げてきた五十代の人々であり、能力は概してあまり高くなく、先にふれた飾り物的な立場の職員、その中でもくすんだほうの存在といってよかった。

一方、係長と調査員はほとんどが有能であり、とりわけ、係長たちはよくできた。局付たちは、忙しくなると、ノンキャリアグループの筆頭である課長補佐を飛び越して係長たちに直接指示を出していた。課長補佐を介しても、正確に指示を呑み込んでくれるかどうかおぼつかないし、結果が出るのも遅くなるしで、上から常時圧迫され、みずからの担当事務に関して実際上は最終責任を負わされている局付としては、課長補佐たちの面子《メンツ》まで考えてやっている余裕などないことが多かったからだ。

そんなとき、課長補佐たちは、落ち着かない様子で局付や係長の方をちらちら見たり、立ったり座ったりして、居心地の悪さに耐えていた。ミスがあっても責任を負わされるのは局付であって彼らではなく、そのことがよくわかっている彼らとしては、下級将校とはいえ将校グループの一員である局付に文句を言うなど到底考えられないことで、ただ、みずからの頭越しに仕事が進められてゆく居心地の悪さに耐えているほかなかったのである。

実質的にみればそれほど大変な仕事をしているわけではないにもかかわらず、事務総局勤務中に身体をこわす課長補佐が何人もみられたことについては、課長たちが彼らに加える圧迫のほかに、彼らの地位の象徴的な不安定さ、それがもたらすストレスも、その一因だったかもしれない。

笹原は、第二課の局付の一人であり、第二課長のすぐ左手に席があって、担当は民事訴訟だった。そして、彼に割り当てられた最も重要な仕事は、そろそろ法案の骨格ができつつある民法の一部、その重要部分の改正立法準備作業につき、中心となって作業を行う法務省の参事官や局付の仕事に、裁判所の立場から協力することだった。

しかし、メインの仕事が民法改正の立法準備作業であっても、笹原が多くの時間をそれにさくことは難しかった。事件局の代表格である民事局の業務は、ことにルーテイーンワークについて、他の事件局よりもかなり多かったからである。実に様々なルーティーンワークがあり、その中には、笹原が担当している訴状等の外国送達関係事務といった、必ずしも局付が担当するには及ばないような機械的業務も含まれていた。

事務総局は、その構成員である裁判官たち特有の完全主義から、「それほど重要でない事務はおおよそのところで処理し、個別的な問題が生じたときに時間をかけて対応すればよい」という、企業や行政の仕事なら当たり前の発想を採ることができず、何らかの判断が必要な事務はすべて局付の決裁を経るようにし、さらに最終決裁権は課長と局長に留保していたから、職員たちの事務を実質的に統括する局付が面倒をみなければならない事項は、膨大なものとなった。

その膨大、瑣末《さまつ》なルーティーンワークの合間に、不定期に入ってくる重要な事務をさばき、定期的に行われる各種の裁判官協議会の準備等も行い、残された時間で、最も重要な立法準備作業関係事務、また、そのために必要な法的知識の蓄積を行わなければならなかったのである。

けれども、こうした局付業務のあり方は、笹原にとっては、プラスにも作用した。後年、彼が、裁判官を務めながら時間を盗むようにして民法の研究を行いえたことについては、局付時代の二年間におけるこうした知的訓練が、大きな意味をもったからである。そして、そうしたメリットは、程度の差はあれ、ほかの局付たちについても同じようにいえたことであろう。

笹原がこの仕事に就いて驚いた事柄の一つに、司法行政の現場の静けさということがあった。それは、映画やテレビで見るようなオフィスの喧噪《けんそう》とはほど遠く、ごく一部の人間が意見交換をしているか上司に説明を行っているのを除けば、大体においてきわめて静かであり、皆が、黙々と、自分に割り当てられた仕事をこなしていた。その点では、普通の裁判所と大きな違いはなかった。《あるいは、大企業や中央官庁のオフィスでも、それは変わりないのかもしれない》と笹原は考えた。

しかし、最高裁事務総局のこの静寂は、通常の裁判所の場合とは異なり、嵐を含んだ静寂、怒気を含んだ静寂だった。静かではあっても、そこで、その水面下で何かが動いている、それも、個々人の意思や意識を大きく超えた何かが動いているという気配が、その静寂からは常に感じられた。

笹原は、その静寂の中にいると、あるアジア映画の中で、村人たちと歓談している日本兵たちが、その場の「空気」の流れに従って自然発生的に虐殺を始めるシーンを思い出すことがあった。非常によくできているそのシーンは、恐ろしかった。そのような「空気」の支配に流されやすい性格は、現代の日本人の間にも相変わらず残っていたからである。そのシーンは、日本人にそのことを思い出させるためにこそ、構想されたのではないかとさえ感じられた。

そして、司法行政を通じて裁判所、裁判官の支配、統制を徹底し、上意下達、上命下服のヒエラルキーを完成しつつあるとささやかれている須田謙造最高裁長官体制下の事務総局には、もしもそこが戦場であったなら先のようなことが起こりかねないような一触即発の空気が、常に漂っていた。

3

いずれにせよ、笹原が、以上のような事柄、みずからの仕事の背景をおぼろげながら認識し理解するようになったのは、彼がこの仕事に就いてから何週間かを経た時点のことだった。それまでは、右も左もわからずにただ右往左往し、しょっちゅう、彼が直属している上司である田淵留助《たぶちとめすけ》第二課長に、「笹原君、何しとるんや?」、「笹原君、これはどうなっとるんや?」とどなられていた。田淵は、挨拶を終えた笹原と、彼の一期下で三年間大事務所の弁護士を務めた後に裁判官に転身した野々宮敏和《ののみやとしかず》が席に着くや否や、甲高いお国なまりで、彼らを交互に呼び付け、どなり付け始めたのだ。

笹原は、まず自分の周囲の状況を完璧に整え、自分の頭や身体をそれになじませてからでないと仕事に取りかかれないタイプの人間だったから、これには大いに悩まされた。程度の違いこそあれそれは野々宮にもいえたはずのことであり、そうやってたびたび仕事や思考を中断されるために、二人の局付がみずからの仕事のルーティーンと要点を呑み込んで冷静な判断が下せるようになるまでに、かなりの時間がかかってしまうこととなった。

田淵は、裁判官というよりは司法官僚、役人タイプの人間だったが、彼の言動をしばらく注意深く見聞きした人であれば誰もがやがて気付くとおり、裁判官の中ではそれほどできのいいほうではなく、本来なら、少なくとも官僚としての一定の能力と洞察力が要求される事務総局の課長職が務まるような人間ではなかった。だから、田淵は、部下の二人の局付たちに頼って仕事をしてきたのであり、その局付たちがそろって新任に替わり、当面は右も左もわからないような状態になることによって、彼自身がパニックにおちいってしまっていたのである。

田淵の父は、生まれた土地である三重県で地方公務員を務め、長く組合活動に携わった後、革新政党の県会議員になった人物だったが、実際には、日本の左翼の指導層によくあるように、強烈な権勢欲と権力に対するインフェリオリティー・コンプレックスの双方を心中に抱いた人物で、次男の留助が司法試験に合格すると、「ともかく裁判官になれ。裁判官になって上まで昇れるだけ昇れ」と彼を焚《た》き付けた。

「ええか。上までいって、上までいってな。あいつらに命令してやれるようになるんや。……そうや、おまえはな、そうすればええんや」というのが彼の父の口癖で、「あいつら」というのは、事あるごとに彼の自尊心を踏みにじってきた不特定の世間の連中、ことに、その象徴としての中央官庁の官僚や大企業の幹部のような、日本社会のいわゆるエリート層を意味していた。

田淵は、一流といわれる大学とはいえ私学の出身だった。また、その初任地は東京でも大阪でもなかったし、二つ目の任地もぱっとしなかった。しかし、その後に配属された司法研修所の所付時代に、ついに、彼を認める人間が現れた。当時の司法研修所長であり、現在の最高裁判事、菊地孝昭である。菊地は、徹底的な俗物で強烈な出世主義者だったが、出世主義者の裁判官によくあるように、お世辞、お追従《ついしょう》にはきわめて弱かった。田淵は、この司法研修所長に取り入れるだけ取り入り、その履《は》き物を背広の中に入れて温めんばかりの忠誠を尽くし、結果として、留学させてもらった上に民事局の局付になり、その後一旦現場に戻った後、ついには、民事局の課長という望外のポストまで与えられたのだ。

民事局を中心に、局付や職員の間でささやかれてきた噂によれば、田淵は、司法研修所付時代に、菊地の求めがあると、必ず、酒席で、「ごますり音頭」と呼ばれる奇妙な踊りを踊ったという。この「ごますり音頭」にまつわる噂にはいくつかのヴァリエーションがあったが、実際に田淵が「ごますり音頭」を踊ったのを目撃したという内容のものは一つもなく、伝聞ばかりであり、また、その伝聞も、出所がかなりあいまいだった。

それにもかかわらず、局付たち、職員たちの多くは、歴代の民事局課長の中でもあまり例をみないほど無能な田淵が菊地にあそこまで気に入られた一番の理由は「ごますり音頭」であると信じて疑わなかったし、笹原もまたそうだった。

「どう考えても、ゴキブリが菊地裁判官の前で『ごますり音頭』を踊ったというのは、理にかなっているよな」

「あまりにもありありと想像できるものね」

そういった会話が、ちょっとした休憩の折などに、局付たちの間で交わされていた。

「ゴキブリ」というのは田淵のあだ名で、その由来は、「叩かれても叩かれても死なない」ということだった。田淵は、第一課長で高慢な桂木秀行《かつらぎひでゆき》からは完全に馬鹿にされ、局付並みに机の前に呼び付けられた上でみずからの決裁を簡単にくつがえされ、時には愚弄《ぐろう》に近い言葉まで浴びせられていたが、そんなときでも、席に帰ってきて局付や職員たちに当たり散らしこそすれ、決して、「めげる」ことがなかった。わかりの悪い田淵に懇切な説明を行ってやっと得た決裁を桂木に簡単にひっくり返され、挙げ句の果てに田淵から八つ当たりされる第二課の局付たちこそ、いい面《つら》の皮だった。

また、事務総局には珍しく学究肌であり、知的能力もずば抜けて高く、その分せっかちな矢尾道芳《やおみちよし》民事局長は、局長室に入ってきた田淵の要領の悪い説明を、「それはもうわかった。それで、次は……」といった言葉を交えながらもしばらくは我慢して聴いているものの、やがてはしびれを切らした。

そうすると、「田淵君、あなたの説明はどうもよくわからないな。局付を呼びなさい」という矢尾の言葉に従い、田淵が、局長室のドアを大きく開け放ち、「笹原君、笹原君っ！　野々宮君もだっ！　二人とも、ちょっときてくれえ」と、悲鳴にも似た大声を上げることになるのだった。これも、普通の課長であれば、ただ一度でも耐えがたい屈辱を感じるほかない事柄のはずだったが、田淵は、毎週のようにこれを繰り返して、少しも恥じるところがなかった。

　田淵の性格のもう一つの際立った特徴は、表の顔と裏の顔の使い分けの極端さだった。彼は、自分の部下たちを奴隷のようにこき使い、毎日のようにひどい言葉や不快な当てこすりを浴びせかけたが、民事局の「外」の人間に対しては、たとえ相手が年少の書記官であっても、いかにも気さくな感じのよい笑顔で愛想よく明るく挨拶したし、相手がヒエラルキーにおいて自分よりも上位の人間であれば、下にも置かない態度で接するのはもちろん、時にはあからさまに卑屈な応対までした。

　その極端な例が、ある裁判官協議会の進行打ち合わせにおける田淵の言葉だった。彼は、局長、課長のほか局付たちをも交えたその席において、司会を務める予定の東京高裁の裁判長に対し、「裁判長様」という呼びかけを繰り返し用い、居並ぶ人々を唖然《あぜん》とさせたのである。

「ねえ、笹原さん。聴いた？　聴いたよね？　ゴキブリが、確かに、間宮部長のことを『裁判長様』って呼んだよね？」

　まずいことで定評のある裁判所の食堂でもここよりひどいところはまずないといわれる薄暗い地下の食堂で夕食を取りながら、野々宮が、興奮気味に問いかけた。

「言ったよ、何回も、確かに。僕たちの耳がどうかしたんじゃないよ」

野々宮よりいくぶん用心深い笹原は、周囲にさっと視線を走らせ、顔見知りの人間がいないことを確かめながら、おもむろに口を開いた。近くのテーブルに人の姿はなく、笹原の視線は、薄汚い壁のしみをいくつかとらえただけだった。最高裁判所の建物は、外見こそ立派だが、法廷棟や裁判棟のほうに金をかけすぎたために、事務棟のほうはすでにがたが来始めていて、壁、天井、廊下のしみ、非常階段周りの傷みや亀裂などが目立つようになってきていた。

「すごいな。あいつのお追従って、半端じゃないよね。気合いが入ってるよ。ほかの人間には絶対まねできない。局長は目を丸くしていたよ」と野々宮は続けた。

「ゴキブリにとっては、自分より一定程度位階が上の人間は、神と同じなんじゃないの。だからさ、天変地異が起こってもしも野々宮さんが明日大きな地裁の所長に任命されたら、彼は、何の躊躇《ちゅうちょ》もなく、『昨日までは悪うございました。どうかお許し下さい。野々宮所長様』って言うよ。あの『裁判長様』っていうのも、本心から言ってるんだ。そこは、ある意味一貫していると思う」

「そうだね。もはや人間国宝レヴェルだよね」

しかし、田淵は、最初の一年間余り、やがて笹原が彼と決定的に衝突するようになるまでの間は、ごくまれにではあるが、笹原の仕事ぶりをほめてくれた。隣に机を並べる野々宮は、最初は大弁護士事務所に勤めたという経歴からもわかるとおり、筋の通らないことについては、御無理ごもっともで我慢せずすぐに抗議したし、また、性格的にもいくぶん無頓着《むとんちゃく》でのんきなところがあり、机の上は常に乱雑、仕事を上げるのもぎりぎりといった、田淵からみれば気に食わない、あるいは不安を抱かせるような部分があったためだろう、田淵と衝突する回数は、当初は、野々宮のほうが笹原よりもずっと多かった。

おそらくはその反動でということと思われたが、田淵は、笹原の堅実で速い仕事ぶりとその結果をほめ、「あんたが、この仕事にもっと本気で打ち込むようになったら、きっとすごいもんになるで」などといった言葉をかけてくれることがあった。そんなことがあった後、笹原は、それなりの小さな満足感を感じ、ついで、自分が、田淵のような人間にちょっとほめられただけでうれしがるような精神状態にいつの間にかおちいってしまっていることに気付いて、愕然《がくぜん》とするのだった。

第一課長の桂木秀行も、少なくとも知能指数からいえば矢尾局長に近いレヴェルで、本人は、ひそかに東大法学部トップ卒業を誇り、内輪の席ではそれを口にすることもあった。もっとも、この東大法学部トップという看板は、あまり当てになるものではない。要するに優の数が多かったというだけのことにすぎないし、一学年に何人もの自称者がいるような場合もあるからだ。

しかし、そうだとしても、桂木が成績優秀者の一人であったこと自体は確かである。それは、在学中に司法試験に合格し、東大法学部の助手、今日の言葉でいえば助教を何年か務めた後に裁判官に転身したという彼の経歴からも、うかがわれることだった。

桂木の欠点は、あまりにもプライドが高く、あまりにも自己の考えを押し通しすぎることにあった。もっとも、東大等の官学系の空気が強い国立大学はもちろん、一部の私学にも、彼のようなタイプの学者は、一定数存在する。そして、こうした欠点をもっていても、あるレヴェル、たとえば東大教授といったポストにまでは到達できるという意味では、彼にとっては、おそらく、学者の道を歩み続けるほうが、裁判官に転身するよりもずっとリスクが小さかったことだろう。

論文や教科書だけ書いている分には、たとえば桂木のような人間であっても、いくらでも形式論理のきれいごとを並べて進歩派を装うことが可能だが、さすがに、人間を相手にする裁判では、そうはいかない。裁判は、ある意味で医療と同じく全人格的な仕事だからだ。桂木の判断は、しばしば、当事者に冷たく、また、突飛な理屈が先行し、コモンセンス、常識を欠くところがあったが、これは、もちろん、裁判官として彼を公正かつ客観的に評価するならば、マイナスにカウントされても仕方のない事柄だった。

それではなぜ桂木が東大をやめてしまったのかといえば、これもまた、彼の人並み外れたプライドの結果だった。

「あなたにこのまま東大に残り続けてもらうことは難しそうだ。東大に戻ってもらう前に、東京の私学で十年くらい修行をしてもらう必要がある」

指導教授のそんな言葉を、桂木は、彼に対する許しがたい侮辱と受け取り、猛反発したのである。

裁判官に転身しても桂木のこうした態度は変わらず、周囲の人間からは好かれなかったが、学者と横文字の権威には弱いといわれ、学者に対する幻想がまだ根強かった当時の裁判官たちの間では、東大助手からの転身者という彼の出自は、相当の敬意をもって迎えられた。また、持ち前の押しの強さを買ってくれる上層部の人間も存在した。そうした人々の「引き」によって、桂木は、これまでのところは一貫して順調なエリートコースを歩んでくることができたのだ。

以上のような意味では桂木は田淵とは対照的な存在だったが、この二人には、よく似たところもあった。それは、父親の性格や生き方がかなりの程度に息子のそれを決定しているという点だった。

桂木の父は、私立高校の教師で、若いころにサッカーで鍛えた屈強な肉体をもっており、生徒たちに対してはサディスティックに厳しかった。家庭においても専制君主であり、妻を、常に自分の決定に付き従うべき従者として、数段低くみていた。桂木は、そんな父に深い嫌悪を感じながら、父に盲従して生きている母をも、心の底では軽蔑していた。

桂木が一時学生運動に参加し、後にふれる東法協《とうほうきょう》の最後のころの参加者の一人ともなったことについては、父のこうした態度に対する反発があずかっていた。しかし、桂木は、実際には、彼の父にきわめてよく似た性格の持ち主だったし、無意識のうちに父から譲り受けたもの、態度や考え方において引き継いだものも大きかった。そのように元々が権力志向の強い人間だったから、その転向は早かったし、転向してからは、これはほかにも多々同様の例があるように、最も官僚的な体制派裁判官たちの一人となったのである。

桂木が局付や職員、ことに職員たちから嫌われている度合いは、田淵に劣らなかった。しかし、その嫌われ方には違いがあった。田淵は、品位を欠く言動、人格の下劣さ、むき出しのエゴイズムによって嫌われていたが、桂木は、あまりにも高いプライド、他人の意見に一切耳を貸そうとせず融通のきかない性格、そして氷のような冷たさによって嫌われていた。

笹原もまた、裁判所部内の広報誌におけるどうでもいいような小さな新刊紹介を、ただ書き方、文体が気に入らないというだけの理由で、桂木から四回も書き直させられたことがあった。

「笹原君、この文章は何だね……？」

「いや、おっしゃったとおりに直したつもりですが、まだ何か問題があるのでしょうか？」

「これは、裁判所部内に広く配布される雑誌だよ。こんな、何というか、癖のある文章でよいのだろうか？」

「それは、もう、三回にわたってお聴きしました。ですから、無色透明の百科事典的な記述にしたつもりです」

「いや、私は納得できないね。大体、君は、文章というものがわかっていない」

根負けした笹原は、評価や分析のすべてを削って型通りの紹介だけにし、また、修飾語もほとんど削って名詞と動詞だけ残し、雑貨の商品説明と何ら変わりのない乾パンのような文章にしてしまった。すると、桂木は、あっさりOKを出した。

笹原は、何がくだらないといって、インクのしみ程度の文章しか書けないくせに人に文章の書き方を伝授しようとする先輩たちほどくだらない人間はいないと思っていたが、桂木は、そういう点からみればチャンピオンといってよかった。

あきれた笹原は、桂木の助手時代の論文を探し、読んでみたが、これではどんな出版社からも教科書執筆の依頼はくるまいと思われる、形式論理と小理屈で固めた悪文の典型であり、オリジナリティーにも乏しかった。こんなものを書いていても、指導教授と喧嘩、絶縁さえしなければ、おそらく、桂木は、東大法学部教授になれたのだ。そう考えると、笹原は、目から鱗《うろこ》が落ちる思いがした。それ以来、笹原は、桂木を憎むというよりも、むしろ、多くの猫が蛇を見るやいなや全身の毛を逆立てて逃げ出すときにも似た、動物的な恐怖を彼に対して抱くようになった。

しかし、何といっても桂木には相当の知的能力があり、また、押しも強かったから、学究肌の矢尾局長は、第一課長の意見に押し切られて方針を決めること、決めざるをえないことが多かった。矢尾局長が局長室に閉じこもってめったにそこから出てこないことについては、廊下の向こうに位置する行政局の長をも兼務するそのポストの忙しさによるところもあったが、一方は横紙破り、一方は無能という二人の問題含みの課長たちとあまり顔を合わせたくないということも、あるいはあったかもしれない。

　国会での質問に答える局長に局付たちが初めて随行してゆく際には、桂木は、局付に対し、「いいですか、局長をよくよくお世話申し上げるんですよ」といった言葉をかけるのが常だった。しかし、その言葉は、彼の日常における、局長に対する、上辺はていねいながら実際には慇懃《いんぎん》無礼《ぶれい》といえる物言いとはあまりにも食い違いの大きいものだったので、局付たちは、《あれは本気で言っているのだろうか？》と首をかしげるのだった。

　けれども、笹原は、桂木のこの言葉にうそはないのだろうと思っていた。桂木のものの考え方からすれば、小僧である局付が局長にうやうやしくお仕えするのはけだし当然であり、一方、自分のように有能で正しい人間が局長に対して高圧的な物言いをするのもまた当然である、ということになるはずだからだ。

　エリートコースばかりをたどってきた、にもかかわらず教養やバックグラウンドにはきわめて乏しいため自分の姿を客観的、内省的に見詰めることが全くできない裁判官たちの、ゆがんだ意識の持ち方や言動には、すでに何度となく出くわしたことがあったので、笹原は、こうした桂木の言動に、特別な驚きは感じなかった。しかし、この時代には、まだ、そうしたタイプの裁判官たちの数は、極端に多くはなかったのである。

さて、事務総局では、兼務の例が多い第一課長兼第三課長は一課長と、第二課長は二課長と呼ばれているので、以後は、この呼び方を用いることにしよう。

笹原と野々宮以外の局付にも、簡単にふれておかなければならない。

一課の満田史郎《みつだしろう》は笹原と同期で、一年早く民事局に入っていた。担当は民事局に関わる総務全般。局付としては能吏であり、常識もある男にみえたが、新たに入ってきた局付たちと個人的な会話を交わすことはほとんどなかった。

三課の金脇浩二《かなわきこうじ》も二年目で、担当の中心は民事執行だったが、唯一、地方勤務を経ないまま初任明けで東京地裁から入った局付であるため、年齢は、五人の局付の中で一番若かった。

金脇は、満田以上に、《僕は新任の皆さんよりも一年早くここにきていたのですよ》といった先任者めいた態度を隠さず、問題の多い課長たちともそれなりにうまくやっていた。やはり優秀だったが、その優秀さをひけらかすところがあり、そこが鼻についた。

徹底して官僚としての感覚を身につけているところは群を抜いており、境界領域にあるためいずれのセクション、いずれの島の事務であるかが微妙で押し付け合いになる「消極的権限争い」では一歩も譲らず、常にそれに勝っていた。裁判官くささが抜けないほかの局付たち、ことに新任局付たちは、争っていても、やがて、そうした事柄で理非を度外視して自分を押し通すことにある種のやましさを感じ、引いてしまったからだ。そして、こうした争いは、やましさや後ろめたさを感じた者が必ず負ける。また、そのような性格であるからこそ、金脇は、普通であれば使い物にならないといわれることの多い初任明け配属の局付であるにもかかわらず、着々と官僚としての成果を上げていたのだろう。

また、金脇は、「大望《たいもう》ある男」という異名をも取っていた。「大望ある男」というのは、「最高裁判事になりたいというみずからの欲望を隠さない男」という意味である。彼の能力と性格からすればそれもおかしなことではなかったが、しかし、能力というだけなら裁判官には毎年必ず数人は非常に優秀な者がいるわけで、その中で、なぜ彼だけが、「大望ある男」をみずから公言する資格があるのかは、よくわからなかった。

だから、笹原を含む今年入ってきた三人の局付たちは、ある意味、珍しい生き物でもみるような眼で彼のことをみていた。金脇のほうは、今年入ってきた三人の先輩たちについて、優秀ではあるとしても官僚としては自分の敵ではない人々、といった見方をしているようだった。それでも金脇が特別に嫌われなかったのは、彼の態度の中にどこか子どもじみた無邪気さが残っていてそれが時にある種の愛嬌を感じさせたこと、少なくともその無邪気さが彼のあけすけなエゴイズムの醜さをいくぶん緩和していたことと、小児麻痺の後遺症で左足をわずかに引きずる彼の歩き方を、彼自身が誰よりも気にしており、そういう彼の強がりを、年長の局付たちや職員たちが、やむをえないものとして許容していたこととによった。

金脇は、常に、机の隅のほうに、ひからびてミイラのようになった汚らしい柑橘《かんきつ》類を一つ置いていた。しかし、それが元はどのような姿をしていたどういう種類の柑橘類なのかも、なぜ金脇がそんなところに柑橘類のミイラを置いているのかも、これまた誰にもわからなかった。

笹原は、一度だけ金脇にそれについて尋ねてみたことがあった。

「さあ、どうなのでしょうかね？　いかようにでも、御随意にお考え下さい」

そう答えた金脇の顔は笑っていても、その小さな目は少しも笑っていなかった。笹原は、その後、彼と仕事以外の話をすることをあきらめた。

しかし、金脇は、おそらく、課長たちほどもののみえない人間ではなかった。彼の人をみる眼は彼なりの的確さをもっており、たとえば、笹原についていえば、「笹原さんのコペルニクス的冗談は理解するのに時間がかかる」とか、「二課長が五分も六分もかかってつっかえつっかえ説明することを、笹原さんは二言三言で語ってしまう。まるで言葉が惜しいみたいに」などといった言葉を口にしていた。そして、それらの言葉は、率直でもあり、また、良くも悪しくも、笹原という人間の本質、その一部を鋭くついていた。金脇に人間的な問題があったとすれば、それは一にも二にもその強烈な出世志向であり、その強烈な出世志向が、この優秀な若者の中核を深く毒していたのである。

三課のもう一人の局付、長谷川《はせがわ》朔也《さくや》は、笹原、野々宮とともに今年入ってきた人間であり、笹原よりも一つ期が上の筆頭局付だった。担当の中心は執行官事務、つまり、民事の確定判決等に基づいて建物明渡等種々の強制執行を行う執行官に関わる事務で、これは、二課に属する野々宮の担当である民事調停と並んで、執行官や調停委員といった準裁判所職員を統轄する、行政プロパーの仕事であり、また、執行官に関しては、違法行為の事後処理等のきわどい事務が多かった。つまり、年長の局付でないと処理できない種類の仕事だということだ。

長谷川は、関西出身だったがそのことにこだわりはなく、関西なまりもわずかであり、東京地裁の行政部にいたこともあって、笹原が民法に詳しい程度には行政法に詳しく、国家公務員上級職の試験も通っていた。一見もの柔らかで温厚そうにみえたが、物事についても人物についても、評するときには容赦なく鋭い言葉を用いた。この人物については、後にまた詳しくふれることになるだろう。

4

さて、戦後の裁判所は、一貫して、政治との軋轢《あつれき》と部内の権力抗争の中でその今日の姿を形作ってきた。

最高裁の発足と最高裁判事の人選からして数々の陰謀に囲まれ、権力抗争に敗れた人間が最高裁裁判官任命諮問委員会の席上で卒倒する騒ぎまであり、アメリカ側の担当者さえ、「日本の司法部内の政治は恐ろしいものです」と述懐《じゅっかい》する有様だったのだ。戦前の司法省は検察優位であり、そこにおいて抑圧された位置にあった裁判官、在野にあってさらに地位の低かった弁護士たちの憤懣《ふんまん》が、新制度の発足に当たって一気に噴き出したかのようだった。

日本国憲法の下で裁判所、裁判官の地位は飛躍的に向上し、優秀な法学部学生、ことにその中でも理想家肌の若者たちが徐々に裁判官を目指すようになったが、裁判所は、なおしばらくの間は、自前の長官を出すことすらできず、学界から大御所を引っ張ってきてその権威に頼っていた。

その代表格である梅枝正《うめえだただし》は強烈な国粋主義者、国家主義者、学界の大ボスであり、最高裁長官に就任するに際して、「国家の番犬になる」と宣言してはばからなかった。にもかかわらず、彼は、学者としての一定のフェアネスは保ち、派閥作りや陰湿な内部統制は行わなかったのである。

一九六〇年代ごろまでは、現場の裁判官の間にも、新制度の下で民主制の基盤になる司法をつくり上げたいという気概が強く、たとえば、数ある公安事件についても、毅然《きぜん》と無罪判決を出す勇気があった。この当時は、事務総局にさえ、そうした清新の気風は存在したのだ。

一九六〇年代は、最高裁のかりそめのリベラル時代だった。しかし、最高裁判決のリベラル化、ことに公務員の争議行為を刑罰から解放する方向の判決が出たことに大きな危機感を抱いた与党国民党は、一九六〇年代の末に、右翼的な考え方の持ち主である刑事系裁判官鍵沢徳太郎を最高裁長官に据えた。

鍵沢は、国民党の思惑通り、当時の最高裁における多数派であったリベラル派を一掃する人事を行った。

また、自衛隊の合憲性が争われた北海道の行政訴訟に関連して、梶原義人《かじわらよしと》地裁所長が、左派裁判官の組織である東方法律家協会、東法協、正確にはその裁判官部会の会員であった裁判長に対し、文書で、国側に有利な意見を採るべきことを具体的に示唆したいわゆる「梶原書簡」の内容が外部に漏れたことに端を発し、鍵沢は、東法協つぶし、いわゆる東法協パージを開始した。

地裁所長という上位の地位にある裁判官が、その地裁の裁判長に対し、具体的な事件の結論に関する示唆を、文書という明確な形で行うことは、当然、裁判官の独立を侵すことになる。こともあろうに、梶原所長は、それを、東法協のメンバーである裁判長に対して行ったのである。その裁判長は、知人である東法協のメンバーに事実を知らせ、相談した。間もなく、梶原書簡の内容が東法協の関係者と思われる者から外部のメディアに伝えられ、大きく報道されると、裁判所当局は、それを、東法協の挑戦、宣戦布告と解釈したのである。

人事の餌《えさ》で釣ることまで含めての脱会工作は熾烈《しれつ》を極め、事務総局にいた局付会員のうち最後まで抵抗した者に対しては、脱会の業務命令までが発せられた。裁判所当局が、業務とは関係のない任意団体からの脱退を業務命令として命じなければならないほどに抵抗した局付も中には存在したのである。さらに、東法協の会員である司法修習生らの任官拒否、東法協の中心人物の一人である長久保祐治判事補の再任拒否が続き、法曹界は、一時騒然となった。

この一連の動きの中で鍵沢長官の先兵となって東法協パージに邁進《まいしん》した人事局長こそ、現在の須田謙造長官その人である。この事実は、当時の法曹界では知らない者がなかった。

しかし、東法協パージの記憶そのものは、一九七〇年代の間に急速に薄れていった。東法協の会員中成績や能力において秀でていた人々のほとんどは転向し、一定の節を守り続けた人物も数人はいたものの、大半は、日本における左派の転向の常として、自由主義のレヴェルにとどまることなく、極端な体制派、狭量な保守派となって、出世の階段をひた走るとともに、現須田長官らの進めてきた人事による締め付け、裁判所、裁判官の支配、統制工作に一役も二役も買っていたのである。その最後の世代の一人が、桂木課長だった。

一方、東法協にとどまった人々は、二度と東京地裁等の裁判の表舞台に出ることはできず、徐々に力を失い、また、その多くは、異動や昇進で痛め付けられるうちに、状況をみる眼をも失っていった。東法協の後身であり政治的な色彩を薄めた日本裁判官懇談会も、最初のうちこそ新任判事補の加入者も多く、笹原の前後の期でもかなりの人数が入っていたが、七、八年のうちには、ほとんどが脱会してしまっていた。

梶原書簡のきっかけとなった行政訴訟については、第一審が自衛隊違憲を宣し原告の請求を容れたが、控訴審でくつがえされ、最高裁は、上告を棄却、憲法判断は回避した。結局、この第一審判決が、東法協がらみの最も有名な判決となった。

こうした成り行きには、裁判官、弁護士共通の、あるいは、日本の法律家、知識人全体に共通の、個人としての基盤の弱さ、また、バックグラウンドや教養の乏しさという事情が関係していたかもしれない。笹原よりもある程度上の世代の人々は、概して東法協に同情的だったが、それには、ムード的な側面がかなり強かった。その世代の人々に問いただしてみても、東法協がどの程度に既成左翼政党、団体とのつながりをもっていたのか、また、その中心的な、あるいは長期的なポリシーやヴィジョンがどのようなものであったのかについてすら、明確な説明を得ることは難しかった。笹原の五、六年先輩で、デモに出る程度には学生運動にも関わっており、一般的には左派に対するシンパシーの強い、ある誠実で物静かな裁判官は、こう言った。

「東法協が急速に力を失ってしまったことについては、東法協パージが本当にひどかったこともちろんあるけど、中心になっていた人たちの主張が今一つ観念的で持続力や魅力に乏しかったことや、シンパサイザーのかなりの部分がムード的な同調派にすぎなかったこともありますね」

要するに、日本の戦後史において様々な分野で起こったのと同様の事態が、裁判所でも起こったのだ。急進的な左派、といってもその精神構造自体をみれば国粋保守派と同様に古いものを引きずっている人々が多かったのだが、彼らが、十分な視野や見通しを欠くままに、観念的なイデオロギーを掲げて既成の権力に真っ向から挑戦し、弾圧を受けて完敗し、優秀なメンバーの多くは転向して抑圧する側に回り、その後には、自由主義の芽までがことごとく摘まれた荒廃だけが残る、そうした図式である。

鍵沢や須田に対する批判については、左派の人々が中心となって行ったことからもっぱら東法協パージのことばかりが語られていたが、その後の裁判所全体の方向を決定するという意味では、実は、トップ人事におけるリベラル派の一掃、また、裁判所、裁判官全体におけるリベラル的な流れや空気の一掃のほうが、より重大な事柄だった。

戦後の裁判所における自由主義の潮流は、一九七〇年代初めに事実上その息の根を止められ、その後須田らが中心となって進めた事務総局中心体制作りが進む中で、裁判所の空気は急速に閉塞《へいそく》の度合いを強め、笹原が任官した一九七〇年代末ごろと比べても、現在の最高裁事務総局の雰囲気は、かなり悪くなっているように感じられた。もっとも、現場の裁判所はまだそこまでのことはなく、そこここに息のつける隙間があり、笹原が裁判官の道を選んだ理由の一つも、そのような隙間、自由な空気の存在ということだった。しかし、アメリカから帰った時にも、地方の地裁から最高裁に赴任した時にも、笹原は、裁判所の雰囲気が徐々に悪くなっているという印象を禁じえなかったのである。

5

最高裁の一番奥まった位置にあり、お堀を望む眺《なが》めも抜群の豪壮で広大な長官室には、この午後に懸案事項のいくつかにまとめてけりをつけてしまおうという須田長官の思惑から、片隅にある会議用テーブルの周囲に、事務総長の折口、首席調査官の神《かん》林弘人《ばやしひろと》、人事局長の水沼隆史《みずぬまたかし》といった面々が集められていた。

首席調査官は、十五名の最高裁判事から成る最高裁の裁判部門を補助して、審議のための報告書を作成したり、場合によっては判決案の大要を書いたりする三十名ほどの最高裁調査官のトップであり、事務総長と並ぶポストである。通常であれば、事務総局系の人間と裁判部門の首席調査官とが同時に長官室に入るなどといったことは考えられなかったが、必要があればそうしたしきたりなど無視してしまうところが、いかにも須田らしかった。

それに、民事系の神林は刑事系の折口よりも須田に近く、腹心の部下、側近の一人だったから、人事に関する内密の話を聴かせても、何ら問題はなかったのである。事務総長と首席調査官の席次はその時々によって変わったが、この時点では、事務総長の折口のほうが少し上だった。

最後にやってきた折口が席につくと、書記官上がりの最高裁長官秘書官、取次役であり身の回りの世話係でもある佐川清秘書官が、部屋の広さに合わせて作られた大振りのどっしりした机に向かっている須田の前に不動の姿勢で立ち、告げた。

「皆様おそろいになりました」

「うむ」と答えた須田の声は大きなものではなかったが、いつもどおり、それを聞く人々の心を波立たせ、緊張させ、無意識のうちに須田の手の内に入れてしまう不思議な気迫がこもっていた。

須田は、のっそりと立ち上がり、引き締まった筋肉質の上体を揺すりながら、しかし、驚くほど短い時間でテーブルのところまでやってくると、みずからの席にどさりと腰を下ろした。通常の裁判官の定年は六十五歳、最高裁裁判官の定年は七十歳、そして須田はすでに六十代半ばだったが、到底その年齢の人間とは思われない機敏さだった。

須田が腰を下ろして初めて、人々は、彼がチューインガムを嚙み続けたまま席を立ってきたことに気付いた。静かな長官室に、須田がガムを嚙む音だけが鈍く響いていた。

須田は、日本人にはまれながっしりした筋肉質の体軀《たいく》のために、背の高さはさほどではないにもかかわらず、実際よりも一回り大柄にみえた。そのような体格と、頰のそげた彫りの深い顔立ち、そして鋭い眼光と毒舌で知られる彼は、局付たちから、陰《かげ》で、「ゴジラ」と呼ばれていた。確かに、須田の両目のぎょろりとした動かし方と対面する相手の目を伏せさせずにはおかない射すくめるような眼差《まなざ》しは、あの有名な怪獣を連想させた。

須田は、席につくと間もなく、顔を下げることもしないまま口の中のガムを器用に灰皿の真ん中にぷっと吐き出し、一同の顔を順次眺め回すと、切り出した。

「まずは、小さなことから片付けよう。徳島の辻宏和のことだ。うるさい奴だから、早いところ東京地裁から所長に出して追い払ったが、そろそろ次の異動がみえてくる時期だ。しかし、あいつはやめさせる。少なくとも、今後関東には戻さん、絶対にな」

折口事務総長は軽く、責任者の水沼人事局長は深くうなずいた。

須田の人事は、昔から、基準がよくわからず、恣意的だというので有名だった。須田自身が強烈な個性の持ち主だったから、個性の強い人物、あくの強い人物は、彼と衝突して嫌われることが多かった。それでも、長きにわたった人事局長時代には、失敗すれば須田自身の身が危うくなりかねない状況で冷徹な判断を重ね、ぎりぎりの勝負を行っていたから、周囲の者も須田の大筋の意向は読み取れたが、彼の地位が安定し、「無人の野を行くが如《ごと》し」と評されるようになった事務総長時代以降になると、個人的な好き嫌いに基づく人事が目立つようになった。

ともかく一度でも正面から須田の意に逆らったり、須田からみて許しがたいと思われる行動を取った人物に意趣返しをする傾向が強いことは明らかで、たとえば、事務総局課長になることを勧められたにもかかわらず地元を離れたくないからとの理由でこれを辞退したある有力な裁判官が、最後に十数年間も地元高裁の裁判長ポストに塩漬けにされ、その間に何人もの後輩に先を越されて、うちの一人などはその高裁の長官になってしまったという例があった。後輩長官の下で働くことになったその裁判長のみじめさは、誰にでも容易に想像がついた。

また、盛んに研究や執筆を行い、学者とも論争を行うなどの活動で有名なある学者裁判官は、学会出席のための海外出張の許可を土壇場《どたんば》になって拒絶され、大恥をかくことになった。予想外の不許可決定が学会開催の直前に行われたわけだが、それが須田によってあらかじめ入念に仕組まれた筋書きであることは、誰の目にも明らかだった。

中でも最も極端だったのは、須田が個人的に嫌っていた裁判官の娘と結婚したとたんに地方に飛ばされてしまったある判事の例であり、これには、さすがに、心ある裁判官たちは強く眉をひそめたものである。

しかし、こうした恣意的な、あるいは報復であることが明らかな人事は、須田の思惑をはるかに超えた強烈な効果を裁判官たちに及ぼした。判決の内容や論文執筆のみならず日常の様々な言動にまで細かく気を遣《つか》い、須田や事務総局の意向をうかがう人々がどんどん増えていったのである。

「辻君は、確かにやりすぎですな。長いこと東京地裁に主《ぬし》のように居座って、所長代行の言うことにまで一々口を出す。おまけに、お山の大将で、つまらん派閥までつくってね。徳島でも、相変わらずいばりくさっているようですしな。……長官のお考えはよくわかりますよ。ああいう男だから何か言ってくるかもしれんが、何、もし万一ぎゃあぎゃあ言ってきたら、局長に引導を渡してもらえばいい。なあ、水沼君」

「は、万事遺漏《いろう》なきように手配しておきます」

水沼は、神林首席調査官の越権的発言に何ら反発することなく、長官と首席の双方に向かって順次うなずいた。須田の側近で折口同様に最高裁判事の有力候補であり、のみならず、同様に将来の最高裁長官候補の一人とさえみられている神林の意向は、そのまま、須田の意向でもあったからだ。

しばらくの沈黙の後、須田が再び口を開いた。

「なるべく早く片を付けろ。それから、公証人のポストは、実入りのいい場所で用意してやれ。それなら本人も呑むだろう。もし呑まなければ、今度は仙台管内の所長にでも送り込んでやれ。雪の深い秋田あたりがいいな。あいつの性格だから、雪下ろしに業者なんぞ頼まんだろう。所長官舎の屋根から落ちて、わしらの手間が省けるかもしれん。……ああ、水沼君、そのままで。もう少しいてくれ」

須田は、人事案件はすんだと考えて席を外そうと立ち上がりかけた水沼を、片手で押しとどめた。

「神林君、主任の菊地裁判官に尋ねてみたが、唐木敦《あつし》事件の調査官報告書はまだ上がってこないと言っていたぞ。どうなっている?」

「いや、さようですか……。確かに、私自身決裁をした覚えがありません。実は、担当調査官が報告書の結論を迷っているという話は聞いております。すぐに調べて、早急に上げさせます」

唐木敦事件は、一般には「タクシー運転手連続絞殺魔事件」として知られていた。酸鼻を極める劣悪な環境に育った十九歳の少年が、三人のタクシー運転手を次々に絞殺し、うち一人については、まだ息があるところを石で殴り付けてとどめを刺したという事件だった。

裁判の結論は、第一審死刑、控訴審無期懲役と分かれた。控訴審では、優秀な若手精神科医高畠勝彦の作成にかかる膨大緻密な鑑定書が重視された。高畠鑑定は、被告人の犯行時の精神状態がほとんど病的なものであり、犯行に至った経緯についても幼時の親からの遺棄、兄弟からの虐待等の影響が決定的であること、しかし、被告人の現在の精神状態はかなりの程度に改善し、みずからの犯した罪を心から悔いていること、さらに、今後の人格の改善や成熟も期待できることを記していた。

控訴審における相澤哲太郎裁判長らの合議体は、この鑑定書を重視し、また、唐木の反省と更生の意欲をも汲んで、無期懲役の判決を下したのである。相澤裁判長は、一般的には厳しい訴訟指揮で知られ、後輩たちに対する指導や評価も、その能力や性格を見極めてはっきりと明暗を分ける人物だったが、唐木事件については、「死刑は不相当」との明確な見解を示したのだ。

「何を迷っているというのだ、担当調査官は？」

事案の概要を記したファイルからゆっくりと目を上げながら、須田は問いかけた。

「いや、犯行時十九歳の被告人の事件で、控訴審判決にも、それなりの重みはありますからな。それに、御存知の高畠鑑定が、なかなかよく書けているようで、担当調査官は、控訴審判決と、それが根拠にしている鑑定の論理を突き崩せないでいるようです」

「何を言っておるかっ！」

須田は、突然表情を変え、手にしたファイルを机に激しく叩き付けた。神林の顔色がみるみる青くなり、彼は、続くはずだった言葉を呑み込んで、深く面《おもて》を伏せた。須田の逆鱗《げきりん》にふれたときには決してそれに口答えしてはならないことを、彼は、過去の経験からよく知っていた。

須田は、程なく、平静な表情に戻り、声も元の高さまで落とすと、続けた。

「検察がこの事件をどうみているかは、君も重々承知のはずだ。だが、ここは、刑事系の折口君の意見をきこう。どうだね、折口君？」

「そうですね……。連続して三人を絞殺あるいは撲殺して死刑にならないとなれば、死刑は事実上廃止されたも同然。検察はそう上告趣意書に書いており、マスコミにも散々吹き込んでいます。相澤君の判断はおかしい。それで検察が納得すると思っているのでしょうか？

それに、死刑判決は、多ければ多いほどいいのですよ。庶民のやり場のない怒りや不満、報復感情、そうしたマイナスの感情をなだめ、満足させ、それらが望ましくない方向へ向かうのを予防する効果がありますからな。社会防衛の観点からも、死刑は、重要であり、必要なのです。その意味でも、相澤君の判決は問題外です」

折口の口調は、少なくとも須田に対するものとしてはいささか不適切な、ぶっきらぼうとさえ受け取られかねないものだったが、折口にはそれ以外の話し方ができないことが、須田にはよくわかっていた。

須田は、元来、刑事系の裁判官を全く信用しておらず、だからこそ事務総長には刑事系の人間を充て、その代わりにその人間を通じて刑事系を徹底的にコントロールするという方針を採っていた。折口の人間としての幅の狭さ、根っからの官僚裁判官としての限界こそ、かえって、須田が、刑事系を抑えておくために最も適切な人間として彼に白羽の矢を立て、重用してきた理由だった。本当のことをいえば、須田は、折口の垢抜けない外見、また、そういう外見が与えるどことなく鈍重な印象を軽蔑していた。しかし、また一方、須田は、折口が見通しの的確な官僚であり、その意味では「使える」事務総長であることをも、よく認識していた。

「わしもそう思う」と須田は折口の言葉を受けた。「高畠鑑定が何だ、そんなものは無視してしまえばよい。最高裁判決では、一切ふれなければよいのだ。被告人の劣悪な成育環境を考えたとしても、諸般の事情を種々総合考慮すれば死刑はやむをえない、それで足りることじゃないか、え？『諸般の事情』として、死刑を科する場合に考慮される当たりさわりのない事柄をずらずら並べておけば、判決としての格好は付くさ」

「はい。お考えはよく理解いたしました。上席を通じて、担当調査官にはそれなりのサジェスチョンをいたします」と、神林は、かしこまって須田の言葉を受けた。

「そうしてくれ。いいな、神林君」と、須田は、語調を強めながら神林の方に向き直り、その上で、横に座っている刑事系の折口の方をちらと一瞥《いちべつ》しながら続けた。「君の責任においてそうしてくれと、わしから、お願いするのだ。心してくれ。それから、これはあくまで一般論だが、刑事の調査官は、民事、行政に比べると全般に落ちるからな。もしもぐずぐず迷っているようなら、取り上げて上席に担当させろ。いいな」

神林は深く頭を下げ、折口も、少しも表情を変えないままかすかにうなずいて、須田への恭順の意を示した。

「それから、相澤は、高裁長官候補から外す。定年までこのままずっと東京高裁で裁判長を務めてもらう」

須田は、今度は、折口、ついで水沼の方に向かって、短く告げた。相澤は刑事系の有力裁判官の一人であり、順当にゆけば大規模高裁の長官まで昇る可能性もあったが、水沼はもちろん、現在の刑事系トップである折口も、須田の言葉に何ら反対せず、ただうなずいただけだった。

水沼が退室すると、須田は続けた。

「次は殉職自衛官合同慰霊祭事件だ」

殉職自衛官の母で、クリスチャンである女性が原告となっている訴訟である。彼女は、明確に断ったにもかかわらずその子について神社とその関連団体による合同慰霊祭が行われ、慰霊碑にもその氏名が刻まれてしまったため、それにより精神的苦痛を被ったとして、信教の自由の侵害、国家の政教分離原則違反を理由に、国家賠償請求訴訟を提起したのだ。第一審、控訴審は、公務員である自衛隊の事務職員のしたいくつかの行為について、民間団体である「国土防衛友の会」との協力関係を認め、本件で問題とされている行為は両者共同の行為とみることができるとして、つまり、自衛隊が民間団体である国土防衛友の会と共同して「宗教的活動」を行ったとして、憲法上の政教分離原則違反を理由に、原告の請求を認めていた。

須田の求めに従い、神林が、事案の概要と下級審である地裁、高裁判決の内容を説明すると、須田は、言下に言い放った。

「これは大法廷事件だな」

「しかし、必ずしも大法廷に回す法定要件に該当しませんが」

大法廷における審理は、法律の合憲性が正面から争われている事件など限られたものを除いては、小法廷の裁判官の意見が同数で二つに分かれてしまったり、あるいは、小法廷の裁判長が大法廷で裁判することを相当と認めて、大法廷の裁判長である最高裁長官に通知、すなわち大法廷審理の申出をした場合にのみ行われる。この事件については、憲法問題を含んでいるので大法廷回付も考えられるが、その判断は小法廷の裁判長にかかっていることになる。

「主任裁判官は若林裁判官だったな？」

須田は、神林の言葉には直接答えないまま、行政官出身の女性最高裁判事の名前を挙げた。

「そのとおりです」

「彼女は、まだ報告書も上がっていないにもかかわらず、あの事件はやりがいがある、下級審の判断に賛成だと口にしているそうだ。君は、そのことを知っているかね？」

「明確にではありませんが、聞き及んではおります」

「それでいいのかね？」

「と申しますと？」

「君自身の、首席調査官としての意見を尋ねているのだよ、神林君」

「はあ……あの……ほ、本事案の事実関係からしますと、下級審の判断でもやむをえないのではないでしょうか？」

「事実ね、なるほど……。事実認定は裁判の礎《いしずえ》であり、最も重要なものだ。わしも、もちろんそのくらいのことは承知しているよ。じゃあ、せっかくだから、この事件についても、一つ、折口君の意見をきいてみようじゃないか。重要な案件では、えてして、専門知識にとらわれない者のほうがより的確な意見を出すことがあるからな。どうだね、折口君？」

「私は……」と、折口は、相変わらず表情を変えないまま、刑事の唐木事件の場合よりは慎重に言葉を選びながら、重い口振りで、言葉少なに語り始めた。「私は、事実のほうをいじってしまえばよいと思いますね。下級審判決のポイントは、慰霊祭は自衛隊と国土防衛友の会の共同行為ということですが、そうではない、慰霊祭は友の会の単独行為にすぎないとすればいいんですよ。神林君の話だと、慰霊祭開催の名義自体は友の会によるんでしょう？　だったら、実質も同じことだといえばいいのではないでしょうか？」

「さすがだよ、折口君。さすがだ」と、須田は、微妙におもねるような視線を折口に投げた後、神林の方に向き直って続けた。「わしも、折口君と全く同じことを考えていた」

「お言葉ですが、下級審の事実認定からすると、いささか無理があるのではないでしょうか？　かなり強引な物言いになるように思われますが、学者たちがどう申しますか……」

「学者、学者だと？　学者が何だというんだね、神林君！　東大だの京大だの、口だけで、何の役にもたたん連中だ。憲法学者など、その最たるものじゃないか。あんなザルみたいな理屈が、法学といえるかね？　それに、あの連中は、結局のところ、最高裁判決をみずからの権威付けに用いているのだ。中身の乏しい憲法学はことにそうだ。埒《らち》もない類型化や分析に一頻《ひとしき》り努めた上で、彼らのいう『体系』とやらの中に、この判決も、具合よく位置付けてくれるだろうよ。それだけのことさ。

それに、わしは、これは折口君も同様の考えだと理解するが、事実認定を変えるとは言っていない。事実認定は事実審の専権だからな。ただ、事実の『法的な評価』を変えると言っているだけだ。それでも成り立たないかね？」

「そうおっしゃられれば、紙一重ではありますが、事実の評価を変えたにすぎないとして、逃げ切ることはできますな。しかし、若林裁判官のほうはどうされます？　また、どうやって大法廷にお取りになるのですか？」

「そこだよ、問題は。彼女は、菊地裁判官のようにわしらの仲間というわけではないからな。しかも、今、あの小法廷は、押さえになる裁判官がおらん。だから、へたをすると彼女の意見がそのまま通ってしまいかねない。そこで、君の活躍に期待するわけだ、神林君。君は、局付と調査官だけをやってきた融通のきかない堅物《かたぶつ》じゃないはずだ」と、須田は、現に最高裁判事を務めており、審議でも判決でも常に自分の意見をきちんと披瀝《ひれき》して妥協しない調査官出身のある裁判官を言外に揶揄《やゆ》しながら続けた。「何度も、最高裁判事たちに働きかけて結論を変えさせたというその手並みは、わしも聞いている。黒子であるはずの調査官が、舞台に立つ最高裁判事の意見を変えさせてしまうとはな。さすがに、わしの見込んだだけのことはある、型破りの首席だよ。そして、それは、大筋において、わしの方針に沿った働きかけでもあったようだ。君がわしの意向を忖度《そんたく》して動いてくれたものと、わしは理解しておる。また、そのことは高く評価してもいる」

須田の地獄耳と、静かな中にもある種のすごみを含んだ、対応を一歩間違えば先刻のような激高に再び走りかねない口調に、神林の額から、うっすらと脂汗《あぶらあせ》がにじみ出た。

「承知いたしました。やってみます。若林裁判官の意見を変えることは無理かもしれませんが、少なくとも、事件を大法廷に回付させることは可能でしょう。重大事案ですから」

「そういうことだ。何、回付さえさせられればそれで十分さ。最高裁判事といっても、自分の意見を合議でちゃんと展開できる者などたかだか数人、あとは、多数意見に従うだけの烏合《うごう》の衆《しゅう》にすぎん。大法廷に回りさえすれば、あとはわしが責任をもつ。自衛隊と神社がらみのこの事件で、違憲判決はまずい。詳しいことは言わんが、首相や多数の閣僚が国粋主義に凝り固まった連中である今の状況を考えると、色々と差《さ》し障《さわ》りが出てきそうな気がする。わしの予感は当たるのだ」

神林が頭を下げ、部屋から出て行くと、折口が須田にささやいた。

「つまらない案件ですが、もう一つあります。よろしいでしょうか？」

「何だ、まだあるのか？　手短に頼むよ」

「雨沼《あまぬま》が、また、南門のそばで騒いでおります」

「雨沼って誰だ？」

「以前にも一度お話ししたことのある、例の元裁判官です。門の外で拡声器を使ってお経を唱えながら世直しを……」

「ああ、あいつか。何だ、まだやっているのか？」

雨沼儀三郎は、かつては裁判官だったのだが、変人で、奇行が目立ち、ついには重度の器質性精神障害の症状を呈して退官を余儀なくされた人物だった。彼は、その後、最高裁や東京高地裁、あるいは国会の周辺で、拡声器を用い、構内に向かって、日がな一日、時には世直しを唱え、時には罵詈雑言《ばりぞうごん》をわめき散らし、その合間にお経や念仏を大声で唱え続けていた。

「家族に連絡は取ったのか？」

「妻子とはとうに別れて都営住宅で一人暮らしです。親からも見放されています」

「国会とかほかの場所へ誘導することは……無理だろうな？」

「無理です。その日その日の風任せ、本人の気分次第ですから」

「わかった。仕方がないから、公安に頼んで少し締め上げてもらえ。二度と裁判所に寄り付かん程度にな。例の筋を使え。それでいいか？」

「委細、承知いたしました」

「この件は今後すべて君に任せる。下らんことであまりわしをわずらわさんでくれ、いいな」

須田は、渋面をつくると、片手を振った。

「仰せのとおりにいたします」

折口は、最敬礼すると、長官室をあとにし、その近くに設けられた自室に戻り、むっつりと椅子に座り込んだ。

雨沼の件は、彼としても、本当は、あえて須田に相談しなければならないような事柄だとは思っていなかった。独断でことを進めて何かあった場合には須田のすさまじい叱責を受けかねないことがよくわかっていたので、仕方なく念押しの了解を取ったにすぎなかった。

裁判に関する折口のヴィジョンは、須田や神林以上に硬直的であり、また、その場その場の状況に合わせて適当に考えるという意味で機会主義的でもあった。連続殺人犯唐木はもちろん、クリスチャンの自衛官母に対しても、何らの共感を感じないのはもちろん、その心情をわずかにでも理解してみようという気持ちすら、猫の毛一本ほどもなかった。庶民のどうでもいいような事件、紛争などともかく早く終わらせるにこしたことはなく、冤罪《えんざい》判決などいくらかあっても別にどうということはなく、それよりも、全体としての秩序維持、社会防衛のほうがはるかに重要である。裁判は、秩序維持と社会防衛のための手段にすぎない。簡潔に要約すれば、ごりごりの刑事系司法官僚である彼の思想は、そのようなものだった。

また、折口は、自分が特に目をかけている人間の場合には別として、須田の決定する個々の人事に口を出すつもりも毛頭なかった。俗な表現を使えば、「他人《ひと》のことはどうでもいいさ、別に俺が困るわけじゃねえからな」というのが、彼のポリシーであり、生き方だった。

折口が気に食わなかったのは、刑事系裁判官に対する軽蔑を隠そうともしない須田の言動であり、部下たちの鼻面をつかんで引きずり回すようなそのやり方であり、最後に、そのような須田のやり方に一言の異を立てることもできず、事務総長という事務総局の最高ポストにありながら、命じられれば須田の靴の裏でもおとなしく舐《な》めるといった体《てい》でその決定に付き従っている、付き従わざるをえない、みずからのふがいない姿であった。

《しかし、それも、あと五年の辛抱だ》と、折口は、心の中でつぶやいた。《あと五年我慢しさえすれば、あのむら気な暴君に仕える必要はなくなる。少なくとも、事務総長職はあと二、三年のはずだ。高裁長官になれば、少しは息がつけるようになる。また、その後最高裁判事になれる可能性も高いだろう。それまでは、ただ頭を低くしてじっと我慢するしかない》

6

神林が、どうやったら須田の意向を確実に実現できるだろうかと思案しつつ、みるからに酷薄な光を帯びた細い目を一層細めて首席調査官室の方向へ歩み去り、折口が、鬱積《うっせき》した憤懣を心中に抱いて肘掛け椅子に深く座り込む一方で、須田は、悠々と自席に戻り、この午後にわずか二時間足らずで収めた成果を一人楽しんでいた。

長官に就任してすでに二年近くが過ぎ、強固な地盤をいやが上にも固めるに従い、めったに開かれない大法廷事件の裁判長としての職務以外にはもっぱら司法行政の統轄者としての職務を行えばよい須田は、そのように、長官室でゆったりと自己満足にふける時間が長くなっていた。


須田の父、拓弥《たくや》は、地方の帝国大学で英米法の研究をしていたが、くすんだ学究生活には飽き足りず、数年間のアメリカ留学生活を経た後、友人の経営する事業に関係し、後には、その中心となる企業の法律顧問や監査役を務めた。地方帝大出身者としての一種の反骨精神、屈折した反骨精神と、自由人の気風とを併せ持ち、しかしながらある種の権力志向をも抱いた人間であったために、多くのドロップアウツのように完全に支配層の圏外に出、一介のボヘミアンとして生きるということまではしなかった、できなかったのである。

須田は、この父の気風をそのまま受け継ぎ、それを拡大再生産するような生き方をしてきた人間だった。異なる点があるとすれば、権力志向と自己承認欲求の激しさにおいて、その父をはるかにしのいでいたことであろう。

須田は、子ども時代から非常によくできたが、東京帝国大学に入学するまでは、勉強らしい勉強をしたことがなかった。頭がよく回り、スポーツは何でも得意であり、この上なく生意気で図々しく、先生たちに難しい質問をしたり、議論をふっかけたりして、彼らの反応を楽しんでいた。

旧制高校時代は、スポーツと遊びに明け暮れ、その合間に本も読んだが、当時の学生たちの愛読書であった欧米文学やドイツ系哲学は、彼にはよく理解できなかった。小説一般や映画についても、通俗的なものでないとやはりよくわからず、頭が拒絶反応を起こして、すぐに眠くなるのだった。須田の知能はきわめて実際的なもので、手で触れられ、操作できるような事柄については抜群の冴《さ》えをみせたが、抽象的、観念的な、あるいは審美的な事柄になると、からきし弱かった。並外れた自信家の彼も、「俺には文学や哲学はよくわからん」とだけは認めていた。

大学ではさすがに彼も人並みの勉強はし、民事法系のいくつかの科目には一定の興味を抱いたが、父のように学者の道に進むことは全く考えなかった。

須田には、父譲りの、英米系の自由主義思想に対する憧れがあったので、高等文官試験についても、当時の秀才たちが目指すことの多かった行政科ではなく司法科を選択してトップの成績で合格し、軍務の関係では、元々陸軍に好意をもっていなかったことから、海軍の見習尉官を希望した。東京帝大、京都帝大出身者でも陸軍に入った者は二等兵であり、まともに人間扱いされないのみならず、かえって手ひどいいじめにあいかねなかったが、海軍士官は、最初から高等官待遇を受けた。また、敗戦が近付き、先の見通しが全く立たなくなる中、法律に詳しい中級将校になっていた彼の立場や意見は、急速に尊重されるようにもなった。

こうして、須田は、司法の世界という、戦前においては限られた権力しかもちえない狭い世界の人間ではあったにせよ、自由気まま、やりたい放題に生きて常にトップの位置にあるという恵まれた状況で敗戦を迎え、二十代の後半に、新制度下の裁判官となったのである。裁判官になった後にも須田の向こう意気の強さは少しも変わらず、普通の裁判官であれば出入りを避けるような戦後の夜の街にも平気で飲みにゆくのはもちろん、そうした場所で、女の子にしつこくからんでいたチンピラや米兵を素手で叩き伏せたという武勇伝さえもが伝えられていた。

須田は、新制度下の裁判所においても、それまで以上に幸運の波に乗った。戦後で人材が払底《ふってい》していたこともあって、任官後間もなく事務総局に入り、その後は、複数の局で局付、課長、局長を務め、その間裁判実務は十年も経験しないまま、東京近辺の地裁所長、事務総長、大規模高裁の長官を経て、最高裁判事、次いで最高裁長官に登り詰めたのである。事務総局系の裁判官はかなりの数いるが、彼のように、実務経験がわずかしかなく、一方事務総局ではあらゆる種類のポストを経験しているという特別な経歴の者は、ほかには一人もいなかった。

言葉を換えれば、須田は、「裁判官ではなかった」といえるかもしれない。元々父の若いころの仕事にあこがれて、また、英米系自由主義思想の影響を受けて、法律家、裁判官の道を目指したものの、官房系三局、すなわち人事局、経理局、総務局のすべて、そして民事局で働き、司法行政にとどまらない本格的な行政のセンスを身につけた彼の本質、また、そのものの考え方は、徹頭徹尾、行政官のそれだったのである。

裁判官としては、彼は、民事でも刑事でも非常に短い判決を書いて同僚たちを驚かせ、また、民事では、徹底的に和解に打ち込み、持ち前の話術と人心操作術にものをいわせて、次々と事件を片付けていった。これには、そのようなやり方が彼の性に合っていたことももちろんあったが、須田にとって、そのころの判決書の職人的な型にはまった書きぶりがわずらわしく、また、無意味に思われ、そんな馬鹿馬鹿しいことを学ぶために時間を費やす気がおよそしなかったということもあった。

いずれにせよ、須田は、見事な話術の才はあっても、文章はさほどうまくはなく、後年の彼の文章も、多くが、部下や昔の部下のつてを通じて人に書かせたものであるといわれていた。

東京地裁裁判長時代の須田に関してささやかれた噂の一つに、法服の裾に飴をいくつも忍ばせて法廷に入り、弁護士の質問が退屈になると、介入尋問を行いつつ器用に飴を包みから外して口の中に入れ、ぺろぺろ舐めながら証人尋問を聴いていた、というものがある。噂の真偽は定かではなかったが、それを耳にした裁判官たちの多くは、「須田さんならやりかねない」あるいは「須田ならやるよ、いかにもあいつらしい」との感想を、ある者はいかにも面白そうに、ある者は憎しみを込めて、漏らしたということである。

人事局長時代に、むしゃくしゃすることがあると、ぷいと局長室を出て近くのパチンコ屋でしばらくパチンコをやっていたという話はより有名で、これには目撃者もいた。いかに人事局長とはいえ、これは、上にいる最高裁長官や事務総長を間接的に愚弄する大胆不敵な行為といえたが、須田は、そのようなことに全く頓着しなかった。

実際、須田は、長官や事務総長がそれを知ったとしても何も言えないような力関係を彼らとの間に築いていた。しかし、たとえそうでなかったとしても真っ昼間から堂々とパチンコくらいはやりかねない、須田は、そんな、型破りの上級官僚だったのだ。

須田が大きく頭角を現したのは、人事局長就任に先立つ民事局長時代のことだった。右翼といっても差し支えない頑迷で視野の狭い国粋保守派の鍵沢長官には、一方では、そのような人物らしい大岡裁き志向的な側面があり、当時各地の裁判所に係属していた公害事件、戦後日本のアジア的、弱肉強食的繁栄の落とし子であった公害事件については、珍しく、積極的救済の意向を示したのである。これを受けた須田は、因果関係に関する証明責任の公害被害者側から企業側への実際上の転換、あるいは疫学的証明、集団的、統計的証明の導入という思い切った方針を裁判官協議会で示し、各地の裁判所は、ただちにこれを採り入れて原告らを勝訴させた。

しかし、須田らが、あるいは事務総局が、裁判官協議会で民意に沿った方針を示したのは、後にも先にもこれ一度きりであり、その後の各種協議会では、行政訴訟、国家賠償請求訴訟等を含め、統治と支配の根幹にふれる事案における司法消極主義、立法、行政尊重の方向が貫かれ、圧倒的多数の裁判官が唯々諾々とこれに従った。

そのことを考えるなら、《現場の裁判官たちの凝り固まった鈍い頭ではろくなことは考えられないのだから、我々が彼らに代わって考え、優柔不断で臆病な裁判官たちにあるべき方向を示してやるべきだ》という須田らの基本的な考え方にこそ本質的な問題が含まれていたことは、明らかだった。

一九六〇年代までは、ぎりぎりの線で権力に対峙しており、安易に妥協することを潔《いさぎよ》しとしなかった現場の裁判官たちの矜持《きょうじ》が急速に失われ、事務総局の方向ばかりみているヒラメのような裁判官たちが増えていったことの第一の責任は、鍵沢や須田らのこうしたゆがんだヴィジョンにあった。

もっとも、須田には、鍵沢とは異なり、英米的な自由主義へのシンパシーがあり、屈折した、また、家父長的、パターナリスティックなものではあったとしても、ある種の民主主義的感覚も一定程度あったことは、認めなければならないだろう。

須田は、裁判の現場を一貫して「二流官庁」とみていた。戦前の裁判所はもちろん、構成員の質が上がり、東大や京大の最も優秀な卒業生たちが一定数はコンスタントに入ってくるようになった戦後の裁判所についても、その見方は変わらなかった。裁判所は人を育てられる場所ではなく、ずっとそこにいれば、たとえ優秀な人間であっても、やがては世間の狭いお山の大将か、小心翼々のくせに気位ばかり高い「二流の官僚」になってしまうことは避けられない。それが須田の考えだった。

《二流官庁の官僚である現場の裁判官たちは、度しがたく愚かで先がみえないから、超越的な位置にある選ばれた「超官僚」である自分が、また、自分の率いる事務総局が、彼らの上に立って、あるべき方向を示してやらなければならない。結局のところ、わしの能力はずば抜けており、わしに匹敵する者など、日本の司法の世界には、いや、おそらくはほかの世界にも、存在しないからだ》

さすがに絶対に口には出さなくとも、須田の基本的なヴィジョンや自己認識がそのようなものであったことは、おそらく間違いがない。そのようなヴィジョンや自己認識こそ、父の拓弥とは比較にならないくらいの規模で実現した彼の成功の背後にあってそれを支えた思想、父から屈折した形で受け継いだ思想だった。

さて、須田が最高裁長官になってから後、東京高裁のある裁判長が定年まで数年を残して公証人の道を選び、退官の挨拶にきた際に、須田は、こういう言葉を発したことがあった。

「やあ、やめるんだってな。あんたにはどうころんでも高裁長官のポストはまわってこんだろうからな。早めにやめて公証人になるほうがいい。正しい選択だよ」

そして、激怒した相手が憤然と席を立ち、音高く長官室の扉を閉めて出て行ってしまった際にも、須田は、《核心を突かれてよほど悔しかったとみえる》と思っただけで、公証人の道を選ぶ裁判長にも様々な理由がありうるのであって、「高裁長官ポストの見込みがないから」ということだけが唯一の理由であるとは限らず、彼の言葉がもしかしたら誤っていたかもしれないということには、決して思い至らなかった。

　しかし、普通の高裁裁判長で退官の際に今更最高裁長官室を訪ねて挨拶をしようとする者などおらず、それをあえてしてくれた相手の自分に対する好意ということにすら心及ばなかったのは、須田の人間知に、ある種の致命的な欠落があったことを示しているかもしれない。

　いずれにせよ、須田は、必ずしも恐ろしいだけの冷血漢として割り切れない人間であり、その点では、折口や神林、あるいは桂木や田淵とも、明らかに異なっていた。パチンコの噂からもうかがわれるとおり、彼には、これも父親譲りの、ものにこだわらない俠気《きょうき》と愛嬌があり、気に入りの部下や後輩たちに対しては、時に、非常に温かみのある態度をも示したのである。だからこそ、彼を支持する人間も相当に多かった。

　そして、この人当たりの良さや愛嬌と研ぎ澄ました鋼《はがね》のような酷薄な冷たさとが同一の人間の中に共存していること、それが須田の魅力であり、さらに、そうした二面性の使い分けが並みの官僚たちのように見え透いた意識的な行為として行われ、したがって温かみのほうは偽《いつわ》りであることがすぐにばれてしまうということがなかったところに、つまり、使い分けが完全に無意識のものであり、また、いずれの側面も必ずしも嘘ではなかったところに、彼の絶対的な強みがあった。

言い換えれば、彼の言葉や行動は、いつでも、全く予測が付かなかったということだ。時によっては満面の笑みと大ボス的な包容力が現れ、時によってはおよそ人を歯《し》牙《が》にもかけない横柄かつ傲慢な尊大さと残酷さが現れた。しかも、あるきっかけでそれらの態度が急に切り替わってしまうこともしばしばあった。したがって、彼をよく知る人々は、常に、彼の表情や仕種に注意を払い、その感情の流れを一歩先んじて知ることを心がけていなければならなかったのである。

もっとも、その須田も、判事補のような若手に接するときには、彼の恐ろしい側面をあらわにはしなかった。これは、若手には一応やさしい顔をするという高位裁判官通例の接し方でもあったが、また、須田が、若手裁判官などはおよそ本気で対する相手とみていないという事実の表れでもあった。

《あれは、なかなかに大変な、切り抜けることが難しい時代だったな……》

7

須田が今思い起こしていたのは、彼のキャリアの中でも最も華々しい時代である人事局長時代のことだった。須田が若くして民事局長になったことについては、実は、当時の裁判所の中心にいた刑事系裁判官たちの陰謀という側面があった。当時は一人の人間が複数の局の局長を連続して務める例はなかったから、須田を民事局長にしてしまえばそれきりで、事務総局の中枢として権力を握る官房系、ことに人事、経理二局の局長を須田が経験することはありえないと考えられた。だからこそ、須田には、早々と民事局長のポストが回ってきたのである。

その後の裁判所しか知らない人々には想像しにくいことだが、戦後、一九六〇年代までの間は、裁判所で審理される重大事件の多くは、民事よりも刑事だった。大規模な公安事件、疑獄事件、学生運動関係事件等々がそれである。もっとも、実際には、民事事件のほうが数は多かったし、戦後に裁判官を目指すようになった優秀な若手たちは、型通りの事案が多くて検察の提出する作られた証拠を審査するだけの刑事裁判より、事実認定も法律論も面白い民事裁判のほうを好んだ。

しかし、その時代、裁判所で権力を握っていたのは、刑事系の人々だった。戦後に、新しいアメリカ型の刑事訴訟法の下で刑事裁判を行った人々、新刑訴派とも呼ばれる人々が、裁判所上層部に強固な派閥をつくっていたのだ。

もっとも、アメリカ型の刑事訴訟とはいっても、実際の運用はかなりの程度に日本的な糾問《きゅうもん》訴訟、自白を中心に事細かな事実認定を組み立てるいわゆる「精密司法」だった。同様に、刑事系の中心になった人々も、実際には、権力志向の強い官僚タイプが多かった。

向こう意気と押しの強い須田が裁判所組織の中でのし上がってこられた背景には、戦後派の裁判官たちのある意味での毛並みの良さと純朴さがあり、民事系の中には須田の敵というほどの人物はいなかったが、刑事系の中核部分は、当然のことながら須田を忌み嫌っていた。

ところが、ここに、刑事系の中核裁判官たちにとって予想外の事態が起こった。一時は裁判官の一割を占めたともいわれる東法協裁判官たちの台頭である。新刑訴派は思想の上では一応リベラル派のはずだったが、それは仮の姿にすぎず、学生運動関係事件や東法協問題では、彼らは、はっきりと権力の側に立った。

しかし、東法協問題は、学生運動関係事件とは異なり、組織内部の問題であり、したがって、国民党や右翼による外からの圧迫、攻撃にも対処しなければならなかった。刑事系の頑迷な国粋保守派である鍵沢長官は、最高裁長官となった須田が刑事系の折口を事務総長に用いているのと同じような理由から、民事系の升田秀継事務総長を用いていた。升田事務総長は、東法協問題に立ち向かうという難しい仕事を中心になって推し進めることのできる人間は須田のほかには見当たらないとして、彼が目をかけてきた人間であり民事局長である須田を人事局長に横すべりさせるよう、鍵沢に強く求めた。鍵沢は、最終的にはこれを呑まざるをえなかったのである。

刑事系の有力裁判官たちは、須田がこの時点で人事局長に横すべりすることについては、結局、黙認することとなった。そこには、東法協問題という厄介かつダーティーな事柄を須田に押し付けることで日頃の鬱憤《うっぷん》を晴らせるという気分もあったし、どうせ須田にも思い切ったことなどできず、泥をかぶることになるのが落ちだろうという甘い見通しもあった。

けれども、須田は、覚悟を決めて行動した。

まず、須田は、人事局長に就任するとすぐに、鍵沢らとともに、東法協つぶしの要《かなめ》となる事柄として、東法協の中心人物の一人だった長久保祐治判事補の再任拒否方針を決定した。最高裁裁判官会議の同様の決定は数か月後のことだが、そこに提出された資料を最終的にまとめたのは須田である。最高裁裁判官会議では、リベラル派と目されていた裁判官の中にも長久保再任拒否の意見を採った者がいたが、これは、裁判官会議に提出された資料の中に、長久保判事補にとって不利な何事かが、その真偽はおくとして、記されていたことを意味していよう。賽《さい》は投げられたのだ。

ルビコン川を渡ってしまった須田にもはや選択の余地はなく、彼は、持ち前の冷徹な勘を最大限に発揮し、緻密な戦略の下に、確実に敵をつぶし、若手の優秀な裁判官たちを一人また一人と転向させていった。一つやってしまえば、あとはもう同じことだった。心が少しずつどす黒くなってゆくのに任せて、一歩ずつ敵地の中へ踏み込んで行くほかない。須田は、自分が加わりはしなかったが間近に見ていた遠い戦線の記憶を、心の中に呼び覚ましていた。

ここまでは、須田にとっても必ずしも楽しい記憶とはいえなかったが、回想が次の段階に入ると、彼の彫りの深い顔には満悦の笑みが広がった。須田は、升田事務総長の後ろ盾を背景とした人事局長の権力を最大限に利用し、自分を抑え込もうとしてきた刑事系のトップたちを、次々と葬っていったのである。

鍵沢自身は、新刑訴派ではなかったものの刑事系トップではあったから、須田のこうした人事については心穏やかではなかったが、東法協問題がなお尾を引いている当時の状況では、到底須田を抑え込むことなどできなかった。鍵沢は、自己満足のかたまりのような人間であり、そのため、考え方に甘いところがあった。升田の言葉に乗って須田を人事局長に据えた時点で、刑事系の命運は決まっていたのである。

鍵沢が長官の座から去ると、須田は、さらに情け容赦なくみずからの先輩を含む刑事系エリートたちを切り捨ててゆき、その結果、新刑訴派の代表的な裁判官たちは、その後一人として最高裁入りすることができず、高裁長官を最後に裁判所を去っていった。

須田は、事務総長、高裁長官、最高裁判事、最高裁長官とヒエラルキーを昇ってからも徹底的な刑事系排斥を続け、刑事系の優秀な裁判官が最高裁入りしないように画策した。つまり、刑事系については、あまり優秀とはいえない、場合によっては須田の子飼いの人物を、あえて最高裁入りさせたのだ。裁判官出身の最高裁判事は、昔から、原則民事系四名、刑事系二名と決まっていたが、その刑事系二名に有力な裁判官が就任するか否かにより、元々人数の限られている刑事系の影響力は、相当程度に決定される。須田は、さらに、刑事局長にも子飼いの人物を充て、刑事系全体のプレゼンスを決定的に下げてしまった。

こうした須田の刑事系排斥人事が必ずしも不自然にはみえず、東法協つぶしの場合とは違って彼を非難する声もほとんど上がらなかった背景には、民事系裁判官たちの鬱積していた怨念があり、また、学生運動関係事件を最後に刑事の重大事件がなくなり、刑事事件それ自体の数も減少して、刑事系裁判官の数が減り、優秀な裁判官を刑事に採ることも難しくなり、そもそも客観的にみれば刑事系という裁判官の系列を維持しておくこと自体疑問になりつつあったという事情が存在する。しかし、その流れを的確に読み切り、東法協つぶし以上に冷徹な戦略で刑事系つぶしを行った須田には、やはり、たぐいまれな先読みの才覚があったというべきだろう。

「そうだ。わしは、あの小うるさい観念的左翼の東法協を切り、返す刀で、傲岸不遜《ごうがんふそん》で役立たずの刑事系をも切り捨ててやったのだ」

須田は、最後に、不敵な笑みを浮かべ、声に出してそうつぶやいた。

8

徳島地家裁所長辻宏和は、昨日から、憤激と混乱の極にあった。定期的に行われている高松高裁長官室における地家裁所長たちの会合の後、高裁長官の清宮和人から、さりげない風を装った、しかしどこか乾いたぎこちない口調で、「辻さん、ちょっと残って頂けますか？」と声をかけられたのが、その突発事態の始まりだった。

数分の間とりとめのない世間話と裁判所部内の噂話を続けた後、清宮は、突然切り出した。

「ところで、辻さん、このあたりで、第二の人生を始められるというのは、いかがですかな？」

「と申しますと？」

「実は、もしも御希望があるならということですが、新橋公証役場に来年四月に空きができる、その後任として入られてはいかがか、という話が、私のほうにきているのです」

「公証人、公証人ですと！」

辻は、驚きと、それとほとんど同時に身内に起こった、屈辱感を伴った怒りとから、思わず前のめりになって、湯飲みに残っていたお茶を、何分の一か茶托《ちゃたく》にこぼしてしまった。その一部は、テーブルの上にまで流れ落ちた。

「なぜ、ほかならぬこの私が、六十にもならんというのに、早々と、公証人なんぞにならねばならんのですか！」

「まあ気を静めて。あくまで、御希望ならという話なのですから」

清宮長官は、辻をいたわる態度を示しつつも、あとは、淡々と事務的に中央の意向を伝えた。公証人になりたくなければならずともよい、ただ、その場合には、辻の以後の異動は、必ずしも意に沿わないものとなる可能性もある、ここは一つ心静かにしばらくよくお考えになった上で、回答をお聴かせ頂けないだろうか、というのがその趣旨だった。辻は、怒りで顔を真っ赤にしながらも、それを長官にぶつけるのは筋違いであり何の利益にもならないことはさすがに理解していたので、くらくらする頭を抱えながら高松高地裁庁舎を出、公用車に乗り込んだ。

《なぜ、よりによって俺が、この俺が、六十の声も聞かずに、公証人なんぞにならなければならないのだ。直前には十年以上も東京地裁に在籍し、いくつかの枢要な部の裁判長を歴任したこの俺が……》

司法試験合格者がわずかしかいない地方国立大学出身者である辻がそのような地位にとどまっていられたのは、ブルドッグのような風貌そのままの神経の図太さ、労働部、行政部等の東京地裁特殊部における、海千山千、百戦錬磨の弁護士たちをも一喝して黙らせてしまうどすのきいた大声、鉈《なた》でぶった切るような苛烈な訴訟指揮、そのような彼が築いてきた後輩たちの人脈、そして、昨年退官したある有力な最高裁判事の推挙によるところが大きかったのだが、典型的な自己中心天動説型の人間である彼は、最も重要な最後の要素をあまりにも軽視し、また、自分の能力をあまりにも過大視していた。

自己過信は、生存競争にとって有利であるからこそ、人間の特質、とりわけ特別に秀でたものを持ち合わせない人間の特質となっていると生物学者たちはいう。辻はまさにそのような仮説の生きた証拠ともいうべき人物であり、実際、その特質がこれまでは功を奏してきたのだが、裁判官生活において初めて、その自己過信が彼にわざわいしていた。彼は、自分の身に降りかかってきた突発事態を冷静に受け止めて分析、対応することが、全くできなかったのである。

今、午後二時ちょうどを期して、辻は、所長室から、二期下の事務総局人事局長に電話をかけ、無謀な直《じか》談判を行おうとしていた。それがみじめな結果に終わるだろうことは彼も予期しないではなかったが、同時に、《もしかしたらこれは何かの間違い、手違いなのではないか？　そうでないとしても、ほかならぬこの自分が誠意を尽くして釈明すれば、この誤った結論も変わりうるのではないか？》という考えを、この男は、どうしても捨て切れなかったのだ。

交換手にしばらく待たされた後「はい、水沼でございます」という聞き覚えのある乾いた声が、受話器から響いてきた。

「今回の人事打診の件だが、どういうことなのか説明して頂けないだろうか？」

辻は、威厳を失わないように努めつつ、また、込み上げてくる怒りを必死で抑えながら、電話の向こうにいる人物に向かって問いかけた。

「はあ、清宮長官から御説明があったのではないかと存じますが……」

水沼は、硬い、同時にどこか人を小馬鹿にしたような口調で逃げを打ち続け、辻は、水沼に対し、少しずつ語気を荒らげながら執拗に食い下がり続けた。

「それじゃ何かね。君の言わんとするところは、要するに、公証人になりたくなければそれでもよい、しかし、その場合は絶対に関東には戻さない、定年まで地方を回っていろと、こういうことなのか、え？」

辻はついに核心に入った。

「身も蓋もないおっしゃり方をなさいますなあ。私は、ただ、こう申し上げただけのことですよ。何も関東だけが日本ではない、裁判所の場合にはことに地方にも優秀な人材が必要であり、辻所長のような方には、残された期間、ぜひとも地方の裁判所の中核、礎となって、裁判所全体の発展のためにお尽くし頂きたい、そうして頂ければまことに幸いであると……」

「ふっ、ふざけるな、ふざけたことを言うな！　人を馬鹿にするにもほどがあるぞ。貴様は何を考えているんだ？　これは一体誰の意向なんだ？」

「そこまでおっしゃるならお伝えいたしますが、須田長官直々《じきじき》の御意向です」

「須田が、須田さんが……そう言ったのか……？」

初めて事態の核心を把握した辻は、しばらくの沈黙の後、少し考える時間をくれと、言葉少なに申し出た。水沼は、お考え頂いて結構であるが、公証人の口、それもこの好況下とはいえ年収四千万円が保証されるような公証人の口はいつまであるかわからない、御回答は数日中にお願いできれば幸いである、と追い討ちをかけた。

がっくりと椅子に沈み込んだ辻は、《俺にはいつもあの人なつこい笑みを浮かべて迎えてくれていた須田が、実は俺を嫌っていたのだ》と考え、その考えに少しずつ自分をなじませた。そして、そのまま早退すると、夜まで寝込んだ後に、後輩のうちで一番信頼しており、優秀でもある、元最高裁調査官の萩岡忠信に電話で相談した。自分とともに憤《いきどお》り同情してくれるものと期待していた萩岡の言葉は、意外に冷静で、その醒めた口調は、辻の心に残っていた最後の張りを打ち砕いた。

「あきらめなさい。もうだめですよ、辻さん」と萩岡は言った。「大法廷で差止めが却下された例の中部国際空港事件が無理やり大法廷に回付される前に、私が、小法廷に、高裁判断維持、夜間飛行差止め維持の報告書を上げていたことは、御存知でしょう？　その結果どうなったと思います？　大法廷回付とともに担当調査官も変更になって事件を取り上げられ、その後の調査官時代にも重要案件は一切割り当ててもらえず、二年近く鳴かず飛ばずでした。そして、東京地裁に戻されたのはいいが、間もなく思ってもみなかった行政庁出向で、それも、その省の人間たちも手を付けたがらない組織整理再編のダーティーワーク、その法律面の責任者ですよ。『あなたはずっとここにいる人間じゃないから、いくらでも血も涙もないことができるでしょう。さあ、それじゃお手並み拝見』と、まあ、こういうわけです。

僕のこの人事を決めたのが誰かはわかりませんし、今更詮索する気もありませんが、僕は、須田さんだと思っていますよ。あれは、恐ろしい男です。血しぶきの一つや二つ飛んだところで、何とも思っちゃいません。そういう人間です。新橋公証役場、年収四千万円、それが、須田のせめてもの気持ちということでしょう。素直にお取りになっておきなさい。

ねえ、いいじゃないですか、辻さん。年収四千万円ですよ。正直な話、私だったら喜んで受けますね。公証人は経費があまり認められないから税金は高いですが、それでも、手取りは現在よりずっと増えるでしょう。退職金も辻さんの年齢ならほぼ満額出るはずですから、この好況が続くうちに投資でもされれば、一財産作れるかもしれません。七十になってもまだ余力がおありでしたら、それからまた弁護士をおやりになったらよろしいじゃありませんか？

幸運の女神には後ろ髪がないといいますが、須田の場合には、悪運にも後ろ髪はないですよ。須田の気が変わったら、もうそれでおしまいです。容赦なく、徹底的に痛め付けられるでしょう。明朝一番で、人事局の打診を受諾されることを、お勧めしますね」

辻の気力は完全に尽きた。彼は、電話を切った後、がらんとした所長官舎の暗い廊下に座り込んで、幼い子どものように嗚咽《おえつ》し始めた。

同じ日の午後五時ごろ、最高裁判事若林聡子《さとこ》も、また、最高裁判事室のカーテンを閉め切って、声を出さずに自席で泣いていた。

一時間近く前、神林首席調査官が面会を求めてやってきた時から、何となくいやな予感がしていたのだ。若林は、最高裁調査官全員の中でも、この、時代劇に出てくる悪賢い家老のようなのっぺりと整った顔立ち、そして、慇懃無礼の域を踏み越えて容易に無礼の域に達しかねない彼の物腰が嫌いだった。若林に対するときの神林の表情と態度は、いつも、《私にはいつでも定められたラインを踏み越える権利と覚悟があるのだが、あなたの顔を立てて、自分をセーヴしてあげているのですよ》と言わんばかりだった。

調査官の中には、もちろん性格のよい者も悪い者もおり、よい者は、行政法以外の法律に感覚のない若林の気持ちをそこなわないように気を遣いながら辛抱強く事実認定と法律論の要点を説き明かしてくれたし、悪い者は、面倒くさそうな表情を隠そうともせずぶっきらぼうな敬語で説明を行った。しかし、いずれにせよ、最高裁判事という彼女の地位に対する一定の敬意だけは、保ってくれていた。だが、神林だけはそうではなかった。彼女がおとなしくしている限りはよかったが、一旦質問や議論でも始めようものなら、「あなたは要するに女性の地位向上というスローガンのための飾り物にすぎないのだから、黙って私たちの意向に従っていればいいのです」という言葉が、今にも口から飛び出しそうな態度を取った。

そして、今日の神林は、これまでにも増して強硬、高圧的だった。

彼は、まだ報告書が上がってきてもいない殉職自衛官合同慰霊祭事件に言及し、若林の見解を問いただした。そして、若林が、揚げ足を取られないように注意しながら原審維持という自分の意見を告げると、神林は、言下にそれを否定した。

「若林裁判官！　そりゃあまずい、まずいですよ。仮にも行政官僚のホープとして最高裁に入ってこられたお方が、そんな、左翼かぶれの女学生のような、いや、これは失礼いたしました、私は、こういう性格で、口が悪いものですからな。それでいつも損をしております」ここでおもむろに薄い唇をぬぐうと、神林は、ずばりと切り込んできた。「大変失礼ながら、若林裁判官の名誉のために申し上げましょう。この下級審判決の考え方は、間違っておりますぞ。加えて、その内容に憤っていらっしゃる政権与党中枢の方々が数多く存在する旨も、お聞きしております。それはまた、多数の一般国民の心の声とも申せましょう。神社で慰霊祭が行われ、お祀《まつ》りされることの何が悪いのです。慰霊碑に名前が刻まれることのどこが悪いのです。自衛官にとって、最高の栄誉ではありませんか？　この女性は、かような訴えを起こすくらいであれば、何も、息子を自衛官などにする必要はなかったのです。彼女は、ただ、わがままを言い、だだをこねているだけのことです。

……いや、少し言いすぎましたかな。しかし、私がこのような出すぎたことをあえて申し上げておりますのも、ただただ、若林裁判官の名誉を考えてのことなのでございます」

「でも、私は、下級審判決の理由付けは説得力があると思うのです。私が読んだ限り、多数の報道もそれを評価しています……」

若林は、聞くに堪《た》えない神林のぶしつけな言葉に何とか割り込んで、みずからの見解を主張しようと試みた。神林は、今度は、押し黙り、彼女の言葉をじっと聴いていたが、いつまで経っても一切反応せず、相づちも打たず、ただ黙りこくっていた。とうとう彼女が気後れして口を閉じてしまうと、神林は、くだらない話は聞き飽きたと言わんばかりに何度も肩を上げ下げし、首をすくめ、吐き捨てるように言った。

「これだから困りますな、部外の方は。法律というものが、最高裁判決の重みというものが、全くおわかりになっていらっしゃらない。若林裁判官がそんな判決を出されたら、裁判官を最高裁に推薦された行政官の先輩の方々は、どのように思われますかな？　率直に申し上げて、若林裁判官の名がすたるような結果になるのではないかと、私は、憂慮いたしておるのですよ」

若林は、あまりといえばあまりに無礼な神林の言葉と態度に、不覚にも、涙をこぼしてしまった。

「おや、これは驚きましたな。よもや私の見間違いではないでしょうな？　どうされました？　仮にも最高裁判事ともあろうお方が、これしきのことで涙を流されるとは……」

とうとう、若林は、こらえ切れなくなり、そういう意地悪なものの言い方をしないで、私にどうしてほしいのか率直に告げてほしいと、心のままを神林にぶちまけてしまった。

すると、神林は、あっさり態度を変え、笑みさえ浮かべて続けた。

「いや、私も、実は、率直に申し上げたいと思っていたのです。裁判官のお気持ちはよくわかりますし、そのようにおっしゃって頂いて大変ありがたい。若林裁判官の御意見について私の思うところは変わりませんが、それはまた調査官報告書が上がってきてから追々お考え頂ければよいことです。また、いうまでもなく裁判官の御意見は裁判官御自身がお決めになることであって、私の意見は、一介の調査官としての個人的なものにすぎません。……ただ、本件が憲法解釈に関わる重大な案件であることは明らかですから、大法廷回付の御通知についてだけは、すみやかにお出し頂ければ大変ありがたく存じます」

若林は、神林から受けた侮辱と涙を見られた屈辱とから、そして、こうした感情と矛盾することではあるのだが、彼女の訴えに態度を変えて自分を人並みの存在として扱ってくれた神林の「好意」が再び刺すような「悪意」に変わるのをみるのが恐ろしいばかりに、大法廷回付にあっさりと同意し、「私自身もそれがよいと思います」との意見を述べてしまった。

神林が退出した後、一人になってみると、自分があのような男の術中にやすやすとはまってしまったことが悔しく、受けた傷の大きさにも呆然として、若林は、カーテンを閉め切り、静かに泣き始めた。そして、最高裁判事というこの役職に就いてしまったことを、心から後悔した。

国家公務員上級職試験に好成績で合格したにもかかわらず、女性というハンディーを考えて大蔵省等の人気省庁を希望せずに地味な官庁に入り、行政の世界の泥水を存分にかぶりながらもそれなりに自分の節を守って営々と勤め上げ、局長となった。そして、退官後、複数の名誉職的役職に就いた後に、最高裁判事職の打診を受け、思ってもみなかった重要職のオファーに動転しつつも、それを受けることが自分のためだけではなく世の中のためにもなる部分が少しはあるに違いないと信じて、また、「行政官出身者として、女性法律家として、大所高所から適切かつ新鮮な御意見をお出し頂ければ十分です」との須田長官の言葉を信じて、自分は、この恐ろしい「檻」の中に迷い込み、閉じ込められてしまったのだ。今となっては、もう、後戻りはきかない。残された期間、常に、神林を始めとする調査官や法曹資格をもった多くの同僚裁判官たちに気を遣い、教えを請いながら、おずおずと自分の意見を出し続ける、そんな生活が続くのだろう。

考えてみれば、私が甘かったのだ。私は、学生時代にちょっと読んだだけのアメリカの最高裁判例を思い出し、須田長官の言葉に乗ってしまったが、実際には、日本の最高裁判例の大半は民事の難しい技術的裁判で、行政畑を歩いて来た人間に簡単に口が出せるようなものではなかったし、三権分立や行政のあり方の根幹に関わるような裁判でも、それは結局同じことだった。現に、神林は、私を丸め込むのに法律論の一片すら口にしなかったではないか？　ああ、私は、一片の法律論を語られるにすら値しない最高裁判事なのだろうか？　しかし……しかし……この地位にいて、外部に泣き言を漏らすなど、絶対に許されない。

《今日だけは泣きたいだけ泣こう、そして、明日からは、これまでにもまして報告書や文献をていねいに読み、皆に少しは自分の存在を認めてもらえる意見が書けるようになろう》

若林は、そのように決意を固めると、ようやく泣きやみ、赤く泣きはらした目を何とか化粧で隠した上で、秘書官に、今日はもう帰宅するから車を呼んでもらいたい旨を伝えた。

若林が大型の官用車に乗り込んだちょうどそのころ、岐阜地裁判事補室井久《むろいひさし》は、憔悴《しょうすい》した心を抱えながら、官舎に至る道筋をたどり、小公園や川沿いのベンチがあると、しばらくそこに座り込んで、ほうけたように夏の夕空を眺めていた。

《俺の考えていることは変だ》と室井は思った。一体、いつごろからこうなってしまったのだろうか?

思い返してみれば、一昨年の末に所長室に呼ばれて、彼が書いたいくつかの判決の問題点を詳細に指摘され、「正直に言って、あなたには民事は荷が重いように思う。来年度から刑事に転向してはどうですか?」と示唆されたのが、ことの始まりだった。所長は、裁判官には珍しい、ざっくばらんで度量の大きな民事系の人物だったが、その分、判事補や書記官に対しても、仮借《かしゃく》なくものをいうところがあった。

確かに、室井には、民事事件は、判決のみならず、訴訟指揮や和解も荷が重く、当事者の主張についてゆくのがやっとで、到底、審理をリードする水準には至らなかった。だから、彼自身、そのことを指摘されれば、うなずくほかなかった。また、「刑事は希望者が少ないから、刑事をやっていたほうが、遠方への異動は少なくてすむしね」という所長の言葉も、まわりを見渡してみれば、確かにそのとおりの事実だった。

去年の春に刑事部に移って、半年くらいは無我夢中で仕事をしていた。刑事への転身を勧めてくれた所長も、彼のことを気遣い、顔を見れば何かと励ましの言葉をかけてくれた。しかし、その所長も、去年の秋には異動で東京へ帰ってしまった。

室井は、あるとき、勾留理由開示の席で弁護士と被疑者から強い口調で非難され、その後も二、三そういうことが続くうちに、自分の出している裁判、判断に、自信がもてなくなってきた。単独体裁判の法廷がある日には一日中続く交通事故、覚醒剤、窃盗等の型通りの事件でも、被告人は、よく、無罪を主張した。疲れてきているせいか、その主張が、どれを聴いても嘘を言っているように思える日があるかと思うと、どれを聴いても正しいように思える日があるのだった。

そうこうするうちに、室井は、犯罪というものの「意味」がよくわからなくなってきた。なぜ、百円のカップ清酒一本を万引きしても厳しく処罰されるのに、明らかにそれよりも悪質な人間の行為の数々は、不問に付されているのだろうか？　それに、考えてみれば、自分だって学生時代にはキセル乗車をやっていた。あれも立派な犯罪なのだ。そのような自分にはたして刑事裁判官の資格があるのだろうか？　こうした疑問が、ひっきりなしに湧いてくるようになった。

《俺の考えていることは変だ》と室井は思った。

誰かに相談しようにも周囲に相談相手はなく、かといって、精神科を受診するのは恐ろしかった。そんなことが裁判所に知れたら、どんな処遇を受けるかわからないと思った。

一旦そういう状態におちいってみると、裁判所は、砂漠か荒野のような場所だった。カウンセリングのシステムがないのはもちろん、調べてみると、正式な休職の制度すらないことがわかって、室井は、愕然とした。

それでも無理をして仕事を続けるうちに、室井は、ある奇妙な衝動にとらわれるようになった。簡単にいえば万引きなのだが、彼の心中にあるのは、物を取りたいという意思では全くなく、《ここにあるこの商品を自分が別の場所に移すことが目撃された場合、自分が罰せられるかどうかを確かめたい》とでも表現するほかない衝動であり、そして、その衝動は、《自分にとってそれは何よりも恐ろしいことであるにもかかわらず、そうしなければならない》という別の衝動をも伴っていた。

室井は、図々しく街路に張り出して陳列されており、また、店主や店員がそれを見ていない雑貨、雑誌、食料品のたぐいを何よりも恐れた。そういう店の前を通るたびに、例の恐ろしい衝動と戦わなければならなかったからだ。

哀れな室井久……。もしも、刑事部の部長である裁判長判事や室井より若い左陪席の判事補が彼の異変に気付いたなら、しばらく休ませてもらった上、たとえば家裁で家事事件の簡単なものだけを担当するといった形で軽い仕事を割り当ててもらいながら、回復を期することもできたはずだ。しかし、室井は、おとなしすぎるほどおとなしくて影の薄い人間だったために、外見から彼の変化に気付く者はいなかった。よく見れば、憔悴した表情や据わった視線が奇妙に感じられたはずなのだが、ただ、担当書記官が、部の主任書記官に向かって「室井裁判官は最近かなりお疲れのようですね」と告げただけで、その言葉が、裁判長以上の人間にまで達することはなかったのである。

室井は、商店の前を避け、時々ベンチで休んで脂汗を流しながら、官舎までの長い道のりを、息も絶え絶えにたどっていった。

同じころ、東京近郊の五階建てスーパーマーケット地下の生鮮食料品売場、本日の特設会場では、判事補が広く社会の有様を知り、体験するという触れ込みで始められた判事補の他職経験制度により、裁判所からそのスーパーを経営する企業に一年間出向中の女性判事補栗本彩乃《あやの》が、居並ぶ記者たちの前で、スイカを手に持ったり、客に渡したり、並べ直したりする様を写真に撮られ、併せて、インタヴューを受けていた。

新聞社の取材が一段落すると、今度はテレビの撮影が入った。

「裁判官が、スーパーの地下食料品売場で、夕方の買物時に、その日の目玉商品を売るための工夫を重ねている、今日は、こんな情景を皆さんにお届けします」

まだ幼さが顔に残る女性記者が切り出し、スイカの山の前に立つ栗本にマイクを向ける。栗本は、一時間前から何度も繰り返している型通りのコメント、つまり、民間の仕事は三年間やってきた裁判官の仕事とは全く異なり最初はすごく戸惑ったとか、お客様のその時々のニーズや嗜好《しこう》を読むのは大変難しいとか、まわりの皆さんの親切に支えられて何とかやっているとか、裁判官が裁判所の外に出て社会の現実の有様を知ることは必ず今後の仕事にも役立つと思うといったコメントを行い、栗本より少し若くみえる記者が、満足げにそれを引き取って、同様に型通りのまとめを行った。

ようやく、これまでに経験してきた中でも一番人の集まったその取材がすむと、栗本は、ぐったりと疲れていた。最高裁事務総局広報課がセッティングし、その課付や職員たち、そして企業の広報部をも交えた詳細な打ち合わせが事前に行われたこの取材は、彼女にとっては、仕事の一部だった。というよりも、これこそ最も気を遣う必要のある彼女の「仕事そのもの」だった。

しかし、何という愚劣さだったことだろう。夕方の混み合ったスーパー地下食料品売場にいかにもそれらしく積み上げられたスイカの山の前での、仕組まれたセレモニー取材。事務総局広報課付や職員たちのつまらないアイディア、その趣味の悪さには啞然としたが、取材にやってきた記者たちの投げやりな態度、なれなれしい、ぞんざいな気安さ、質問の陳腐さにも、同様に驚かされた。カメラマンたちは、栗本の周囲のあちこちから同時に撮影を行ったから、そうした写真の中には他社のカメラマンも写り込んでしまうはずであり、そんな写真が紙面に使えるのかしらと、彼女はいぶかしく思った。裁判所に対する義理立ての意味もあって行われるこうした取材を積極的にやりたいと思う記者はあまりいないだろうし、だから先方にも一種自嘲的な気分があるだろうことは容易に想像が付いたが、それにしても、この取材全体に、独特の、何ともいえないいいまわしさ、深い欺瞞《ぎまん》があった。

栗本が、実験的段階を経た上で本格的に始められた判事補の他職経験制度、判事補が一定期間企業や官庁に実質的に出向するこの制度の最初の候補者二人のうちの一人に選ばれた時には、それなりの誇らしさをも感じたものだ。しかし、今になって考えてみると、東京地裁初任の同期の中で自分が選ばれた理由は、女性だからということと、判事補にも随分美人が出るようになったといわれたみずからの外見とが関係していたのかもしれないと、栗本は、考えざるをえなかった。同時に出向したもう一人の男性判事補に比べると、自分に対する取材のほうがやたらに多かったからである。そうしてみると、スーパーの経営に携わるこの企業への自分の出向自体に、ある含みがあったのではないかという気もしてきた。ここでは、季節ごとに様々な種類のセレモニー取材を仕組むことが可能だからだ。

栗本自身は、判事補の他職経験制度の趣旨、大義名分自体は理解して出向に応じたつもりだったし、日々の仕事にも励んではいたが、この出向が、自分の裁判官としての視野を広げ、仕事の質を上げてくれるような内容のものなのかについては、疑いをもっていた。そういう意味では、大学時代に経験した地域密着の学生セツルメント活動のほうがよほどためになったし、また、彼女は、もしも自分で業種の希望が出せるなら、ジャーナリズムの現場に入って、自分のほうが取材する側に回ってみたかった。しかし、今日のような取材を経験すると、たとえ自分が新聞社や出版社に出向したとしても、やはり、「一年間のお客様」として、メディア向けに企画されたセレモニー取材、イヴェント取材のようなどうでもいい仕事、せいぜいそれに毛の生えたような仕事しかさせてもらえないだろうという気もした。

《セレモニー取材を行う判事補記者の取材活動を扱ったセレモニー記事っていうのはどうかしら？　ロシアのマトリョーシカ人形みたいで、面白いかもしれないじゃないよね？》

栗本は、記者たちが去ったあとの食料品売場でスイカの山を片付けながら、心の中でそう思い、そして、「このくそスイカが」と小さくつぶやいた。彼女は、取材のみならず、記者たち、広報課付や広報課の職員たち、売場の同僚たち、スーパーの客たち、そして自分自身をも、心の底では、深く、激しく、憎み始めていた。

9

同じ日の夕刻、笹原は、近辺では唯一古い建物となった法務省内の民事局の一角で、参事官の刀根《とね》真人《まさと》、そして笹原よりも数年年長の二人の法務省民事局付とともに、民法の一部、その重要部分改正の立法準備作業に関する検討を行っていた。最初のころは田淵と一緒にきていたのだが、田淵は、しばらくして笹原が仕事の内容を呑み込んでしまうと、何かと用件を作って、法制審議会を除いた法務省部内における検討には、笹原だけを出すことが多くなっていた。元々田淵には立法準備作業は性に合わなかったし、参加していてもこれといった意見も出せず手持ちぶさたになることが多かったので、笹原に任せることにしてしまったのである。

　これは、本当をいえば田淵にとって利益にならないことのはずだったが、局長の矢尾はもちろん、一課長の桂木も、見て見ぬふりをしていた。官僚のヒエラルキーにおいては、その階梯《かいてい》を昇るほど構成員の問題点、問題行動が不問に付される割合が大きくなってゆくが、田淵はすでにこの階梯をある程度昇っていたし、田淵が立法準備作業にとって何の役にも立たないだろうことは、誰もが暗黙のうちに認めていたからである。

　法務省民事局における、また、法務省で定期的に開催される法制審議会における立法準備作業、うち後者の審議会については、参事官らが会議事項の原案や資料を作り、それを叩き台にして審議が行われるわけだが、こうした一連の立法準備作業は、笹原にとっては、興味深く、楽しいものだった。

　第一に、実質的には裁判官や書記官の支配、統制のための仕事になっている司法行政とは異なり、やりがいのあるまともな仕事だったし、第二に、笹原の個人的な志向にもフィットしたからだ。法案をゼロのレヴェルから叩き上げてゆく立法準備作業では、「それは当たり前」ということが一切なく、当然の前提のはずである事柄の一つ一つについてその意味や当否を精確に検証してゆく必要がある。これはまさに笹原向きの作業だった。笹原は、今後の裁判官のキャリアには意味がないもののように思えて留学から帰って以来放り出していた民法の研究も再び始めていた。

法制審議会における学者たちの議論も、大学における講義の場合とは異なり、一人一人の意見がその場で試されるので、鋭い緊張感があった。部会長の榊原義明は民法学界の大ボス的存在で、強権的な議事進行を行ったが、学者としての力量は確かにあったし、メンバーの中核である東大等の教授、助教授たちも、このころまでは、つまり、笹原より少し上の世代までは、その質と一定の創造性を保っていた。

笹原が家庭局の付き合いで出ている国際私法部会における議論ですら、全く準備の必要はないのでその場で聴いているだけだったが、面白かった。また、国際的な事件、この改正では離婚、親子等の法律関係に関わる事件が対象とされていたが、そのような事件においてどの国の法律を用いるかを決める国際私法という学問、通常であれば取っ付きにくくわかりにくい学問の考え方の核心も、自然に理解できた。また、笹原が帰ってから局長室で行う説明をあっさりと理解してしまい、みずからも学問的な興味を抱いて即座に適切な質問を返してくる矢尾局長の法的センスも、たいしたものといえた。

民法改正立法準備作業の責任者である刀根参事官は、田淵課長より少し期が上の、ざっくばらんな性格の人間だった。やはりいくつかの任地を経て法務省に出向してから認められたのだが、同じような経歴をたどってきた田淵とは異なり、鋭利で旺盛な知的エネルギーをもっていた。ただの法務官僚、役人ではなく、やや粗削《あらけず》りながら力強い構想力をもったクリエイター的な人物で、学者の道を選んでいたとしても、独創的な仕事をすることができただろう。無類の麻雀好き、筋肉質の痩身《そうしん》、長身で、手指が際立って長いといった彼の特徴にも、裁判官一般には乏しい「個性」が強く表れていた。彼に伴走しつつ条文案を整えてゆく作業から笹原が学んだものは大きかった。

「いやあ、これまでは、最高裁の言うことは、何だかよくわからなくてね、局付も若かったしさ。あなたがきてくれるようになってから、やりやすくなって助かるよ」

その日の打ち合わせの終わりに、刀根はそう言った。

「はあ、僕も、こっちにくる時のほうが楽しいです。少しでもお役に立てればうれしいです」と、笹原は、刀根と二人の局付に挨拶し、法務省を出た。

わずかに涼風が吹き始めた夏の夕暮れの空に、大きな淡い満月がかかっていた。

「やあ、笹原君。元気にしていますか？」

東京高地裁の前で声をかけられ、笹原が目を上げると、司法修習生時代の地裁所長で世話になった相澤哲太郎、今は東京高裁刑事の裁判長となっている相澤の、にこやかな笑顔が目に入った。

「これは相澤所長。お久しぶりです」

裁判官たちは、自分が最初に接した時のその人のポストでその人物に呼びかけることが多い。ことに、その人物と関係が深かった場合にはそうである。簡単に「さん」に切り替えることが何となくはばかられるからだ。

二人は数分の間とりとめのない会話を交わした。笹原のほうには今の境遇に対する不満や疑念も兆《きざ》していたが、彼は、それにはふれなかった。短い時間で語ることのできるような事柄ではなかったからだ。話題が最後に数年前の唐木敦事件判決のことに及ぶと、相澤は、「将来はあの判決がリーディングケースになる、そうでないとしても再評価される時が必ずくるはずだ」と強い口調で語った。笹原は、その判決に込めた相澤の並々ならぬ思いを感じたが、相澤の口にした見込みについては、微妙なところではないかと考えた。

しかし、笹原はもちろん、相澤も、ここにいる二人のうちの一人のキャリアの終着点がすでにある人物によって決定されてしまったことまでは、知る由《よし》もなかった。

10

長谷川朔也、笹原、野々宮の三人の局付は、田淵課長のあとに続いて総務局の会議室に入って行った。入口の近くで三人をみかけた総務局二課長の柳川は、「おや、三人もの年長局付が揃《そろ》い踏《ぶ》みとはすごいね」と愛想よく声をかけた。先頭の長谷川は、「ええ、まあ、色々ありましてね、へへへ」と、いくぶん韜晦《とうかい》するような口調で答えた。

会議のテーマは、ある国会議員から入った、また、今後も複数回続く可能性のある細かな質問事項に対してどのように答えてゆくかの方針を決めることだった。質問の内容は、民事局関連では民事訴訟手続の細部に関する事柄が中心だったから、本当なら笹原がついてゆけば十分なところ、話題がどこまで広がるかわからないからと言って、田淵が、野々宮のみならず三課の長谷川まで引っ張ってきたのである。案の定、総務局と刑事局は、課長と局付一人ずつしかきていなかった。

総務局は、国会関係、書記官関係が主な業務なので、総務局一課長の火取恭一郎《ひとりきょういちろう》が司会を務めた。国会議員の質問自体に取り立てて重要なものとは思われず、会議は淡々と進んだが、その議員の質問はいつもねちねちとしつこいので法務委員会席上での対応が大変面倒だという話になった時に、火取が、突然、言い放った。

「俺、ブンヤから聞いて知ってんだけどさ、こいつ、女のことで問題があるんだ。週刊誌かテレビにリークしてやったらいいんじゃねえかな？　当分の間、質問どころじゃなくなって、そのうち会期も切れるかもしれねえしさ」

しばらくの間、会議の席を、石のような沈黙と静寂が支配した。

それから、互いに顔を見合わせた後、刑事局の課長が、それはまずい、リークの出所がばれたらおしまいではないかと言い、田淵すらも、裁判所の廉潔《れんけつ》のイメージということを口にした。

「ふうん、皆さん不賛成というわけだ。じゃあ、まあ、引っ込めるよ」

火取は、平然とそう答えると司会に戻ったが、ほかのメンバーは、なおしばらく、彼の言葉から受けたショックが残って、思考がとどこおっていた。

「いやあ、びっくりしたなあ！　あいつ、何言いだすんや」

会議後、遅い食事を取りながら、長谷川がつぶやいた。

「総務局の中でならともかく、ほかの局も集まった席であんなこと言って、いくら何でも脇が甘すぎるんじゃないの」と野々宮が続けた。

「いやいや、とんでもないところにきたよ。今日という今日は、あきれてものが言えなかったね」と笹原も応じた。

「でもな。あの人は確かに不用意かもしれんが、官房系では、ああいうこと、時々言ってるんとちゃう？　だから、あんな言葉がぽろっと出てくるんだよ」と長谷川が続けた。

「そういえば、この前の国賠事件の一覧表も気持ち悪かったよね」と笹原が言うと、野々宮が、苦い顔で深くうなずいた。

一覧表の内容は簡単なものであり、特定の期間に全国の裁判所で判決が下された国家賠償請求訴訟について、関与した裁判官の氏名と、判決主文の内容とをまとめただけだったが、典型的な単純作業であるにもかかわらず、その作成には、数人の局付だけが携わった。

課長補佐たちの口の堅さは十分に信頼できるにもかかわらず局付が多忙な時間をさいて単純作業を行わなければならなかったということは、その書面に高い正確性が要求されていたことを意味しよう。また、裁判官たちの氏名まで記したそんな書面が民事局内で必要であるとも、およそ考えにくかった。つまり、その仕事は、明らかに官房系からの依頼にかかるものだった。笹原も野々宮も口には出さなかったが、その書面が何らかの形で人事の参考に供される可能性は、否定できないと思っていた。

ほかにもそれぞれの仕事の陰の側面に関する話が続いた。聞いていると、そこにいる三人、また、ほかの二人をも含めた五人の局付のうちで、笹原の仕事にそうした部分が最も小さいことは、明らかに思われた。三人の会話は、民事局の局長と課長たちのことに移った。

「大体さ、僕たちは、裁判官やってきたから人間がわかってるみたいに思ってるけど、本当は、人をみる眼なんか全然ないんや」と長谷川は言った。「我々みんな、ここにくるまでは、田淵課長がいい人だと思ってたじゃないか。そのことだけ取っても、人をみる眼なんてないことは明らかだよ」

そう言われてみると、あとの二人には言葉がなかった。確かに、裁判官や弁護士の人をみる眼は、当事者や証人の信用性といった限られた側面では研ぎ澄まされているものの、一般的にいえば、平板で浅い部分があることは否めない。そうした部分が補われるには、事務総局等の行政事務、それも権力の中枢に近い部分に一度は入ってみることが、必要なのかもしれなかった。

しかし、長谷川は、彼自身としては田淵よりも桂木のほうを憎んでおり、金脇や満田のように桂木の意向を敏感に察してそれを笠に着る、とまではいわないとしても、その権威を利用するということが全くなかった。また、笹原や野々宮と異なり、矢尾局長をも評価しなかった。

「あの人はさ、裁判官としては、あるいは学者としては、優秀かもしらんが、局長としては失格だよ。一課長を抑えられていないし、課長たちがめちゃくちゃやって、局付や、それ以上に職員たちが被害を被っていても、是正しないしさ。あの人、ちゃんとわかってるはずだよ、馬鹿じゃないんだから。それなのに何もしない。職員には、もう限界で、体調を崩す者まで出てきているのに」

笹原と野々宮は、今度も、言われてみればそのとおりと、心持ち視線を伏せた。

「そもそも、『事務総局』なんて大仰な名前を付けるからおかしくなるんや。本来、裁判事務のための下支え、お世話をするだけのところのはずじゃないか。私立大学の本部や事務局と同じだよ。『事務局』で十分なんだよ」と長谷川は続けた。

「それは言える。『事務総局』って、全体主義的共産主義国家の中央官庁みたいだよね。あるいは、オーウェルの『一九八四年』の真理省みたいなところかな」と笹原が受けた。

「情報統制の真理省と、思想統制の愛情省を合わせたようなところさ」

長谷川が、笹原の言葉を引き取って、吐き捨てるように言った。

「おやおや、皆さん。おそろいで何か密談ですか？」

正面から浴びせられた声に三人が一斉に顔を上げると、三課の金脇局付が、トレイを手に彼らの前にたたずんで、にやにや笑っていた。

「密談ってどういうこと……？」と笹原が問いかけようとすると、金脇は、「いや、内容は聞こえませんでしたから、気にしないで下さい」と言い残して、左足をわずかに引きずりながら向こうのテーブルに行ってしまった。

「何が密談なんだろ？」とまだこだわっている笹原に対して、長谷川が取りなすように言った。

「まあ、悪気はないんだよ。つまり、金脇君からみれば、今年入ってきた三人は、行政官、局付の資格を欠くようにみえる、だから、無駄話をしていても反抗のための密談でも交わしているようにみえる、そういうことなんだろう。……実際、我々は、筋や道理にこだわる人間で、そういう意味じゃ『ダメ局付』なんだから、彼にそんなふうに思われても、仕方ないんとちゃう？　気にすることないよ」

しかし、笹原は、金脇の目からみれば自分を含む三人が異端の人間にみえるらしいことにこだわっていた。

笹原は、何かにつけて矛盾した側面を自己のうちに抱え込んでいる人間だった。彼の両親の性格は互いに全く異なっていたが、子どもを自分の意のままになるペットのように考えて自分の期待を押し付けるという点では共通していた。彼は、そんな両親と日々戦い、あるいは妥協しながら、子どものころには友達らしい友達もなく、多くの翻訳書を含む書物やあらゆる種類の芸術から様々なことを学び取って育つうちに、いつの間にか、日本社会の異端者になってしまっていた。

そして、そうした傾向は、大学に入って故郷から離れ、年齢が上がるにつれて、少しずつ強く表に出るようになってきていた。ところが、その後、司法修習を経て任官し、司法官僚的な性格の濃い日本の裁判官集団の中で暮らすうちに、今度は、常に人目を気にし、横並びで人に従おうとする傾向、それは主として彼の母方の血として受け継いだものだったが、それが表に出ることが、少しずつ強くなってきていた。この二つの傾向のせめぎ合いは、どこかで笹原に無理をさせ、彼を苦しめ続けていた。けれども、彼自身、この時点では、まだ、そのことを十分に自覚してはいなかった。

11

火取は、会議が終わったあと、自席に戻ると、「ちぇっ、だらしないやつらめ」とつぶやき、決裁箱にたまっている書類に手を伸ばした。彼は、早くも刑事系でかなりの地歩を固めつつある人間であり、須田の刑事系排斥人事後めぼしい人材が少なくなった刑事系の、新しい中心の一人と目されていた。

須田にはある種の微妙な自制の感覚があり、自分よりも一定程度下の世代の裁判官たちに関する人事やその方針については、特別なことがなければ口出ししなかったし、そういう裁判官たちに対しては、彼の側近たちにするように頭からどなりつけることもまずはしなかった。

ピラミッド型の閉じられたヒエラルキーである日本の裁判所においては、ことに若い世代については、能力主義を貫徹しておく必要がある。一面的な基準にすぎないとしても、それがあるから何とか公平と自浄が保たれているのであり、判事補人事や新任の選別にまで情実、御都合を採り入れてしまえば、閉じられた組織は、あっという間に腐ってしまうからだ。須田は、意識にのぼらせてそのように考える人間ではなかったが、本能的にそうしたことがわかってはいた。だから、彼の刑事系排斥政策も、火取の世代にまでは及んでいなかったのである。

また、衰えたりといえども、刑事系には、昔からの「一体としての結束」という特色があった。裁判官は、一枚岩の組織としての裁判所の住人である反面、個人レヴェルでは相互の結び付きが弱く、砂粒のようにばらばらであって、孤立した状態でラットレース、際限のない出世競争を強いられつつ、事務総局の統制に服していた。しかし、刑事系においては、その職務の性質からくることであろうか、昔から、上から下まで一体としての結束が非常に強かったのである。そして、現在の刑事系の中心に残された自然発生的なゆるい派閥、ないしは人的結合の中にいるか否かによって、個々の裁判官が庇護《ひご》される度合いは、全く異なっていた。

たとえば、この派閥の中にいる限り、無罪判決が多くて筋を通すことで有名な裁判官でも、地方に左遷《させん》されるようなことはなかったし、反面、この派閥から締め出されてしまった裁判官は、おとなしく裁判所当局の方針に従っていても、ある水準以上にヒエラルキーを上昇する見込みはなかった。そして、このみえにくい派閥だけは、須田といえども、手の付けようがなかった。実体も中心もどこにあるかわからないアメーバのようなものを切るという話になるからだ。

そして、火取は、このゆるい派閥の中心人物たちから目をかけられていた。さらに、事務総長の折口もこの派閥には関係していたから、火取の地盤は安泰だった。刑事系裁判官とその裁判を信用していない須田が、刑事裁判制度に関する海外事情の調査に人を出した際にも、選ばれた裁判官たち、ことに火取は、刑事裁判に対する国民の司法参加の方向にも、刑事系裁判官というセクションをなくす方向にも真っ向から反対する報告書を提出した。

しかし、須田も、「長官ともなってしまうと、さすがに調査員の人選にまでは一々口を出しにくいので刑事局に任せたが、失敗だったな」と側近たちに語っただけで、それによって火取ら海外調査におもむいた裁判官たちが不利益を被ることまではなかった。

《あのレポートを提出してやったあとで顔を合わせた時の、じじいの顔は見物だったな》

火取は、思い出し笑いをしながら心の中でつぶやいた。彼は、内心では、また、自分の子分たちの前では、須田のことを「じじい」と呼んでいた。

火取は、いくつかの点で須田に近いタイプの司法官僚だった。同じように官房系を根城《ねじろ》にし、同じように手を汚すことをいとわなかった。ただ、須田には人を引き付ける陽性の魅力もあったのに対し、火取は、陰気で、暗く、冷たかった。そのくせ自己認識が甘く、自信家で、自分は、刑事系の、新しい、そして数少ないホープの中心であるのみならず、須田以上に下からも慕われていると思い込んでいた。

須田と二十近く年の離れた世代の野心家の課長たちは、程度の差こそあれ、いずれも、須田の独裁的権力志向や先読みの能力を見習っていたが、須田の権謀術数《じゅつすう》を支えているある種のバランス感覚、あるいは、刑事系や左派との戦い、また、国民党などの外部権力との綱引きの中で須田が身につけた自制の能力はもたなかった。彼らは、ある意味で、「須田の子どもたち《スダズ・チルドレン》」だったが、親の悪い面だけを引き継いだ子どもたちでもあった。

火取はそんな課長たちの中の典型的存在であり、判事補時代にもただ一人東京地裁の判事補会に入ることを拒否してあきれられたし、その真相を詳しく知る者はいなかったが、大酒を飲んで致命的な失敗をしでかし、何とかもみ消してもらってからは、酒は一切口にしないと言われていた。そして、そのように、一つとして本当につまずき、手痛い目にあうことがないキャリアを送ってきたために、火取は、刑事系のふところ深く守られている寵児《ちょうじ》の自分には何でも許されるし、こわいものなどないという考え方を、少しずつ強めていった。

そんな火取にも唯一頭の上がらない相手があり、それが須田だった。また、自信家の火取も、須田の鋭敏な先読みの能力、巧緻な策謀、如才ない動き方、総じて見事な権力支配と統制の技術にだけは一目置いており、これまでも、常にそれを学ぼうと努めてきていた。
《じじいの限界は、どこか甘いところがあることだ。あいつは、不徹底だ。俺なら、もっと徹底的にやる。それと、あの柄《がら》でもない御大層なヴィジョン。一皮むけば権力欲のかたまりのくせに、何を小ぎれいなことを言っていやがる。鏡で自分の顔をよく見てみやがれ!》
心の中に広がった須田に対する憎悪と羨望の念で頭がいっぱいになった火取は、やむなく仕事を中断し、長官室の方向を激しくにらみ据えながら、そちらに向かって、手にしたコーヒーカップを心持ち突き出してみせた。
《じじい。俺は、いつかあんたを超えてやるぜ》

12

民事局長兼行政局長の矢尾は、郊外の一戸建てである自分の家に帰り着くと、鞄を投げ出し、着替えるのも早々に風呂に入り、自分の身にまとわりついているものを洗い流そうとでもするかのように、やせた身体をていねいに洗った。

ここ一か月ほどは、芙蓉《ふよう》会館訴訟の関係で忙殺されていた。芙蓉会館訴訟とは、中華民国が、勤労青年や学生のための親睦施設及び寄宿舎である芙蓉会館に居住する寮生たちに対して提起した明渡請求訴訟である。どうということのない民事事件のはずだったが、訴訟の原告たる適格と芙蓉会館の所有権の帰属について国際問題が生じ、中国が俄然興味を示し始めたために、政治問題化してしまった。

芙蓉会館はどうみても外交財産や国家権力行使のための財産ではなかったから、中華民国に原告適格や建物の所有権を認めても問題はない、それが素直な理屈であり、最初の高裁判決が事件を地裁に差し戻したために四つになった下級審判決のうち最初のものを除いた三つも、そのような考え方を採っていた。

ところが、この事件が最高裁に上告されると、外務省が最高裁に非公式の照会を行ったらしく、上からの指示の結果、ここのところ、外務省の課長らがしょっちゅう民事局長室に出入りして、様々な申入れを行っていた。矢尾は、こうした外務省の動きは非常識だと考え、上にもそう進言してしばらく抵抗していたのだが、やがて、当分の間、場合によっては長期にわたって事件を塩漬けにして審議判断を行わないようにし、様子をみるという妥協的な結論で、手を打ってしまった。

《結局のところ、自分が抵抗しようとしまいと、結論はみえている。これ以上検討を続けたところで、何のかいがあるというのだ？》

何度もあったことだが、一旦そうした考えにとりつかれると、ふっと力が抜けてしまったのだ。

行政官庁の局長たちには大きな権限があるが、事務総局の局長にはそんなものは全くない。ことに現在はそうだ。ただ長官と事務総長の決定に従うだけの存在にすぎない。厳密にいえば、事務総長の折口でさえ、須田の拡声器にすぎないともいえるのだ。それにもかかわらず矢尾が営々と局長の仕事に励み、須田の意向の実現に協力してきた理由は、ただ一つ、最高裁判事になりたいという望みのためだった。

それは、出すぎた望みではないはずだった。矢尾は、行政官僚としてはともかく、裁判官としては優秀な資質をもっているはずで、最高裁判事になることができさえすれば、それなりの仕事ができると思っていた。もっとも、近年の上層部は、「裁判官としての資質」などということには一片の価値も認めていなかったし、彼もそのことは重々わかっていた。しかし、彼は、須田の退官後にはそうした傾向がいくぶん改められるのではないかという淡い期待をも抱いていたのだ。

須田の最高裁裁判官としての七十歳定年退官後、矢尾の通常の裁判官としての六十五歳の定年までには、何年かの期間がある。その間に流れが変われば、六十五歳までに首尾よく最高裁入りを果たすことができるかもしれない。その期待にどれほどの根拠があるのかは実をいえば疑わしかったが、彼は、この期待にしがみ付くようにして、裁判官人生最後の四分の一を送っていた。客観的にみれば、矢尾が最高裁判事になれる「可能性」はあるが、状況は流動的であり、「確実性」まではない。何よりも、この見込みの不確実さが、彼の心をさいなんでいた。

夕食の席で、矢尾は、以上のようなことを、もっとも、最高裁判事就任の望みといった事柄だけは省いて、ぽつりぽつりと語ったが、年頃の長女も大学生の長男も、興味がなさそうに席を立っていった。

「そんなにいやな仕事なら、やめてもいいじゃありませんか？　あるいは、小さな裁判所の所長や高裁支部長を希望して、早めに今のところを出してもらってもいいじゃありませんか？　あなた自身、酔うと、時々、そんなことをおっしゃっていますよ」

食卓に残った妻の智恵子が口をはさんだ。

「そう簡単にもいかないさ」と矢尾は苦い顔で答えた。

「あなたにとってはそうでしょうね。でも、多美子などには、『父さん、早いところ公証人にでもしてもらってたくさん稼いでくれればいいのに。定年まで勤めたら、もうあとの仕事は簡裁判事しかないんでしょ？』って言ってますよ」

「私は、公証人だの簡裁判事だのになる気は毛頭ないよ」

「そうでしょうね。あなたの望みはよくわかっています」と智恵子は答えた。「でも、それが、本当に、あなたが思っていらっしゃるほど価値のあることなのかどうか……。それに、私は、最高裁判事の官舎はもちろん、所長官舎にだって、住むのは、あまり気が進みません。最高裁判事夫人になってお偉い方々のパーティーやら園遊会やらに遠慮しいしい出るのなんて、考えただけでも面倒です。実際のところは、子どもたちに賛成したいくらいですわ」

矢尾が黙っていると、智恵子は、「この前浅香さんと……」と近所付き合いをしている知人の名を挙げながら続けた。「浅香さんと話していたときにも、浅香さんは、こう言っていましたよ。『関東の北のほうで毎日釣りや山歩きを楽しんでいるっていう、すごく暇そうな裁判官の話が新聞に載っていたけど、旦那様も、もし本当にそんなにお仕事が大変なら、ああいうところへ赴任させてもらえばいいのに』って。簡裁の整理統廃合に関連して記事になっていた、どこかの簡裁の話です」

矢尾は再び顔をしかめたが、智恵子の表情は、最後まで言い切る決意を示していた。

「あなたは馬鹿にされるでしょうけれど、世間一般の人たちの認識なんて、おおむねそんなものですよ。家裁と簡裁を間違えて、家裁の裁判官は司法試験に受からなくてもできるのかといった質問をする人もいますし、地裁と家裁の区別はもちろん、民事と刑事の区別だって、はっきりわかっていない人は大勢います。へたをすると、そのほうが多いくらいじゃないかしら？　司法や裁判に関する日本人の認識なんて、しょせんそんなものですわ。だから、あなたがこだわってらっしゃることだって、本当のところは、別にたいしたことじゃないのかもしれない。そう考えれば、少しは気が楽になるんじゃないかしら？」


矢尾は、妻の言葉から逃げるように書斎に閉じこもって、好きな室内楽を聴いてみたが、心楽しまないばかりでなく、程なく、強い苦しみの念にとらえられ、早々に布団を敷くと横になった。東京地裁の裁判長になったころから、彼は、この書斎で仕事をし、疲れると、そのまま一人そこで寝るという生活を続けていた。

《結局のところ、誰も自分を理解してくれはしない。課長や局付はもちろん、妻子だって同じことだ》

我ながら甘えた考え方だと自分を恥じながらも、矢尾は、その思いを捨て切れなかった。

彼は、用があって局長室から出て行く時にちらりと自分のほうを見る、桂木課長と長谷川局付の、その表すものの意味合いは異なるが、それぞれに冷ややかな視線を思い出した。今年入ってきた三人の年長局付たちと課長たちとの水面下での対立や、職員たちの中に体調や精神状態のよくない者が何人も出てきていることをも思い出した。慇懃無礼に自分をあやつろうとする、というよりも、彼にはそれ以外の態度が他人に対して取りえないから自動的にそのようにふるまっている桂木の態度を思い出し、その態度がどんなときにどのように表に現されるのかも、それにどういう意味があるのかも、よくよくわかっているにもかかわらず、結局はそれに言いくるめられてしまう自分のふがいなさをも思い出した。

そして、また、「自分は最高裁判事になれるのだろうか？」という、堂々めぐりの疑問。神経が高ぶっているためか、その疑問は、身体と心を押さえ付けるようないらいらさせる重圧となって、彼を激しく痛め付けた。

目が冴え、神経が高ぶって眠れないまま何回も寝返りをうっているうちに、矢尾は、突然、何の脈絡もなく、「自分が死ぬ前に子どもたちには洗礼を受けてほしい。

そのことだけが心残りだ」と口癖のように言いつつ、最後にはあきらめて静かに去っていった母、カトリックであった母のことを思い出した。その記憶は、痛切に彼の心を刺した。

その時、「聖寵《せいちょう》充ち満てるマリア」という言葉が、思いがけず彼の心に浮かんだ。そして、祈る母のそばで、よくは理解できないままにその仕種をまねている幼い自分の姿がやはりふっと心に浮かび、それから、毎日母のそばで聞くともなしに聞いていた祈りの言葉が、次々に、きわめて正確に、口にのぼってきた。

「めでたし、聖寵充ち満てるマリア、主御身《おんみ》と共にまします。御身は女のうちにて祝せられ、御《ご》胎内の御子《おんこ》イエズスも祝せられ給う」

「われらが人に赦《ゆる》す如く、われらの罪を赦し給え。われらを試みに引き給わざれ、われらを悪より救い給え」

「主はわが弱きを知り給う。聖寵によらざれば何事もかなわざるが故《ゆえ》に、必要に応じてこれを施し給え。主の戒め給うすべての悪を避け、命じ給う善を行い、御《おん》摂理によりて、われに与え給う数々の苦しみを甘んじて堪え忍ぶ力を授け給え」

母の祈りの言葉そのままによみがえってきたそれらの言葉は、鞭のように矢尾の心を打った。涙が頬を伝って流れ落ちた。

《これは反射だ。幼児のころの記憶が急によみがえってきたことから起こった生理的反射なのだ。そして、私のような弱い人間にまま訪れることのある、そのような人間に似合いの、自己憐憫《れんびん》の混じった感傷なのだ》

そう考えながらも、矢尾は、それらの言葉が彼に与えた生々しい傷のような感触と、それとともになぜかいくぶんつかえが取れて楽になった、みずからの心の変化を感じていた。

第2部

1

笹原が最高裁の正門前にたたずんで、春物のコートを風になびかせていた四月の日から一年余りが過ぎた。

須田は、その日、いつになく真剣な表情で、考え事をしていた。時折は長官室の窓辺に立って、眼下に広がる桜の薄桃色の華やかな色合い、その枝々の連なり、諧調、そして、風もないのにひらひらと散りゆく無数の花弁を愛でてみようとするのだが、いくらリラックスしようと試みても、今日は、それは、味気ない中間色のかたまりにしか見えなかった。

昨年の春、ある原子力発電所で、非常用電源喪失の予想される大津波のシミュレーション結果が地震学者らから出ていたにもかかわらずこれが握りつぶされていたことが、匿名の内部告発によって明らかにされた。

その内部告発は、ほかにも、制御棒六本が脱落し臨界状態が八時間も継続した事故が運転日誌の改ざんにより隠されていたこと、また、二次冷却系配管のステンレス鋼に多数のひび割れが発生しているにもかかわらずその事実も隠蔽《いんぺい》されていたことを明らかにしており、それらの事実が大きく報道された結果、電力会社は、その原発の稼働を停止せざるをえなくなった。

六月には、すかさず、東京から出向いた弁護士を中心として、原発稼働差止め、実質的には稼働再開差止めの仮処分が、直近の地裁支部に申し立てられた。

電力会社はまともな答弁もできず、差止め仮処分は早々に認容された。稼働停止中の原発の差止め仮処分決定で比較的短いものであったため影響は限定的かと思われたが、たまたまその支部長をしていた若い世代の裁判長の決定が簡潔ながら的確、明快であったため、メディアや弁護士、学者に広く支持され、その結果、決定に対する国民の支持、反原発の気運も急速に高まった。さらに、各地の原発で起こっていた事故等に関するいくつかのより小さな内部告発やそれらに関する詳細な報道が現れると、人々の怒りと不安は、一層強まっていった。

須田は、地家裁所長クラスに達する前の裁判官たちの本来の異動時期である四月を待つことなく、二月の末にその支部長を近くの高裁所在地の家裁に転勤させた。見せしめと地裁の民事裁判からの隔離が目的だったが、その裁判が高く評価されている関係上、まともな事件もないような遠方の小支部に追いやることまでは、さすがにできなかったのだ。

しかし、この中途半端な人事は、週刊誌、月刊誌等の出版社系のメディアから強い批判を浴びた。高裁所在地の裁判所ということで一応格好は付けているものの、体《てい》のいい見せしめであり、やり方が汚く、欺瞞的、偽善的であるというその批判は、当たっているところが大きいだけに、須田にもこたえた。かといって、マスメディア、記者クラブ所属記者のように裁判所に恩義があるわけではないから、抑え付けることもできない。

須田は、ほぞを噛んだ。原発訴訟がすでに係属している裁判所の裁判長人事には相当に重点的な目配りはさせていたが、本庁ではない支部にも仮処分の申立てがありうることまでは、意識していなかった。重要な事案である以上当然地裁本庁に申立てがあるはずだという自分や人事局の思い込みは、まさに官僚の想定の甘さを露呈していた。

須田は、念のため、全国の原発訴訟係属裁判所について、再度人事局に担当裁判長についてのチェックをさせ、また、民事局や行政局にも調査をさせ、原発訴訟で原告側に有利な心証を表に出したことがある者や、過去に行政訴訟や国家賠償請求訴訟で目立った原告側請求認容判決を出している者については、四月に、目立たない形で、つまり、いわゆる左遷人事ではない形で、異動させていた。

けれども、これにしたところで、限界はあり、ほかにも、原告側に有利な心証を抱くか、そこまではゆかなくとも原発訴訟については踏み込んだ厳正な審理を行うべきだと考えている裁判長がいる可能性はある。また、重要な大型訴訟であるために多くは右陪席が占めている主任裁判官たちについても、同じようなことがいえた。

そして、何より、先の仮処分が生きている間は、その原発は止められたままで、動かすことはできない。仮処分に対して電力会社から先の地裁支部に申し立てられた保全異議の審理で早急に仮処分を取り消させるために、先の支部長、また、この四月が異動時期であった右陪席の後任には、事務総局経験者の中から、取消決定を出すことに絶対間違いのない者を選んで送り込んだ。一部メディアが注目している状況でこうした人事を行うことにはリスクも伴うため、近くの高裁所在地から、原発稼働容認、仮処分取消しの決定しかしないと思われる上向きの裁判官を探して送り込むことも考えたが、そういう裁判官だと、能力に乏しいため、仮処分を申し立てた弁護士たちの理屈に押し負けてしまう可能性も否定できないし、取消決定の質も、およそ期待できなくなる。いかなる批判を浴びようとも、ともかく原発稼働差止めの仮処分だけは早急確実に取り消しておく必要があったし、元々苦しい取消決定である以上、裁判の質も、たとえ形式論理であるにせよ、それなりに整ったものにしておく必要があった。

《しかし、あの仮処分はこれで取り消せるとしても、事態をこのまま放置すれば、係属中の原発訴訟でも、認容判決の出る可能性が否定できない》

原発訴訟にはこれまで原告勝訴判決はなかったし、裁判官の中には、ともかく判決に至るのをいやがって延々と迷走審理を行うような者もおり、原告の中にも、最初から法廷で言いたい放題を言うだけが目的のような本人訴訟を行っている者もいた。いずれにせよ、最高裁としては、原告勝訴判決が出なければそれでよしとして、そうした状況も放置してきた。しかし、このままでは、原発訴訟のあり方自体について鋭い批判も出かねない。

そして、こういう状況の下で、万が一稼働中の原発停止を命じる認容判決が出れば、さらに、その判決に相当の説得力があれば、その流れが止められなくなる恐れがあった。なぜなら、原発の基本的構造やその弱点、危険な部分や脆弱《ぜいじゃく》な部分は似通っており、したがって、各原発に共通の問題を突く強靱《きょうじん》な論理の判決が出れば、その論理はほかの訴訟でも通用する以上、相当の影響力をもつことが避けられないからだ。海外でも大きく報道され、日本の原発の状況に対する不安の声や議論も起こり、国際政治の大きな論点ともなってくることだろう。

仮処分が出てから時間が経っても、当該地方を中心に国民の怒りや不信、不安の声は高まるばかりだった。須田は、原発訴訟で認容はありえないと高をくってきた自分の見通しが甘かったこと、その甘い見通しが内部告発と仮処分認容で見事に崩されたことを痛感していた。

2

須田は、先の週末に、与党国民党の陰の実力者といわれる大物政治家で東京帝国大学の先輩にも当たる渡邊直之《わたなべなおゆき》の別荘に内々に招かれ、訪問した。表向きはどうぞ一度遊びにおいで下さいというきわめて丁重な申出に応じたにすぎないものの、この時期にそれだけが目的でわざわざ渡邊が最高裁長官である自分を招くわけがないことは、須田にはよくわかっていた。

ついにくるべきものがきた、という感触があった。

豪勢なリヴィングルームで、最高の酒と酒肴《しゅこう》による、しかしながら押し付けがましいところのないもてなしを受け、司法や政治のあり方についてのあたりさわりのない雑談を社交辞令で二時間ほど交わした後、夕刻も近付いてからやおら渡邊が持ち出したのは、案の定、原発訴訟の今後という話題だった。

「須田長官。私も、しばらくの間アメリカで学んだ者として、裁判所は最大限に尊重しております。ことに、最高裁は、誰も侵すことのできない日本の奥の院そのものです」

渡邊は、少しも酔いや疲れをみせない口調で語り始めた。実際、二人とも、相手を値踏みしながら申し訳程度にグラスに口を付けてきただけで、ほとんど飲んではいなかったし、食べてもいなかった。

「国民党の政治家の間でも、私は、裁判所を尊重することにおいては、人後に落ちないつもりです。ただし、それは、統治の根幹、基盤にふれるような判断を裁判所がなさらない限りにおいてのことです。そして、当然のことながら、統治の根幹、基盤により近い裁判であればあるほど、最高裁のみならず、下級審の判断についても、私どもは、その影響を恐れざるをえないのです。

裁判所というもの、裁判というものがいかに恐ろしいものであるかは、本当に、言葉には尽くせません。五大公害訴訟は、文字通り企業を震え上がらせました。行政官僚たちが戦後二十年かかってできなかった企業の体質の近代化を、あれらの訴訟、判決は、すみやかに成し遂げてしまった。あれ以来、経営者たちがいかに裁判を怖がっているか、その実態については、さすがの須田長官も、完全には認識していらっしゃらないのではないかと存じ上げます。

しかし、それ以上に衝撃的だったのが、昨年の仮処分でした。なにせ、四十になるかならぬかの一地裁支部裁判長の仮処分が、これだけの影響を社会に及ぼし、海外メディアさえそれなりのスペースを紙面にさくといった有様なのですからな」

ここで口をはさもうとした須田を、恐ろしく丁重に、しかし一方では東京帝大の十年近く上の先輩としての威厳を多少は交えつつ制しながら、渡邊は続けた。

「いや、長官が何をおっしゃりたいかはある程度想像いたしておりますが、もう少しだけ続けさせて下さい。

私自身は、須田長官のような優秀かつ毅然とした態度を取れる方が長官の座にある限り、何の心配もないと思ってはおります。

ただ、近年の水害訴訟では、残念ながら、最高裁は、若干後れを取られましたな。地裁、高裁で認容判決がかなり出てから協議会と最高裁判決で方向転換。下級審の判決の内容や方向がその前後で全く異なるという、ある意味はっきりした、と申しますか、大変失礼な物言いをお許し頂ければ、いささかみっともない形。

しかし、おわかりかと存じますが、原発についてだけには、それでは困るのです。ここで、日本の原子力行政、原子力平和利用の基盤がようやく整ってきたこの段階で、仮処分に続き、原発稼働停止の本案判決、運転差止め認容の地裁判決が一つでも出れば、おそらくは後続の判決も現れ、新規原発の建設はおろか、稼働中の多数の原発についても、その順調な稼働が危ぶまれることになりかねません。

須田長官のことですから、私のこんな懸念も本当に杞憂《きゆう》かとも存じ上げるのですが、石橋を叩いて渡らなければすまない老人の繰り言と御理解下さい」

そこで、渡邊は、一息入れ、この問題に関する須田の考え方と方針の開陳を一通り聴き終えた後、ある裁判官たちから、弁護士出身の有力議員三角肇《みすみはじめ》を通じての党首脳部への働きかけがあって、須田と渡邊のこの会合が設けられたことをほのめかした。

須田は、穏やかな知識人の風貌とよく通る心地よい響きの声をもった渡邊の言葉に、突然平手打ちを食らったかのような衝撃を受けた。

「要するに、その裁判官の方々からの御連絡を受けて、三角が、彼らと秘密の会合をもったというわけです」と渡邊は言うと、さらに付け加えた。「……いやいや、何と申しましょうか、下品な物言いを御容赦頂ければ幸いですが、三角は、このように申しておりましたですよ。『ややもすれば理屈の上での正義に流れがちな普通の秀才裁判官の方々とは違って、我々のようにドブ板のやくざな政治家稼業を続ける中で這い上がってきたような者の考えることも、おわかりになる方々のように感じました』とね。『賢い人とはちょっと話しても面白い』という言葉がロシアの小説にあるそうですが、三角は、その裁判官の方々に、そんな印象をもったそうです。いや、三角も、弁護士上がりというだけあって、並みの議員たちとは違って、なかなか学のある男ですよ」

渡邊は、三角との会話の詳細を思い出したのか、くっくっと含み笑いをし、そして、心持ち青ざめて硬直した須田の顔をわずかに見下ろすような位置から、追い討ちをかけるように言葉を続けた。

「須田長官は、御自分の次の長官には民事系の方をというお考えと聞き及んでおります。また、先ほどは多少失礼なことを申し上げたかもしれませんが、御自分がお育ちになってきた民事畑の裁判や裁判官に対する長官の愛着も、私なりに理解申し上げているつもりでおります。

ですが、党内には、鍵沢長官のような刑事系の強烈な方も時には必要なのではないかという意見も、また、存在するのですよ。

ことに、近年は、党内でも、柔軟性に乏しい強硬派の声が強くなってきており、そうした人々は、須田長官が民事局長時代に公害訴訟について強力に原告側に利する方針を推し進められたことを、決して、快く思ってはおりませんからな。……このことも、一応御認識頂いておくほうがよろしかろうかと存じ上げます。

もちろん、私は、従来の慣例に従い、現長官の御意向は第一に、また十二分に尊重したいと考えておりますが、黒塚克弘《くろづかかつひろ》現首相のほか、きわめて強硬なことを言う派閥の領袖もおりましてな……」

確かに、渡邊の言葉は、ことの核心をついていた。

昨年来の原発をめぐる状況を最も苦々しい思いで見詰めていたのが、原発推進を強力に主張してきた政権中枢だった。例の原発について仮処分で指摘された問題は、地震対策、津波対策のそれぞれ一つだけをとってみても、全国すべての原発に共通するものだった。たとえば先のシミュレーション結果に対応できるような津波対策を施すには膨大な費用と時間がかかり、地震対策についてはそれ以上であり、原発の抱えるそれらの問題について万全の備えがなければ稼働できないということになれば、長期間の原発の稼働停止のみならず、新規原発の建設も凍結しなければならないし、先送りにしてきた使用済み核燃料処理問題についても、早急に抜本的な解決方法を見付けなければならなくなる。

「仮処分が問題にしているのは、千年、二千年に一度起きるかどうかの災害。そんな極小リスクまで一つ一つ検証しなければならないとすれば、最後には、宇宙からの隕石の飛来まで考慮しなければならなくなる。そんなことができるというのか？　裁判所は、一体、何を考えているのだ！」

電力業界と深い関係をもち続けてきた首相は、仮処分決定の要旨を目にして、側近たちに向かい、吐き捨てるようにそうどなったといわれていた。

「……いや、実を申しますと、最近は、私も、党内のそういう声を抑えるのにいささか苦労しております。

御存知のとおり、黒塚首相は、ああいう方で、正直、目から鼻へ抜けるような人ではないし、学歴などはいささか貧しいこともあって、行政官僚も、裁判官も、ひどく嫌っているのですよ。ことに、須田長官のような東京帝大、高等文官試験トップ組の方々に対しては、何と申しましょうか、インフェリオリティー・コンプレックスや嫉妬の入り交じった、すさまじい憎しみをあらわにされることもありましてな。

いうまでもありませんが、表の顔や一見しての能力だけで彼を判断なさいませんよう。権謀術数やメディア、世論操作には非常に長《た》けた、なかなか恐ろしい人物ですよ、あの人は」

渡邊は、そこまで話すと一呼吸置き、彼の言葉が須田に与えた影響を確かめ、その後は一気に語った。

「しかしながら、首相を始めとする原発推進派政治家たちの考え方も、私には、理解できるのです。何しろ、電力は国の動脈、そして、電力会社とその発注を受ける膨大な範囲と数の企業群、それらに融資を行うメガバンク、また、通産省を含む官僚群と我々国民党は、いわば、一つの運命共同体を構成しておりますからな。いや、国民党だけではありません。野党の民衆党についても同じこと、彼らも、電力業界労働組合の全面的バックアップを受けております。さらに、マスコミについても、大量広告、そして、エネルギー記者クラブのつながりでの接待やら電力関係広報への天下りやらを通じて、電力業界との関係は、もう、ずぶずぶという有様です。

つまり、電力業界、企業と申しますのは、ほかの業界、企業とはちょっと違うのです。あの内部告発者なども、未だに表には名前が出ておりませんが、実は、すでにある精神科の病院に強制的に入院させられてしまったのではないかという噂さえ、流れているのですよ。

さらに、原発については、アメリカとの深いつながりあるいは反目という問題もあります。これが、まあ、日本の政治の一番暗い部分の一つであることは私も否定はいたしません。しかし、事実は事実であり、そして、政治というのは、事実の世界の出来事ですからな。アメリカの政治、経済のエスタブリッシュメントがどういう連中であるかは、あなたもよく御存知のことと、あるいは御想像が可能なことかと、存じ上げます。

おそらくはこれも御存知のとおり、使用済み核燃料を再処理して取り出したプルトニウムは将来の核武装の布石にもなるわけで、このことが、原子力、原発に関する日米関係を、きわめて複雑なものとしておるわけです。

基本的に、私どもは、司法の世界には、首を突っ込みません。三権分立は中学生でも知っている国家制度の根幹ですからな。しかし、先ほども申し上げたとおり、統治の根幹に関わる問題だけは別です。鍵沢長官が指名されたのも、最高裁の労働判決がゆきすぎたことと、裁判官の一割もが左翼政党につながるような、あるいはつながりうるような団体の構成員となっていたという状況に対する政治の危機意識の表れ、反動でした。

原子力の問題は、まさに国家のエネルギー政策と安全保障の根幹にかかわります。世間というものをよくは御存知ない秀才であられる裁判官の方々が立ち入るべき領域の問題ではありません。本来であれば、永田町と霞ヶ関の表も裏も知り尽くしたあなたに、こんな講釈をするまでもないのですが、本当に、老婆心から出る繰り言としてお聞き流し頂けましたら、幸いに存じます」

3

須田も、昨年の仮処分以来、今年秋の裁判官協議会では原発訴訟を取り上げることを考えつつも、いくら何でも露骨にすぎないかと逡巡《しゅんじゅん》していた。しかし、もう、そのようなことをいっている場合ではない。民事系の優秀で志操堅固な裁判官出身最高裁判事にみずからの跡を継がせて司法部をさらに強くしてゆくという自分の夢が、壊れてしまう。

内心では《三権の一つの長たる最高裁長官に対する露骨な圧力、恫喝《どうかつ》だ》と憤慨した須田だったが、渡邊が、現在の国民党では最もリベラル色の強い、バランス感覚を備えた保守主義者の一人であることも間違いなく、その渡邊を自分に対する政界のレプリゼンタティヴ、代表者として立ててきた国民党の思惑も、痛いほど理解できた。簡単にいえば、今回の国民党の脅しは、決してただのはったりではないということだ。

裁判所は、政治と真っ向から闘うには、まだまだ力不足だった。戦後、人材の質は相当に上がり、ことにトップには、東大、京大の最も優秀な卒業生の一定部分が集まるようになったとはいえ、「官庁」全体としてみれば、というのは、須田は、常に、裁判所を、行政官庁と伍する一つの「官庁」として考えてきたからだが、須田の夢である裁判所の「一流官庁化」、「トップ官庁化」は、まだ道半ばだった。ここでつまずくわけにはゆかない。この状況で国民党と事を構えることだけは、何としてでも避けなければならない。

内閣が指名し、天皇が任命するという最高裁長官ポストの決定システム、このシステムこそ、須田というジークフリートの背中に張り付いて、彼が竜の血を全身に浴び、不死身の身体となることを妨げた一枚の菩提樹の葉だった。そして、その一点における須田の弱さを、国民党は知り尽くしている。

《それにしても、三角を通じて国民党首脳部への御注進に及んだ裁判官たちとは、一体誰なのか……？》

すでに最高裁判事の椅子が目の前にちらつき始めている折口事務総長や須田の腹心の部下である神林首席調査官ら最高裁の大幹部については、万が一にもそのようなリスクを冒すとは考えにくかった。また、若手に当たる判事補たちがそのような大それた行動に出ることも考えにくかった。反面、ランクでいえばその間にある裁判官たち、すなわち、全国の地家裁所長、東京、大阪を始めとする高裁の裁判官たち、あるいは東京地裁や家裁の裁判長たち、また、事務総局でも局長や課長であれば、いや、判事クラス以上の年齢となる裁判官であれば誰でも、須田に恨みや悪意をもつ動機はあった。

《国民党を焚き付けた者を突き止めることは、きわめて難しい。しかし、突き止めるためにできることだけは、可能な限りしておく必要がある》

そして、いずれにせよ、稼働中の原発の運転停止認容判決が仮処分に続く状況だけは、絶対に避けなければならない。ひとたび差止めを認めるロジックが定着すれば、必然的にすべての原発の稼働を停止せざるをえなくなる恐れがある。もしもそうなったら、国民党は、必ずや、死に物狂いで裁判所つぶしにかかるだろう。しかし、あの内部告発の後、その規模は前のものより小さいとはいえ、電力会社の不祥事が相次いでいくつも発覚しており、世論は今や原子力行政批判一色に染まり、司法の英断をたたえる一部メディアの意向も無視できない。

「厄介なことだ。実に、実に厄介なことだ」と、須田は、思わず声に出してつぶやいた。

世論や報道を敵に回さないためには、急ぐとともに慎重にことを進めなければならない。しかも、昨年の仮処分については、裁判所内部でも、民事系裁判官の間に、好意的な意見が少なからず存在する。現場の裁判官の反発を招かぬようにことを進めるには、強引な誘導だけでは不十分で、差止め判決を封印する理論的な支柱も必要だ。今年秋には、民事局、行政局合同の裁判官協議会を開くほかない。

4

翌日、民事局長兼行政局長の矢尾は、須田から直接呼出しを受けた。珍しく、折口事務総長が同席していない。

矢尾が須田の向かいに腰を下ろすと、須田は、おもむろに口を開いた。

「君んところの今年秋の協議会だが、原発訴訟をやりたい。異論はないね？」

裁判官協議会にも種々様々なものがあるが、須田のいう民事局がらみの「秋の協議会」とは、年に一度全国から高地裁裁判官、主として地裁裁判長クラスの判事を集めて行われる、最も大規模かつ重要で、全国の裁判官たちに与える影響も大きい裁判官協議会のことだ。

「原発訴訟ですか。そうしますと、民事局と行政局の共催ということになりますでしようか？」

矢尾がいうのは、原発訴訟の形式には民事訴訟と行政訴訟の双方があるので、協議会も、民事局と行政局の共催になるのかという趣旨である。

「当然そうだろうな。今のところ数は行政訴訟のほうが多いようだし」と須田は受けた。

例年であれば、秋の協議会のテーマは、局長が事務総長と話し合って決めていた。つまり、テーマの選定は、基本的に局長にゆだねられていた。このように、長官のほうからテーマを決めてくる、それも事務総長の頭越しに告げてくるというのは、異例の事態である。

《背後には、何か政治的な動きでもあるのだろうか？》

矢尾は、ちらと須田の顔色をうかがった。須田は、目ざとくその視線をとらえ、矢尾の心を読んだように、彼の目を見据えながら言葉を発した。

「そろそろ各地の原発訴訟の判決が出始めているからな。今が重要な時だ。てこ入れを行っておく必要がある」

「了解いたしました。具体的には、どのような手はずで……」

「細かいことは君に任せる。折口君と相談してやってくれ。別に特別な手はずなどといったこともない。ただ、少しだけ言っておこう。おそらく君もわかっているとは思うが、この協議会は、ほかの協議会とはその重要性が異なる。水害訴訟の協議会と同じような傾向の、しかし、重要性ははるかに高いものと考えてくれればいいだろう。

……ところで、矢尾君、君は、これまでの経歴からしても、最高裁入りを心の底では希望していることと思うが」と、そこで、須田は、言葉を切り、矢尾の目を再び正面から見据えて続けた。「君の今後を考えるときには、この協議会の成功不成功が一つの大きな考慮要素になることは、認識しておいてもらいたい。いいね？」

矢尾の頬が、須田の言葉に、ぴくりと引きつった。

「今の状況を考えると、ただ上から抑え付けるだけでは、裁判官の間にも、納得しない者が出てくるだろう。原発の危険性を指摘する意見をも見据えた上で、理論面からの押さえをしておくことが必要だ。原発訴訟は民事も行政もあるから、両局で別々に検討を進めろ。出てきたものを見て、理論的にベターなもの、より通用力のありそうなものをメインにすればいい。また、その過程では、少数意見もある程度はあったほうがいい。それを踏まえつつ論点を押さえてゆくことで、議論が活性化し、局見解が補強されるからな。

しかし、最後の局議では、多数意見中心に締めろ。最終段階での跳ね返りは許すな。

もう一度言うが、この協議会で君の司法行政官としての真価が問われる。いいな？」

「委細、承知いたしました」と、矢尾は、うわずった声でこたえた。

「ともかく、今後原発は止めん、絶対に止めん。それがわしの意志だ」

矢尾は、ただ頭を下げるほかなかった。

「それから、そういうことはないと思うが、課長や局付にも、協議会準備の具体的な内容は、民事局、行政局以外の外部にはみだりに漏らさないように注意しておいてほしい。協議会のテーマが原発であることはもちろん周知するが、局における具体的な準備の内容は当面秘密ということだ。これは、わしが君にじかに告げたかったことだ。

最後にもう一つ。わしが君を呼んだことについては、他人には漏らさないでほしい。このあと、折口君を通じて同じような話があるかと思うが、折口君にも、この話合いのことは告げないでほしい。

いいね？　話はそれだけだ」

ようやく解放された矢尾は、民事局の方に向かってゆっくりと歩みながら、須田のただならぬ言葉を反芻《はんすう》していた。

協議会のテーマ自体については、昨年の仮処分以来、あるいはくるかもしれないと思っていたことであり、想定内だった。

しかし、その協議会を絶対に成功させなければならないという須田の要請は、厳しいものだった。また、まずは折口を経ないで局長である自分に直接協議会のテーマを告げ、同時に、協議会準備の内容を外部には漏らさないように念を押すという須田のやり方も、明らかに異例であって、背後にきな臭いものが感じられた。

さらに、現在の民事局内の状況も気になった。一課長は横紙破りで我が強く、二課長は無能、局付については、二年目の三人の年長局付が課長たちに反抗の気配をみせており、一年目のより若い二人もそれに同調し始める可能性があった。

そのような民事局内の有様を考えると、また、各局別々に検討を進めろという須田の言葉を前提にするならば、この協議会については、行政局中心で固め、最後に合同局議をやるほかないのだろうか？　……しかし、それでは、ありうる少数意見も踏まえて議論をまとめよという須田の意向に答えることは難しい。行政局からは、型通りの司法消極主義、行政裁量全面尊重の議論しか出てこないことが確実だからだ……。

個人的なことでは、局長になって以来ぶり返してきている持病の胃潰瘍も気になった。今も、先ほどの須田の険しい表情を思い出すだけで、矢尾の胃は、きりきりと痛んだ。

5

そのころ、笹原は、長谷川とともに、東京郊外の人事院公務員研修所にきていた。普通の裁判官には行政官としてのこうした研修の機会はないからいってこいということで、年長の二人が選ばれたのだ。

二週間の研修は意外にも楽しかった。少なくとも興味深いものだった。笹原の大学時代の友人には行政官になった者はいなかったから、彼にとっても、同年代の多数の行政官がどのような人々であり、どのようなことを考えているのかを知るのは、初めての機会だった。

笹原がまず気付いたのは、名簿を見ると、ほとんどが地方の出身者ばかりで、東京や横浜等大都会の出身者がきわめて少ないこと、また、話をしているとわかるのだが、彼らの父親の多くが、警察、学校等に勤務する地方公務員、あるいは税務署職員等の職種で、大企業の職員や高級官僚を始めとするいわゆるエリート層の出身ではないことだった。

これは、弁護士はもちろん、裁判官と比べてもかなり違いのあることだ。弁護士の親は専門職や一流企業のビジネスパースンが多いし、東京を含め大都会の出身者が多い。裁判官もおおむねこれに準じている。また、行政官たちの着ているスーツも、はいている靴も、一見して安物とわかるものが多かった。普段の服装にはあまり気を遣わない笹原も、衣服の価格や趣味の良さくらいは大体見分けられたし、自分自身もスーツや靴についていえばまずまずのものを選んでいたから、その違いは即座にわかった。してみると、給料以外に種々の余禄があるという行政官の生活も、少なくとも彼らの年代では、それほどのものではないのかもしれない。

能力的には、おおむね裁判官と同程度、下のほうについてみると裁判官よりもやや低めと感じられた。性格は、全体にざっくばらんで、裁判官たちよりは親しみやすく、気安く話すことができた。もっとも、所轄事項についての知識はあるものの、その話に特別な深みや鋭さが感じられるような人間は少なく、それは、裁判官の場合と似たり寄ったりだった。

省庁の秘書課の重要な仕事にキャリアたちの結婚相手の斡旋《あっせん》があるが、引く手あまたであった昔とは異なり、上級官僚たちの妻になりたいという若い女性を見付けることが、ごく一部の省庁を除けば容易ではなくなっているという話も聞いた。後にバブル景気と呼ばれることになった未曾有《みぞう》の好景気の進行以降、裁判官任官者の質の下限が著しく下がったのと同様、行政官の世界も、どうやら全体として翳《かげ》りつつあるように感じられた。

日本に研修にきている海外の官僚たちとの合同パーティーでは、あけっぴろげな性格の自治省の官僚が、フィリピンからきている女性官僚に対し、「フィリピンの女性とは『プライヴェートで親しくお付き合いをする機会』がきわめて多い。フィリピン女性は皆とてもきれいでやさしく、情が深い」といった露骨な冗談を、ほかの数人の官僚とともに、ブロウクンな英語でぶつけ、その女性が、困惑して、笹原に、「彼らは私を愚弄しているのでしょうか？」と問いかけてきた。「そのとおりです」と答えるわけにもゆかず、笹原は、「からかってるだけですよ。酔ってるんです」と答えると、そっと彼女を促して、彼らのグループから引き離した。

偏見と侮蔑をむき出しにしたこうした言動は、さすがに裁判官たちにはみられないものであり、笹原は軽いショックを受けたが、それでは裁判官たちには同じような偏見がないのかといえば、必ずしもそうはいえなかった。ただ、それを人前でむき出しにしたりはしないという違いにすぎないのかもしれない。いずれにせよ、少なくとも、官僚たちには、裁判官たちの多数派のように建前と本音の間で引き裂かれて表と裏の二つの顔の使い分けに腐心しているという印象の人間は、それほどいなかった。

研修の内容にも、興味をそそるものとそうでないものがあったが、講演の一つに「部下には権限を与え、その責任は引き受けよ」というタイトルのものがあり、笹原は、《なるほどそのとおりだ》とうなずいた。最高裁事務総局のやり方は、これとは逆で、「部下には権限を一切与えず、仕事の実質と責任はすべて引き受けさせよ」というものである。

局付たちの大半が、その性格や上昇志向の有無にかかわらず、異口同音に事務総局から出る日を待ちわび、そのことを口にしている現在の状況については、須田長官らの強権的な支配、統制政策の問題ももちろんその原因だが、局長や課長たちに、部下を気持ちよく働かせようという姿勢がほとんどないことも、その理由の一つと思われた。

裁判官たちは、職業柄そうした配慮には乏しい上に、事務総局に入ると、奇妙な特権意識から、実際にはよくわかってもいない「行政の特殊性」をいたずらに強調し、部下たちに完全を求めてこき使う。

《しかし、本当をいえば、最高裁の司法行政の形そのもの、ことに須田長官体制下のそれは、行政一般の現在の常識からさえ、乖離《かいり》しているのではないか？》

笹原はそう思った。さらに、事務総局における上下関係が数年間の一時的なものであるために、局長や課長たちは、部下が自分をどう評価しているのかを気にする必要がほとんどない。その点では、一般の行政の場合以上にスタンドプレイや問題行動が出やすい土壌となっていた。

一面に芝生の植えられた研修所の広い庭を散歩しながら、あるいは彼らに割り当てられた部屋で、長谷川と個人的に話す機会も多かった。考えてみれば、一年余り一緒に仕事をしていても、二課の野々宮はともかく、属する課の異なる三課の長谷川との間では、そんな機会はほとんどなかったのだ。

長谷川は、日本について、絶望しているとまではいわないとしても、非常に醒めた見方をしていた。「民度の低い国だから、民度の低い裁判が行われているのさ」と彼は言った。

「笹原さん。この未曾有の好況が、ずっと続くと思う?」

「思わない」

「どうして?」

「今の銀座の土地価格を前提にすると、ティファニー宝石店くらいの店でなければ、賃料が払えない。そんな土地価格が自然であるわけがない。無理に作られた価格でしょ。だから、いつか必ず暴落する。そういう不動産価格を基盤にしているこの異常な好況も終わる。それだけの単純な理由」

「そやろ、そやろ？」と長谷川は勢い込んで言った。「まともな頭のある人間なら、特に、少なくともある程度の知識や洞察力があるはずのインテリなら、そう考えるのが当たり前や。でも、そういうことを言う人間は、日本には少ない。ここに集まっている行政官たちだってそうや。国債はいくら発行しても日本人や日本の企業が買うのだから大丈夫といった詭弁《きべん》を平気で弄《ろう》するだけじゃなくて、自分でも信じてる。思考停止だよ。その結果として何か大変なことが起こっても、誰一人として、責任を取るつもりなどないし、実際にも取らない。うやむやのまま、一億総懺悔《ざんげ》で幕引き、それが日本なんや。

この前の戦争で完膚《かんぷ》なきまでにやられたのに、本質はその後もちっとも変わっちゃいない。僕は、日本人が、というのが評論家的なら、我々が、原発のようなリスク管理の難しい施設を維持運営するに足りるほど成熟しているかにも、疑問をもってるね。去年の仮処分の理由は、大筋、説得力があったよ。裁判長は、気の毒なことに、家裁に飛ばされてしまったけれど」

「そうだね。でも、あの内部告発には驚いたな。原発関係の領域って、原発ムラっていわれるくらい内部統制が厳しいんでしょ。いわば、最高裁並みだといってもいいよね。よくその中で決心が付いたなと思うんだ」と笹原は受けた。

「うん。でも、その内部告発者についての情報は、全く表に出てきてないやろ？　それについては、変な噂があるんだ」と長谷川は声を低めて言った。

「どんな噂？」

「あの電力会社の元幹部とつながりのある精神科の病院に強制的に入院させられてしまったんじゃないかっていうんだ」

「だって、それは、最低限、精神障害の歴然とした症状があって、かつ、家族の同意がなければ、無理でしょう？」

「家族には、この人こういうことを言っていて精神的におかしいんだ、だから当面入院させるしかないんだって説得して同意させた、そんな話らしい。……いや、僕も、眉唾《まゆつば》じゃないかとは思ってるよ。でも、そういう噂があること自体は事実なんだ」

と、長谷川は、周囲には誰もいないことがよくわかっているにもかかわらず、声をひそめた。

「原発については、アメリカが関係してるものね。ＣＩＡと関係をもってたといわれるような政治家が中心になって、なし崩しに導入が決まっちゃったわけで、そういう経緯を考えると、長谷川さんのいう噂にも、あるいは一定の信憑性《しんぴょうせい》は出てくるのかもしれませんね」

「笹原さん、アメリカに行ってきてやっぱりそういうふうに思うわけ？　そういう社会なの？」と長谷川が尋ねた。

「一年くらいでわかることは知れてるけれど、それまでにもっていた知識や情報をも総合すると、表のきれいな部分と、裏側の闇の落差は、大きいように思いますね」

「具体的にいうと、どういうこと？」

「そうですねえ。……裏社会のことはおくとして、表のほうでも、たとえば、大統領を始めとする政治、経済のエスタブリッシュメントと軍事、諜報、産業が一体となった部分などは、相当にダークかもしれません。要するに、戦後のアメリカの繁栄には、世界に対する干渉と支配によって自国の経済と消費を成り立たせているところ、もっとはっきりいえば、世界中の人々の犠牲の上に成り立っているところがあるわけで……。これは、アメリカのリベラル派自身が分析していることです。そして、その部分がだんだん大きくなってきているようには感じられますね。僕のように、バックグラウンドからみると欧米、ことにアメリカやイギリスの文化に影響を受けてきた者にとっては、非常に残念なことだけど……」

「なるほどねえ……。そういうことを考えると、日本の原子力開発にもアメリカの影がちらつく理由がよくわかるね」

「そういうことです。それから、さっきのような噂が流れる理由もね」

話が深刻な方向に向かったこともあり、二人の話はそこでしばらく途切れたが、やがて、長谷川が、笹原の表情をうかがいながら、まじめな口調で言った。

「笹原さん、あんたも薄々予想してるんじゃないかと思うんだけど、今年の協議会は、原発が危ないよ。なにせ、最近の水害訴訟の例もあるやろ。最高裁が、なりふり構わず協議会で現場を締め付けにかかる可能性はあると思うよ」

「そう、それは僕も思ってた。……でも、原発はやりたくないなあ。ただでさえ民法の一部改正で忙しいのに、原発訴訟の協議会となると、普通の協議会じゃないものなあ……」

民事訴訟担当、したがって秋の裁判官協議会準備の進行役担当局付である笹原は、顔をしかめた。

「そんなふうに心配してると、きっとそうなるよ」と、長谷川は、後輩をからかう上級生のような微笑を浮かべて、笹原の顔を一瞥した。「まあ、いいじゃない。そのときはそのときさ。少なくとも、僕や野々宮さんは応援するよ」

長谷川は、司法試験と国家公務員上級職試験の双方を通った後、行政官僚になる気は全くないにもかかわらずいくつかの省庁に面接にゆき、議論をふっかけ、三流官庁といわれることの多い文部省や農林省の担当者を激怒させて帰ってきたという話もした。長谷川が、そういう面倒な、何の得にもならないようなことをあえてする人間だとは思っていなかったので、笹原は、そんな彼の打ち明け話を面白く聴いた。

ある夜、笹原が共同浴場に入って行くと、長谷川が、濡れた身体のまま、すさまじい勢いで浴室から脱衣室に飛び出してきた。

「いやあ。びっくりした、びっくりした……」

「どうしたのさ？　そんなにあわてて……」

長谷川が一人でゆっくり大きな浴槽につかっていたところ、アフリカの官僚が入ってきた。長谷川は、漆黒《しっこく》の木彫のように輪郭のはっきりした筋肉質の大きな身体を見るやいなや、泡を食って逃げ出してきたのである。

「そんなにあわてたら、相手に悪いじゃないか。……気が付いてるよ、きっと」

「そうかもしれんが……そう言われても、びっくりしたものは仕方がない。アメリカの黒人と違って、真実真っ黒やからなあ。ホント、びっくりしたわ」

長谷川のそんな言動をとがめるのは容易だったが、笹原は、むしろ、冷徹にみえる彼が初めてみせた人間としての弱さに共感し、好意をもった。それに、長谷川は、彼の肌の色に驚いただけで、その人格や能力にふれたわけではない。

この研修の時から、笹原と長谷川の間には、時々連絡は切れながらも続いてゆく、ある種のきずなのようなものが生まれた。子ども時代以来いつでも孤立して独立独歩で過ごしてきた笹原にとっては、主に仕事の上でのつながりにすぎないとはいえ、これまでで最も厳しい職場である民事局で野々宮に続いて長谷川という味方、友人が得られたのは、心強いことだった。

6

二人が研修から帰った次の日、田淵が、興奮した面持ちで局長室から出てくると、局付たちに向かって告げた。

「笹原君、野々宮君。今年秋の協議会のテーマは、原発や！」

その声に、笹原、野々宮のみならず、田淵の右手に席のある長谷川まで含めた三人の局付は、無言で互いに顔を見合わせた。局付たちの表情は、いずれも、《やっぱりそうきたか……》と語っていた。

事務総局が裁判官協議会で民意に沿った方針を示したのは、後にも先にも公害訴訟に関する一回だけであり、それ以外の各種協議会では、支配と統治の根幹にふれる事案における司法消極主義、行政、立法尊重の方向が貫かれ、また、ほとんどの裁判官が唯々諾々とそれに従ってきた。局付たちは、そのことについては百も承知だった。

全国各地の裁判所に係属し、地裁あるいは高裁判決が出始めており、昨年仮処分が初めて認容された原発訴訟は、そのような意味において、最も「きなくさい」訴訟類型であり、最高裁判決に先立って今年原発訴訟をテーマにした協議会が開かれるとすれば、そこで事務総局の意向が示されることになり、今後下されるであろう最高裁判決も、同じ方向のものになることが予想された。

これには、一九八〇年代前半に行われた水害訴訟に関する協議会と最高裁判決の前例があった。水害訴訟については、協議会開催の直後にそれと同趣旨の最高裁判決が下され、それまでは原告の請求を認容するものが多かった下級審判例は、その後、一転して、初めに結論ありきの棄却判決を重ねたのである。

そうであるとすれば、原発訴訟協議会の直後あるいは数年以内に、これと同趣旨の最高裁判決が出ることも十分に予想された。
だからこそ、局付たちは、互いに顔を見合わせたのだ。

年度が替わり、局付のメンバーにも交替があった。一課にいた、笹原と同期の満田は、大手自動車メーカーに一年間出向することを承諾した。三課にいた「大望ある男」金脇は、地裁に戻って行った。

満田のあとには、笹原の知っている後輩で彼より二期下の橋詰京子《はしづめきようこ》が入ってきた。橋詰の夫は大学時代に知り合ったエリートサラリーマンで、子どもはいなかった。また、つくるつもりもないようだった。女性裁判官には、きまじめでおとなしい秀才タイプ、出世にはさほど興味がなく、生活を楽しむ自由主義者、男性以上の野心家や出世主義者といったいくつかの類型がみられるが、橋詰はおおよそ第二のタイプだったから、笹原とは気が合った。

地方勤務時代には、官舎に大きなぬいぐるみが所狭しと置かれていて刑事の令状請求に行った書記官や警察官を驚かせたというが、そういうお嬢さん的な部分とともに、ユーモアを解し、そこそこ度胸があって物おじしないといった男性的な側面をも持ち合わせた女性だった。子どもをつくらないという方針に同意を得ていることもあって、夫にはやさしく、よくこう言っていた。

「私のほうが少し給料が高いから、ボーナスが出る前には、夫に、『何でも好きなもの買ってあげるわよ、教えてね』って言うんですよ。老後になってから『俺の結婚生活は空しかった』って離婚されると困るから」

民事局に入って戸惑っている橋詰の姿は、去年の自分の姿を思わせ、笹原は、小さな時間を見付けては、彼女に、ここの仕事と生活に慣れるための細々としたアドヴァイスをしてやっていた。

「笹原さん、事務総局の仕事って、どういう目的があって、何のためにやっているのかよくわからない仕事ですね」と橋詰は言った。

「最高裁の建物は、内部は入り組んだ迷路で、窓もほとんどないし、今自分がどこにいるのか、目的地にはどう行ったらいいのか、わからなくなるでしょ。やってることもそれと同じ。ルイス・キャロルの『不思議の国』や『鏡の国』の、ものすごく陰気なヴァージョンなんだよ、ここは」

「おお、いかにも笹原さんらしい説明ですね。わかったような、わかんないような。……でも、確かに、雰囲気はそのとおりです」

金脇のあとには熊西祥吾《くまにししょうご》が入ってきた。熊西は、もっぱら現実的な人間で、やや太り気味ながらラグビーで鍛えた頑健な肉体をもっており、声は低くてドスがきいていた。初任明けであり、金脇のように切れるタイプでもなかったにもかかわらず、彼にもまた、ある種の存在感があった。事務総局の仕事については、やはり戸惑ってはいたものの、行政的な部分に関する呑み込みは早く、おそらく、この点が、初任明けで局付に選ばれた大きな理由ではないかと思われた。

熊西も、局付になると間もなく、長谷川同様、桂木と対立するようになった。

「あいつの目はおかしいですよ。『熊西君、君は何を言っているんだね？』って言うとき、きゅうっと細くなって、瞳の部分だけが、その中でぎらぎらしていてね。あれは、異常人格者の目ですわ」

今年の先任局付たちと課長たちが対立していたこととの影響もあって、熊西は、五月ごろには、もう、そんな言葉を口にしていた。

また、熊西は、矢尾局長を評価しないという意味でも、長谷川と意見を同じくしていた。「行政における局長の器ではない」というのだ。ただ、熊西は、長谷川とは異なり、いわゆる日本的な「大物」を理想とするところがあり、初任地の大阪におけるボス的存在であったある裁判官に傾倒していた。多分、熊西を民事局に推薦したのはその裁判官なのだろうと、ほかの局付たちは思っていた。

いずれにせよ、局付たちのうちの二人が交替し、新任の局付たちがすぐに先任の局付たちと同盟関係を結んでしまったために、民事局内の力関係は、一定の変化をみせた。下級将校といえども将校であり、また、仕事の実質の多くは彼らがこなしているということもあって、抑え付けられているとはいえ、局付たちの存在の重みは増し、それが、局内の力のバランスに影響を及ぼしたのだ。

二課長を完全に馬鹿にしていた一課長は、二課長との結び付きを強める方向に進み、一方、二課長は、来年には転出時期がくると思われる一課長の後任に入ることが現在の第一目標であり悲願でもあったから、一課長と共同戦線を張るとともに、時としては、遅ればせながら、局付や職員たちにも迎合的な言動をちらつかせるようになった。

二課長の中には、一課長不適格として一課長に上がらずに外に出される者もたまには存在したので、田淵は、この点、戦々兢《きょうきょう》々だったのである。しかし、彼の見え透いた迎合に乗る者はもはやいなかった。局付や職員たちの間には、いくら何でも田淵が一課長に上がることはないだろうという意見もあったが、大勢は、田淵を上げないという決断は矢尾には無理であり、桂木が推せば田淵がそのまま一課長になるだろうとみていた。

7

四月下旬のある日、急ぎの仕事を夜遅くまでかかって終えた笹原は、疲れた足取りで、みずからのマンションに帰ってきた。

独身の笹原は、本、レコードやコンパクトディスクを買う以外にはほとんど金を使わなかった。また、何かにつけて矛盾した側面を併せ持った性格である彼は、学生時代には、一見まじめにみえる学生には珍しく一時競馬に凝って、授業もそっちのけで競馬場に通い詰めたことがあったが、裁判官になってからは、株に手を染めた。

彼のやり方は、何事につけてもそうなのだが、ある期間全力を傾けてそれに没頭し、そのことによってその事柄をマスターし、さらに興味がもてれば続けるが、興味が尽きてしまえばただちに打ち切るというものだった。

そういうわけで、笹原は、一年間くらい、仕事を除けば株の研究や投資ばかりしていた。そして、現在の好景気が始まって間もないころに、早々とすべてを処分した。その理由は、一つには、投資に飽き、それに全精力を傾けるのが馬鹿らしくなったからであり、今一つは、元々彼が株を始めた動機が、自分の根拠地となった東京に住居をもちたいという願望にあったところ、すでに、それだけの資金がたまってしまったからだった。

笹原は、そうしてつくった資金で、不動産価格がちょうど上がり始めたころに、東京の外れにある小ぎれいなマンションの一区画を買った。彼は、裁判官以上に口うるさい妻たちが多く、見映えも住み心地もよくない東京やその周辺の大規模な裁判官官舎で暮らすことが、すっかりいやになっていたのである。

比較的規模の小さなマンションで、一つの区画ごとに一つの入口がある構造になっている、つまり、エレヴェーターを降りればその先は自分の専用空間になっているというところが、プライヴァシーの確保を何よりも重視する笹原の気に入っていた。

ところが、その日、笹原がエレヴェーターを降りてみると、若い女性が、ドアの前の通路に、手すりの柱を背にして座り込んでいるのが目に入った。

笹原は、一瞬、フロアを間違えたのかと思った。しかし、それはありえなかった。帰りがけに民事局で少し飲んだことは確かだが、酒にあまり強くない笹原は、グラスに口を付けた程度で、少しも酔ってはいなかった。そうすると、この女は、彼を待っていたことになる。

《しかし、一体誰が？　また、どんな理由で？》

よく見ると、女というより、まだ少女、学生のように見えた。色の褪せた細身のジーンズ、上品な空色のセーター、控えめなミリタリールック調のジャケット、目深《まぶか》にかぶったつばの広い帽子、ウォークマンの音楽に合わせて、軽く首を振っている……。しかし、彼女のいでたちは、全体として、地味ながらあか抜けていた。無造作に着こなされてはいたが、ジャケットや帽子も、また、かたわらに置かれたリュックサックも、普通の学生には手の届かない高価な品物であることが、容易に見て取れた。肩まで伸ばしたつやのある髪、通った鼻筋、あごから首の柔らかですっきりしたライン。

《わからない……。一体誰なんだ？》

しかし、笹原がそのように思い迷っていたのは、実際には数秒間のことだった。少女が、彼の気配に気付いて、顔を上げた。

「アイ！　アイじゃないか？　どうして、こんなところに、こんな時間に……」

「先生、久しぶりね……。ごめんなさい、突然。私、実は、お願いがあるんです。ちょっとだけ話を聴いて、ね、いいでしょ？」

「ここじゃ話もできないよ。とにかく、まあ、中に入って」

笹原は、窮屈《きゅうくつ》な姿勢で長く座り続けていたらしい少女を先に玄関に入れ、自分もあとから続いた。

8

如月愛《きさらぎあい》、漢字での自分の名前を嫌って常に「アイ」とカタカナで自署している彼女は、笹原の大学時代からの友人、ほとんど唯一の親友である如月光一《きさらぎこういち》の、年の離れた妹だった。光一も裁判官だったが、司法試験合格は笹原より一年遅れ、したがって期は一つ下になった。光一は、これは笹原もそうだったのだが、大学に残るか裁判官になるかを迷った学生で、また、そういうことをしたがらない笹原とは違って、一部の教授たちの研究室をたびたび訪れ、ある程度の親交も結んでいたようだった。だから、結局彼が実務家の道に進んだのは、笹原には少し意外だった。

そのほかの点でも、二人の進路はよく似ていた。笹原は東京地裁初任時代にある大規模事件の左陪席を務め、長い判決を書いたが、光一も、やはり東京地裁で大きな事件を担当したため、普通よりも長くそこにいて、これもまた笹原同様、そのころ毎年二名しか受からなかった留学試験に通り、アメリカに留学していた。

違ったのは、帰国後、笹原が、牧歌的な雰囲気の地方の地裁に増員要員として赴任したのに対し、光一が、原発行政訴訟という難件の係属している福島地裁に異動したことだった。彼は、判事補の通常の転勤時期が来てもそのまま福島地裁から異動せずにとどまっており、やがて結審する予定のその訴訟の主任裁判官として、判決を起案することを期待されていた。光一がそのために福島地裁の民事部に配属されたことは、誰の目にも明らかだった。

大学に入ってからも高校までと同様に群れることを好まず、教養課程では、聴く価値のある授業だけに出席し、単位は確実に取り、あとは好きなときに好きなことをしていた笹原は、変わり者と思われ、お高くとまっていると評するクラスの仲間もいたが、そんな中で、光一だけが、笹原に興味をもって近付いてきたのである。二年生の春学期が始まって間もないころのことだった。

警戒心が強く、容易に人と打ち解けない笹原に対し、光一は、勉強もスポーツもよくでき、正義感も強い明朗な優等生タイプであり、笹原は、そんな光一がなぜ自分に興味を抱いたのか不思議に思ったが、話をしてみると、性格も育ちも異なるものの、なぜか奇妙に引き合うものを感じた。

「俺、実は、えらく年の離れた妹がいてさ、そいつが、何となくおまえに似たところがあるんだよ。まあ、それをいえば、俺の親も、少なくともおふくろのほうは規格外れだけどな……。よかったら、今度の週末に俺の家にこないか？　泊まる部屋くらいはあるから、ゆっくりしていってくれや」

その誘いに特別な思いもなく乗って、山の手に位置する環状線の駅を降り、地図に従って光一の家を訪れた笹原は、その壮大な門構えに呆然とした。

光一の父、如月荘之介は、親から受け継いだマンション、オフィスビル等の分譲、賃貸事業を営んでおり、「如月マンション」の名前が冠された彼の父の会社の豪華なマンションは、東京のあちこちで見ることができた。

笹原は、そんなふうにして如月家に出入りするようになったのだが、それが、如月愛、「アイ」との関係の始まりだった。

笹原が初めてアイに会った時、アイは、まだせいぜい五歳くらいだったはずだ。

広大なリヴィングルームの隅のほうにあるソファの上で、猫が身体を丸めるようにして眠っていた幼い少女が、二人の気配に気付いて、はっと目を覚まし、即座に起き直り、まじまじと笹原の顔を見詰めた。

見るからに利発そうな女の子で、顔立ちは、間もなく自室から出てきてにこやかに挨拶した母親の麗子に似て、幼いながらも整っていたが、笹原は、鮮やかに移り変わってゆく少女の表情、ことに、相手の心の底まで一瞬で見通すような目付きに、兄の光一をもしのぐ鋭い知性を感じた。

アイは、まだ幼い少女であるにもかかわらず、かわいいというよりも、むしろ、わずかながら人に脅威を感じさせるところがあった。人見知りも激しく、嫌いな人の前には決して出てゆかなかったが、どういうわけか、笹原にはよくなついた。そのために、笹原は、如月夫妻からも気に入られ、しばらくすると、親戚に近いくらいの気安さで、兄妹の両親をも含めた一家との付き合いを許されるようになった。笹原は、彼らの好意に甘えて、家族旅行にまで何度か同行した。

笹原は、まだアイが幼かったころから、両親がそれぞれに多忙なためほとんど外に出してもらえない箱入娘の彼女を気の毒に思って、たまに、外に連れ出してやっていた。光一は陸上競技部に属していて何かと忙しかったし、年の離れた妹の面倒をこまめにみるような兄ではなかったので、その役目は、自然、もう一人の兄代わりである笹原にまわってきたのだ。

アイは、繁華街の人混みよりも、彼女にとって目新しいものである下町の風情を好んだ。最初に彼女が喜んだのは浅草だったが、浅草だけでは飽きがくるので、笹原は、東京の街歩きガイドといった書物を参考に、新しい場所やルートを見付けていった。彼自身、大きな地方都市の片隅にある古い下町、長い眠りから覚めないまままどろんでいるような貧しく静かな下町で育っていたから、その種の場所については感覚があり、彼女の気に入るようなスポットをうまく見付けてやることができた。

しかし、アイは、小学校の半ばすぎごろから、むずかしい子どもになっていった。家では親のいうことをきかず、学校はよく休み、もちろん授業はろくに聴かず、それでも成績はよく、教師たちに対して反抗的であるのみならず、挑戦的な態度さえ示すので、初めは彼女の支持者であった教師たちも、一人また一人と、この面倒な異端児を見放すようになっていった。

困り果てた両親は、笹原に、娘の家庭教師兼相談相手になってやってくれないかと懇願した。その席には、兄の光一も立ち会った。普通に考えれば光一が妹の面倒をみることも可能なはずであり、笹原もそう考えるだろうけれども、実際にはそれは困難なのだということを説明するために、光一も立ち会ったのである。

「以前はそうでもなかったが、今じゃ、妹は、俺のことも、父や母の同類とみなしているようなんだ。そのあたりは詳しく説明したくないんだが、一旦こじれると、血のつながってる相手は他人よりもはるかに憎らしくなるってこと、おまえならわかってくれるだろ？　今のあいつの、家族に対する態度がまさにそれなんだよ。もう、おまえに頼むしかない状況なんだ。俺からも、頭を下げてお願いするよ。お互い忙しいことはよくわかっているから、本当に申し訳ないんだが……」

それは、アイが十一歳、笹原が一期下となった光一とともに東京地裁初任勤務時代のことだった。実際多忙ではあったが、むら気なところのある笹原をある意味では実の子ども同様にかわいがってくれた如月夫妻と唯一の親友である光一のたっての頼みとあっては、到底、断ることなどできなかった。笹原は、その仕事を引き受け、時間のある週日と週末の夜に、数時間ずつ彼女の面倒をみた。

以前からそのことはわかっていたが、教えてみると実によくできる子どもで、笹原が興味をもっているような事柄なら、何でも食い付いてきた。学校の勉強の面倒をみるだけではなく、文学書、また社会科学書や思想書の読み方、音楽の聴き方、映画や絵画の見方の手ほどきをしてやったのも彼である。全体としてみれば、笹原は、勉強を教えるというよりも、彼女の情操教育をしていたというほうが適切なくらいだった。

半年もすると、アイの家庭、学校での態度は格段に改善され、両親はほっと胸をなで下ろした。ところが、ある時、笹原の幼なじみであり、恋人でもある女性から如月家にかかってきた電話について、つまり、そのころはもちろんまだ携帯電話はなく、如月家にはいくつか電話が設置されていたわけだが、かかってきた電話の受話器を、アイがとってしまった。

笹原に恋人のいることを知ったアイは、逆上して、彼女に対し、あることないことをぶちまけた。そのほとんどは、「私は先生が好きで、先生も私を好きだと言った」とか、「キスしたこともある」などといった、たわいもない嘘だったのだが、アイは、そうしたたわいもない嘘の隙間に、わずかな真実と、その年頃の少女には普通なら到底考え付くことのできないようなさらに込み入った嘘とを接着剤のように交え、そうすることによって、相手の心を、深く、鋭くえぐるすべを知っていた。

もっとも、それが意識的な行為だったといっては、アイに気の毒だったろう。全体としてみると、笹原の恋人に対するアイの応答は、十二歳の孤独で並外れた少女のすさまじい怒りと嫉妬がほとんど無意識に生み出した、大きな嘘とわずかな真実との精妙な混合物《アマルガム》となっていた。そして、それは、無意識の産物であるがゆえにかえって、ある種のまがまがしい真実らしさを、それを聴く人に感じさせてしまうようなたぐいの混合物だったのだ。

この事件がきっかけで、笹原と幼なじみの恋人の間は、疎遠になってしまった。笹原は、アイの家庭教師をやめ、同時に、如月家に出入りすることもやめた。光一との友人関係は手つかずのまま残したが、それ以上如月家に出入りすることは、さすがに耐えがたかったからである。

アイも、自分のしたことの意味は重々わかっていたから、黙ってそれに耐えたし、その後は、自分の問題を内に抱え込んではいても、表立って親や教師に反抗することはなくなった。しばらくすると、彼女は、短いが深い悔いのこもった謝罪の手紙を出してきた。笹原は、元々アイを憎んでいたわけではなかったから、短い返事を書いてやった。

9

そういう関係だったから、笹原は、成長したアイがもう一度自分の前に姿を現すことがあるなどとは、思ってもみなかったのである。ところが、このとおり、彼女は、笹原のマンションにやってきていた。

アイの頼みは、親から離れて暮らしたいから、しばらくの間笹原のマンションに住まわせてくれないかということだった。

「私、あの人たちには、特にママには、もう、一秒だって我慢できない。小学生のころから、我慢して、我慢して、我慢し続けて、もう、一分だって、一秒だって、だめなんです。大学に入るまでって自分で期限を決めて、何とか我慢してきたの」

当面必要なものだけをリュックサックに詰め込み、しばらく友達のところに泊まると親には告げて、家を飛び出してきたものらしい。

アイの思いは、笹原にも理解できた。麗子は、アイにその美貌を受け継がせた妖艶な女性で、気が向くと鮮やかな赤の口紅《ルージュ》を使うことを除けば化粧をほとんどしないにもかかわらず、実際の年齢よりもはるかに若く見えた。勝気、むら気で、恐ろしく虚栄心が強かった。反面、気さくで人好きのするさばけた部分もあり、実際的な知恵もあり、全体としてみれば魅力的な女性だといえただろう。

しかし、母親としてみれば、おそらく失格だったに違いない。また、親としては失格だというのは、荘之介についてもいえたことかもしれない。如月家には昔から小さな波風が絶えなかったし、夫妻の関係が形ばかりで、二人の子どもを通じて何とかつながっているだけであることは、大学生の笹原にも、間もなくわかった。そして、その二人の子どもについていても、ことに幼いアイに関していえば、若いお手伝いさんがこまめに面倒をみているだけで、両親はほとんど何もしていないという有様だった。

　如月家に出入りするようになったころ、まだ何割かは子どもだった大学生の笹原は、《日本にも、十九世紀のフランスやロシアの小説に出てくる貴族みたいな、普通の人々とはかけ離れた常識と生活感覚をもって暮らしている人々が、本当にいるのだ》と驚かされ、目を見張ったものだ。

「私が一人で暮らすと言っても、無理やり連れ戻されるに決まってる。でも、先生のところにお世話になって、きちんと大学にも通うという話なら、両親も呑むと思うの」

　笹原は迷った。

　普通に考えれば実に身勝手な希望だったが、アイの境遇がよくわかっている笹原には、にべもなくそれを断ることは難しかった。

　だが、今は忙しい時期であり、心労も大きかった。この状況で、小さな子どもであればともかく、大学生になったアイを引き受けるのは、負担でもあり、不安でもあった。また、正直にいえば、一人前の女性に育ちつつあるアイは、魅力的な少女であり、笹原は、彼女と同居するようになったら自分を抑えられるかどうかにも、十分に自信がもてなかった。

そして、彼女が魅力的であると同時に危険な存在であることも、以前の経験から、笹原にはよくわかっていた。もしも自分が彼女の魅力に負けるようなことになれば、事態がどう展開するかは全くわからなかったし、危うい均衡の中で何とか保たれている今の生活が破綻してしまうことは、おそらく確実だった。

笹原は、矛盾した性格、側面をもった人間だったから、一方では人間として恥ずかしくない生き方を貫きたいとは思いつつも、一方では、みずから出世までは求めないとしても、現在自分が所属しているエリート集団から脱落したくないという気持ちはあったし、一般的な意味での承認欲求についていえば、人並みないしはそれ以上にもっていた。彼の中の一番弱い部分は、アイとの同居が裁判所にばれた場合に自分にかかってくるだろう疑いやプレッシャーのことさえ考えていた。

笹原は、そうした思いを胸に抱きつつ、あらためてアイの顔を見詰めた。麗子の若いころはこうだったろうと思われる整った面立ちに父譲りの知性が加わった彼女の顔は、つぼみから花開いたばかりの大輪の花さながらで、人を容易に寄せ付けない鋭さもあるとはいえ、全体としては、非常に魅力的といってよかった。笹原は、アイの思い詰めた表情から幼なじみの恋人との一件を思い出し、一瞬はひどく冷たい気持ちになったものの、彼女の顔を間近に見ながら話をしていると、その冷たさもやがては薄らぎ、なかなかきっぱりと断ることができなかった。

「あのな……アイ、おまえは簡単に言うけど、そんな簡単じゃないんだよ。子どものころだったらしばらく泊めてあげてもいいけど、おまえはもう大人だしさ……」

「先生がそんなふうに言うだろうことはわかってた。それでも、もうほかに方法がなかったの。一生のお願いです。聞いてくれませんか？　……聞いてもらえないと、私、もう、本当にどうしていいか、わからない」

「そんなふうに人をおどすもんじゃない。おまえが自分をコントロールしようと思えばちゃんとそうできること、僕は知っているよ。……とにかく、今すぐにはだめだ。しばらく考えさせてくれ。それまでは、家に帰るか、友達のところにでもいさせてもらうか、あるいは光一に相談するか、ともかく、自分で何とかしてくれ。しばらく考えたら返事するから、連絡先だけ教えておいてくれ」

がっかりして不服そうでもあり、笹原の言葉に希望をもっているようでもあるアイをやっとのことで追い出すと、笹原は、着替えもせず、ワイシャツ姿のまま寝てしまった。

《明日が土曜日なのがまだしもの救いだ。ゆっくり眠れる》

行き詰まったら、とにかくゆっくり寝て翌日考えるというのが、笹原のいつものやり方だった。

10

翌週の月曜、笹原は、矢尾局長の部屋に呼ばれて、秋の協議会に向けた原発訴訟についての予備調査的な検討を命じられた。

笹原は、原発訴訟については、報道されていることを含め、一般的な知識しかもっていなかったが、例の内部告発後の電力会社や通産省、原子力安全・保安院の対応があまりにもずさんでその場しのぎなのをみて、こういう状況で裁判官全体の議論を協議会によって強引に棄却の方向に誘導するのは、無理があるのではないかと考えていた。

しかし、矢尾の話からちらちらと漏れた感触では、須田長官が「仮処分に続く二つ目の原発差止め、判決による本格的稼働停止は容認できない」との意向をもっている可能性のあることが推測された。

一方、矢尾は、「これはとりあえずの予備調査だから、完全に客観的、中立的な観点から調べるように」とも告げた。局長が直接局付に仕事を命じるというのも異例であり、その態度にもいつもの落ち着きがなく、矢尾の様子からは、矢尾自身が思い迷い、混乱しているようにも感じられた。

笹原は、矢尾から引き継いだ不安や葛藤を感じつつも、最高裁の図書館のほか、東大や国会図書館にも出向いて、原発と原発訴訟について調査し、コピーやメモを取り始めた。

そして、調べれば調べるほど、笹原の疑念は深まっていった。

笹原自身も、一九七九年三月のスリーマイルアイランド原発事故に続いて一九八六年四月のチェルノブイリ原発事故が起こるまでは、また、昨年来の内部告発で原発の耐震性等の全般的な安全性が問題にされるまでは、多少の疑念は抱きつつも、何だかんだいってもまずは日本の原発は安全であり、大事故の危険性まではないのだろうと高をくくっていた。

けれども、調べてみると、原発は、そもそも十二分に安全性の面で成熟しないまま実用に移されてしまった側面が大きく、事故の危険の全くない安全な建造物とは決していえないことがわかった。また、一旦大事故が起これば、というのは、つまり、炉心溶融、メルトダウンが起こりかつ原子炉格納容器が決定的に破損する事故ということだが、その被害が深刻かつ莫大なものになるということもわかった。チェルノブイリ事故からも明らかなとおり、事故原発の周辺には人が住めなくなる地域が生じ、しかもその範囲は相当に広くなりうる。日本でいえば、場合により国土全体の数分の一といった規模にさえなりうるのだ。

そして、世界的にみても、大規模な地震が起こりうる地域、地震多発地帯に原発が建設されている例、しかもかなりの数が建設されている例は、日本のほかには存在しない。人口密集地域からそれほど離れていないところに原発が建設されている例も、海外にはほとんどない。また、火山の危険性に関する日本の基準も、国際原子力機関のそれよりはるかに甘いものだった。

さらに、欧米では、二つの事故以降、炉心溶融や原子炉格納容器の破損に至る過酷事故、シヴィアアクシデントに対する対策がきちんととられることが必要だという考え方が一般的になってきているにもかかわらず、日本では、そのような考え方がとられていないこともわかった。

笹原の目からみると、それは、一つには、日本の原発関係者、電力会社、通産省等の官僚、学者を始めとする専門家たちが、「日本の原発についてはシヴィアアクシデントはありえない」という非合理的な見解をとっていること、そういう非合理的な見解に固執するという意味で典型的なタコツボ型社会、ムラ社会の人間であることに加え、先のような日本の原発の立地状況に照らすなら、そのように強弁しなければ、原発の新規建設を断念しかつ既存の施設をも将来的には整理してゆく方向をとらざるをえないからではないかと思われた。

原発に関しては、去年の内部告発以来、原発推進派、反対派などといった形で議論の区分けがされていたが、笹原は、本来、そのような二分法の分類をすること自体が、ことの本質を見誤っている、あるいは、故意に見誤らせているのではないかと感じた。原発訴訟に関する唯一の重要な論点は、「当該原発につきシヴィアアクシデントの可能性がほぼありえず、ほぼ確実に安全であるといえるか否か」に尽きるはずだった。そして、裁判所は、客観的な第三者として、原発のそうした安全性を厳密に審査し、社会における危険制御、フェイルセイフの機能を果たすのが、本来あるべき姿のはずだ。

しかし、原発推進派といわれる人々の意見については、「ともかく原発の稼働差止め、停止は不当」という前提があって、そこからすべての意見が演繹《えんえき》されているのではないかという疑いが濃厚だった。笹原は、日本の原発の安全性をいう議論の中にもっと客観性や信頼性の高いものが見付けられないかと一生懸命探してみたのだが、結局、そのような議論や検討は発見できなかった。

一方、原発訴訟のほう、判決のほうはどうかといえば、これまたひどいもので、延々と迷走審理を繰り広げている裁判所もかなりあったし、裁判の内容も、去年の仮処分を除けば、先の推進派とおおむね同様の被告側の論理にそのまま乗るか、あるいは、被告側の顔色をおそるおそるうかがいながら、最初から原発稼働停止はありえないという前提に立った上で、それに沿ったもっともらしい理屈を組み立てている感のものばかりだった。

笹原は民事訴訟だけを検討すればよく、行政訴訟については行政局の局付が検討するということだったが、参考までに読んでみた行政訴訟の判決は民事訴訟のそれ以上にひどく、日本の行政法特有、行政訴訟特有の専門的な概念や術語を用いて問題の本質を韜晦するような記述に終始し、原告らの主張にきちんと応答していないばかりか、理論の筋さえ読み取りにくいものが多かった。

《これが日本の司法の現状なのか？　差止め訴訟一般、行政訴訟一般も問題だが、原発訴訟は、それらに輪をかけてひどいのではないか……？》

笹原は、そんな感想を禁じえなかった。こうした判決を前提として協議会の議論を組み立ててゆくことになるのかと思うと暗澹《あんたん》とした気分になったが、ともかく、当面は、本格的な法的検討の参考資料にするための予備調査という仕事の性格を考え、努めて評価を交えず、客観的、概説的な観点から、収集した資料をまとめてゆくほかなかった。

11

ある夜、笹原が、収集した資料と自分のメモを持ち帰り、それらを元にして書斎で予備調査の結果をまとめていると、電話があった。笹原に私的な電話がかかってくることは滅多になかったので、彼は、《アイからだな》と考えつつ警戒気味に受話器を取ったのだが、聞こえてきたのは、アイではなく、兄の光一の声だった。今度の土曜日に東京に行くから泊めてくれないかという。

「えーっと、もしかして、妹さんのこと？」

「うん、アイのこともあるが、それだけじゃない。今審理がまとめの段階に入ってるこっちの原発訴訟のこともあるんだ」

どちらもなかなかに重い話題、用件だったが、笹原は、久しぶりに事務総局以外の人間、また親友と話ができることに救われたような気もして、光一の来訪を楽しみに、毎晩遅くまで予備調査のまとめ作業を続けた。

「前にもきたことはあるが、こうしてあらためて見直してみると、なかなかいいマンションだよなあ……。安普請の官舎とは大違いだよ。俺は、親父の仕事が仕事だから、物件をみる眼は多少あるんだ。よく現金で買えたな」

　土曜日、外で一緒に食事をしてから笹原のマンションを訪れ、リヴィングルームに腰を下ろした光一はそう言った。

「うん、知ってのとおり、一時株を集中的にやって何とかためたんだ。その代わり今はほぼ一文無しさ」と笹原は答えた。

「株や利殖なんておよそ縁も興味もなさそうなおまえが、そういうことを言うのが面白い。見かけから判断できない人間の典型だね。妹もおまえと同じで変わってるが、あれは、一見して変わってるからな。わかりやすいところがおまえとは違うよ」

「東京のでかい官舎に住むのがどうしてもいやだったことと、たまたま株をやった時期がよかったのと、その二つの相乗作用で買えただけだよ。ほぼ偶然の結果さ。それより、そっちの原発訴訟のことを話してくれよ」

　光一は、現在までの訴訟の進行について手短に説明し、現段階における彼の意見も述べた。それは、笹原の見解以上にはっきりしたもので、要するに、電力会社の安全対策、危機管理も、行政の監督、監視も相当にずさんであり、昨年以来の内部告発の内容は多くの原発にそのまま当てはまり、福島の訴訟で問題にされている原発の場合も例外ではないということだった。光一は、従来の判決の内容についても、当然のことながら笹原よりもはるかに詳細かつ緻密に検討しており、その論理には説得力があった。彼は、また、去年の仮処分は勇気ある判断であり、論理も、多少粗いところはあるものの、大筋は正しいと述べた。

「しかし、あの仮処分は、おそらく、秋までには保全異議で取り消されるだろう。事務総局経験者で上向き一辺倒の人たちが後任の裁判長と右陪席に入ったらしいからね。……そうすると、問題は次の判決、つまり俺たちの判決だ。もしここできちんとした判決が出せないようなら、司法の自殺行為になると俺は思うよ」

「ああ、その気持ちはよくわかる。でも、さっきも話したけど、今年の協議会は民事局と行政局の合同開催で、テーマは原発訴訟、僕と行政局の局付一人が予備調査をやらされてる。……そのことはあるよ」

「つまり、最高裁は、協議会で機先を制して、原発停止の本案判決を阻止しようとしてるってことか？　仮処分は何とか取り消させることができるけど、そのあとで、今度は民事訴訟や行政訴訟の本裁判で原発稼働差止め判決が出たら大変だと？」

「うん、そのとおり。でも、それは、おまえのように事件の審理をやってる裁判官じゃなくても、僕たち局付でも、予想はしていたことなんだ。けど、それ以上のことがある……」

笹原は、矢尾局長の話しぶりからすると、須田長官がこの問題に強い関心をもっているらしいことを、ここだけの話と釘を刺した上で、光一に告げた。しかし、光一は、全く動じることがなかった。

そして、光一は、「それじゃ俺のほうからもここだけの打ち明け話をしよう」と言って、驚くべきことを語り始めた。

「俺さ、実は、原発訴訟にもふれた論文書いてるんだよ。といっても、内容は完全に学問的なもので、専門技術的裁量に関わる行政訴訟一般について、いろんな角度から検討したものなんだ。実際には原発訴訟も念頭に置いてるけど、それは、直接的には各論の一つとしてしか出てこない」

「へえ、本格的な論文なんだ。すごいな。それで、おまえ、それを発表するつもりなの？　……しかし、ちょっと危険かもしれないよ、それは」

「わかってる。でも、実は、もう、雑誌掲載についても考えているんだ」

「どの雑誌？」

「『司法展望』」

「『司法展望』か……。あそこは、僕も留学から帰ってからアメリカ不法行為法について ちょっと書いたことがあるけど、裁判所との関係が深いみたいだよ。大丈夫？」

「大丈夫だと思う。実は、俺、先輩から紹介されて、あそこの編集長には会ったことがあるんだ。信頼できる人だと思うし、当人も、『原発訴訟に特化したものならともかく、専門技術的裁量に関わる行政訴訟一般について書かれる中で原発にふれる程度なら、何ら問題ないですよ』って保証してくれた」

「そう、それならまあいいけど……。でも、その論文の内容だと、おまえが書く判決の内容と相まって、最高裁に対する正面からの挑戦と受け取られる恐れも、あると思うよ」

「そうかもしれない。俺だって、最高裁の考えてることはわかるよ。でも、だからこそ、場合によっては、法曹界や世論の後押しが必要になることもあるんじゃないかと思ってるんだ」

光一は、ほかの原発訴訟係属裁判所で今年四月に複数の不自然な異動があったという話をした。規定の年数が経たないのに突然異動になったり、同じ裁判所の中で別のセクションに動かされたりした裁判長がいる。いずれも、高裁所在地の地裁や問題のないセクションへの異動で、人事上不利益な取扱いを受けたとはいえないが、原告に有利な心証を表に出したり、そのような訴訟指揮、争点整理を行った裁判長が動かされている可能性が高いということだった。

要するに、異動の目的は、仮処分を認容した裁判長、支部長が高裁所在地の家裁に飛ばされたのと同じことで、ただ、その場合のように露骨な見せしめの趣旨はなく、危なそうな裁判長をこっそり審理から外しているという点が異なるだけのことだという。笹原も、事務総局内の噂話で同じようなことを聞いており、信憑性の高い話と思われた。

光一は、彼の部の裁判長も、彼と同様、原発の安全性を厳格に審査し、その原発の所在地が大地震の可能性のある地域であることから、原発の耐震性が十分でないと認められる場合には稼働停止判決もやむをえないとの方向で、当事者双方に緻密な主張立証を行わせていると言った。

「審理が終わりに近付いている現段階でまさかそういうことはないと思うけど、俺の部の裁判長が突然異動させられることだって、ないとはいえない。それに、この事件に関しては、俺の存在や意見も大きいはずだから、今後、裁判長だけでなく、俺も、そういう異動の対象にされる恐れはあると思う……。まさかのことを考えると、状況によっては、判決前の時点で論文を出し、かつ、マスメディアに訴えることも必要かもしれない。そうすれば、いくら何でも無理な異動はさせられなくなるだろう」

光一はそう言うのだった。

笹原は、正義感が強く、みずからの方針に迷いのない光一に共感しつつも、彼の考えている行為の危険性や、その招きうる結果に対する認識の甘さを考えると、それをそのまま承認し、後押しすることはできなかった。

《あまりにも危険すぎる……。育ちのよい理想主義者の考え付きそうなことだといわれても仕方がない》

笹原はそのことを婉曲な言葉で説いたが、二人の議論は平行線をたどるばかりだった。

「自分から言い出してすまないが、今日はもうこの議論はやめようぜ。いささか疲れたよ」と光一は言った。

笹原がコーヒーをいれて、一休みしながらしばらく雑談を交わした後、光一は、別の用件に移った。

「それより、もう一つのお願いだ。妹のことなんだが、あいつの希望どおりしばらく預かってやってくれないかな。

今、東京の友達の賃借マンションと俺のところを行き来しながら大学に通ってるんだけど、見ていると、精神的にすごく不安定なんだ。普段はいいんだが、ちょっとしたことで落ち込むし、そのままほっておくと衝動的に自殺でも試みかねないような気がする、そういうところがあるんだよ。だから、一人住まいをさせることはできないし、それは、両親が絶対に許さない。

今のあいつの状態を改善するには、実家から引き離すとともに安定した状態に置くことがどうしても必要なんだ。大学に入るまでと思って何とか我慢してきたっておまえにも言ったと思うけど、それは決して嘘じゃない。俺も、そうだろうと思う。俺の小さなころとは違って、あいつの幼稚園時代からあとくらいの家の中は、ひどかったからな。親父もおふくろも偽善者の仮面夫婦、どっちにも常に愛人がいるといった状態だったから……。おまえにはそういうところはみせなかったけど、薄々は気が付いていただろう？」

「うん、最初はわからなかったけど、だんだんわかるようになった。アイは、捨てられた子どもみたいに、家のあちこちにうずくまったり、ソファや床の上で寝てたりしてたしね」

「そうなんだ。親父もおふくろもおまえには親切だったけど、それは、実をいうと、必ずしも無償の厚意ってわけでもなかったんだよ。言っちゃ悪いが似た者同士みたいなところもあって、あいつが知りたいようなことを何かと教えてくれるおまえに、妹は、すごくなついてた。それであいつの状態が改善されたってこともあるんだ。おまえに家庭教師を頼むずっと前から、本当はそうだったんだよ。あいつは、俺とおまえしか信用してないし、自分を本当に理解してくれたことがあるのはおまえだけだとも思ってるようなんだ。

俺も、ある意味それは正しいと思うよ。あいつは、俺が大学に入ってからは、俺よりもむしろおまえになついていたくらいなんだ。俺は問題の少ない健康な普通の学生、あいつは極め付きの問題児って両親が決め付けてしまったことで、ものすごく傷付いてしまって、俺にも心を開かなくなってしまった。それで、もうどうしようもなくなって、おまえに家庭教師を頼んだんだ。

妹がおまえにしたことを思えばとても頼めないことを頼んでるのは、俺もよくわかってる。でも、何といってもあの時のあいつはまだほんの子どもだったんだ。逆上してやってしまってから、自分の行為の恐ろしさに気付いたけど、もう遅かったってことで、それは間違いない。俺としても、これが本当に一生に一度のお願いになると思うけど、水に流してやってくれないか？　部屋を一つ貸してやってくれるだけでいいんだ」

唯一の親友といってもよい光一のたっての頼みであり、また、如月家の人々には散々世話になったこと、自分の知らなかった世界を教えてくれた人々でもあることをも考えるならば、普通ならみずからのエゴを押し通すことの多い笹原も、とても断ることはできなかった。

それに、光一の現在の苦境が、自分のそれとは比べものにならないほどシヴィアなものであり、かつ、彼のみならず広い世界にとっても重要な意味をもつものであることを考えるなら、アイに関する心労を光一から取り除いてやることは、笹原にできるただ一つの実質的な手助けともいえた。

「よくわかった。アイが落ち着くまで、できる限り彼女の面倒はみるよ」

「おお、恩に着るぞ。笹原」と、感動しやすい人間である光一は、笹原の両手を握り締めて言った。

「ただ、一つだけ心配なことがあるんだ。それは言っておきたい」

「何なんだ、言ってくれ」

「つまりね……。彼女ももう大人だし、あのとおり魅力的な女の子だし、僕も、おまえには隠さなかったからよくわかってると思うけど、そんなに安全な人間じゃないからさ……。ある程度長く一緒に暮らすとなると、ちょっと心配にはなるんだ……」

「何だ、そんなことか」と、光一は笑って受けた。「それなら、何も心配ない。あいつももう大学生なんだし、若い男と一つ屋根の下に暮らすことの意味はよくわかってるさ。両親たちの浮気、なんて言葉では表現し切れないような異性関係についても、俺同様、気が付いてたはずだから、そういうことは、あの年頃の普通の女の子よりはずっとわかってるはずだ。成り行きでおまえと妹の間に何かあっても、それは、あいつの問題であって、俺の問題でも、両親の問題でもない。そのことは、親たちも、いわずもがなでわかってることさ。『よくも妹に手を付けやがったな』なんてどなり込むことは絶対ないから、安心してくれ」

「いや、ちょっと心配だというだけだよ。僕にとっても、アイは妹みたいなものだったから、そういうことにはならないと思うけど、おまえには、一応断っておきたかったんだ。それだけのことさ」

光一にはそこまでは告げなかったが、笹原は、実をいえば、「アイとそのような関係になることだけは避けたい」と思っていた。アイが実際彼の妹に近い存在だったこと、教え子でもあったことや彼女の若さは別としても、それは、まさに、プレイ・ウィズ・ファイア、炎と戯れることであって、彼女のみならず自分をもまた焼き尽くす結果を招きかねない行為となるに違いないと思われたからだ。

12

アイは、数日後に、今度もリュックサック一つでやってきた。ほかの荷物はあとから自分で入れるという。

「事情はよくわかったから、部屋を貸すよ。好きなだけいていい。もちろんお金はいらない。ただし、広い部屋じゃないから、持ち込む荷物はほどほどにしてくれ。それから、おまえに部屋を貸すことについては、ほかの人間には秘密だ。説明が面倒だしね。だから、電話にも一切出ないでくれ。

部屋は、内側からロックできる。もっとも、家の中のことだから、外からでもロックは外せる構造になっている。万一、僕が酔って帰ったりして、部屋に侵入しようとしたら、バスルームに逃げ込んで、中からロックしたらいい。あそこだけは、ガラスを叩き割らない限り、外側からは入れない」

「本当にありがとう、先生。でも、部屋のロックについては、大丈夫。私、先生を信頼してるもの」

「さあ、どうかな？　そういうことで信頼できる男なんてまずいないよ。ことに、僕については信頼しないでほしいね。自分でも、自分をそれほど信頼してはいないような人間なんだから……。少なくとも、寝る前には必ずロックしておいてくれ。夜中にふと起きたときなんかに、夢うつつで何か食べて、朝になってから、皿が汚れてて胃も重いのでそれに気が付くような人間なんだ、僕は。おまえも、多分、僕の外側以外のことは、それほど知らないはずだと思うよ」

「今の比喩、いいわね。女の子が泊まったりすると、寝る前には紳士だと思っていたら、夜の間にふと食べられちゃったりするわけね」

「ちゃかすんじゃない。僕は、百パーセント本気で注意してるんだから。僕は、みかけよりは力もあるってことも、付け加えておくよ。

……それと、光一の話で間接的には聞いたけど、御両親も間違いなく理解されてるんだろうね、このこと？」

「うん、パパのほうは、『先生のところならまあいいだろう。先方には迷惑だと思うが、光一が頭を下げてくれたんだから、仕事の邪魔にならないようによく気を付けなさい』って言ってた。ママは……」と、少女は、憎しみを秘めた表情になって続けた。「全然平気よ。『先生なら、最初のお相手としては安全ね。まあ、そういうことなら、好きになさい』って言ってたわ」

「その誤解は、あんまりうれしくないな」

「私は、別に、ママがどんな誤解や邪推をしたって、ちっともかまわないけど……」

「おまえがかまわなくても、僕はかまうんだ。……でも、まあいいか。確かに、麗子さんの誤解についてどうこう言ってみても始まらない……。それじゃ、もう一人の同居人を紹介するかな」

笹原は、一旦リヴィングルームから出ると、間もなく、茶トラの猫を抱いて帰ってきた。猫は、ものうげな風情で周囲を見回していたが、笹原が下におろすと、一声にゃあおと鳴き、アイにすり寄っていった。

「わっ、でかいネコ。オスですか、メスですか？」

「オスだよ。おまえの家庭教師を始めたころだったかな、ちょうど今時分の季節、風が強い日の夜遅くに、道ばたで寒そうに鳴いてた。かわいそうになって、拾ったんだ。拾った時は小さかったんだけど、アメリカンショートヘアの血が濃いらしくて、すぐにでかくなった。体重は七キロ余りある。たまに家から出すんだけど、外に出ると必ずどこかで何かもらっているらしくて、うちでえさを調整しても、やせないんだ。お客さん大好きで、すぐにすり寄っていくようなやつだから、ここのほかにも立ち寄り場所があるんだろう、きっと」

「時々は、外にも出すのね？」

「元々野良だったから、外でテリトリー感覚ができちゃってるらしくて、一旦出たいとなったら、出してもらうまで絶対鳴きやまない。そういうところは、おまえに似ているな。でも、寝る前か朝起きた時に下にいくと、半日後には、必ず同じ場所で待ってる」

「ふーん、賢いんだ。名前は？」

「トバモリー」

「あっ、サキの短編に出てくるネコだよね。人間の言葉をしゃべって、みんなの秘密を片っ端からあばいちゃうネコ。先生と一緒に英文で読んだ話」

「そのとおり、よく覚えてるね」

アイは、トバモリーを抱き上げると、そのまま床にあお向けに寝ころび、下から猫を見上げた。

「うわっ、重い。それに、すごくフワフワしてるねえ。これでほんとにショートヘアなのか、おまえ？」

「額から後頭部にかけて何本かはっきりした縦縞があるだろ？　それでわかるとおり顔はアメリカンショートヘアなんだけど、なぜか毛は長いんだ。長いほうが優性遺伝なんだろうね。夏には、暑いらしくて、あお向けに大の字になって、あるいは横向きに弓なりになって、ぬべーっと寝そべっているよ。このでかいのがそんなふうに寝そべっていると、見るだけで暑くなる」

「そうなんだ。あれえ……。この子、何だか、タマがひしゃげてる」

「発情でマーキングを始めた時に、仕方なく去勢したんだ。だから、まあ、半オスかな」

「そうかあ……。トバモリーちゃんよ。おまえ、人間のエゴイズムで、自分の遺伝子を残す貴重な能力を絶たれたんだね、かわいそうに。それで、中国の宦官《かんがん》みたいに、お太りになっちゃったのかな？　でも、まあ、デブというほどじゃない。それに、よく見ると、なかなかイケネコだよ、おまえ。去勢されなきゃ、さぞもてたろうに」

　そう言うと、アイは、頭上のトバモリーをそのまますっと下ろして、その両前足の裏を、みずからの閉じたまぶたの上にのせた。

「おお、肉球がひんやりして気持ちいいぞ、トバモリーよ」

笹原は、アイの大胆な行為にひやりとした。

「気を付けてくれよ、アイ。爪は切ってないんだ。何かあったら、御両親に申し訳が立たない……」

「平気平気、トバモリーは絶対に私をひっかいたりしないって。私、わかるんだ」

実際、猫と少女は、瞬時のうちに互いを理解し合ったように思われた。その時のトバモリーは、まるで、笹原の飼い猫ではなく、アイが連れてきた猫のようにさえ見えた。

13

こうして、笹原は、アイとの同居を始めた。

笹原は、アイに、「先生」という呼び方はもうやめてほしいと言ったが、彼女にはそれ以外の呼び方がしっくりこないようだったし、彼女が幼かったころのように、「笹原のお兄ちゃん」とか「シュン君」と呼ばせるわけにもいかないので、「先生」で妥協した。

アイは、光一の言ったとおり、普段は明るいのだが、一旦落ち込むと、死んだようになって、床やソファの上で膝を抱え、自分の殻の中に固く閉じこもってしまう。そういうときには、笹原は、あえて声をかけずに放っておいた。慰めてどうにかなるような問題ではないと思ったからだ。極端なことにならなければそれでいい。実際、ここにきてからは、それ以上の事態には至らず、何時間か、あるいは長くとも半日、一日もすれば、彼女は元に戻った。《この程度なら、そんなに極端なことはないんじゃないか？》と笹原は思った。

アイは、兄や笹原と同じ大学の理系に入っていた。理系に進んだのは、偏差値トップで国際性もあるところに進んでほしいという両親の希望をとりあえず容れたということのようだった。しかし、彼女自身は、数学や物理については受験問題が一応解けただけで特別な才能があるわけではないと思っており、医学や生物学にも大きな興味はなく、三年生になるときには、兄や笹原と同様法学部に進みたいと思っているらしかった。

「おまえは法学部なんてやめたほうがいいよ。およそ独創性のある学問じゃないぜ。法律家の世界もすごく狭くて古いし……」と、笹原は、日本の司法の世界とその歴史について、自分の理解しているところを嚙み砕いて語って聴かせた。

しかし、アイは、アメリカやヨーロッパとは異なるその実情、ことに、外側からみれば戦後の欧米と大差がないようにみえながら実際にはピラミッド型の複雑かつ前近代的な階層的官僚機構になっているという日本の裁判所、裁判官制度の実情がなかなか理解できないようだった。最後には、笹原は、「まあ、僕のやっていることを横から見てれば、そのうちわかるよ」と自嘲的に締めくくった。

「でも、だったら、兄貴もそうだけど、まして、先生みたいな人が、どうして、そういうつまらない、あまり意味のない仕事をしているの？」

「いや、光一が今していることには、大きな意味がある。あまり意味がないことをしているのは、僕のほうさ。そして、日本の裁判官の多くも、最高裁や事務総局のいいなりになっていて、それほど意味のある仕事はしていない」

「でもさ、先生が話してくれた人たちなんて、肩書きだけで生きてる人たちじゃない？　長官とか、事務総長とか、局長とか、課長とか、しょせんはそんな肩書きがあるだけの、役人の群れじゃない？　本当に自力で何かを成し遂げた人たちじゃないと思うわ。うちなんか、新興成金の叩き上げの一族で、おじいちゃんも、パパも、おじきたちも、確かにほめられた人たちじゃないけど、いつでも、誰にも頼らずに、自分の身体を張って仕事をしていたことだけは確か。

私も、うちで随分いろんな人たちをみてきたけど、役人、官僚なんて、肩書きで生きているだけの、一番影の薄い人たちじゃない？　先生は、そんな人たちのどこがそんなに怖いの？　裁判官の独立は、憲法で保障されているんでしょ？」

言われてみればそのとおりであり、不思議そうな表情で無邪気に尋ねるアイに対して、笹原は、返す言葉がなかった。


笹原は、アイがきてからは、彼女といつでも顔が合わせられるように、書斎でなくダイニングルームで仕事をした。そして、アイは、笹原がダイニングルームのテーブルに向かって仕事をしていると、よく、彼の邪魔をしないようにそっと自分の部屋から出てきて、ダイニングルームにつながっているリヴィングルームの床に座り、小さな音で、ロックのアルバムを聴いていた。

彼女が一番よく聴くアルバムは、ピンク・フロイドの『あなたにここにいてほしい《ウィッシュ・ユー・ワー・ヒア》』で、一日に一度は必ずかけるのではないかと思うくらい頻繁《ひんぱん》に聴くのだった。

グループ初期の中心人物でありながら精神を病んで脱退したかつての盟友に捧げられた、あるいはその呪縛から逃れ去るために作られたそのアルバムは、彼らのほかのアルバムにはない、深い憧憬《しょうけい》と恐怖に彩られていた。

笹原がアイに聴かせるために選択した最初の数枚のレコードの一つにそれを含めたのは、偶然だったのか、必然だったのか……。笹原自身は深い意味があってそれを選んだわけではなく、ただ、彼女が気に入りそうなものを適当に選んだにすぎなかったのだが、考えてみれば、『あなたにここにいてほしい《ウィッシュ・ユー・ワー・ヒア》』は、ロックを初めて聴く十一歳の女の子にふさわしいアルバムとは到底いえなかった。しかし、アイの個性を考えるならば、それは、やはり何かの必然に導かれた選択だったのかもしれない。

今も、アイは、照明を落としたリヴィングルームの床の上で、『輝け、《シャイン・》狂ったダイアモンド《オン・ユー・クレイジー・ダイアモンド》』の歌詞に合わせてユニゾンで小さく歌ったあと、『ようこそ《ウエルカム・トゥー・》マシーンへ《ザ・マシーン》』の冒頭、アナログシンセサイザーによる効果音が、音楽と一つになり、音楽以上の生々しさを伴って、右手と左手に交互に振り分けられながら現れてくる部分で、曲に集中しながら、その効果音に合わせて、頭を軽く左右に振っていた。

《まるで、音楽の巫女《みこ》かセイレーンのようだ》と笹原は思った。

そんなふうに音楽に没頭しているアイの姿には、その年頃の少女には普通みることのできないような、ある種の毅然とした強さ、静かな強さがあった。彼女の言葉を借りるなら、彼女もまた、幼いころから「いつでも、誰にも頼らずに、自分の身体を張って」生きてきた、生きてこざるをえなかった人間だったはずであり、そんな、幼くしてみずからの孤独に向き合いながら生きる姿勢から、先のような毅然とした強さも生まれてきたものに違いなかった。彼女は、ただのもろい女の子ではない。

そして、考えてみれば、アイの兄である光一もまた「身体を張った」生き方をしていた。彼らの生き方に比べると、みずからのそれは、随分中途半端な、妥協に妥協を重ねたものになっているのではないだろうかと思うと、笹原はつらかった。

アイの膝の上では、そこに深く身を沈めたトバモリーが、時折、わずかに薄目を開いて笹原の方を見るともなく見たあと、また、ゆっくりと目を閉じていた。

《二つの完璧な生き物》と笹原は思った。トバモリーの姿はいつでも一つの絵になったが、それと同じことがいえる人間などめったにいるものではなく、アイが、その数少ない一人であることには、間違いがなかった。猫の情緒は、音楽を介して、また、アイの膝の柔らかな感触を介して、少女の情緒に同調、共鳴しているのかもしれないと、笹原は考えた。

14

笹原と行政局の筆頭局付がまとめた予備調査の結果が出そろうと、矢尾局長は、今後地裁、高裁から協議会のために提出されてくる問題をまとめて具体的な検討に入る前に、民事局、行政局合同の、課長、局付のフリートーキングを行った。最初から各局が全く別々に検討を行ったのでは、最後に両者の見解をうまくまとめられなくなる恐れがあると考えたためである。

しかし、その結果は散々だった。民事局は、一課長と三人の年長局付がけんか腰でやり合い、二課長は無意味な発言を続けて議論を混乱させ、新しく入った局付たちはただ困惑していた。一方の行政局は、最初に結論ありきで、また、行政法的な解釈論の些細な部分にばかり拘泥《こうでい》していて、民事局との間の意思疎通が全くできなかった。

今後、各局別々に検討を進めさせ、かつ、課長たち四人の意見をうまく調整し、また、課長たちに局付の意見を調整させ、しかも、ありうる少数意見についての検討まででしておけという指示に応えるには、一体どうしたらいいのか、今のような状態では、須田の複雑微妙な要請に応えるのは、容易なことではなさそうだった。

矢尾は、両局合同のフリートーキングを最初に行ったことを後悔し、また、その結果が不首尾であったことが須田に知られた際の須田の怒りを恐れた。

「だから、各局別々に検討を進めよと言ったではないか。なぜ、最初に両局合同のフリートーキングなどやったのだ？　また、その結果が不首尾とはどういうことだ？」

そんな須田の怒声が、頭の中にありありと浮かび、反響した。

そして、局長就任以来の心労、また、昨年度の芙蓉会館訴訟問題以来の心労の蓄積もあって、矢尾は、胃潰瘍が急速に悪化し、わずかではあったが吐血して、医師から緊急入院を命じられ、あわただしく病院入りすることとなった。

日本の裁判官に休職の観念はない。戦後間もなく作られた短い法律を介して、裁判官の服務規律の基本は、判事補まで含め、未だに、明治二十年に公布された勅令「官吏服務紀律」の規定の例によることとされている。その結果、裁判官には、勤務時間の観念はなく、つまり法的には二十四時間無定量に拘束されており、また、休職の制度はもちろん、年次有給休暇についてすら正規の定めはなく、高裁長官の事実上の申し合わせによっている有様だった。

したがって、裁判官は、病気になった場合には、回復の見込みが早期に立たなければ退官するほかなく、ことに、精神面の不調の場合には、長引けば、間違いなく退官を迫られることになる。肉体的な病気の場合には状況はもう少しましだったが、それでも、回復が難しいと決まった時点で同じことになる。

矢尾の場合には胃潰瘍だから回復の可能性については問題がなかった。とはいえ、彼は、すでにヴェテラン裁判官であり、しかも、事務総局各局の責任者である局長の地位にあるのだから、入院自体が本来許されないことであって、もしもこれが長引くようなことになれば、退院した時点で、地方の高裁支部長や遠方の家裁所長に異動させられ、以後の異動についてもエリートコースから外されて、華やかな経歴もそこで打ち止めとなる可能性があった。三週間の入院とその間の安静を医師から言い渡された矢尾は、病院のベッドに横になりながらも、そのことを考えると、生きた心地がしなかった。


矢尾局長の入院中、局長の職務については、民事、行政両局の筆頭課長である桂木一課長が代理を務めた。局付にも職員にも評判の悪い桂木ではあったが、こうした危急時の代理者としてみれば、なかなか堂々としていて、役に立つところがあった。

ところが、その桂木一課長が打ち合わせを兼ねて矢尾の病院に見舞いに出かけていた際に、須田長官から、局長室に呼出しの電話が入った。

そうなると、行政局の一課長よりも期が上である田淵二課長がとりあえずの説明にゆくほかなかった。あわてふためいた田淵は、協議会準備の進行役担当である笹原のほかに民事局と行政局の数名の局付を従えて、長官室におもむいた。

しかし、局長の前ですらまともな説明ができないことのある田淵が、須田の前できちんとした説明ができるわけもなく、要領を得ない「ええ……それがその……でありますから……と申しますか」といった、素手でウナギをつかむような小役人めいた答弁を繰り返しているうちに、最近は簡にして要を得た説明しか聞いたことのなかった須田は、真っ赤になって怒り始めた。

こちらは真っ青になった田淵の、「局付に説明させてよろしいでしょうか？」、「かまわん」との問答に続いて、促された笹原は、すでにそんな展開になるのを予期していたこともあって、それほど臆することもなく、先日のフリートーキングの内容を、それを提案した局長の立場にも配慮しながら、手際よく要約して述べることができた。

笹原は、予期していない状況には弱かったが、反面、ある程度の覚悟が心の中にある場合には、それなりに大胆な行動をとることのできる人間だった。また、この時点では、彼は、須田の恐ろしさをまだ十分に理解しておらず、そのことがかえって幸いして、さほど臆することなく、手際のよい説明ができたのである。さらに行政局の局付が若干の補足を行うと、ようやく、須田の怒りも収まった。

その日の午後、須田は、人事局に命じて提出させた笹原に関する人事の極秘資料をぱらぱらとめくりながら、思案していた。笹原の説明の手際のよさとその際の気後れのない態度とが、須田の興味を引いたのだった。

須田がここまでのし上がってこられた秘訣の一つに、大物の政治家同様、数多くの人間に関する適切な情報を頭に入れ、常にそれぞれに対して適切な対応ができるような態勢を整えているということがあった。彼は、事務総局に属する裁判官については、最年少、初任明けの局付に至るまで名前と顔をそらで覚えていたが、今回の笹原の説明と態度には、どこがどうとは説明しにくいものの、須田の第六感を刺激するものがあった。

須田が笹原に関してさらに興味を抱いたポイントは、人事に関する裁判官の個別希望調査票、裁判官たちの間では第二カードと呼ばれているそれの記載だった。「親しい友人」の欄に、現在福島地裁で原発訴訟の主任裁判官を務めている如月光一の氏名が記載されていたのである。この二人のつながりについても、今後、何らかの意味で利用できるものになる可能性がないではないと、彼は、直感的に感じた。どんなに小さなものであっても、自分の動物的な勘に訴えてきた事柄については見逃さずに利用するのが、あるいは、利用できないかどうかについて考えてみるのが、須田のモットーだった。

15

民事局における課長たちと局付たちの溝は、長谷川、笹原、野々宮という、事務総局の局付としては異端のほうに属する三人の年長局付が経験を積むにつれ深まってゆき、年度が替わって、新しい局付たちが彼らの側に付いてしまうと、さらに一層深まった。そして、先任の三人のうちでみれば、直属している課長に対する態度の変化が最も大きかったのは、笹原だったかもしれない。

人事院研修でしばらくゆっくりものを考える機会があり、長谷川との会話で、笹原が考え、感じてきたことは何ら特別なことではなく、同じような境遇にある若者なら誰でも考えておかしくないことであるとわかって以来、また、日本の原発と原発訴訟の現状を知り、さらには光一の頼みもあってアイの同居を認め、彼女から「先生は、そんな人たちのどこがそんなに怖いの？」と素朴であるがゆえにかえって「痛い」問いを投げかけられて以来、笹原は、以前にも増して裁判所や事務総局のあり方について疑問をもつとともに、野々宮同様、あるいはそれ以上に、田淵に対する対立の感情を深めていた。

田淵は、一見すると愛想のよい好人物にみえ、そばで仕事をしてみるとそのエゴイズムや上昇志向、事大主義が鼻につく滑稽《こっけい》で底の浅い人物にみえたが、さらに一皮むくと、その人間性の核には、強烈な権力欲とインフェリオリティー・コンプレックス、そして満たされることを知らない自負心が入り交じった、より陰湿、陰惨な部分が存在した。

彼は、本来なら局付や課長補佐、係長には与えてしかるべき情報についても、自分のところで抱え込んで下に伝えようとしないので、その下にいる局付や職員たちは、突然、何の前触れもなく、新たな仕事を抱え込まされたり、予期しない事務総局や民事局の方針の転換にあって、あわてて大きな仕事の軌道修正を迫られたりした。

田淵は、そうやって情報をコントロールしながら小出しにし、それによって局付や職員たちがあわてふためくのをじっくりと観察し、その過程で、何かにつけて、彼らを、ことに、一番力の弱い平の調査員たちを、机の前に呼び付けては、深い悪意と毒のこもった口汚い言葉を、関係の局付や課長補佐、係長たちの耳にちょうど入る程度のヴォリュームをもって、下を向いている彼らの顔に浴びせかけた。

裁判所の書記官、事務官の中には、一流私大はもちろん、東大や京大を始めとする一流国立大学の卒業者も一定数いる。東大や京大の卒業者の多くは、司法試験を目指すためにとりあえず裁判所に就職し、結局合格できないまま裁判所にとどまることになった人々だったが、その能力からすれば、東大や京大の中でも平均以上のレヴェルに属する場合も多かった。しかし、それでも、彼らは、「裁判官ではない」、つまり「将校グループには属しない」以上、厳然として「裁判官の下に位置する」人々だったのであり、事務総局においては、ことにそのようにいえた。

一流といわれる有名大学とはいえ、私学の出身である田淵は、こうした高学歴、ことに東大や京大出の調査員たちをねちねちといじめるのを、無類の楽しみにしていた。中でも田淵の標的にされることが多いのは、笹原のコントロールする職員たちの島に属する水野明彦調査員だった。

水野は、民法一部改正の立法準備作業に関して、笹原を補佐して調べものをしてくれている、京大出の、若く優秀な調査員だった。地味な性格で目立たなかったが、能力は抜群であり、笹原は、民事局を出て時間にゆとりができたらぜひ司法試験に再挑戦するようにと勧めていた。水野は、調査員の通常の仕事の範囲を超えて、民法改正に関する笹原の調べものに協力するのみならず、普通の係長や調査員には望めない、自分なりのしっかりした見解に基づく意見を出してくれることが多かった。田淵がその関係の仕事をまともにできないこともあって、実際上、民法改正の立法準備作業に関する最高裁側の検討は、笹原が水野の協力を得ながらやっているに等しかった。

そして、そのように、本来ならば田淵が行うはずの仕事を笹原が水野の協力を得ながら行っているからこそ、田淵にとっては、優秀な調査員の中でもとりわけ水野が憎らしかったのであり、また、いじめがいのある相手ということにもなったのである。

劣等感が強く能力の劣る人間が一定の権力をもった場合ほど、彼とともに、あるいはその下で働く人々にとって、恐ろしい事態はない。ましてや、事務総局は、険しいピラミッド型の絶対的なヒエラルキーによって構成される組織、社会だったから、課長である田淵は、笹原の下にいる水野を好きなようにいじめることができ、そうすることによって、常に飢えて獲物を求めているみずからの劣等感に餌を与えてこれを補償するとともに、笹原や水野に対して彼が抱いている権力を、飽くことなく確かめ直すことができた。

さらには、水野が、無垢《むく》でシャイな青年であり、田淵の悪意ある言葉を苦笑いやお追従でかわすことのできない性格であることが、田淵の憎しみに一層拍車をかけた。田淵は、桂木に叱責されたり軽くあしらわれたりして悔しい思いをするようなことがあると、その後、必ず、水野をみずからの前に呼び付けては、「あんたの作成するはずの文書はどうなっとるんや、一体いつになったらできるんや？　局付は一体何をやっとるんやろなあ？　あんたそれでも本当に京大出たんか？」などといったたぐいのいやみたっぷりの言葉を、時には数分間にもわたってねちねちと浴びせかけた。それは、同時に、かたわらで聞いている笹原に向けられた言葉でもあった。

16

そんなある日の朝、田淵が笹原に声をかけた。

「おい、笹原君。昨日、地裁の梅宮部長に会ったときにな、このこと教えてくれへんかと頼まれたんや。あさってまでにやっといてくれ、ええな」

渡された書面に記されていたのは、民事局の事務とは何の関係もない、純然たる民法解釈の法律問題だった。それまでであれば黙ってそうした依頼を受けていた笹原は、初めて田淵に食い下がった。

「課長。……これ、何の関係の調査でしょうか？　この内容からすると、もしかして、論文か判例評釈を書くためのリサーチでは？」

「ああ、そうらしいな。それがどうしたんや？」

「やることはやりますが、でも、今すぐにというのは難しいです。……今、本当に手元がいっぱいいっぱいで」

「そこを何とかするのが、局付というものやろうが。なあ、笹原さんよ。それとも、俺の言うことに、何か異存でもおありというわけなのかな、え？」

「ですから、少しでも時間ができたらやりますよ。やらないと申し上げてるわけじゃありません」

「だめだ。絶対に、あさってまでにやってくれ。これは命令や、ええな？」

笹原は、頭がくらくらとし、そして、ついに一線を踏み越えた。

「課長、お言葉ではありますが、申し上げます。……判決を書くための法律調査であれば、本来裁判官が行うべきものですが、自分でやってもよくわからないから民事局の意見をくれという正式照会がくれば、私の仕事の範囲に入るでしょう。しかし、私的な論文や判例評釈を書くためのリサーチは、本来、御自分でなさるのが当然ではないかと思います。これは、梅宮部長から課長に対する、プライヴェートな依頼なのではないでしょうか？」

図星であったらしく、田淵は、笹原をにらみ付けただけで、返事をしなかった。こうしたことを平気で人に頼み、その結果について一言の礼も言わないような人間が裁判官にはかなりおり、笹原も、先輩のみならず後輩をも含め、そうした例には何度か出くわしてきたが、相手が事務総局の課長である場合には、多忙であることも推測され、普通なら遠慮するはずだ。おそらく、梅宮部長がちょっと探りを入れたのに対し、目上の有力な人間の言うことなら何でも従い、御機嫌を取るのが習い性になっている田淵が、もみ手をするようにして引き受けたものだろう。

しかし、田淵は、一瞬ためらった後に、巻き返しを図り、力で笹原を抑え込もうとした。

「それがどうしたというんや！　俺がやれと言っとるんやから、やればええんや。それがあんたの仕事や、わかったかっ！」

「暇で時間が余っていればやってもかまいませんが、今、私の仕事が、机の上が、原発訴訟協議会、民法改正に各種のルーティーン事務も加わってどんな状況にあるかは、よく御存知でしょう？　そういう状況で、局付が、純然たるプライヴェートな依頼をほかのもっと重要な仕事よりも優先して、限られた自分の仕事の時間をそれにさくことは、はたして適切なのでしょうか？」

「うるさいっ。俺がやれと言ったら、やればえええんやっ！」

笹原は、仕方なく、無言でうなずくと、渡された書面をわしづかみにして席に戻り、現在進行中の仕事を一時すべて中断し、はらわたが煮えくりかえるような思いで、梅宮部長の依頼に関する調べものを始めた。最近の過労に加え、アイがやってきてからの、良きにつけ悪しきにつけの動揺と心労で、笹原の精神状態は、ささくれ立ってきていた。


それまでは比較的おとなしかった笹原が反撃に出たことに脅威を感じたのか、田淵の態度はさらに硬化した。能力に乏しい田淵にしてみれば、局付たちを抑えておける手段は一種の「はったり」しかない以上、そうなるのは当然のことだった。

そして、とうとう、笹原と田淵が決裂する時がきた。それは、局長が入院する直前に行われた、民法一部改正の立法準備作業方針に関する局議の席上のことだった。笹原は、ある論点に関する田淵の意見を、真っ向から徹底的に批判した。笹原は、その論点に関する田淵の意見が、裁判所にとっての都合から逆算された御都合主義的なものであるのみならず、立法としての合理性や整合性にも乏しいと思っていた。一方、この立法に対して何一つ実質的な貢献ができないでいた田淵が唯一その論点に固執していることもわかっていた。そして、わかっていたからこそ、局議という公式の席上で、明確に、それに対して反旗をひるがえしたのである。

このとき、笹原は、そんなことをすればみずから墓穴《ぼけつ》を掘ることになり、あとで田淵からどんな報復を受けるやもしれないと心の底ではわかっていたのに、田淵の、意味のない意見、立法の趣旨を傷付けるような意見に反駁《はんばく》したいという自分の気持ちをどうしても抑えられなくなり、徹底的に「やって」しまったのだった。

局議で、つまり、局長、一課長、局付たちの前で面目をつぶされた田淵は、怒り狂った。矢尾局長が、二人の議論に割って入り、「私は、笹原君の意見でもいいように思うが」とコメントすると、田淵は、今度は局長に食ってかかった。

「私は、法務省に対してずっとこの意見で通してきました。今更方針を変えたら、私の面子に関わります」

会議に出ていた局付たちは、いや、桂木課長までもが、みずからの耳を疑った。結局、誰も田淵を抑え切れず、この論点に関しては、田淵の意見に従った案を最高裁民事局のそれとして出しておくことになった。結局、最終的な法案では、笹原の意見が採用されることになったのだが。

局議が終わって席に戻ってくると、田淵は、真っ赤な顔をして言った。

「笹原君、水野君も一緒に、ちょっと会議室にきてくれ」

そして、足早に、無人の会議室に入って行った。

笹原は、空いている会議室の方に歩みながら、議論の経過を簡単に水野に耳打ちした。

「課長はあなたにも八つ当たりするかもしれないけど、勘弁してね」

「わかりました。僕も、笹原さんの意見に賛成でしたから」と水野は答えた。

会議室に入って席につくと、田淵は、猛烈な勢いで笹原をどなりつけ始めた。笹原は、覚悟していたから、黙って耐えていた。「どうして局議で急にあんなことを言い出すんや？」という田淵の難詰《なんきつ》には、最低限、「自分は以前からずっとあの意見だったのであり、そのことはお話ししていたのだから、立法準備作業の方針に関する局議でそれを述べたのが悪いとは思いません」とだけ答えた。

「わかった、笹原君はもうええ。水野君にも言っておくことがある。あんたは出てくれ、笹原君」

「今日の私の意見は、水野さんには何の関係もないことです。私の責任ですから、私に言って下さい」

「いや、俺は、水野に言いたいことがあるんや。よし、笹原君も、出なくてもいい。いや、そのほうがかえって好都合や。あんたも、このままここで聴いてろ」

そして、田淵は、水野に向かうと、額に何本も深い皺を寄せ、水野の顔に息がかかるくらいの近い距離から、彼に向かって言葉を発した。

「よう聴けよ。水野君。

あんたはな、この俺が、東京地裁からあんたの評判を聞いて、ここにこられるように推薦してやったんや。もちろんあんたの部の部長も推薦したが、この俺の言葉のほうがもっと重要やったんや。いわば、あんたは、俺がここに採ってやったようなもんや。ええか、そのことを忘れるなよ。

さてと、俺の意見では、笹原も、あんたも、性格に問題があるようやな。どうも、あんたたちの俺に対する態度をみていると、常識を欠くところが大きいように思われるな。そうは思わんか、え、水野君！」

「待って下さい。課長！」と、耐えかねた笹原が言葉をはさんだ。

すると、田淵は、一旦言葉を切り、額に深い皺を寄せたまま、笹原の方を見るとともに水野の方に軽くあごをしゃくってみせ、さらに、人差し指を立てると、それを軽く左右に振ってみせた。その仕種には、それ以上何か言ったら水野がどうなるかわかっているなというニュアンスが込められていた。

そして、田淵は、深い悪意がこもり、さらにすごみをきかせた目付きで、水野の目を近々とにらみ据え、言葉を続けた。

「それでもな、笹原は、局付だから仕方ない。そういう性格でも、俺としては、我慢して、使っていかなならんからな。

しかしな、水野君。あんたはただの調査員や。吹けば飛ぶような存在や。

そのおまえが、笹原に同調して、何かといえば俺の意見に反対するとは、何事やっ！　おまえがそういうふうやから、笹原が、つけあがって、こともあろうに、局議で正面切って俺の意見に反対するようなことになるんや。

よう覚えとけよ。水野君。調査員なんかなあ、替わりがなんぼでもおるんや。京大出だからって、つけあがるなよ。今後、一度でも俺にたてついたら、絶対つぶしてやるからな。ええな、覚悟しておけ！」

会議室から出てきた水野の顔面は蒼白で、冷たい脂汗が幾筋もにじんでいた。

しばらくしてから、笹原は、自分の机で一言も口をきかないまま微動だにしないでいる水野を促して、廊下に連れ出した。

「本当にすまない、水野さん。あなたにまで累《るい》を及ぼすとは、思ってもみなかった」

「いいんです。それは、局付にも予想が付かなかったことだと思いますし」

水野は、言葉少なにそう答えたものの、その後は、笹原がいくら慰めようとしても、歯を食いしばりながら、血走った目であらぬ方向を見詰め続けており、笹原の顔を見ようともしなかった。

それからの水野は、仕事中もほとんど口を開かず、ことに、田淵に対しては、「はい、わかりました」以外の言葉を口にしなくなった。そして、いつも、硬い表情で、ひたすら机に向かって、憑《つ》かれたように、調べものや起案を続けていた。

笹原は、局長が退院してきたあと、局長室に一人で出向いた折にことの次第を簡潔に説明し、水野を早く民事局から出してやってくれるよう懇願した。矢尾も、この件については笹原や水野に同情的で、来年の定期異動ではそのようにしたいとの意向を示してくれた。

田淵の水野に対するいわれのない八つ当たりが、横にいた笹原をもターゲットにし、その心に田淵に対する深い恐怖心を植え付けるとともに、笹原と水野の仲を裂くことをも目的としていたことは、明らかだった。

それがよくわかっていたにもかかわらず、笹原は、水野を元の状態に戻すことができず、また、自分の心に植え付けられた田淵に対するトラウマ的な恐怖心を理性で克服することもなかなかできなくて、そのことに深い無力感を感じ続けることになった。

17

いずれにせよ、民法改正立法準備作業関係の局議で面子をつぶされたことに関する田淵の笹原への恨みの念はすさまじく、水野に対する八つ当たりはその始まりにすぎなかった。

議論ではいちいち笹原の言うことの揚げ足をとり、新たな用事を言い付けるときには必ず食事の時間に近い時刻を選び、笹原が仕事の暇をみて急いで食事にいってくると、仕事よりも食事を優先したと言って散々にどなりちらした。

決裁の印が曲がっていると言って何度も押し直させ、笹原の決裁欄に無様《ぶざま》な印影が何個も並ぶようにして彼に恥をかかせるなどは序の口だった。急を要する仕事については自分の成績にも関わるから別として、急ぎでない仕事については、田淵は、何かと難癖《なんくせ》を付けては決裁を引き延ばし、笹原を消耗させた。進行中の民法改正立法準備作業について広報用の文案を書いてくれとの依頼が広報課からきたときなどは、笹原は、どう書いても大差のない短い文章を、三十回近くも書き直させられることになった。劣等感の強い男のそれを鋭く刺激することは、人間関係における最も危険な行為の一つだが、笹原は、まさにそれをやってしまったのである。

とうとう、笹原は、風邪をひどくこじらせて四十度近くの高熱を出し、何日も寝込んでしまった。しかし、田淵は、それでも追及の手をゆるめようとはせず、家まで何度も電話をしてきて仕事の進行についてうるさく問い詰め、横で聞いていたアイを絶句させた。笹原や水野に対する田淵の仕打ちは、正義感の強い野々宮の心に義憤を呼び起こし、その結果、今度は野々宮が田淵に対して強く出るようになって、田淵と野々宮の対立も、再び激しくなった。

しかし、結局のところ局付たちに依存して仕事をしている田淵に、笹原や野々宮をいじめ殺すまでの度胸はなく、二課では、課長と局付たちの、ぎりぎりの攻防戦が続くことになった。

笹原は、田淵が席を外しているときに、野々宮の席まで行って、声をひそめて問いかけた。

「野々宮さん。あのさ、ちょっとききたいんだけど……田淵を殺してやりたいって思ったことある?」

「ありますよ、しょっちゅうですよ」と野々宮は答えた。

「そうかあ、僕だけじゃないんだ。安心したよ。仕事をしていると、田淵の身体が頭から全速で窓を破って外に放り出されるところがちらちら頭に浮かんでさ。これはさすがにまずいかなと……」

「僕は、よく、バットで叩き殺してやるところを想像しますね。あるいは階段から力一杯突き落とすとかね。誰でも同じですよ。僕のところの職員だって、課長補佐は血圧が危険なレヴェルまで上がっちゃってるし、係長の一人は急にうつっぽくなってきちゃったし……。心配してるんですよ」

三課でも、長谷川と桂木の対立が、同様に激しくなってきていた。長谷川も、笹原同様、人事院研修で、相手から、一定の感化を受けたのかもしれなかった。

また、一課、三課では、桂木が、パソコンに詳しい数人の職員たちを選んで、各種民事事件の処理進行やその統計調査に関連するコンピューターソフトを開発させていたが、この業務が、それら職員たちの怨嗟《えんさ》の的になっていた。

桂木の意向は、このコンピューターソフトを、民事局の力だけで、全部自前で作りたいというものだった。

まだパソコンが原始的だった時代のことであり、よほど難しいものでない限り、プログラミング自体は、ある程度の知識があれば誰でも行うことはできたが、とはいえ、元々書記官や事務官である彼らの知識と技術はよくても素人の域を超えるものではなく、本格的なソフトを全部自前で作成せよというのは、無理難題だった。普通に考えるなら、予算を取って外部に発注するのが相当という結論になったはずである。また、プログラムの内容を考えるならば、その予算も、おそらくは、極端に大きなものにまではならなかったはずだ。しかし、裁判官たちには、何でも裁判所自前でやりたいという独自の奇妙なプライドがあり、事務総局の官僚裁判官たち、ことに桂木には、そうした志向が際立って強かった。

そして、自分が正しいと思うことについては、誰の意見、異論も一切受け付けない桂木は、程度ということを知らなかった。毎日のように、ソフト作成チームの職員たちを机の前に呼び付けては、進行状況を問いただし、議論を行い、叱咤《しった》した。この仕事については、これも横紙破りのやり方なのだが、桂木に、局付たちの頭越しに、みずからチームを指揮し監督していた。だから、局付たちも、口をはさむことができなかった。

田淵は、須田長官や人事、経理等官房系の局長たちのやり方を模倣してすぐに大声を上げたが、桂木は、めったに声を荒らげることはない。しかし、理詰めの議論で限界までぎりぎりと責め立てるので、局付たちはともかく、職員たちの間では、しょせん能力に限りのある田淵よりも、出口のない場所に相手を追い詰めて絞り上げる桂木のほうがより恐ろしいという者も多かった。

また、このチームには、二課からもパソコンに詳しい数人の職員が参加させられており、その一人が水野だった。そして、田淵の恫喝的な叱責以来ノイローゼ状態となっていた水野は、桂木に呼び付けられて難題を吹きかけられたときに、何も言えず、そのまま下を向いて泣き出してしまった。それでも、桂木は、すぐには水野をチームから外そうとしなかった。結局、水野は、ノイローゼに過労とストレスが積み重なって眼底出血まで起こし、医師から、一か月間の休職とその後の仕事量の絶対的削減を言い渡された。

そして、限界にきているのは水野だけではなく、ほかにも、何人か、それに近い状態になっている調査員たちがいた。

チームのリーダーであった係長の五十嵐圭介は、とうとう、意を決して、「このままではチームの全員が倒れてしまいます。これ以上職員たちにプレッシャーをかけるのはやめて下さい」と桂木に直談判《じか》を行ったが、その後、突然、不定期の異動で、東京家裁八王子支部の家事部に出されてしまった。東大卒、優秀でプライドが高く、その仕事に心血を注いできた五十嵐の怒りと恨みはすさまじく、チームの職員たちが通常の送別会とは別に開いてくれたプライヴェートな送別会では、「桂木の野郎、いつかぶっ殺してやる！」といきまいていた。

18

しかし、このころの笹原の仕事で一番神経を使うものは、何といっても、原発訴訟協議会関係の進行役事務だった。秋の協議会は大きな行事だったから、局議のためのレジュメの作成は全局付が担当することになっていたが、民事訴訟関係の局付であり準備の取りまとめ、進行役を担当する笹原の負担が最も大きい。また、原発訴訟には民事と行政の双方があり、協議会も民事局と行政局の共催になる以上、いくら個別に検討を進めるといっても、行政局の進行役担当局付との一定の意思疎通、すり合わせも必要になる。

事務総局の主催する裁判官協議会には、特定の事件、たとえば民事でいうなら執行、破産等の類型に特化した不定期のものと、全庁参加の定期的なものとがある。そして、笹原が今準備を進めているのは、後者のうちでも代表的なものである、年に一度、秋に、全国から高地裁裁判官、主として地裁裁判長クラスの判事を集めて行われる、最も大規模かつ重要で、全国の裁判官たちに与える影響も大きい、民事局の裁判官協議会だった。これを、今年は、行政局と共催で行うことになる。

こうした協議会は、学者たちが行っている研究会とは全く性格が異なる。名称こそ「協議会」だが、その実態は、基本的に、「上意下達、上命下服会議、事務総局の意向貫徹のためのてこ入れ会議」に近い。テーマは民事局、行政局等の事件局が、最高裁長官や事務総長の意向に基づきつつ決め、出席者は高裁長官や地家裁所長が決める。出席者のうち東京の裁判官や事務総局と関係の深い裁判官に対しては一定の情報提供や根回しが行われることがあるし、特定の訴訟類型がテーマに選ばれる場合には、その類型の事件を現に担当している裁判長は必ず出席者に選ばれる。

協議問題、すなわち協議会で議論される抽象的あるいは具体的な法律問題は、事件局が決めたテーマに沿って協議会に参加する全裁判所、つまり「各庁」が提出する。

東京等の出席者は事件局の求める協議問題を「やらせ」で出題することがある。事務総局の課長や局付がお願いして出してもらうのである。地方の裁判長たちは、自分が担当している事件の概要と問題点をそのままに要約した協議問題を提出することが多い。これは、特に担当局から依頼するまでもなく、そのような事件を担当している裁判長たちが、難しい事件の処理に悩んでいることと、協議会が開かれる以上「お伺いを立てておかないとまずいかな？」という気持ちとから「自主的に」出してくるのである。

行政局の筆頭局付であり、笹原と同期で、協議会準備の進行役担当局付として行政局における予備調査を行った太田《おおた》黒《ぐろ》恵《え》利奈《りな》は、優秀ではあったし、笹原に対しては愛想もよかったが、実は、油断のならない相手だった。

太田黒一族は、ほとんどが理系で、学界、実業界、医師等の成功者が多かった。彼女の父親も、理系の大きな研究所で要職に就いていた。当然太田黒もその方向に進むことを期待されていたが、彼女は、どうしても、数学を始めとする理科系科目ができず、受験でも失敗し、結局、地方の比較的小さな国立大学の法学部に入った。「地方大学の文系か……」という父の言葉が、彼女の心を深く刺した。

その場所から上昇して両親、兄弟や従兄弟たちを見返してやるには、司法試験、裁判官という選択以外ありえず、太田黒は、その方向で努力に努力を重ね、当時東大でも十名台しかいなかった司法試験在学中合格を成し遂げたのである。

司法修習生時代に夫を見付けたが、これも、半ば無意識による彼女の計画の一環だった。彼女にとっては、夫も自分同様に裁判官志望であり、しかし、自分よりは目立たず、自分を引き立ててくれる存在であることが必要だったのだ。夫婦で任官し、地方勤務の時に子どもを産んだ。これで、彼女の人生の基盤はすべて整った。あとは、ともかく、上まで昇れるだけ昇ることだ。

《ほかならぬ自分にはいいことがあって当然、そして、いいことが自分を差し置いてほかの人間にあるのは許せない》

端的にいえば、それが太田黒の哲学だったが、彼女は、一種の女らしい媚態《びたい》で、そういった哲学をうまくおおい隠すすべを知っていた。自己顕示欲が強い彼女は服装も派手で、スリットの入ったスカートや高価で大きなブローチ、イヤリングを着けるのは裁判官には珍しく、口の悪い女性判事補の後輩たちからは、「まるでヤクザの情婦みたいよね」と陰口を叩かれていた。確かに、アイの母である麗子の、あでやかながらすっきりした装いと比べると大差があると笹原も思ったが、しかし、これは、比較するのが酷だったかもしれない。

　そのころの裁判所はまだ徹底的な東大優位の世界であり、東大、京大以外の大学では旧帝大や有名私学のトップでも洟《はな》も引っかけられない場合が多かったから、優秀であるとはいえ地方の小国立大学出の太田黒には、出世の階段を昇ってゆくための特別な方法、工夫が必要だった。太田黒は、先のような媚態を交えながら徹底的に上に取り入ることを、その方法とした。しかし、それは、田淵のようなみっともないやり方ではなく、より洗練された形によってだった。

　裁判官には、先輩と後輩の評価が截然《せつぜん》と分かれるタイプ、つまり、上の覚えはめでたいが、下の評価はさっぱりというタイプがいる。彼女は、その典型的な一例になった。また、彼女は、とりわけ広報課にはアピールして、裁判所発信パブリシティーへのみずからの出番を画策した。ある全国紙が広報課の肝煎《きもい》りで書いてくれた彼女の家族についての提灯記事「オシドリ裁判官夫婦の一日は、幼子《おさなご》を保育園に送り出すことから始まる」は、彼女の宝物だった。

　そういう人間だったから、笹原も、太田黒を憎んではいなかったが、仕事の上で接触することは、できれば避けたいと思っていた。

「笹原さん。各庁の提出問題、一通り御覧になりました？　いかがですか、内容全般

について の御感想は？　ああ、それから、問題の担当については、分野ごとに、民事局と行政局で完全に分ける方向で、よろしいですよね？」
そんな、何気ない太田黒の言葉、わずかに憂いと翳りを含んだ柔らかな口調にも、決して気を許してはならず、また、うかつに返事をしてはならなかった。いつの間にか言質《げんち》を取られ、民事局の代表として責任を取らされるようなことにもなりかねない。こと仕事に関する限り、彼女に対しては、一つ一つの言葉を慎重に吟味しつつ、常に、細心かつ的確に対処する必要があった。

やはり同期の司法研修所付で、能力は及ばないもののちょうど太田黒を男にしていやみを強くしたような人間である古矢敬二郎も、最高裁における協議会のあとで司法研修所でも同様のテーマによる研究会を開く準備をしているらしく、探りを入れるような電話をかけてきた。

「最高裁の協議会が終わったら、こちらでも、若手中堅裁判官の研究会を考えておりましてね。それで、ちょっと、方向性を教えて頂こうかと存じまして」

「いや、まだ、協議問題が集まっただけの段階ですから、方向性なんてものはありませんよ」

「またまた、笹原さん……。最高裁としては、差止めは消極の方向でしょう、当然。……でも、まあ結構です。研究会開催の節は、資料提供をどうぞよろしくお願い申し上げます」

期が近い顔見知りどうし、少なくとも男どうしの間では普通絶対にしない古矢の他人行儀でいやみな物言いには、どこか卑屈なようでそのくせ実際には相手より心理的に優位に立ちたいという底意が透けてみえた。太田黒は、少なくとも、こういう形で屈折した対抗意識をむき出しにしたりはしない。それが、彼女のプライドなのだろう。笹原は、「あいつの酒の注《つ》ぎ方はほとんど芸術だ」といわれている古矢のにやにや笑いと、その、これも裁判官に典型的なものである、ウィットのかけらもないつまらないだじゃれを思い出し、心が暗くなった。

19

協議問題が整理されると、例によって、こうした面では極度に小心な田淵の心配が始まった。

「こんな問題協議してええんか？　もしこういう発言が出たらどうするんや？」

田淵は、とりわけ、協議問題のうち、原発に関して笹原が行った予備調査の結果に表れていたのと同様の原発の危険性にふれ、それを前提として原発の危険性の核心を突くような、二、三の「とりわけ危ない」協議問題を撤回させたがっていた。協議会進行担当課長として、自分が責任を取らされる結果になることを何よりも恐れているのだった。

「だって、協議会なんだし、こちらが問題を出すように要請したんですから、仕方がないじゃないですか？　撤回させるなんてよくないし、第一、そんなこと、できないですよ」

笹原が強く抵抗すると、田淵は、桂木に相談にゆき、しばらくすると、「一課長も撤回の方向に賛成や」と伝えてきた。笹原は、局長の意見はどうなのかと尋ねようかと考えたが、「そんなことを局長に上げる必要があるのか？」とどなられて言い合いになるのは目に見えていたし、桂木が賛成した以上、たとえ局長の意見をきいても結論は同じことになる可能性が高いという気もして、あきらめることにした。

「わかりました。しかし、これは、重大なことですから、課長みずからおやり下さい。私は責任取れませんし、権限のない局付にすぎませんから」

笹原はそう答えたが、田淵は絶対に自分で電話をかけようとはせず、散々押し問答した末、結局、笹原が、裁判長たちに撤回要請の電話をするはめになった。「それで協議会がうまくいくということでしたら……」という、怒りと屈辱を押し殺した先輩たちの言葉に、笹原は、内心忸怩《じくじ》たるものがあった。

一方、民事局内では、局付たち以上に、一般職員たちの怨嗟の声が、次第に高まってきていた。局長が指導力を発揮しないまま、課長たちが手を結び、課長たちと局付たちが対立しているという構図は、職員たちにとっては、非常に仕事がやりづらいものだった。

そして、比較的若手の書記官を中心とする係長以下の職員たちは多くが局付たちを支持し、ことに、平の調査員には、「僕たちはともかく、間もなく判事になるような年長局付たちに対する課長たちの態度や、専横な仕事の進め方はおかしい」という者が多かった。

けれども、課長補佐たちは、基本的に、課長たちに絶対服従するしかなかった。

その結果、一部の課長補佐と局付や係長の関係までもが悪化した。

事務総局は元々息苦しい職場であり、笹原の前任地である地裁にも、わずか数か月でそこから出してもらった書記官がいた。彼は、際立って厳格なことで知られるある裁判官が筆頭課長を務めていた時代の経理局にいたのだが、その時代の経理局は常にしんと静まりかえっていて物音一つせず、皆が戦々兢々の状態で仕事をしていたという。

その書記官は、本来陽気で元気のいい男であるにもかかわらず、やがて、連日微熱が引かない半病人状態となり、ほうほうの体《てい》で地元に逃げ帰ってきたのである。元々明るくにぎやかで向こう意気も強いその男が、わずか数か月の事務総局勤務で半病人になるほどの精神的ストレスを受けたという話を聞いて、当時はまだ最高裁内部の状況を知らなかった笹原も、事務総局というのは相当大変なところらしいと思ったものだった。

当時の経理局筆頭課長であったその裁判官とは笹原も話したことがあったが、そんな逸話がいくつもあるこの人物には、確かに、生きた人間の感情というものが、ほんのかけらほども感じられなかった。

いずれにせよ、事務総局というのは、元々がそういう場所なのだ。日本の裁判所自体が外部の世界から隔絶された密室的な特殊社会だったが、事務総局は、そのような裁判所、裁判官を管理、統制する機関として、閉じられた世界の息苦しさが一段と強かった。そして、現在の民事局は、そんな息苦しさがどんどんひどくなって、さながら、エリートや知識人を大量検挙して詰め込んだソ連の強制収容所のような、異様な精神的雰囲気を漂わせるに至っていた。

「民事局というから、事件局の筆頭で、官房系と違ってきれいな仕事だと思ってやってきたら、やっぱり汚れ仕事じゃないですか？　俺なんか、執行事務の関係は、そればっかですよ。笹原さんの民法改正だけですよ、意味のある、ちゃんとした仕事は」

夕方、珍しく局付の全員が仕事から解放されて、残務を行っている職員たちの邪魔にならないよう、隅のほうで静かに一杯飲んでいる席で、三課の新任局付である熊西が言った。

「今日、刑事局の連中に会ったらね、民事局の局付たちは課長に楯突《たて》いてけしからん、問題のある課長でもそれを必死でお支え申し上げるのが局付の仕事だ、みたいなこと言いよるんですわ。今の民事局の課長たちがどういう人間かよくわかっとって、面白がって高みの見物しよるくせに、局長や課長の受け売りで、そういうこと言いよる。総務局からきた質問に、いつでも民事局の検討結果を待ってはただ乗りしよるくせして、よう言うよと思いますよ。

しかし、民事局も、専制課長にゴキブリ課長。我関せずの局長。よそのことは言えんかなあ……。大体、裁判官って、尊敬できる人がほとんどおらん。ケツの穴の小さい連中ばっかりですわ」

また熊西の持論が始まったな、と思いながらほかの局付たちが適当に相づちを打っていると、やがて、課長たちまでが、仕事を終えてその席にやってきた。

就業時間が終わると仕事場の片隅で酒を酌み交わす古くからの慣行は裁判所にも存在したが、民事局の場合には、忙しいのと、課長たちと局付たちの仲がよくなかったこととから、そうした酒席が設けられることはめったになく、たとえあっても、局付たちだけで静かにやっていた。

課長たちがその席にやってきたのは、おそらく、桂木が、「たまには局付たちの話も聞いてやらにゃいかん」などと言って、田淵を促したものと思われた。しかし、局付たちにとってはありがた迷惑もいいところで、男性局付たちが四人とも一斉に口をつぐんでしまったので、仕方なく、紅一点の新任局付である橋詰が、「ま、ま、課長一杯どうぞ」と、慣れない手付きと口調で、二人に日本酒を注いだ。

そんな席に、総務局の鰐川勲《わにかわいさお》局長が赤い顔でやってきた。抜け目のない能吏だが、酒癖が悪いことで有名な人物だ。

「何じゃあ、民事局の局付どもが仕事もせんで集まりおって。穀潰《ごくつぶ》しらめが。おまえら、何で飯食っとるのかあ？」と、開口一番、鰐川は大声で叫んだ。

しばらく氷のような沈黙が続き、その後、長谷川が口を切った。

「そうですね……。まあ、箸《はし》ですかね。主としては」

そう答えた長谷川の冷ややかな微笑に相乗りするように、熊西が続けた。

「時によっては、ナイフやフォーク、スプーンなども使いますが、局長は、何ですか、手づかみでお食べになるんでしょうか……？」

鰐川の表情がさっと変わり、額に青筋が立った。笹原と野々宮は、まずいことになったと顔を見合わせたが、次の鰐川の行動は、「何じゃ。気が付かなんだが、無能課長もそこにおったか。おまえは、ちゃんと仕事やっとるのかあ、え？」と、そばに座っていた田淵を羽交《はが》い締めにすることだった。

田淵は、「ああ、いやいや……そんな。困りますわ、降参ですわ、局長」などと言いながら、されるがままになっている。桂木は、そんな田淵を、つくづく見下げ果てた男だといわんばかりの目付きで上から見詰め、橋詰は、笑い上戸の気があるのか、羽交い締めにされている田淵の姿を見て、くすくす笑い始めた。

「鰐川のおっさん、実は酔っちゃいないですよ。これは分《ぶ》が悪い、民事局の局付たちはだいぶたまってて何を言い出すかわからん、やりあったら恥をかくのは自分のほうだ、と気付いたんでしょう。無害な田淵に標的を変えよった」

熊西は、面白そうに、周囲の男性局付たちにささやいた。

そこへ、笹原の島の調査員がいささか緊張した面持ちでやってきて、「笹原さん、お電話です」と告げた。

笹原が席に戻って電話を取ると、ていねいで事務的な口調の硬い声が、用向きを告げた。

「長官秘書官の佐川でございます。須田長官が、手が空いていたら至急いらして頂きたいとのことです。もっとも、電話を受けた調査員には、表向きのこととして、『長官秘書官としての私から局付に裁判官協議会の出席者リストの提出等の雑用をお願いするための電話だから、取り次いでくれ』と告げてあります。もしも課長などほかの方々に尋ねられた場合には、そうした用向きで長官秘書官室に出向くとだけ断って、いらして下さるよう、お願い申し上げます」

20

「笹原局付がおみえになりました」と、開いた扉の向こうで佐川秘書官が告げると、

「おお、来たか。入れてくれ」という野太い声が響いた。

笹原は、秘書官に先導されて、長官室の扉をくぐった。扉の内側には、およそ一人の人間が専有するスペースとしては例をみないほどの、広々とした空間が開けていた。

「笹原君か、まあ座りたまえ」

ソファに腰を下ろした須田長官が、そのまま、腰を浮かそうともせず、笹原を招いた。青ざめた顔の笹原は、そちらのほうに向かって、できる限り足取りを乱さないように、ゆっくりと部屋を横切って行った。彼は、起こっていることの意味が全く理解できないまま、千々《ちぢ》に乱れた心中の態勢を立て直そうと必死だった。

お茶が運ばれ、一礼した秘書官の姿が扉の向こうに消えると、須田は話し始めた。

「君をここに呼んだことについては、局長、課長を含め、一切他言無用だ。つまり、極秘のヒアリングというわけだ。わかるな？」

須田は、笹原の顔を上から覗き込むように、威圧感をたたえた声と物腰で、そう告げた。

「はあ……」と、笹原は、慎重に、須田のさらなる言葉を待った。

笹原は、ソファの間の小卓に置かれているファイルと、一冊の雑誌に目を留め、ぎくりとした。彼は、学生時代に、アイの母であり、みずからの家をちょっとしたサロンにしていた麗子の口利きで、ある思想、評論系の雑誌に小論を載せてもらったことがあったが、その雑誌は、まさに彼の小論が掲載された雑誌のその号に間違いなかったからだ。すると、無造作にその横に投げ出されているファイルは、笹原に関する調査資料だろう。要するに、須田は、笹原に関して調べられる限りのことは、すでに調べ上げているのだ。

笹原の顔がさらに青くなり、その視線があてもなくテーブルの上をさまようように、須田は、追い討ちをかけるように続けた。

「安心したまえ。報告書の内容は、まっさらの、きれいなものだった。学生運動はおろか、デモにもいっておらん。まあ、君は団塊後の世代の人間ゆえ、それは珍しいことではないが、加えて、君が留学中に書いた報告書や、帰国してから書いたアメリカ不法行為法についての論文も、読ませてもらった。あと、わしが命じて判事補たちから取らせたアンケートで、君が、『裁判官の留学は数が少なすぎる。一期六十人、七十人なら、半分はゆかせるべきだ』と書いているのも、わしと同意見だった。直接のきっかけは、この前君が二課長と一緒にきたときの説明が、君のような若造にしてはなかなか要領がよくて印象に残ったからだが、まあ、そんなこんなで、わしは、この極秘のヒアリングの相手に、君を選ぶことにしたわけだ。

　アメリカのマーケティングの手法の一つに、製造業の社長や重役たちが、みずから街に出、一般客を装いながら、自社製品に関する消費者や販売店の意見や評価を、じかに聴いてきて、それを今後の戦略に活用するというものがある。つまり、マクロ的な情報を補うものとしてのミクロ的な情報を、組織のトップがみずから集めてみるということだな。この方法は、トップが今後の方針を立てるために、きわめて有効だといわれている。わしも、所長時代から、時々これに近いことをやっている。

　といっても、わしの場合には、みずから出て行くわけにはいかんから、若手のうちの適当な者に目星を付けて、彼らから職場の状況やそれについての意見をじかに聴くことにしているわけだ。まあ、最高裁の裁判官になってからでは、これが初めてのことにはなるがな。

　どうだ、理解できたか？」

「お、大筋は、理解いたしました」

　笹原は、声が震えるのを必死で抑えながら、最低限の言葉で答えた。

「これはわかっているかもしらんが、わしには、ある程度のことができる。つまり、わしがその気になれば、君の運命にいささかの影響を与えることができる、ということだ。極端な場合には、裁判所からの追放はもちろん、もしかしたら、君が、日本の法曹界に足を下ろす場所一つなくすことだって、できるかもしれない。……わかるかな？」

「はっ、はい。……わかっていると思います」

「だから、君は、思ったとおりのことを言いたまえ。失礼は、ある限度までは許容しよう。しかし、嘘は許さん。また、表現についても、あくまで、ある限度までだ。

それでいいか？」

「はい……。結構です」

「そうか。さて、それじゃ、たとえばだ。局付たちは、わしのことを、ある怪獣の名前で呼んでいるらしいが、君は、そのことについてどう思うかね？」

「……『ゴジラ』ですね。おっしゃるとおり、局付たちの多くは、長官をそのあだ名で呼んでおります。……御存知かどうかはわかりませんが、ゴジラの英語つづりの最初の三文字は『GOD』で、発音されない『D』が含まれています。つまり、神の獣、神のモンスターという含みです。名誉な称号ではないかと、思料いたしますが」

「なるほど……。なかなか気のきいた答えだ。とりあえず、君は、わしを失望させなかったようだな。

では、まず尋ねるが、原発訴訟協議会関係事務の進行状況はどんな具合だ？」

「……はい。まずまず順調だと思います。もっとも、民事局と行政局で個別に検討を進めておりますから、行政局のほうについては単なる推測ですが……」

「行政局については、どうしてそう推測できるのだ？」

「協議会準備進行役担当局付の言葉からです。と申しましても、もちろん、個別検討を命じられておりますから、お互いに、それぞれの局の担当すべき問題については、何の話もしておりません。ただ、作業の進行状況に問題がなさそうだということは、彼女の言葉から推測できます」

「なるほど、結構だ……。それでは、課長たちと局長の意見についてはどうだ。また、彼らに関する君の人物評も聴いてみたいな」

　須田は、すごみをきかせた例の目で、鋭い視線で、笹原を射すくめた。その瞳は、笹原の姿ではなく、彼の内部にある「思考そのもの」に焦点を合わせているように感じられた。

「課長お二人については、原発の安全性を一応の前提とし、それに関する裁判所の審査は、謙抑的に行われるべきだとのお考えかと思います。局長については、より中立的、客観的な視点から審査を行うべきだとのお考えである可能性はありますが、そこは、日常接していない私にはよくわかりません」

「では、人物評は？」

「……は、はい。それについては、私などが申し上げるのもおこがましく……」と笹原は口ごもった。

「君は、尋ねられたことに正直に答えればよいのだ。わしの言葉を忘れたのか！」と、すかさず、須田の鋭い一喝が飛んだ。

「はい。局長については、学究肌の、誠実な、基本的には裁判官タイプの方なのではないかと思います。一課長については、自分の御意見を押し通される傾向が、やや強いかもしれません。二課長については、常に、全体の状況を見極めながら行動される方ではないかと思います」

この人物評については、自分の感情に押し流されれば逆に自分のほうに破滅的な結果を招きかねないことは、こうした事柄にはうとい笹原にもよくわかっていたから、彼は、英語で報告でもするときのように、一語一語慎重に言葉を選びながら、最低限のことを語った。

「つまらん模範解答だな……。しかし、まあよかろう。それではきくが、君たちの局議の進行状況について、君の知っている限りの誰にであっても、つまり、局長や課長たちはもちろん、職員たちに対してであっても、関心をもったり、何か尋ねてきたりした、民事局外部の人間はいるか？」

「行政局の担当局付を除いて、ということでしょうか？」

「行政局の担当局付が、君たちの準備の進行状況について、特別な興味を示したのか？」

「いえ……そうですね、もちろん、民事局の準備の進行状況について一定の興味はもっているでしょうけれども、それは、特別なものというわけではなかろうと……」

「では、君自身は、行政局の準備の進行状況について、同じような興味をもっているのか？」

「はい……もちろん……全く興味をもっていないわけではありません。しかし、個別検討を命じられている以上、それによってこちらの検討の方向が大きく動くといったことはないわけですし……」

「つまり、先方と君とでは、双方の仕事の進行状況に対する興味の持ち方が違うというのだな。では、それはなぜだ？」

「そうですね……。彼女と私の性格とか、物事に対する一般的な考え方や感覚の相違によるものではないかと思います」

「つまり、個人的な性格の相違によるもので、それ以上のものではない。そういうことか?」

「はい、そう思います」


ここで、須田は、一旦会話を中止して、しばらくの間、みずからの考えにふけった。笹原は、音を立てないように気を付けながら、何度も大きく息をついた。まるで、自分が、深い海の底に沈められるか、酸素の乏しい密室の中に閉じ込められるかして、窒息しかかっている人間のような気がした。

間もなく、須田の声が再び響いてきた。笹原は、どうにかノックダウンを免れてコーナーに戻ったボクサーがインターヴァル後のゴングの音を聞いて我に返るときのように、再び臨戦態勢に入った。

「じゃあ、今度は、君が調べたという原発の話でもしようじゃないか。ずばり尋ねるが、原発の安全性については、どう考える?」

笹原は、答えに窮した。自分の予備調査の結果とそれに基づく感想を率直に述べれば、須田を怒らせることは確実だ。かといって、須田の考えているだろうことに追随するようなお追従的なことを述べて、須田が、その「嘘」を見抜けば、自分は、「許されない行為をした」ことになってしまう。

究極の選択をするほかないが、笹原には、須田のような立場にある人間が自分などを呼んでお追従を聞きたがるとは思えなかったので、思ったことをそのまま述べるほうを選んだ。どうせ、須田のねらいは別のところにある、何らかの意味で民事局に探りを入れるか攪乱《こうらん》することが目的であって、この会話自体はその手段にすぎないのではないか、そういうことも想像が付いた。そんな考えを一瞬のうちにめぐらしていると、笹原は、少し落ち着きを取り戻した。

「これは、もちろん、局長から命じられた予備調査の結果に基づく中間的な見解にすぎません。ただ……率直に申し上げれば……率直に申し上げれば……原子力発電所は、有用なものかもしれませんが、リスクもまた大きいのではないかと思います」

「どういう意味でだ?」

「炉心溶融、メルトダウンが起こり、原子炉格納容器が決定的に破損すれば、事故原発の周辺には人が住めなくなりますし、事故の程度によっては、その範囲も相当に広くなりうるようです」

「どこにそんなことが書いてあった?」

「日本の原子力研究者の中にも、学界では異端ですが、そういうことをいっている人、がいますし、野々宮局付が働いていた弁護士事務所のつてで取り寄せてもらった英文資料にも、同じようなことが書かれています」

「チェルノブイリのことだろう？」

「チェルノブイリもありますが、それだけではありません。一九七九年のスリーマイルアイランド原発事故以降、欧米では、過酷事故、シヴィアアクシデント対策が……」

「日本の原発は、ソ連のものなどとはタイプも違うし、出来も違う。日本の原発の格納容器は容易なことでは壊れないと聞いている。君は、違うとでもいうのか？」

「そ、それはそうかもしれませんが、しかし、原理的には……」

「しかしだ、笹原君。物事には、ゼロリスクなどということは、およそありえない」と、須田は、鋭く、笹原の言葉をさえぎった。「たとえば、ある程度大きな隕石が原発に落ちてくれば、君のいうような事故は避けられないかもしれない。しかし、そんなことまで想定していたら、原発の稼働はおよそ不可能になってしまう。違うかね？」

「はい。おっしゃるとおり、格納容器の決定的な破損に至るような深刻なシヴィアアクシデントの起こる確率は、低いのかもしれません。しかし、そうした態様の事故が起こった場合、生じる損害の規模は、計り知れません。チェルノブイリ事故では高濃度汚染地域が約三万平方キロメートルに及ぶといわれています。日本全体の面積の十三分の一くらいに当たります。また、チェルノブイリ事故以上の事故は起こらないと断言することも、およそできません。へたをすると、日本の四分の一、五分の一の部分に、長期間人が住めなくなる可能性だってありえます」

「日本の原子炉格納容器の封じ込め機能は万全であり、格納容器は、めったなことでは壊れない。したがって、格納容器から放射能が漏れるようなこともない。わしは、そう聞いているが、違うというのか？」

「はい。それは違うと思います。そのようにいわれているところが、日本の状況の特殊性であり、最も危険な部分ではないかと思います。日本では、おっしゃるように、格納容器は壊れないとされ、また、過酷事故につながる非常用電源喪失、全電源喪失についての対策がとられておりません」

「いいか、笹原君。繰り返すが、物事には、ゼロリスクなどということは、およそありえない。君は、原発にゼロリスクを求めるような安全審査を裁判所が行うことが、適切だとでもいうのかね？」

「…………」

「わしの問いに答えたまえ！　どうなんだ！」

「私も、ゼロリスクといったことまで求めるわけではありません。ただ、原子炉格納容器が決定的に破損するような事故の場合には、取り返しがつかないのに、最初からそれに対する対策をとらないというのは、おかしいのではないかと思うのです……。海外ではやっているわけですから……。昨年来の内部告発の内容をみる限り、日本の電力会社の安全対策、危機管理は、およそ万全であるとは考えにくいのです。

それに、原子炉だけではなく、使用済み核燃料プールが決定的に破損した場合にも、私が申し上げたのと同じような事態は、起こりえます。

つまり、原発に関しては、仮に経済的に一定のメリットがあるとしても、万一の場合のリスクがそれとは比較にならないくらい大きいわけですから、安全審査については、やはり、やはり……厳密に行われるべきではないかと……思うのです」

「じゃあきくが、君は、裁判所が、どのような観点から安全審査を行うべきだと考えるのだ？」

「ゼロリスクとは申しませんが、日本が地震多発国であることを考えるならば、地震による被害対策を中心に、相当に高いレヴェルの安全性が確保されているかどうかという観点から厳密な審査を行うことが、司法機関のあり方としては、適切であるように思います」

「科学の専門家でもない裁判官に、そこまで厳密な司法審査ができると、君は、思っているのかっ！」

「…………」

「答えたまえ！　どうなんだ！」

「お言葉ですが……釈迦《しゃか》に説法で大変失礼ではありますが……科学問題が争点になる裁判など、知的財産権訴訟でも、不法行為や契約関係訴訟でも、あるいは刑事訴訟でも、いくらでもあります。一定の能力のある裁判官なら、科学的な争点についても、きちんとした主張立証によって説明されれば、適正な判断はできると思います。それに、科学的な経験則、法則が難しいものである場合には、鑑定等、裁判官の知識を補う手段も、訴訟法には用意されています。

欧米でも、裁判官たちは、そうした難しい判断を行っていると思います。さらに、アメリカでは、民事でも陪審が可能であり、裁判官の説明や助言を受けながら、普通の市民が、そうした難しい訴訟について判断することだってありえます。

裁判官は、いわば、国民の代表者として、行政等の権力から離れた中立的、客観的、冷静な視点から、厳正な判断を行うべきものであり、それが世界標準だと思いますが、いかがでしょうか？」

笹原は、議論が白熱してくるにつれ、例によってだんだん自制心のリミッターがきかなくなり、自分を抑え切れなくなって、肩を震わせながらも、初めて積極的に攻勢に出、一気にまくし立てた。

すると、須田は、そこで、突然、再び会話を中止した。今回の中止は先のものよりも唐突だった。半ば自暴自棄で前のめりになっていた笹原の精神は、突然の戦闘中止にあやうくつんのめりそうになったが、何とか体勢を立て直し、みずからのコーナーに戻って、息をついた。

しばらく一人考えていた須田は、やがて、笹原の方に顔を上げると、彼が初めて見るにこやかな笑みをその彫りの深い顔に浮かべて言った。

「なかなかよく調べ上げたな」

「は、はあ……。ありがとうございます」

「わしの考えは、個人的には君とは異なっていたが、君の考えるところも、理解できる。公害訴訟に関する協議会では、民事局長のわしがみずから中心になって、局付たちに自由に議論させ、実りある結果を得たものだ。

ところで、民事局の局付たちの間では、君の意見は少数意見か？」

「必ずしも、そうでもないように思います」

「具体的に答えたまえ」

「二人は私に近い考え方。二人は今のところ中立的、といったところかと思いますが……」

「なるほど。そこは、行政局とは、かなり異なるのかもしれんな。いずれにせよ、君たちは、自分たちの信じるところに従って準備を進め、局議でも意見を述べるがよかろう。おそらく、そのほうが、最終的にはいい結果になるだろう。わしはそう思う。

　これで話は終わった。また呼ぶこともあるかもしれんが、今日はここまでだ。帰っていいぞ」

21

　笹原は、長官室から出て、夜の最高裁の、薄暗くて全く人気《ひとけ》のないがらんとした空間を、夢遊病者のように歩いていた。外側から見るとSF映画の要塞のように複雑な形をしている最高裁の内部には、大きな吹き抜けやホールなどの、無駄な空間がかなりあり、そのような場所にはこの建物には珍しい大きな窓もあり、今夜は、それを通して、黄色く濁った半月が見えていた。彼は、造り付けのソファに腰を下ろし、その半月を見詰めながら、千々に乱れた心を何とか整えようとした。笹原は、夕方などに、仕事の鬱屈《うっくつ》がたまると、時々、民事局からこうした場所まで歩いて来て、数分間を過ごすことがあった。今夜は、ことに深い疲労感があって、なかなかそこから立ち上がることができなかった。

《ああ、またやってしまった……。しかも、ほかならぬあの須田の前で、あそこまで……。幸い最後には機嫌がよくなったように見えたから、まあ大丈夫とは思うけれど……》

笹原の心にまずわき上がってきたのは、冷静さを取り戻した後の自責と後悔の念だった。感情的になって思わずまくし立ててしまったものの、今になって、須田が自分にもたらしていた底深い圧迫感と恐怖感が、じんわりとよみがえってきたのである。その恐怖感は、須田の存在、言葉、態度の不可解さとも関わっていた。

《……須田の考えていることは、よくわからない。……しかし、彼にも、おそらく、ある種のヴィジョンはあるのだろう。一介の局付にすぎない自分を突然呼び出して立ち入った質問をするという彼の行動には、普通の司法官僚にはない何か、エモーションのようなものが感じられる。ただ、問題は、そのヴィジョンやエモーションが奇妙にゆがんでいて、どのように解釈したらいいのか、定かではないことだ。あるいは、彼自身が、そうしたみずからのヴィジョンと現実の間で、引き裂かれているのかもしれない》

《でも、考えてみれば、こうして局付を務めている自分だって、同じような矛盾を抱えているわけだ。まだ下っ端で大きな権力を行使する立場にないからきれいごとを言っていられる、それだけのことなのかもしれない……》

《それに、矛盾を抱え込みつつそれを意識しないでいること、いられることこそ、須田の最大の強みなのではないだろうか？　それは、おそらく、普遍的な権力のあり方に通じている。どの国、どの時代でも、良識派の知識人が制度や権力に勝ったためしなどない。それらを打ち負かす可能性があるのは、むしろ、狂信者的なリーダーとそれに率いられるマッスとしての民衆なのだろう。しかし、その結果がギロチンでありスターリン体制であるとしたら……》

笹原は頭を振った。ここでこんなことを考えていても全く意味はない。局付は、官房系のごく一部の人間を除けば、誰もが、ここから出られる日を指折り数えながら日々を過ごしている。上向きの連中でさえもがそうなのだ。いわば、ここは、一種の牢獄、収容所、ラーゲリなのだ。ラーゲリの中でこんなことを考えてみても、およそ意味はない。

そこで、笹原の頭には、最後に須田がその顔に浮かべたにこやかな笑みがよみがえってきた。

《しかし、最後のあの笑顔は、本当に魅力的だった。まるで、暗闇から一筋の光明が差してきたようだった。……あるいは、もしかしたら、須田は、長官は、僕たちが考えているような人間とは、違うのかもしれない》

笹原は、何とか気持ちの整理が付いたところで、民事局に戻ることにし、その前に顔を洗おうと洗面所に向かった。

だが、洗面所に入ろうとした笹原は、異形《いぎょう》の存在の気配に、はっとして立ちすくんだ。奥のほうの壁に片手をつき、顔を伏せ、目を閉じたまま、凝然《ぎょうぜん》と立ちすくんでいる人物がいたのだ。まるで心臓病の発作に耐えている人のようなその表情には、暗い苦悶、ほかの人間には決して分かち合えないだろう孤立した人間の苦悶が、ありありと刻まれていた。

それは、桂木秀行一課長だった。

笹原は、そっと後ずさりして洗面所を離れ、自分の席に戻った。
《このピラミッド、このヒエラルキー、そして、際限のない馬鹿げた出世競争、ラットレース。より正確にいえば、自己承認欲求闘争。それに血道を上げている桂木、田淵を始めとする課長たち、大半の局付たち。そして、一見それから自由であるかのようにみえる自分も、また、長谷川や野々宮も、実際には、この構造から無縁ではありえない。この組織の構成員の誰もが、際限のないラットレースから降りられないのだ》
《なぜなら、このシステムは、自己承認欲求という人間の癒《い》やしがたい本能に太い鉤《かぎ》を引っかけているからだ。まるで、大きなサナダムシが吸盤や鉤で腸壁にしっかりと固着しているかのように……。そして、こうした自働機械的な支配、統制のシステム、外側からの、また内側からの支配、統制のシステムを知り尽くした上で、それをより強固なものにし、完成させようとしている人物こそ、しばらく前に自分に極秘で容赦ない質問を浴びせかけていた、須田謙造その人なのだ。彼が自分でどこまでそのことを意識しているかはわからないが、それだけはやはり紛れもない事実だ》
笹原は、そう考えると、再び、須田に関するみずからの考え方が混乱してくるのを感じた。

22

数日間迷った後、笹原は、重大な話があると告げて、長谷川と野々宮の二人を、最高裁からは離れた地下鉄の駅のそばにある人気《ひとけ》のない喫茶店の二階席に連れて行き、須田に呼び出された経緯と、その会話の内容とを、かいつまんで話し、それに、局長から予備調査を命じられたときの会話やその際の局長の様子をも付け加えた。

「ゴジラが、若手を一本釣りして、職場の状況や上司について尋ねることがあったという話は、僕も、聞いたことがあるよ。でも、最高裁長官になってまでそれをやるとは、驚きだ」と長谷川が言った。「それで、笹原さんは、『自分たちの信じるところに従って準備を進め、局議でも意見を述べるがよかろう』っていう、彼の言葉については、どう思うの？」

「うーん、正直いって、半信半疑という感じもあるんだけど、でも、そう言ったときの彼の表情には、嘘がなかったような気はしますね。もしかしたら、気まぐれにそう言っただけかもしれないけれど……」

「でも、ゴジラには、公害訴訟では、民事局主導というやり方の是非は別として、がんばったという過去もあるよね。僕は、極秘と断ったとはいえ、長官がそこまで言う以上、それを信じてもいいような気もするんだけど」と野々宮が言った。

「うーん、そうかあ。僕は、何かちょっとね、という感じもするんやけどなあ……」と、何かにつけてシヴィアに物事を見詰める長谷川が、考え込みながら言葉を絞り出した。「でも、確かに、彼は、もう出世の階段は昇り詰めたんだから、ここで、もう一度、裁判所に毅然とした姿勢を示させたいという動機、願望は……笹原さんの話を聞いてそう考えるに至ったという可能性も……ないではないよね」

「それに、長官といえども、内部の力関係で、自分の思い通りに動けない場合がありうるわけだから、そうであるとすれば、笹原さんを極秘裏に呼び出した席でだけ自分の本当の意見を示すってことも、ありうるでしょう？」と野々宮が続けた。

「局長はどうかな？」と長谷川が言った。

「少なくともこの議論については、客観的な立場から見てくれるんじゃないの？」と野々宮が答えた。しかし、長谷川は懐疑的であり、笹原は、判断が付かなかった。

こうして、話は、論点ごとに楽観論と懐疑論の二つに分かれて堂々めぐりを続けたが、最後に、長谷川が言った。

「いいんじゃない。ともかく、我々としては、これまでどおり、自己の考え方に従って、やるべき準備を進めようよ。どうせそうするつもりだったんだし。……結果として何らかのリスクを背負うようなことがあっても、それはそのときのこと、僕はそう思うな。それに、野々宮さんの言うとおり、局長は、法律論については、基本的に筋を通すからな。この議論については、客観的な眼でみてくれる可能性もあると、僕も思うよ」

笹原と野々宮の二人にも、長谷川の言葉に異存はなかった。

「最高裁にきて初めて、意味のあることができそうな気がするね」と、野々宮が、いくぶん高揚した口調で言った。正義感の強い野々宮のそんな言葉を聞くと、ほかの二人も、《本当にそれが可能になるのかもしれない》という気がしてくるのだった。

23

七月初めのある日、長官室では、須田が怒り狂っていた。司法研修所の教官が女性修習生に対するセクシュアルハラスメントを行ったという匿名の通報が広報課に入ったため、至急調査したところ、その通報がおおむね事実であり、また、左派の法律家団体がこれについて各方面に働きかけを行う可能性があるというのだ。

セクハラについては、須田には、苦い思い出があった。彼が人事局長であったころに、司法研修所の平教官のみならず、上席教官に近いキャリアをもつ事務局長までが、女性修習生に対し、「女性は法律家、裁判官にふさわしくない」という趣旨の差別発言を行ったことを政治家やマスメディアに対して告発され、その結果、国会で何度も苦しい答弁を行わざるをえなかったのだ。

「研修所を出ても裁判官や弁護士になろうなどとは思わず、よい奥さんになることが女性の一番の幸せだ。日本民族の血を受け継ぎ、よい子を産むことこそ重要だとは思いませんか？　修習を終えたら家庭に入って、研修所で学んだことなど腐らせてしまうのが、女の幸福というものですよ」

セクハラ発言の具体的な表現は、たとえばそういったすさまじいもので、さらに、かたわらでそれを聞いていた事務局長が、「教官はこのような指導までしてくれるんですね。ありがたいことですね」などと相づちを打つ念の入れようは、およそ正当化の余地がなかった。

しかし、須田は、議員たちの質問を粛々《しゆくしゆく》と受けて立ち、このような行為が二度と起こらぬよう万全の手を打つと確約し、司法研修所長の厳重注意処分でどうにかけりを付けたのだ。

法曹界は、ことに裁判所は、その建前とは異なり、戦後も長い間、医師の世界以上に古い男性中心主義の社会だったのであり、須田の前任の人事局長が裁判官任官説明会で女性は歓迎しない旨を明確に述べていたことを考えるなら、こうした教官たちの言動については、最高裁、また事務総局にも責任があるはずだった。しかし、須田は、国会やマスメディアの追及が本丸にまで及ぶことだけは、何とか防いだのである。

それから十数年が経過し、女性任官者の割合も二割に近付いてきた中でのこの事件は、場合によっては、さらに大事《おおごと》になりかねなかった。何より、この十数年で、こうした行為に対する社会の眼が格段に厳しくなってきていた。しかも、今回セクハラを告発された教官は、須田が東京地裁の裁判長だった時代の司法修習生で、そのころからずっと目をかけてきた男なのだ。原発訴訟問題で気が立っている須田にとっては、その苦境に追い討ちをかけられるような出来事だった。

「すぐに、横溝と事務局長を呼べ。わし自身がこの目と耳で確かめる」と須田は折口に告げた。

翌日の午後、長官室のソファには、一方の側に、須田長官、折口事務総長、篠原勉《しのはらつとむ》秘書課長兼広報課長、その反対側に、司法研修所の、六島克巳《ろくしまかつみ》事務局長、問題の行為が疑われている横溝守教官の二人の裁判官が座っていた。通常であれば応接セットの間に置かれている小卓は、すぐそばで横溝の表情を見る必要があるからという須田の指示により、大きな部屋の壁際に片付けられていた。

篠原課長から須田と折口に手渡されたファイルを手にした須田は、周辺的な事実をいくつか確かめ、比較的罪の軽そうな教室での発言について簡単に問いただした後、核心となる事柄についての質問に入った。

「横溝君、君が、見学旅行の帰りに、女性修習生の差している傘の中に入り、手を握り、肩や腰を抱き、抗議してもなかなかやめなかったというのは、事実なのか？」

「……はい、ただ……抗議してもなかなかやめなかったというのは誇張です。いずれにせよ、軽率でした」

「しかし、大筋は正しいのだな？」

横溝は、ほとんど声が出せないままに、うなずいてみせた。

「修習生は、『教官の息が首筋にかかり、唇が頬に押し当てられた。ぞっとしました』とも言っているようだが？」

「はい……あるいは、そういうことがあったかもしれません」

須田は、「なるほどな、そういうことか」と短く言い、さらに質問を続けた。

「それから、修習生たちが君の官舎に教官宅訪問を行った際に、君が、別の女性修習生に、『君にその気があるなら、いつでもホテルに部屋を取るよ』と言ったというのは、事実なのか？」

「……言葉自体は、それに近いものです。しかし、本気で言ったわけではありません。じょ、冗談のつもりで……」

「君は冗談と言うが、その冗談を、ほかの修習生たちは聞いていたのか？」

「…………」

「この報告によれば、ほかの修習生たちが席を離れるか、修習生どうしで会話に興じるか、ともかく、この女性修習生だけがほかの修習生とは離れて君と話していたときに、この言葉が出たということのようだが、違うのか？」

「それは、……それは、……そのとおりです。しかし、冗談のつもりだったことに間違いはありません」

「君は、君の官舎から近い、新宿にあるホテルの名前まで特定していなかったかな？」

「はい……したかもしれません」

「彼女は、『教官の手が膝に触れ、太股《ふともも》の方にすべってきたので、必死で足を閉じてスカートを押さえました』と言っているようだが、違うのか？」

「よく覚えていませんが、あるいは、手を動かしたかもしれません」

そこまでくると、須田は、突然、何の前触れもなく立ち上がった。そして、手にしていたファイルを丸めて一歩踏み出すと、そのファイルで、向かいに座っていた横溝の顔を上方から斜めに強く打った。

上質紙の鋭い断面が横溝の頰を切り、折口が膝の上に広げていた報告書の上に、一滴の鮮血が飛び散った。「あっ」と叫んだ横溝の猪首《いくび》が、恐怖と屈辱でみるみるどす黒く染まった。

須田は、無言のまま、横溝の顔面をさらに打ち据えた。勢い余ってファイルが彼の手から飛んだ。すると、須田は、左手で横溝の頭髪をつかんで上を向かせ、太い右腕に力を込め、横溝の頰を平手で続けざまに打った。彼の肉の厚い手の平が横溝の頰をはじく鈍く重い音が、広い室内に響き渡った。

横溝は、それまで、打ち据えられる瞬間を除いては、両目を大きく見開いたまま、上半身を硬くして須田の打擲《ちょうちゃく》に耐えていたが、須田の力を込めた平手打ちに、とうとうぐらりとよろめいた。須田が、さらに、よろめく横溝のネクタイを左手でつかまえて引き寄せ、右手の拳《こぶし》を振り上げた時、折口が、立ち上がって、下方からその手を押さえた。

「拳はいけません。骨が折れたらどうします？」

須田は、振り上げた右腕を折口に押さえられたまま、堰《せき》を切ったようにわめいた。

「馬鹿者、馬鹿者っ！　わしが、あれほど、女とマスコミには気を付けろと言ったのを、おまえは、忘れたのかっ！　よりにもよって、官舎で修習生をホテルに誘い、太股に手をはわせるとは何事だっ！　よくもまあ、その面《つら》で、そんな大それたことができたなっ！」

そして、横溝を放すと、呼吸を荒くして、どっかりとソファに座り込んだ。篠原課長はただ沈黙し、司法研修所の六島事務局長は、なすすべもなく、真っ青になってうつむいていた。

「もういい、わかった……。わしが、できることはしてやろう。しかし、成功するかどうかはわからん。もしも大事になった場合、横溝君には即刻やめてもらう。横溝、辞表をしたため、首を洗って待っておれ。いいな！」

震え上がった横溝と六島が深く頭を下げて退出すると、須田は、折口と篠原を向かいに座らせて言った。

「国会のほうは、わしが口をきけば何とでもなる。問題はマスコミだ。一刻も猶予ならん、すぐに灰谷《はいたに》を呼べ。何時になってもかまわないから今日来いと伝えるのだ。それから、篠原君、例の室井の件、あれについて、事実関係を抜き書きした書面をただちに作ってくれ。関係資料も添えてな」

全国紙社会部の司法担当デスクで、須田が昔からかわいがってきた記者である灰谷怜司《れいじ》の名前と、神経症によると思われる不祥事に関してその処分、処理がペンディングになっている室井判事補の名前に、折口と篠原は、はっとした表情で須田を見詰めた。

「心配はいらん、わしに任せろ。灰谷は、その点では信用できる男だ」と須田は答えた。

24

その日の午後七時過ぎ、須田、折口、篠原は、同じソファに座って灰谷記者を待っていた。外は豪雨だったが、カーテンを閉め切った長官室では、雨の音はほとんど聞こえなかった。ただ、時折ひらめく稲妻が大きな開口部を光らせ、続いて雷鳴《らいめい》が鈍く響いてくるだけだ。

「灰谷さんがおみえになりました」と、佐川秘書官が、扉を開けて伝えた。

「うん、通してくれ」と、須田が、よく響く声で答えた。

背広の裾から雨の滴《しずく》をぽたぽた垂らした灰谷は、須田のみならずその側近の二人が席について待っているのを見ると一瞬たじろいだが、その動揺を抑えるかのように、常々須田に対してとっているのと同じような親しげな態度を示し、軽くお辞儀をして三人の向かいに座った。

お茶が運ばれてくると、若干の四方山《よもやま》話のあと、「実は、折り入って君に頼みがあってな」と須田は切り出した。「研修所の件は、聞いているかね？」

「ああ……ああ、あれですか。はい、詳しいことはともかく、聞いてはおります」

「君のところでは、取り上げるつもりは……？」

「どのような形、どの程度の扱いにするかはともかく、ありうると思いますね」

「君のところ以外はどうだ？」

「よくはわかりませんが、よそは、少なくとも全国紙は、扱うつもりはないでしょう。いささかどろどろした、落ちた話で、あまり新聞向きではないですから。もっとも、たとえばうちが大きく取り上げたりすれば、また話は変わってくるでしょうね」

「なるほど、結構だ。わしの見立てどおりだ。それじゃ、まず、これを見てもらいたい」

　須田は、灰谷の前に、ホチキスで綴じた三十頁ほどのファイルを投げ出した。

　灰谷は、湯飲みを左手に持ちかえ、それを手にしたまま、前かがみになって、最初の頁に注意深く目を通した後、右手で、付属の関係資料をぱらぱらとめくった。

「こ、これは……」、と灰谷の口から、驚きのつぶやきが漏れた。弱視で、常に色付きの眼鏡をかけている灰谷の動揺が、その眼鏡越しにも見て取れた。

「で、これについて、私にどうしろと？」

「それを君にあげようというのだ。その判事補は、かわいそうなやつでな。民事から刑事に移されて神経衰弱になったらしい。それで、万引きに及んだ。もっとも、盗品の鞄を抱えたまま、道路の真ん中で凍り付いたように立ちすくんでいて、逃げもしなかったということだ。理由はわからんが、あるいは、つかまりたかったのかもしれん。

　いずれにせよ、わしらにとってはもう用済みの男だ。煮るなり焼くなり、好きにするがよかろう。君は知っておるかどうかわからんが、わしらは、休職の制度をもっておらん。判事補にも、特別職の国家公務員同様、明治以来の『官吏服務紀律』が適用されることになっておってな。休職の制度はもちろん、正式には有給休暇の制度すらない。たとえばそんなところをついてみるのも面白いだろう。

君のところが大きく報道したら、わしらは、この男から預かっている辞表を受理する。裁判官弾劾《だんがい》にはかけん。せめてもの情けということだ。君のところの記事でかえって同情が集まるだろうから、回復すれば、弁護士登録もできるかもしれん。わしらも、君も、この男も得をする、そういうことだ。つまり、ウィンウィンの取引というやつだな」

「うーん」と、灰谷の口から声が漏れた。須田の前でいささか大胆ではあったが、「それだけでは引き合いません」という意向の表れと解釈できた。つまり、あろうことか、灰谷は、事務総長と秘書課長兼広報課長を前にして、最高裁長官との間で、駆け引きを試みているのだ。

篠原は、はらはらしながら見守り、折口は、無言で腕を組み、目を閉じていた。しかし、須田は、灰谷のそのような反応を予期していたらしく、むしろ微笑さえ浮かべて、続けた。

「なるほど、それだけでは不足というわけか？　わかったよ……。それじゃ、君が前からやりたがっていた最高裁判事のインタヴューもやらせてやろうじゃないか。裁判官出身判事はほぼ全員、それ以外の判事も、わしの息のかかった者たちなら可能だ。

それから、地裁、家裁、高裁の裁判現場の裏側、裏方の働きなどについても、これまでは取材を許していなかったが、君が責任をもってまとめるなら、許可してやってもいい。東京だけじゃつまらんだろうから、たとえば、離島の一人支部での若手支部長の苦労話なんかも、入れてみたらいいだろう。そのあたりも、君の希望に沿うようにしよう。ある意味で、我々の広報にもなる事柄でもあるしな。

それならどうだ？」

灰谷の目が、サングラスに近い色の眼鏡越しに、鋭く光った。

「さようですか、いや、面白いですな。……実に面白い」灰谷は、歯の間から息が漏れるような奇妙な笑い声を漏らした。「それで、私のほうは、何をすればよろしいのでしょうか？」

「もうわかっていると思うが、研修所のほうは、一切不問に付してもらいたい」

「なるほど」と灰谷は答え、猫背気味の身体をさらに丸めるようにして、しばし目を閉じ、額に手を当てて考え込んでいたが、やがて、顔を上げた。

「承知いたしました。社内では反発もかなりあると思いますが、何とか抑えられると思います」

「それでこそ君だ」と、須田は、満足げに表情をほころばせながら言った。「いや、何といっても、世論の動向を決定するのは、君のところみたいに、読者が自分こそインテリでありよき市民だと思っているような、そういう新聞だからな。君の新聞の信者は、そういう人たちさ。君の新聞が書くことなら、何でも喜んで鵜《う》呑《の》みにしてくれる。いくら部数が大きくても、サッカーの入場券で客を釣っているような新聞では、よき市民、庶民には、もう一つ信用がないからな」

灰谷は、須田の言葉にどれほどの毒が含まれているのかを測りかね、しばし沈黙していたが、やがて言った。

「ありがとうございます。須田さん、いや、長官。私どもは、日本のクオリティーペーパーを自負いたしておりますから」

「クオリティーペーパーだと……。いや、これは愉快だ。いや、クオリティーペーパーとはすばらしい」

須田は、上機嫌で大声を上げると、口を大きく開けてからからと笑い、しばらくの間、その笑いを抑えられないまま厚い胸を揺すっていたが、やがて、折口、次いで篠原の方を向いて言った。

「聞いたか、え？　折口君、篠原君。灰谷君のところは、日本のクオリティーペーパーだそうだ」

篠原は、遠慮がちな微笑を浮かべ、折口は、唇をゆがめてにやりと笑い、須田に答えて言った。

「なかなか気のきいた冗談ですな」

灰谷の表情が、傷付けられた子どものような頼りないものに変わった。それを見た須田は、取りなすように言った。

「いや、笑って悪かった、灰谷君。ただ、クオリティーペーパーという格好付けた言葉の響きがおかしかっただけのことさ。確かに、君のところは、日本のクオリティーペーパーだよ。日本のニューヨーク・タイムズ、ル・モンド、いや、日本のプラウダ、人民日報かもしらんが、まあ、それはどうでもよかろう。ともかく、君と君の新聞にはいつも感謝しておる。そのことには、誓って間違いがない」

篠原は、退出する灰谷に付き添い、廊下に出ると、彼の腰を親しげに軽く叩いて言った。

「まあまあ、灰谷さん、気を悪くしないで下さい。長官も、事務総長も、悪気はないんですよ。口が悪い人たちですが、勘弁してやって下さいな」

「いや、私も、須田さんと折口事務総長の性格はよくわかっています」と、灰谷は、いくぶん気分を害した表情に、それでも、篠原の慰めに応えるゆがんだ笑みを浮かべ、そして、念を押すように続けた。「それから、インタヴューや裁判所内部の取材の件は、間違いなくお願いできるんでしょうね？」

「長官が明言された以上、間違いありません。ただ、何しろ、最高裁判事に対するインタヴューや、裁判所内部の取材なのですから、その方向性や内容については、私どものほうでも、課付ではなく私自身が、じっくり関わらせて頂くことになると思います。その点は、よろしくお含み置き願います」

「その点はもちろん了解しております。どうぞよろしくお願い申し上げます」

「それでは、後ほど、長官や事務総長ともよく相談の上、私のほうから御連絡いたします」

灰谷は、篠原に軽く一礼すると、ぐっしょり濡れた傘と鞄を提げて、長い廊下を立ち去って行った。

25

篠原が折口と並んで須田の向かいに座ると、須田は、吐き捨てるように言った。

「ふん、クオリティーペーパーとは片腹痛いわ。ブンヤ風情《ふぜい》が何を抜かす」

「しかし、うまくいったじゃありませんか、長官。見事なお手並みです」と、須田の寵愛《ちょうあい》を受けている篠原が、そのことからくる気安さを含ませた口調で言った。長官秘書官は単なる取次役にすぎず、秘書課長こそ、各局の一課長より上位格付けの課長であるとともに、長官の実質的な秘書でもある役職なのだ。

「しかし、本当に大丈夫なのですか、直取引《じか》までされて？」と、折口は、篠原とは異なり、不安げな面持ちで問いかけた。

「大丈夫だ、わしの目に狂いはない」と須田は答えた。「それに、この取引は、わしより、むしろ、灰谷にとって高くつくのだ。君たちは、わしが直取引をしたことを奇妙に思っているようだが、これがわしのやり方というものだ。普通の長官なら、せいぜい、篠原君に任せ、あとから記者を自室に呼んだ上で、みずからの意向であることを追認してやるところだろう。しかし、この件では、そんなやり方は、万が一露見したときにかえってまずい。いかにも本当のことらしく感じられるからな。だから、今回は、直接わしがやった。考えてもみたまえ。最高裁長官と一介のデスクの直取引など、誰が信用する？　わしはしらを切るだけのことだ。灰谷の記者生命はそれきりで、フリージャーナリストもできんだろう。

加えて、灰谷は、わしとの付き合いを、社内におけるみずからのステイタスのために利用しておる。はっきりいって、わしが頼めば、露骨な提灯記事だろうと、一見そうはみえない提灯記事だろうと、たいていのことは書いてくれるだろうよ。それに、ともかく口は固いし、わしとの約束は守る男だ。その点は、わしには確信がある。だから、心配はいらん」

そこで、須田は、灰谷の取材のあり方について少し細かいことを話しておきたいと告げて、篠原を残したまま、折口を退出させた。折口の姿が消え、秘書官によって扉が重々しく閉められるのを待って、須田は、言葉を発した。

「例の調査のほうは、どうなっている？」

「は、なにぶん私の力だけでできる範囲の極秘調査ですから、限界はありますが、最も可能性の高い東京地裁、高裁の主立った裁判官たちについては、調べられることは調べました。……しかし、全く何も出てきておりません。申し訳ございません」

ついさっきまでの気安さがどこかに吹き飛んだ硬い表情で、篠原は、須田の険しい表情をうかがいながら、慎重に言葉を選んでいた。

「つまり、内部の情報源だけに頼った調査では、ということだな？」

「そのとおりです」

「手ぬるいぞ、篠原君。実に手ぬるい。秘書課長として十分な仕事ぶりとはいえんな！」

「全く、申し訳ございません」と、篠原は、額が小卓に届くほどに深く頭を下げた。

「いつまでもぐずぐずしてはおられん。こうなったら、もはや非常手段をとるほかない。まずは、東京高裁、東京とその周辺の地裁はもちろん、最高裁からの通話記録についても、例の筋を含め、あらゆる手づるを使って、調べ上げるのだ。君が目星を付けた裁判官たちの自宅からの通話記録についても同様だ。相手は三角の事務所だけだ。難しいことではなかろう？」

「事務総長の御承認を得ずにですか？」

「そうだ。いうまでもなかろう。ここに折口がいるかね！」

「…………」

「いいか、篠原君。よく聴いておきたまえ！　君も薄々感付いていることとは思うが、わしは、刑事系の連中を、心の底では信用しておらん。この前も、売れもしない長々とした回想録を書きおったやつがいた。読んでみたが、退屈で退屈で、吐き気がしてきたわ。あいつらは、鈍重で狭量な、自己満足のかたまりだ。愚にもつかんことばかりぬかしおって……。わしにいわせれば、つまらん人間が多い現場の裁判官の中でも、刑事一筋四十年などと得々と吹聴《ふいちょう》する輩《やから》は、最低だね。

折口を事務総長に据えているのは、あいつが、忠誠心が強くて、事務総長としてはそれなりに役に立つ男でもあるからだ。しかし、だからといって、わしは、刑事系の折口を底の底まで信頼しているわけではない。だからこそ、この調査は君に直接やらせているのだ。わかったか！」

「申し訳ございません。承知いたしました」と、篠原は、再び深く頭《こうべ》を垂れた。「……で、あの、最高裁からの通話記録につきましても、やはりその、すべてでございますか？」

「もちろんだ。君がこれまでに最高裁を調査対象にしてこなかったこと自体、大きな問題だ。国民党を焚き付けた者が、内部にいないとは限らない。

いいな。最高裁からのあらゆる通話記録だぞ。最高裁判事たち、また、折口や神林をも含め、一切例外なしだ。それから、最高裁部内の情報についても、探れるだけは探れ。わかったか？」

「委細、承知いたしました」と、篠原は、もう一度深く頭を下げた。

26

笹原は、アイにねだられて、久しぶりに、彼女が子どものころから好きだった浅草にきていた。笹原は、地裁ではおおむね五時までに仕事を終えていたが、事務総局では、手が空いているとみると田淵が自分の仕事まで押し付けてくるため、平日の帰りが遅いのはもちろん、週末もあまり休んでいない状況だった。

しかし、考えてみれば、田淵のためにそこまでしてやる必要もないのだし、せっかくアイもいることだから、日曜くらい、たまにはゆっくりしてもよかろうと思ったのだ。

裁判所の知人に見られる可能性についてもちらと考えたが、お互いに一瞥してわかる相手の数は限られているし、万一出会ったら出会ったでそのときのことだ、という気もした。こうなったらどうしようとか、ああなったらどうしようとか、そういうことを色々考えるのが、笹原は、もう、すっかりいやになり始めていた。

すでに夏に入っているにもかかわらず、何日か続いた激しい雨のあとのきれいに晴れ上がった日であるためか、涼しくて、まるで、そよ風吹く、さわやかな五月のよき日のようだった。多数の家族連れやカップルが、参道をそぞろ歩いていた。

アイは、笹原と出歩くときには、一人のときとは違って、帽子をかぶらなかった。一人で歩くときのように男たちに無遠慮な視線で見詰められることがなく、注目されることを警戒する必要がないからだろう。

浅草寺《せんそうじ》から花やしきの方に出て南に下ってゆくと、ざわざわとした俗っぽい町並みになり、住宅やまばらな商店の間に、一見目立たない、それでもそうした建物を探している人間にはすぐに見付けられる、いくつものラブホテルがあった。彼らの前方五十メートルくらいのところで、カップルが、思い迷うような姿勢でちらちらまわりを見回した後、吸い込まれるように、その一つの入口に消えた。

「ね、先生、見て、連れ込みだよ。今、カップルが、忍者みたいにすうっと入って行ったよね」

アイにそう切り出された笹原は、どきりとして言葉に詰まり、数秒後に、ようやく口を開いた。

「おまえ、昨日まで高校生だった割には、きいたふうな口をきくじゃないか。でも、今は、『連れ込み』なんて古い言葉は使わないの。ラブホテルっていうんだ、知ってるだろ？」

「だって、あれって、要するに、男が女を連れ込むため、女が男に連れ込まれるための建物でしょ。だから、『連れ込み』でいいんじゃないかと思うな」

笹原が、再び言葉に詰まっていると、アイが、彼の脇から腕を組み、下から見上げるようにして、にっと笑った。

「そういうふうに照れるところが、先生のかわいいところよ、ね」

腕を組み、身体を寄せてきたアイの、子どものころとは違った重み、存在感と、衣服を通しても感じられる柔らかな身体の感触に、笹原は、興奮し、そして自分を恥じた。

ようやく落ち着きを取り戻してちらとうかがったアイの表情は、涼しいもので、わずかな狼狽《ろうばい》や動揺の気配も感じられない。

《無邪気なのか、度胸が据わっているのか……それとも、単に、自分が甘くみられているだけのことなのか……》

笹原は、五、六歳ごろのアイ、家庭教師として教えていた十一、二歳ごろのアイの面影を思い出し、現在のアイと比べて、彼女が、わずかな期間で見違えるように成長したことを、今更ながらに感じさせられた。

《それに比べて、僕のほうはどうなんだろうか？　アイは、はっきり口に出すことはほとんどないが、僕について、鋭さがなくなり、世の中に妥協して生きるようになってしまったと思っていることは間違いない。そして、それは事実かもしれない。十数年の間に、一方は大きく成長し、一方はただ退歩した、そういうことなのだろうか……？》

表通りに出、雷門《かみなりもん》の巨大な赤い提灯の前を過ぎ、隅田川に架けられたコンクリートの橋を渡って対岸にある公園に入ってゆくと、次第に夕闇が迫ってくる中、前方左側のベンチに並んで座り、声をひそめて何事か深刻な話をしているらしい中年の男女が目についた。女は顔を伏せ気味にして言い募《つの》り、男は、女の方は見ず、腕を組み、正面を見詰めたままそれに答えている。すぐ近くまで行ったときにふと目が合うと、男は、総務局の火取一課長だった。

笹原は、速い足取りで、アイの腕を引きずるように彼らの前を通り過ぎた。

《ありゃあ、別れ話だな》と笹原は思った。

「知っている人？」と、しばらく歩いたあとでアイが尋ねた。

「うん、まあね……。危険な男なんだ。振り向かないで歩いてくれ」と笹原は答えた。

「職場の人ね。私といるところを見られてまずかった？」

《腕を組んでいたのはややまずかったかな》と笹原は考えたが、口には出さなかった。

「むしろ、見られてまずいのは向こうのほうだろ。ただ、普通の人間じゃないところがあるから少し気にはなるが、まあ、心配はいらないよ」

《あっちはおそらく既婚で不倫。こっちは未婚で、従姉妹《いとこ》とか後輩もありうる。常識的には、お互い様というより向こうのほうが分が悪いはずだが、相手は火取だからな。が、まあ、どうともなれさ》と笹原は思った。

しかし、しばらくすると、アイは、「先生、私、ちょっと気分が悪い」とささやき、近くのベンチに崩れるように座り込み、両手で顔をおおってしまった。

「どうした？　大丈夫か？」

「うん、あんまり大丈夫じゃないけど……でも、平気」

「さっきの男のことだったら、心配ないよ。事務総局のほかの局の課長だ。多分、どこかの女性との別れ話さ。見られてまずかったとしたら、向こうのほうなんだ」

「そのことを心配してるんじゃないの。でも、あの二人が話し込んでる姿を見たら、急に気分が悪くなってきて」

「そうか……。ここで待ってろ、な。自動販売機で水でも買ってくるから」

しかし、笹原がベンチから離れると、数歩も行かないうちに、アイが、後ろから飛び付き、彼を羽交い締めにするように、しがみ付いてきた。

「だめ、いっちゃだめ、いっちゃやだ」

「どうした、アイ」

「いやだ、置いてっちゃいやだ。やだよう」

「どうしたんだよ、おまえ。おかしいぞ」

再びベンチに戻った笹原は、やむなく、アイの肩を抱いたが、彼女の震えが一向に止まらないので、横から軽く抱き締めてやるほかなかった。

そうやって抱かれていると、アイは、さらに何度も、けいれんするように身体を震わせながらも、少しずつ落ち着いてゆき、顔から手を放した。涙が、彼女の頬を止めどもなく伝って流れ落ちていた。

「先生、ごめんなさい。今説明するから……」

「一体どうしたんだよ？」

「先生も薄々は気付いていたんじゃないかと思うけど、うちの家族は壊れていたの。

ママには、いつのころからかはよくわからないけれど、家の外に恋人がいたわ。私が知っているだけでも何人も……。ママは、その人たちのことを、いつも、『私のお友達』って呼んでた。

ママが外に連れていってくれるというので、幼い私が喜んでついていくと、ママは、男の人と待ち合わせをしていた。ママよりも若い、整った顔立ちの男の人たち……。

そんな人たちの中には、私の頭をなでたり、私を抱き上げたりしてくれた人もいたけれど、そんなとき、私は、身体中に鳥肌が立ちそうな思いで、身を硬くして耐えていた。そんな人たちにさわられるのは、私には、犯されるのと同じくらいいやな、ひどいことだったから。

何年かが経ち、パパが書斎に閉じこもるようになり、そうするうちにやがて、パパもまた、家の外に、こっちは愛人といったほうがぴったりするような、そんな女の人をつくったわ。それもやっぱり一人じゃないの。

私がぐれていった理由の一つはそれよ、先生。でも、恥ずかしくて、これまで、誰にも言えなかったの」

アイの涙はすでに乾きかけていたが、その代わり、彼女の視線は、ベンチの周囲の四方を、落ち着きなく、あてどなく、さまよっていた。まるで、母や父の昔の「お友達」が、今にも、公園の片隅から現れて彼女をわしづかみにするのを恐れているかのようだった。

「わかった……。大丈夫だ、もう泣くな。おまえの嫌いな恐ろしいやつがどこかその辺から出てくることもないから、安心しな。おまえは悪くない。おまえが悪いんじゃない。それだけは絶対間違いがない。僕は、おまえが望むうちは、おまえを引き受ける。今度は決して見捨てない。約束する。だから、もう、心配するな。な？」

それでも、アイは、なおしばらく、ベンチで笹原にしがみ付き、そのジャケットの袖を両手で固くつかんで、震えていた。そのときの彼女は、到底大学生には見えず、おびえている幼い少女のように、というよりも、むしろ、巣から落ち、傷付いたままあてもなく助けを待っている一羽の野鳥の雛《ひな》のように、いたいたしく、無防備に見えた。

27

総務局の柳川俊之二課長は、人事、総務両局の課長補佐とともに、黒塗りの公用車で、東京郊外にある大規模な裁判官官舎に向かっていた。夏の空からまぶしい午後の陽射しが車内に差し込んでいたが、柳川は、冷房のきいた車内でもなお感じられるその熱気をうとましく感じていた。

三日前に、一課長の火取から、「ちょっと話があるんだけど」と声をかけられて会議室に入ったのが、ことの始まりだった。話は、柳川と同じゼミの後輩に当たり、学生時代から家族を含めてある程度の付き合いがあった竹之下和雄という東京地裁刑事部勤務の裁判官についてだった。

竹之下のことについては、柳川も、ここ半年余り、心を痛めていた。竹之下の属する部の裁判長は、田尻勝利という癖の強いタイプで、ひどく狭量な上に酒癖が悪く、そうしたタイプの裁判長が時々いる東京地裁刑事部でも、際立って評判のよくない人間だった。しかし、大きな事件や公安事件の訴訟指揮はうまかったし、刑事系派閥の中核に近い場所にもいたので、事務総局、調査官といったポストについたことはないにもかかわらず、キャリアの大半を東京とその周辺で送ってきていた。

田尻の一番の欠点は、生理的に合わない人間とうまく距離を取れないことで、気にくわない人間のすることが一々気にさわり、かつ、それに対していつまでもねちねちと文句やいやみを言い続けるため、相手はすっかりまいってしまうのだ。彼は、すでに、二人の担当書記官を使いつぶしていた。

柳川と同様にソフトで気の弱いところのある竹之下は、田尻のからみ酒にうまく付き合うことができなかったし、田尻とは対照的な性格であったために、田尻にとっては、竹之下の仕事のスタイルも、言動も、何かにつけて気に入らないという結果になった。

田尻の部に入った年の秋には、竹之下は、うつを病み、適切な治療を受けなかったために、間もなく、精神に変調をきたしてしまった。仕事をしないで、田尻に背を向けて、壁や書棚に向かってこわばった姿勢で座っていたり、時には、窓や壁に向かってじっと立ちつくしていることさえあった。

そして、竹之下は、この春には、最高裁を訪れ、人事局長に面会を求めるようになった。判事が面会に来て、局長室の外の待合室に座り、身じろぎもせずに待ち続けている以上、水沼隆史局長も、最後には面会しないわけにゆかなかった。

竹之下の話はいつも同じで、田尻部長の人間としての問題点を控え目に指摘した後、「いつ私を裁判長にして下さるのですか？」と問いかけるのだ。陪席でいる限りまた田尻のような人間の下で働くことになるかもしれないがそれは耐えがたいというのが、その質問の趣旨らしかった。一週間に一度ずつ規則正しく繰り返される竹之下の訪問は、官房系ではもはや知らない者がなく、やり手の水沼局長も、すっかり弱り果てていた。

やがて、噂を聞きつけた須田は、折口に向かって告げた。

「何をやっておるのだ？　総局の恥さらしではないか？　人事局が表立って動けないというなら、刑事系の問題なのだから、刑事系の誰かに片を付けさせろ。わしは、火取君がいいと思う。押しが強いから適任だろう」

そういうわけで、折口から、鰐川総務局長を通じて火取のところへ汚れ仕事の話がおりてきた。火取は、仕方なく、人事局に出向いて水沼局長から事情を聞いた。あまりことを荒立てずにかつなるべく早く何とかしてもらえるとありがたいということだった。

火取は、その後数日間思案に暮れていたのだが、ある時、竹之下が柳川の後輩であることを聞き付けると、にやりと笑って、水沼のところへ出かけていった。そして、人事局から帰ってきた火取が「ちょっと話があるんだけど」と柳川に声をかけたのが、三日前のことだったのである。

「柳川さん、例の竹之下はあんたの後輩で顔見知りなんだって？」

「ええ、そうです」

「そういうことなら都合がいいや。実は、元々は長官から出た話らしいんだが、水沼局長から内々に頼まれててさ。あんたに、竹之下の家族のところに行って、退官の引導を渡してきてほしいんだよ」

「私が……ですか？」

「人事局も、課長補佐や任用課長に連絡取らせたらしいんだけど、奥さんが、『主人は大丈夫です』の一点張りで、会ってくれないらしいんだ。竹之下はああいうふうでもう当事者能力ねえしさ。最近は、週に一回水沼局長のところへ面会を求めてくる以外には裁判所にも出てこなくて、家で寝込んでるか、月島の親のところへ帰ってるらしい。

しかし、竹之下の奥さんも、あんたになら会うだろ？　だから、まずあんたが奥さんに電話して、日を決めて面会に行く、その日は竹之下は月島の親のところに行かせておく、そして、あんたが奥さんに退官の引導を渡してくる。こういう手はずでやってもらえないかということなんだよ。な、頼むよ。長官から出た話で、かつ、水沼にも大きな貸しができるんだから、あんたにとっても悪い話じゃないだろ？」

柳川は、父親が一流銀行の行員、ちょっとした庭のある東京郊外の瀟洒《しょうしゃ》な一戸建てに住み、男と女の二人兄妹、血統書付きの犬を飼っているという、絵に描いたような中産上層家庭の生まれだった。

高校生のころに先輩の感化で左翼思想に興味をもち、大学時代には、左翼政党系青年組織のシンパサイザーだったが、組織自体には入らなかった。そんな学生によくあるように、彼の思想は、深いところで突き詰められたものではなく、系統的な読書に基づいたものでもなく、ただ、単純かつムード的な正義感に根差していた。

世の中に不正や貧しさがあるのはよくないことであり、自分はそのことを認識している正しい人間なのだから、世の中をよくするために何かをしなければならず、同じような考え方の人たちと協同しなければならない。柳川を構成していたプリンシプル、原則は、第一に、そうした、幼いけれどもそれなりにまっとうな正義感、第二に、自分は優秀であり、そのことをあらゆる面において証明し、他人にも認めさせなければならないという、これもまた日本の優等生によくある強迫観念的な自負、第三に、太田黒恵利奈行政局付と同様の、「ほかならぬ自分にはいいことがあって当然、そして、いいことが自分を差し置いてほかの人間にあるのは許せない」といった他者不在の自己中心主義だった。

当然のことながら、第一のプリンシプルには、第二、第三のそれと相容れない部分があるはずだが、柳川は、これも日本の優等生的正義派によくあるとおり、それらの関係をきちんと検討、調整してみることのないまま、みずからの内に、相互に無関係に混在させていた。

「出世ばかりで気が小さく弱い人。いや、官房系入りしてそうなってしまったんだが、本当は、事件局の局付、現場、調査官という道のほうが、彼にとってはベターだったんじゃないかな?」

ある裁判官の先輩は、柳川をそのように評したが、これはおそらく当たっていた。彼の育ちのよさそうな外見、もの柔らかな態度と、その強烈な立身出世志向、自己承認欲求とは、いかにもちぐはぐな印象を与え、その結果、柳川は、総務局の鰐川局長や火取一課長からは、いいように使われながらその実優柔不断で頼りないところがあると思われ、局付や職員たちからは、彼のほうではやさしく接しているにもかかわらず、それほど信用されてはいなかった。そして、何よりも、どこか存在感に乏しく、影が薄かった。

　そして、今回、柳川は、またもや損な役回りを引き受けさせられてしまったわけだが、それは、ある程度までは、彼という人間、そのあり方の矛盾が引き寄せた事態でもあった。


　東京郊外に位置する五棟の裁判官官舎は、外見から見ればよくある古ぼけた市営住宅とさほど変わりのない、いや、外見だけからすればそのような市営住宅としても平均以下と評価せざるをえないような、うらぶれた風情の建物だった。豪雨のあとは、しばらくの間外壁にまだらにしみが残ったし、内側では、コンクリート壁の割れ目からじわじわと水が染み出し、裁判官やその妻たちは、補修材を買いにホームセンターに急がなければならなかった。

　無作為抽出の住民調査でやってきた役所の係官が、応対に出た裁判官の妻に対する聴き取りで年収を告げられ、手狭で薄汚れた玄関をぐるっと見回し、こう言ったという話がある。

「奥さん、御冗談はなしで、本当のところを教えて下さいな。すみませんが、私たちは、客観的なデータを取るのが仕事なんでして」

まあ、そんなことがあっても少しもおかしくない、年収一千万円、一千五百万円を超える人々が多数住んでいるなどとは到底思えない、そんな建物である。すぐ隣の地家裁支部の駐車場に車をとめさせると、柳川は、課長補佐たちを従えて、竹之下の住まいのブザーを押した。

型通りの挨拶がすんだ後、柳川は、竹之下の妻の美千代に、おおむね察しのついていることではあったが、竹之下の具合について尋ねた。何度か互いの家を行き来したことのある美千代は、そのときの遠慮のない近しい態度とは全く異なった硬い表情で、言葉少なに応えた。

「はい、だんだんよくなっております。……担当医師も、順調に回復しているとおっしゃっています」

柳川は、裁判官には、行政職における特別職の国家公務員同様、明治時代以来の古い服務規律、すなわち「官吏服務紀律」が適用されるため、休職の制度がないこと、したがって、回復の見込みが立たない精神的不調の場合にはやめてもらうしかないことを、苦しげな口調で説明した。

「いいえ、主人は大丈夫です。絶対回復できます」

「しかし、もう、法廷を担当されなくなってから一年近くになりますよ。今のままでは、回復はなかなか難しいのではないでしょうか？　ここらで一つ決断されて、ゆっくり休んで体調を整えられてから弁護士として再出発されるほうが、結果的には、御本人や御家族のためなのではないでしょうか？」

「柳川さん、柳川さんは、今日、人事局長の代理としておみえになったんですか？」

「は……いや、そういうわけではありません。ただ、竹之下君の先輩としてお話を……」

「私も、そう思って、お会いすることにしました。適切な助言を頂けるのではないか、裁判所にも取りなして頂けるんじゃないかと。……でも、お話をうかがっていると、そうではないんですね。要するに、主人が最高裁を訪ねるのをやめさせてほしい、また、主人には早くやめてもらいたい、こういう御趣旨なのですね？」

「いや、決して……必ずしも……そういうわけでは……」

「いいえ、そうなんでしょう？　主人は、あのひどい裁判長にいじめられて、いじめられて、あんなになってしまいました。毎日いじめられて、帰ってきても食事ものどを通らない有様で、本当にひどくて。でも、誰もがみてみぬふりで……。

それで、主人が、身体を……体調を崩して、あんなになってしまって、人事局長に面会を求めて……。でも、それは、主人の責任なのでしょうか？　悪いのは、田尻部長のほうなんじゃないでしょうか？　それなのに、田尻さんのほうは何のおとがめもなく、主人と私は、二人の幼い子どもを抱えて、街頭に放り出される、そういうことなんでしょうか？　柳川さんは、そのために、おみえになったんでしょうか？」

「違います。奥さん、美千代さん。興奮なさらないで。私の、僕の……話も聞いて下さい」

そのとき、客間のふすまがゆっくりと開いて、七、八歳くらいの男の子と、その上着にしがみついている、それよりもいくつか下の女の子の姿が、一同の前に現れた。

「おかあさん。おとうさん……どうなっちゃうの？　お仕事、やめさせられちゃうの？　ぼくたち、どうなるの？」

女の子のように華奢な顔立ちの少年が、大きな目を見開いて問いかけると、やせぎすの、切れ長の目をした妹のほうは、兄の上着の裾をぎゅっとつかんだまま、しゃくり上げて泣き始めた。

「大丈夫よ……。お父さんは大丈夫ですから、あなたたちは、あっちへ行ってなさい、ね」

美千代が、子どもたちを促して奥へ行かせた。

柳川と二人の課長補佐は、ずっと顔を伏せたまま待っていた。

「今日のところは、お引き取り下さいませんか？」

戻ってきた美千代が、こわばった声と表情で告げた。

「美千代さん、できれば、もう少しだけお話を……」

「わかりました！」と、美千代が、抑えかねた高い響きの声を張り上げると、柳川の後ろにいた課長補佐たちは、はっと顔を上げた。「わかりました、辞表を出させます！　柳川さん、それでいいんでしょう？　だから、もう帰って下さい。主人は、あなたのこと、昔から、尊敬していました。優秀で、やさしくて、正義感のある人だって……。とんでもない。主人も、私も、何もみえていなかったんです、何もわかっていなかったんです。でも、今日という今日は、裁判所がどういうところか、あなたがどういう人間か、私、はっきりとわかりました。

　出て行って下さい。子どもたちがおびえていますから、出て行って下さい。あなたは、これで点数がかせげるんでしょう？　人事局の課長もできなかったことができたんですものね。帰って、事務総局の皆さんに自慢なさるといいわ。……何が社会正義ですか？　何が貧しい人たち、恵まれない人たちのためにですか？　笑わせないで下さい。

あなたは、人でなしの偽善者です。人間のクズです。血も涙もない冷血漢の木っ端役人です。いつも御立派なことを言ってらしたけど、あなたの本質は、学生時代からずっとこうだった。そして、未来永劫《えいごう》そうなんです。だから、主人と私と子どもたちを踏みにじって出世なさるといいわ。最高裁判事になって御立派な補足意見や反対意見をお書きになるといいわ。でも、私と子どもたちは、私と子どもたちだけは、あなたが人でなしの偽善者だってことを、決して、決して、忘れませんからね」

28

夕方遅く、帰ってきて火取に首尾を告げた柳川の青い顔には、表情というものが全くなかった。間もなく、柳川は、「今日はお先に失礼させて頂きます」と蚊の鳴くような声で火取に告げ、悄然《しょうぜん》とした後ろ姿を見せて帰っていった。

「火取課長。二課長は、かなりまいっちゃったみたいですね？」

火取が子分かつ情報源の一つにしている谷崎達哉《たにざきたつや》局付、年長局付が多い官房系局付の中でも最年長の、すでに判事になっている男が、火取の向かいに座ると、興味津々といった表情でささやいた。

「けっ、全くだらしのねえ野郎だ。これしきのことで青くなりやがって。俺は、大体、あいつの『私は手を汚しません』みたいな顔付きが気にくわねえんだ。そのくせ、あの野郎は、官房の局長がやりたくてたまんねえんだよ。このことだって、『水沼にも大きな貸しができるんだから、あんたにとっても悪い話じゃないだろ？』って俺が言った時、あいつの目が暗闇の猫の目みたいにきらっと光ったの、俺はちゃんと見てんだ。目の前の刺身はほしいわ、でもきれいごとも言っていたいわ、そういう野郎なんだよ、あいつは。やなら最初っから断りゃいいんだ。その場合には、俺があんたを連れて行ったさ」

「まあまあ、いいじゃないですか、課長。私だって、竹之下さんの奥さんやお子さんに目の前で泣かれたら、いい気持ちはしません。一度や二度は夢に見るかもしれません。柳川課長は、ちゃんと引導渡してきて下さったんだから、そこは素直に評価なさらなくちゃ」

「ふん、まあ、そうだな。俺たちにとっては、手間が省けたことは間違いねえからな」

「そうですよ、何とかとハサミは使いようって昔からいうじゃありませんか、ね？」

「しかし、谷崎よ。おまえも、本当にワルいやつだな」

「おほめにあずかり、ありがとうございます。私も、伊達《だて》に官房系の最年長局付を張っちゃあいません」

二人は、柳川のうつけたような姿と表情を肴《さかな》になおひとしきり笑うと、連れ立って、煙草を吸いに廊下に出て行った。


暗い廊下のどん詰まりが喫煙所になっている。そこで煙草を吸いながら、火取は、谷崎局付に問いかけた。

「ところで、竹之下の話は、元々は長官から出てるってこと、話したか？」

「ええ、お聞きしました。この問題は火取に任せろと、課長を名指しで御指名だったとか」

「そうなんだよ。じじいめ、人事局の汚れ仕事を俺に押し付けやがって。『押しが強いから適任だろう』って言ったらしいぜ。在外調査報告で、刑事裁判に対する国民の司法参加の方向にも、刑事系裁判官というセクションをなくすっていう方向にも真っ向から反対の報告書を出してやったことへの腹いせだろう」

「ありえますね、それは」

「ところで、民事局と行政局の原発訴訟協議会のほうはどうだ？」

「直接民事局や行政局の人間に尋ねることは、課長のおっしゃったとおり差し控えていますが、いずれにせよ、具体的な内容は、外には全く漏れていないようです。外部に話しちゃいけないことになってるんでしょう」

「それもじじいの差し金だろう。あんた、どうして、そんなことになってるかわかるか？」

「さあ、わかりません。協議会の内容が内容だからでしょうか、昨年来のこともありますし？」

「それだけのことなら、総局の中でまで秘密にする必要はないだろうよ。教えてやろうか？」

「はい、お願いします」

「これは、絶対に、完璧にオフレコだぞ、いいな」

「絶対に誰にも言いません」

「口が裂けても、と言えるな？」

「口が裂けても申しません」

「実はな、俺と、地裁の刑事所長代行とで、弁護士出身の三角議員を通じて、国民党を焚き付けてやったのさ、原発訴訟をこのままにしておくと危険だってな」

「へえっ、そりゃすごいですね。今回の原発訴訟協議会は、その結果ですか？」

「まず間違いないな。まあ、そうでなくても、今年の原発は、テーマ選定としてはおかしくない。しかし、協議会の準備を秘密にしてるってのは、何か事情がなきゃありえない。その理由は、今俺の言ったことさ」

「しかし、大丈夫ですか？　そこまでなさって？」

「三角には念を押してあるし、国民党も馬鹿じゃない。じじいにねじ込むときに、裁判官からの御注進があったことを匂わせはしても、俺たちの名前はもちろん、裁判官の具体的な属性は一切漏らしたりしねえ。内部に敵がいることがわかり、しかもその正体がわからねえからこそ、恫喝の意味があるわけで」

「いや、課長、すばらしい！　さすがのお手並みですね。敬服いたしました」

「まあ、俺も、色々と考えるところはあってな」

「しかし、三角議員との接触については、知る人もいるのではありませんか？　大丈夫なんですか？」

「そこも抜かりはねえさ。連絡は公衆電話からしかしてねえし、三角と会うときも、俺たちとあいつの三人だけという約束だ。事後の連絡も不要、どうしても必要な場合には普通郵便を俺の自宅へ、ってことにしてある。……じじいは、何をやるかわからんからな。さっき言ったとおり、匂わせるのも、『裁判官たちからの御注進』ということに限ると告げてある。俺たちの所属庁はもちろん、たとえば刑事系のケの字も出さねえようにと、念を押してある」

「二人だけでことを進められたのも、正解ですね」

「それ以上数を増やすと、リスクが飛躍的に高まるからな。……さて、もうわかってるとは思うが、あんたも、これを聴いてしまった以上、俺たちの『仲間』のうちに入れられることになる。もののはずみででも、ほんのちょっとでもこのことを誰かに漏らしたら、その瞬間にすべては終わる。……わかってるよな？」

「はい。承知いたしました」とつぶやく谷崎の顔は、さすがに、心持ち青ざめていた。

「それでいい、上等だ。これで、あんたと俺とは、すべてを分かち合う『くさい仲』ってわけだ。地獄まで一緒にゆこうぜ」

そこで一呼吸置くと、火取は、煙草を吸いながら雑談を交わしている上司と部下の口調に返って、さりげなく続けた。

「それはそれとして、あんた、民事局の笹原は知ってるか？」

「ええ、知ってます。特に親しいわけじゃありませんが」

「どんなやつだ？」

「そうですね。一見おとなしそうにみえますけど、ちょっと変わってますね。でもまあ、特別な印象まではないです」

「口は軽いほうか？」

「いや……。むしろ、用心深いほうだと思いますけど、それが何か？」

「うん、たいしたことじゃねえ。ちょっときいてみただけさ」

《よりによって、最後に郁子と会った日にまずいところをみられるとは……もっと場所を選ぶべきだったな》と火取は考えた。《しかし、まあ、三週間以上経っても噂も出ないことだし、この分なら、べらべらしゃべることはあるまい。笹原だって、学生みたいな女の子と一緒だったしな》

「実は、笹原君については、ちょっと小耳にはさんだことがあります」と、谷崎が、火取の思考をさえぎった。

「何なんだ、教えてくれ」

「しばらく前のことになりますが、須田長官が、笹原を呼び出して、しばらく話し込んでいたとか。ただ、これは、わずかな人間しか知らないことですから、ここだけのことに」

「うん、わかってる。……しかし、何で、須田が、笹原を呼び出すんだ？」

「さあ、皆目わかりませんね。でも、最高裁判事の中には、息抜きに、気に入りの調査官を呼んでしばらく無駄話をする人もいますからね。そんな線なんじゃないですか？」

「あの背中に苔の生えたような古狸《ふるだぬき》が、そんな酔狂なことでわざわざ局付を呼び出すか？」

「それは私にも全くわかりません。ただ、笹原は、結構いろんなことに詳しいらしいですよ。学生時代には雑誌に文章を書いたこともあるって話です。これは彼の同期から聞いたことです」

「へっ、雑誌に文章っていうと、芸術評論か何かかよ？　ゴジラに芸術ってわけか、似合わねえな。……あのじいさんも、とうとう焼きが回ったかな」

「まあ、いずれにせよ、単なる気まぐれでしょう。もしまた何か聞いたら、すぐお伝えしますよ」

「うん、そうしてくれ。それから、あんたはそろそろ仕事に戻ってくれ。俺も、これを吸ってしまったら行くから」

谷崎が仕事に戻った後、火取は、須田の笹原呼出しについてゆっくり考えてみた。

《じじいが局付を呼んで芸術を語り合う。……いや、ありえねえ。絶対にありえねえ。何か別の目的があってしたことだ……。しかし、笹原の野郎、俺は気に留めたこともなかったが、じじいに呼び出されるところをみると、ただの事件局付じゃないのかもしれねえ。これからは、よく注意しておかねえとな。

……それにしても、じじいの呼出しというのは気になるな。谷崎を使って、笹原に探りを入れてみるか……?》

火取は、しばらくの間じっと考え込んでいたが、やがて、短くなってきた煙草を深く吸い込み、ゆっくりと煙を吐き出し、

「いや、やはり危険すぎる」

とつぶやくと、煙草の火を灰皿にぎりぎりと押し付け、部屋に戻って行った。

29

民事局では、例年、十月末の裁判官協議会の数週間前に、協議会に備えて局として

の見解をまとめるために、局議が行われる。準備作業の進行を管理するのは民事訴訟担当の笹原だが、協議問題については、夏になる前にすでに全局付に割り振られ、各担当者が、局議までに、課長たちとも相談しながら、レジュメをまとめることになっていた。

課長たちと局付たちの間では、個々の問題について適宜議論が行われたが、笹原と野々宮は、田淵の「日本の原発は壊れへん。だから、行政庁の監督にまかしておけばええんや」という議論にげんなりしてしまい、示し合わせて、ぎりぎりになるまで課長とレジュメについての相談をすることはやめようということにしていた。そうすれば、少なくとも、田淵をごまかして大筋はみずからの意見が残ったレジュメを局議に提出できるだろうし、口頭でそれを敷衍《ふえん》することも可能だからだ。一課と三課では、長谷川は別として、橋詰と熊西は、従来の下級審判例の趣旨を大きく出ない方向で桂木と話し合い、レジュメを作成しているようだった。

そんなある日の夕方、桂木が、つかつかと長谷川の机の前にやってきて、彼に向かって座り、長谷川の書いたレジュメを片手に、細い目をいよいよ細くし、いどみかかるように議論を始めた。どうやら、長谷川が提出したレジュメについて課長席で行った議論が腹に据えかね、長谷川の席まで出張してきて、議論の続きを始めたらしい。

ほかの男性局付たちが遠巻きにして眺めていると、橋詰が、部屋の後ろのほうから回り込んで、彼らのところにやってきた。

「何の議論？」と、笹原は、一課長席のそばにいて、もしも議論が沸騰していたのならそれが聞こえていたはずの橋詰に尋ねた。

「いやあ……原発の原子炉格納容器が壊れるかどうかということみたいでしたよ」

「なるほどね……」

ほかの三人は、長谷川と桂木の議論がどのようなものだったのかを即座に理解した。見ているうちにだんだん二人の応酬が激しくなってくるのがわかったが、やがて、長谷川が声を高めた。

「日本の原子炉格納容器は壊れないという課長のお考えはもうわかりましたよ。だから、さっきから言ってるじゃないですか、そんなことありえないって。もう、時間の無駄ですよ、見解の相違なんだから」

「しかし、君のレジュメがそういう考えに基づいて作成されているとすれば、見解の相違ではすまないと、私は言っているんだ！」

「格納容器はそりゃあ頑丈なものでしょう。当たり前のことですよ、原発なんだから。だけど、原子炉には不測の事態が色々ありうるわけで、どんなことがあっても壊れないなどという見解は、ナンセンスだし、国際標準でもないでしょうと申し上げただけのことです」

「何を言っているんだ、君は、君は……」

怒りのあまり桂木の声がかすれ、聞き取りにくくなったが、何か長谷川をおとしめるようなことを言ったらしい。とうとう、長谷川の怒りが爆発した。

「何言ってるんですか。おかしいのはそっちでしょ？　絶対壊れないってどういうことですか？　馬鹿も休み休み言って下さい。日本は活断層の上に原発がある国ですよ。そういう原発の近くで巨大地震が起こるとか、規模の大きな海外勢力のテロとか、飛行機が落ちてくるとか、いくらでも可能性はあるでしょう？　日本の原発の格納容器は絶対に壊れないなんて、第二次大戦のときの、日本は日清戦争以来負けたことがないから今度も絶対に負けないっていう話と同じレヴェルですよ。もう、そんなあほらしい話、聞いてられません。私は帰ります。辞表出せって言うんなら、出してもかまいませんよ！」

長谷川は、鞄に荷物をまとめると、大きな音を立てて民事局入口のドアを閉め、本当に帰ってしまった。

桂木のみならず、笹原と野々宮も、これには唖然とした。長谷川も、桂木を心底嫌っていたとはいえ、また、思ったことをずばりと言うことの多い人間であるとはいえ、ここまでのことを言ったことは、まだ一度もなかったからである。須田が笹原を呼び付けた際の言動について聴いたことが、長谷川をどこかで強気にさせているのかもしれなかった。

しかし、意外にも、桂木は、この長谷川の行為を根にもたなかった。長谷川の最後の言葉はもちろん売り言葉に買い言葉で、彼も、翌朝は普通に出勤し、普通に仕事をしていたが、桂木は、長谷川の謝罪も求めなかったし、それ以上議論を蒸し返すこともしなかった。

長谷川以外の局付たちは、この桂木の態度には一目置き、やはり田淵よりはましなのではないかということになった。しかし、同時に、民事局年長局付三人の意見が原発訴訟における安全性の審理判断は厳正に行われるべきだという方向のものに違いないということを踏まえて、桂木が、田淵はもちろん、行政局の課長たちとも根回しを行っているだろうことも、容易に想像が付いた。

そして、課長たちは、年長局付たちのレジュメについてはあまり口を出さない一方、自分たちの側の意見も年長局付たちには明かさないという方針を採るようになった。

案の定、局議が近付き、民事局の局付たちは、おそらくは行政局の局付たちも、全員がすでにレジュメを提出したはずであるにもかかわらず、行政局のレジュメは、局議の前日まで民事局の局付たちに配られなかった。また、課長たちには、明らかに、年長局付三人が寄り集まって相談することを警戒している風《ふう》がみえた。

30

十月に入ると、いよいよ、協議会のための局議の日がきた。

議論全体の方向を決める午前の局議は、民事、行政局長を兼任する矢尾の司会で始まったが、実際に議長を務めたのは、四人の課長のうち期が最も上の桂木だった。

議論は総論の部分から始まった。まず、行政局の局付たちのレジュメに基づく原発行政訴訟についての発表が行われ、行政局の筆頭局付である太田黒を始めとする局付たちが、原発設置許可処分の高い専門性に基づく行政裁量を強調し、行政局一課長の影浦昌平《かげうらしょうへい》が、局付たちの議論を強力にサポートした。

影浦一課長は、行政局という、一般的には現場裁判官からの照会に答えるための判例学説調査や資料送付といった内容の仕事が多く、司法行政的側面の薄い局、したがって、須田などはかねて行政局は廃止して民事局の一つの課として残せばよいのではないかという意見をもっていたような局の課長としては、きわめて権力志向の強い裁判官であり、しかも、田淵とはまた異なった意味で、表の顔と裏の顔の使い分けが極端な人物だった。

彼は、たとえば笹原が芸術や思想に詳しいなどといったことはよく知っていて、笹原と飲むような機会には、自分にもヨーロッパ映画の趣味があるなどといったことを、ことさらに示そうとした。それはかまわないのだが、問題は、影浦の顕著な行政擁護《ようご》の姿勢だった。そうした関係の議論になると、影浦の態度は豹変《ひょうへん》し、行政に厳しい意見に対しては執拗に反駁し、いやみにも似たねっちりした物言いをするのだった。

笹原は、心の中で、いつも、影浦を、トルストイの『イヴァン・イリイチの死』の主人公である裁判官、優秀で一見気さくにみえるが、人間としての実質に乏しく、また、何ら特別なところなどないにもかかわらず自分こそは特別だと思いたがる虚栄心の強い官僚裁判官になぞらえていた。総務局の柳川が気弱でソフトなイヴァン・イリイチであるとすれば、影浦は、攻撃的な自信家のイヴァン・イリイチだった。

いずれにせよ、影浦は、議論の相手としては非常に手ごわい人間であり、彼が補強した行政局付たちの原発行政擁護論を突き崩すのは、容易なことではなかった。

「原子炉施設の安全審査は、多方面にわたる高度かつ最新の科学的、専門的知見に基づくものですから、原子力委員会の知見を尊重して行う内閣総理大臣、つまり被告行政庁の合理的な判断にゆだねるのが相当と思われます。裁判所は、直接に原子炉施設の安全審査を行うのではなく、被告行政庁の第一次的判断に不合理な点がないかどうかという観点からのみ第二次的な審理判断を行うのが相当です」

最後に、太田黒が、行政局の見解の要旨をまとめた。それが、影浦、太田黒ら行政局の課長、局付たちが共同で練り上げた意見であることは明らかだった。

「被告側において具体的な安全審査、監視を行う機関、つまり原子力安全委員会や原子力安全・保安院の審査の過程に何らかの問題や誤りがあった場合にはどうするのですか？」と長谷川が質問した。

「それが重大なものでない限りは、被告行政庁の判断が不合理なものになるとはいえない。そういうことだろうね」と影浦が受けた。

「行政訴訟の一般論として、被告行政庁の判断に一定の裁量があることまでは否定しません。しかし、専門技術的な事柄に関する裁量は、通常の政策的裁量とは異なり、その幅が狭いはずです。行政裁量が比較的広く認められる通常の政策とは異なり、安全性という科学的かつ厳密に確定しうる事柄に関わる裁量ということなのですからね。ことに、原発のように危険性の大きい施設の設置許可処分については、そのように考えるべきです。一旦大事故があったら、取り返しがつかないのですから。行政局の提案された枠組みは、被告側にかなり広い裁量を認めるものであり、少なくとも、原発の安全審査の枠組みとしては疑問を感じます」

長谷川がそう反論した。東京地裁の行政部にいたこともある長谷川は、行政法理論に詳しいので、行政局の発表がベースとなる議論でも、確信をもって切り込んでゆくことができた。

続いて、笹原が、民事訴訟法理論の観点から援護射撃を行った。

「長谷川さんの言われたとおり、原発という、大きな事故が起こってしまったらその被害は想像を絶するものとなる、その意味ではきわめて特殊な施設の安全性が問われる訴訟であることを重視すべきだと思います。行政訴訟一般に、行政の恣意を司法により抑制するという意義があると思いますが、原発訴訟については、それにとどまらず、裁判所には、社会、国民のために最後の危険性審査を行う危険制御装置として、フェイルセイフの機能を果たすという、国家体制上、三権分立上の重大な役割があるのではないでしょうか？

　少なくとも、いわゆる間接反証的な考え方を採って、原発のある側面における危険性について原告が相当程度の具体的な立証を行った場合には、被告はその点に関する安全性について十分に反証を尽くすべきであり、もし尽くすことができなければ設置許可処分取消しという判断を行うのが、相当ではないでしょうか？　簡単にいえば、原告側が原発の危険性について具体的な立証を行った場合、被告側がその点の安全性を十分に立証しない限り、設置許可処分取消し、すなわち稼働停止を認めるべきだということです」

「笹原さん、いい加減なこと言っちゃいけないよ。あなた、行政訴訟のこと、わかって言ってんの？　それは、民事訴訟の理屈でしょ？　そんな枠組みは、行政訴訟にはなじみませんよ。行政訴訟では、専門技術的裁量といえども、行政の自律性が重視される。それが当然のことだ」と、影浦が議論に割って入ってきた。

　しかし、今度は、長谷川が笹原の議論を応援した。

「いや、これは予備調査の際の参考資料である文献を笹原さんから頂いて読んでみたものに書いてあったんですが、原発の場合、一旦大事故が起これば、というのは、炉心溶融、メルトダウンに続いて原子炉格納容器が大きく損傷し、大量の放射性物質が飛散すれば、ということですが、その地域には人が住めなくなってしまいます。しかも、日本の場合には、その範囲が国土の数分の一といった広い範囲に及びえます。世界の先進国の中には、原発を全く建設していない国もありますが、それは、深刻なシヴィアアクシデントが起こった場合のリスクがあまりにも大きく、およそ保険で担保することなど不可能だし、国家が担保するとしても破産してしまうような事態にさえなりかねないことが、大きな理由です。

そういう施設の特殊性を考えるなら、行政訴訟だって、笹原さんが言われた方向で審理判断を行うことは、あっておかしくないんじゃないでしょうか？　原発の安全性の一部、あるいは安全審査の過程の一部に問題があることを、原告が具体的に立証した場合には？」

「長谷川さんがおっしゃったことを補足しますと、スリーマイルアイランド事故以降、原発の安全性については、欧米では、過酷事故、シヴィアアクシデント、つまり、炉心溶融や原子炉格納容器の破損に至る事故に対する対策がきちんととられることが必要だという考え方が、一般的になっています。そして、最近のチェルノブイリ事故以降、そのような考え方が一層強まっています。しかし、日本では……」と野々宮が続けたが、今度は、桂木が、「海外の事故のことなど直接関係ない。日本の原発にあのような事故はありえないと学者たちも明言している。野々宮君の意見は、法律論ではないな」と、憤りを交えた口調でさえぎった。

影浦や桂木にとっては、法律論はあくまでも法律論であり、したがって、ドイツやフランスから戦前に受け継いだ演繹的、ドイツ観念論哲学的傾向の強い法学の論理同様、その中だけで完結させることが当然であり、海外の原発事故などといった生の社会的事実をそこに持ち込んでくること自体が許せない、ということらしかった。そうした法律論の唯我独尊自律的発想は、過去の原発行政訴訟判例にもよくみられた。

「なぜ法律論ではないのでしょうか？　日本の原発訴訟にとっても、重要な関連性のある事柄じゃないですか？」と、長谷川が、憤然として反論した。

「日本の原発は、あっちのとは違うんや。日本の原発の格納容器は壊れへんのや」と、局議では常に一度はどこかで自分の意見を言う機会を探している田淵が、ここを先途《せんど》と割り込んだ。

「いや、そんなことないでしょう？　おかしいですよ。どうして壊れないなんて言えるんでしょうか？　どうして日本のそれだけが大丈夫だって言えるんでしょうか？

最近のチェルノブイリ事故後、今年の協議会のテーマが決まるよりいくらか前のことですが、個人的に関心があって、野々宮さんのつてで、彼の働いていた大手弁護士事務所を通じて入手していた英文資料を、今回、笹原さんをも交えて、三人で訳してみました。それらの資料によれば、格納容器は壊れないなんてことは、どこの国の学者も言ってないようですよ。もしよろしければ、重要部分だけ翻訳したものをここで配付いたしますが……」

長谷川は、桂木との議論の場合同様田淵に猛然と食ってかかり、その後、数枚にまとめた訳文のコピーを示しながら、全員に向かって語りかけた。

「笹原君、あんたも、一緒にそういうことやっとったのか？」

田淵が、笹原の方を向き、恫喝するような口調で問いかけた。

「はい、長谷川さんの話された資料自体は、協議会の話が始まる前に頂いていました。抜粋の訳文を作ったのは、野々宮さんをも含めた三人で相談の上でのことです」

実際には、笹原の予備調査の結果に課長たちの手が入り、重要な部分が一部削られたものが、行政局の予備調査の結果とともに、両局合同のフリートーキングの際に配付されたという異例の事態があったため、長谷川が、笹原の予備調査の際に参考とされた海外の重要資料の一部だけでも翻訳して局議で配ることを、笹原と野々宮に提案したのだった。

「何で、君たちは、両課長に黙って、そういうことをするんや！」

「まあまあ、田淵君。いいじゃないか。せっかくの翻訳なんだから配ってもらおう。議論の参考にもなることだし」と、矢尾局長が取りなした。以前の合同フリートーキングで失敗した矢尾は、会議の脱線を何よりも恐れているようだった。

「大体、そういう専門技術的なことは、理系の専門家に任せておけばよいのだよ。君たちが知ったかぶりをすることじゃないだろう！」局長の取りなしにもかかわらず、かっとなった桂木が、田淵を引き継ぎ、顔をゆがめ、三人の方を鋭くにらみ据えて、どなりつけた。「長谷川君、君は、民事局の筆頭局付だろうが。少しは道理をわきまえなさい！」

桂木は、実際には、先日長谷川にやり込められたことを、少しも忘れてはいないようだった。

「いいえ、これは、知ったかぶりなどといった次元の問題ではありませんよ。海外ではシヴィアアクシデント対策がきちんととられるようになってきているのに、日本ではシヴィアアクシデントは起こらないとの神話がまかり通っているという事実は、原発訴訟の背景を成すだけではなく、日本の原子力行政の根幹にも関係する重大な問題です。この点については、すでに、日本の危機管理体制の甘さを指摘する海外からの強い批判も複数出てきています」と、長谷川が受けて立った。「私は、日本の原発の格納容器が特別だなどという議論は、これもまた神話であり、他国と違って、原発が人の住んでいる場所の近くに造られているという由々しき事態、その危険性を隠蔽するための議論ではないかという疑いをもっています。住居地の近くに原発を造ってしまい、その後海外で重大な過酷事故が二つも起こった以上、そういわざるをえませんものね」

民事局の二人の課長は歯噛みしたが、影浦課長や太田黒局付は、今は出る幕ではないと議論を静観し、矢尾局長は、腕組みしたまま下を向いていた。

「長谷川さんの言葉を補足しますと、先の資料によれば、強い地震だけでも、制御棒が挿入できなくなり、炉心溶融、ひいては格納容器破損に至る、そんな可能性さえ指摘されています。日本の原発ではそこまでのことはないとしても、少なくとも、例の内部告発からもうかがわれるとおり、巨大地震や津波による施設、機器の重大な損傷はありうるでしょう、あれだけ複雑なシステム、機械なのですから。最初から結論ありきではなく、そうした危険性の有無については、少なくとも、きちんと審査すべきだと思います」と野々宮が述べた。

「私も、関連して、一つだけ申し上げておきたいと思います。それは、私が、命じられた予備調査の過程で、欧米の現在の状況との対比において、日本の原発の安全性をきちんと裏付けるような方向での議論がないかを、細心に調べてみたということです。私は、できれば、そうした方向での議論も見付けたいと思っていました。しかし、そういう議論は、私の調べた限りでは、見当たりませんでした。つまり、日本では、地震を始めとする様々なありうる原因によるシヴィアアクシデントの可能性を一つ一つ詰めた精緻な検討や議論が行われてきたとは、残念ながらとても思えないのです。

要するに、日本の状況は、二重の意味で特殊だと思います。地震多発国、多発地帯にこれだけの原発が造られている例はほかにはないという点と、格納容器は壊れないとされ、原発における全電源の喪失についての対策がとられていないなどシヴィアアクシデント対策が十分でないという点の、双方においてです。昨年の内部告発の結果、電力会社がその原発の稼働を停止せざるをえなくなったこと一つをとっても、そのことは明らかではないでしょうか？」と笹原も付け加えた。

しかし、ここで、矢尾が、民事局長兼行政局長としての、鶴の一声を放った。

「長谷川君たち三人のレジュメや議論の内容が理解できないというわけではないが、ここでの議論は法律論を中心にしてほしい。もしも実際の協議会で君たちのような意見が出てきたら、それはまたそこで話し合えばいいことでしょう。いずれにせよ、君たちの調査や意見は、よく準備されていて、大変参考になりました。この議論は、ここで終わりにします」

「しかし、局長。まだ議論は終わっていません」と笹原が反論した。

「そうですよ。最後まできちんと議論させて下さい。まだ、レジュメに記しておいた事柄の概要しか話していませんよ」と、野々宮が、興奮した口調でそれに続いた。

「いや、もう時間もおしてきていますし、意見としては、出尽くしていると判断します。以上の議論のまとめ方については、局見解を作成する際によく考えれば足りるでしょう。この議論は、とりあえず、ここで終えます」

「どうして、唐突にここで打ち切られるのですか？　過去にも、局議を夜まで延長し、場合により別の日まで設けてやった例はあるじゃないですか？　まして、今年の局議は、テーマも重いし、両局合同なのですから」と、長谷川が、さらに食い下がった。

「いや、今告げたとおりです。私の考えは変わりません」

前もって考え抜いた上でのことらしく異論を許さない矢尾の口振りに、長谷川も、それ以上言い募ることはできなかった。彼は、憤懣やるかたないという表情で、矢尾の顔を見据えながら、自分の前の書類を取り上げ、そのままばさっと脇に放り出してみせた。

会議室には鋭い緊張感が走ったが、しばらくの間は、誰も何も口にしようとしなかった。

実際には、三人がレジュメに記し、この場でも述べたような事柄を、事務総局が目を光らせている協議会の場で理路整然と述べられる裁判官がいる可能性は低く、せいぜい、議論の前提として原発事故への懸念を婉曲に表明する程度が限界だろうということは、容易に想像がついた。

しかし、「協議会では各参加者が完全に自由な立場から発言を行う」ことがここでの議論の暗黙の前提になっている以上、「ここで議論しておかなければ、事務総局主導の協議会で、現場の裁判官たちに果敢な議論ができるわけがない」などと反論するのは、事務総局の異端である三人の局付たちにも、困難なことと思われた。

けれども、矢尾が司会を続けようとした時、さらに声が上がった。頰を紅潮させた野々宮の声だった。

「なぜですか？　局長、おかしいですよ！

つい先日保全異議で取り消されはしましたが、昨年、異例の原発稼働差止め仮処分が出ました。あの仮処分に至るまでの経緯については、局長もよく御存知のはずです。

あの原発については、予想される大津波のシミュレーション結果が地震学者らから出ていたにもかかわらず、それが握りつぶされていました。データ自体が存在しないことにされてしまっていたのです。もしも予想される大津波が起こった場合には、原発の非常用電源が喪失し、原子炉を冷却できなくなり、メルトダウンが起こって、大惨事に至る可能性があります。電力会社幹部は、それを知っていたからこそ、データを隠蔽したんです。

それだけではありません。あの内部告発によって、制御棒六本が脱落し臨界状態が八時間も継続した事故が運転日誌の改ざんにより隠されていたことや、二次冷却系配管のステンレス鋼に多数のひび割れが発生しているにもかかわらずそれが隠蔽されていたことも、明らかにされました。しかも、こうした事故や隠蔽については、その原発だけの問題ではないことが、その後の別の告発や報道によって判明しています。

このような杜撰《ずさん》な原発稼働、管理を行っている国が、欧米でほかにあるでしょうか？　チェルノブイリの事故についてソ連の特殊性をいう人が日本には多いですが、実際には、日本の原発稼働、管理についても、日本に原発を売ったアメリカからすら危惧の声が出ている状況です。それも、政府関係機関からです。

たとえその可能性は低いとしても、もしも日本でシヴィアアクシデント、それも格納容器の決定的な破損に至るような事故が起こった場合には、史上例をみない大事故になりますよ。関東やその近くの原発の場合には、何千万人もの人々が、住む家から追われます。事実上日本は崩壊しますよ。また、ある程度の期間のうちには、放射線被曝により、多数の死傷者も出るはずです。それにとどまらず、日本では処理のめどが立たないまま各原発に保管されている使用済み核燃料の保管施設、プールが決定的に破損しただけでも、やはり予測不可能な事故になる可能性があります。

私たちは、問答無用で原発がだめだなどとは言っていません。日本の原発が本当に安全であり、その運営管理が適切ならば、それでいい。しかし、残念ながら、日本の電力会社は、シヴィアアクシデントを想定外の事態とみて、ほとんど対策を講じていません。それ以前に、原子力安全・保安院にすら重大事故を報告していない。規制官庁すら欺こうとするのですよ。こんなひどい、杜撰極まりない状況を、放置したままでよいのでしょうか？　裁判所は、原発訴訟について延々と迷走審理を行ったり、被告側の出してきたものを一応審査してこと足れりとするのではなく、客観的かつ厳正な審理を行う必要が、あるのではないでしょうか？

また、日本では、電力会社と、規制官庁、専門家学者の間にも、本来あるべき適切な緊張関係が存在しません。全交流電源喪失は三十分以上続かない、全電源喪失は起こらない、日本ではシヴィアアクシデントは起こらない、日本の原発の格納容器は壊れないの一点張りで、まさに閉鎖的、非論理的、非科学的な『ムラ』の様相を呈しています。これも、欧米では決してみられないことです。

私たちは……私は、局長が、こうしたことを理解されないはずはないと思っておりました。……違うのですか、局長？」

心持ち下を向いた矢尾の顔面は能面のようにこわばり、眉間には二本の深い皺が刻まれた。それは、内部で、苦渋と、怒りと、不安と、自嘲とが激しくせめぎ合っている人間の顔だった。

その時、影浦が、柔らかな、一聴すると親しげとも取れるような口調で、野々宮に問いかけた。

「いやあ、なかなかの名演説だったね、野々宮さん。感心したよ。じゃあ一つお尋ねしたいが、君の言う内部告発者とやらは、一体どこの誰なのかな？」

「あの内部告発者については、今でも明らかになっていません。ただ……」

「ただ？　ただ、どうなんですか、野々宮さん？」

「ただ……某精神科病院に強制的に入院させられてしまったのではないかという噂

は、聞いたことがあります……」

「なるほどね。で、あなたは、それを信じるわけ？　そういう馬鹿げた噂をさ？」

「影浦課長、それは問題のすり替えです。おかしいですよ」たまりかねた長谷川が声を上げた。

「そうですよ。内部告発者が表に出てこないのはある意味当然のことですし、野々宮さんが言われた噂についても、およそ告発者の責任ではありません。それに、内部告発者がどうであれ、告発された事実については、誰も否定していないのですから」と笹原も言い募った。

するとと、影浦は、三人を順に見据えて答えた。

「事実は否定されていない。ということは、しかし、肯定されてもいないということだ。あのシミュレーション結果だって一部の地震学者が出したもので、地震学会の最終的な多数意見にまでなっているわけじゃない。電力会社も、学会での議論が尽くされたあかつきには公表するつもりだったといっている。また、内部告発者といっても、表には顔も出していない、出せないようないい加減な人物だ。まともな人間なら、正々堂々と名前と顔を表に出して告発するのが、当然のはずだ。そして、野々宮さんの……君たちの言う、噂とやらについては、まさに噴飯《ふんぱん》ものだよ。

つまり、君たちの言っていることには、とんでもないバイアスがかかっており、何の根拠も信用性もないということだ！」

最後のほうで急に早口になり、かつ居丈高《いたけだか》にもなった影浦は、そう三人に向かって告げるやいなや、局長の方を振り向き、有無をいわせない口調で促した。

「局長！　これ以上彼らに道理を説いても詮《せん》ないこと、全く無意味かと思われます。議事を御進行下さい、どうぞ」

影浦の言葉の間に何とか態勢を立て直していた矢尾は、視線を前方の床の一点に固定したまま、口早に告げた。

「そうですね。私の意見は、先ほど述べたとおりです。三人の意見は、参考になりました。……それでは議事を進めます。桂木課長、引き続いて進行をお願いします」

その後は、行政局のほかのメンバーが、影浦や太田黒と同様の意見を、それを補強しながら展開し、結局、矢尾局長が、「原発訴訟は行政と民事と両方あるが、今のところ行政のほうが数が多いから、基本的には行政訴訟の枠組みで考え、行政訴訟の一般論を基本とすることでよいのではないか。民事訴訟についても、実質はそれに合わせればよい」というまとめを行い、そして、原発行政訴訟の基本的な枠組みについては、民事局の年長局付たちの意見は、完全に封じられてしまった。

31

休憩後の局議では、行政局から、原発行政訴訟における安全審査では原子炉施設の基本設計の安全性に関わる事項だけを対象とすればよく、行政訴訟の審理判断もその範囲に限定され、基本設計に基づいて具体的な工事を行うための詳細設計は審査の対象とならない、との見解が述べられた。この点は、重要な論点なのだが、なぜか、行政局のレジュメではペンディングにされていた。レジュメ配付が局議の前日だったとはいえ、それでも、民事局の年長局付たちが行政局のレジュメを踏まえてその夜に共同で反論を練り上げるかもしれないとの判断から、行政局側は、その意見を明確にレジュメには記さなかったのかもしれない。その可能性は大きかった。

「安全審査の対象が、基本設計だけですって？」と、笹原が、思わず声を上げた。

「原発なんてものは、その発電の全過程、また、使用済み核燃料の処理まで考えて安全性を審査しなければ、本当に安全かどうかなんて、わかりゃしませんよ。使用済み核燃料からだって大事故は起こりうるんですから。

それをぶつ切りにして、行政訴訟で問題になる原子炉設置許可段階の安全審査では、基本設計だけについて審理判断すれば足りるなんて、それじゃ、一種の判断回避ですよ。危険施設建設の基本的な青写真、基本図面だけ見てその全体の安全性を審査するのと同じことです」と長谷川がいきまいた。

「原発の特殊性を考えるべきです。危険な施設一般についても基本設計だけというのはどうかと思いますが、原発では問題外ではないでしょうか?」と野々宮も同調した。

さらに、笹原が、詳しく補足した。

「御存知のこととは思いますが、原子炉は原発の中核的部分にすぎず、原発は、原子炉だけで成立するものではありません。非常用炉心冷却装置や消防設備、原発のオペレーションを行う作業エリアや事務棟、各種装置を駆動させる電源系、使用済み核燃料の保管施設など、様々な機能をもった施設が複合した巨大プラントであり、その一部が機能しなくなるだけでも、たちまち事故につながります。したがって、安全審査に当たっては、原発の全体、また細部についての検証が必要です。

ところが、先ほども申し上げたように、日本では、原子炉格納容器の封じ込め機能は万全であって格納容器は壊れないとされ、また、原発における非常用電源を含む全電源の喪失、いわゆるステイション・ブラックアウトについての対策がとられてはおりません。しかし、もしも、何らかの天災地変によって全電源が喪失すれば、それだけで、原子炉を冷やすことができなくなり、炉心溶融、メルトダウンに至る可能性があるという指摘、批判が、海外からも、国内からも出ています。たとえば、そういったことについても、考えてみる必要性があるのではないでしょうか？」

「三人とも、法律論を外れた話をまた蒸し返さないでほしいな。それに、言葉をつつしんで下さい。そういう過激な口調は、裁判官の中立性に反しますよ」と、影浦が、いやみたっぷりの口調で、三人の強い言葉を制した。

「原子炉等規制法の規制の構造に照らしますと、行政訴訟で問題とされる原子炉設置許可段階の安全審査においては、もっぱら当該原子炉施設の基本設計のみが規制の対象となるのであって、後続の設計及び工事方法の認可の段階で規制の対象とされる当該原子炉施設の具体的な詳細設計及び工事の方法は、規制の対象とはならないものと解されます。規制法は、そのような段階的安全規制の体系を採っていますから、その帰結として、以上のように考えるのが適切かと思います。これによれば、廃棄物の最終処分方法、使用済み核燃料の再処理及び輸送方法、たとえば配管の応力《おうりょく》腐食割れ防止対策の細目などといった各種の個別的、技術的事項の詳細、そして廃炉等についてては、原子炉設置許可の段階における安全審査の対象とはならないものというべきです」と、太田黒が、行政局の見解を補足した。

「確かに原子炉等規制法の組み立てはそうなっていますが、しかし、それは、いわば法体系の不備ですよ。原発に限らず、たとえば一般的な危険物製造や管理の工程における安全性についても、そういう考え方を採ったら、必ずや、起こりうるリスクや事故の可能性を見逃してしまうことになります。太田黒さんの説明では、たとえば、ちょっとでも漏出が起これば人の生命に危険が生じるような化学物質を製造する工場の安全性についても、その工場の青写真、基本設計書だけ審査すれば足りるという理屈になりますが、本当にそれでもいいんでしょうか？　まして、これは原発ですよ」と笹原も食い下がった。

「笹原さん。あなたはまた行政と民事を混同している。そういう意見は全体の議論を混乱させるだけだから、やめてもらいたいね」と、影浦が、苦々しげに言い放った。

「基本設計だけみればいい、詳細設計には立ち入らないというのは、あまりにも腰が引けていて、司法の役割という観点や、笹原さんや野々宮さんも言われた原発事故の特別な危険性、重大性を考えるなら、大いに疑問だと思います。

それに、ある事柄が基本設計の範囲に入るか否かが問題になったときに、判断するのは誰ですか？　裁判所なんですか？」と長谷川が追及した。

「それについても、行政庁の合理的な判断にゆだねるということになるだろうね、当然」と影浦が短く述べた。

行政局側の発言は、全体に、言葉がきわめて少なかった。民事局の年長局付たちによる原発の潜在的な危険性、その安全性に関する司法による厳格な審査の必要性についての指摘に対しては、からめ手からの防戦に徹し、正面から反論してぼろを出さないようにする、筆頭局付の太田黒以外の局付は重要な発言はせず、また、要所要所は影浦一課長が、場合によっては論理ではなく力で民事局の年長局付たちをねじ伏せ、ほかの課長たちもそれを援護し、最後には局長の裁断でけりをつける、そういう筋書きになっていることが、だんだんに判明してきた。

「そこまで全部丸投げですか？　じゃあ、結局、裁判所は、被告の出してきたものを型通り一応審査するだけ、そこに重大な問題や誤りがうかがわれない限りＯＫ、稀有な事故の可能性など問題にする必要はないと、こういうことですか？　煎じ詰めれば？」

いらだった長谷川が、突っかかるように言い募った。

「いやいや、今日のお三人の議論は荒っぽいね。緻密な君たちらしくない。そういう身も蓋《ふた》もない言い方はどうかと思うよ」と、影浦は、すでにどこか勝者の余裕が感じられる口調で、あくまで先輩としての中立的な立場を装いつつ、法律論を離れたコメントを行った。これは、東大等の法学部、いや、実は法学部に限らないのだが、官学的な傾向の強い大学の教授たちがよく用いるレトリックで、中庸を装いつつ、実際には相手の議論を理屈抜きで封じ込める論法だった。影浦は、教授ではなく裁判官だったが、そうした議論の進め方には、きわめて長《た》けていた。

とうとう、率直な性格の野々宮が、たまりかねたように大声を上げた。

「どうも、行政局の方々の議論がよくわかりません。だって、原発は原発でしょう？先ほども申し上げましたが、もしも格納容器が決定的に破損すれば、大変な数の人々が被曝します。その中には、ガンなどの病気で苦しみながら死んでゆく人も多数出てくるでしょう。たとえば、関東やその近くの原発でそうした事故が発生したら、関東全域に人が住めなくなりますよ。そして、現に、スリーマイルアイランド事故も、チェルノブイリ事故も起こっているじゃありませんか？　ちなみに、チェルノブイリ事故では、今後、少なくとも数万人以上の人々がガンで死ぬといわれています。住民避難の必要な高濃度汚染地域も、方向によっては三百五十キロメートルくらいにまで広がっています。

そういう施設の安全性が問題になっているのに、従来の行政法、行政訴訟の一般論に立って、あるいはそれ以上に審査の範囲を厳しく絞ってしまって、さらに、民事訴訟もそれに合わせろとおっしゃる。

しかし、本当にそれで大丈夫なんでしょうか？　司法の役割が全うできるんでしょうか？　私は、三年間弁護士をやった者として、そのような考え方には強い違和感をもちます」

長谷川が、野々宮の発言に続いた。

「そうですよ。今お話に出ているような腰砕けの姿勢で、……いや、言い直します、司法消極主義的な姿勢で、行政の判断を原則的に追認し、まれな事故の可能性などには立ち入らないといった方針で、裁判をやって、将来、もしもチェルノブイリ級の原発事故が、あるいはそれを上回るような原発事故が、万が一にではあっても起こった場合、世論は、社会は、また、国際社会は、日本の司法に対して、どのような見方をするでしょうか？　そういうことも考えるべきではないかと思います」

「野々宮さん、長谷川さん、いくら何でもそれは極端だよ。言いすぎだよ」と、影浦が、再び、からめ手から反撃した。彼の態度は、もはや余裕綽々《しゃくしゃく》の体《てい》だった。

「野々宮君、長谷川君。笹原君もだが、君たちは、こともあろうに最高裁の局議の席上で、何を言っているんだ！」と、桂木は、もはや感情を制しきれない口調で三人をどなりつけ、同時に、自分の前の机をどんと一つ大きく叩いた。「原発の危険性ばかりを言い立てる学者かジャーナリストにでもなったつもりなのか？　自分を何だと思っているんだ。少しは言葉をつつしみたまえ！」

議論が原発民事訴訟に移ると、三人は、少なくとも民事の差止め訴訟では、ほかの差止めの場合と変わりないのだから、民事の差止めにおける一般論、あるいは休憩前の議論で笹原が提言した枠組みによって審理を行うことでよいのではないかという議論を行った。

民事の差止め訴訟では、その原則からすれば、原発に差止めを可能にするほどの危険性が認められさえすればそれで足り、行政訴訟の場合のように行政裁量を考慮する必要はないはずだからだ。同じ結果、すなわち原発の稼働停止を求めるための訴訟でも、枠組みが異なれば主張立証すべき事柄も異なってくるのは、法律論ではよくあることだ。だから、これは正論のはずだった。

しかし、この点についても、原告らが実質的に同じことを求めている訴訟で極端に違いのある判断枠組みを採るのはおかしいと反論されて、局長が休憩前の局議の最後に簡単にふれていたとおり、民事訴訟でも行政訴訟に準じる審理判断の枠組み、方法を採ることでよいという局見解を採ることに決定してしまった。

　この局議では矢尾や桂木までが行政局寄りの考え方を採っている以上、議論が行政局主導で進んでゆくことは、避けようがなかった。いつもは地味な役割に甘んじ、民事局の陰に隠れている感のある行政局にとっては檜舞台《ひのき》の協議会になりそうで、影浦や太田黒は、その意味でも異様に張り切っていた。

　その後、午後に行われた各論の議論では、個々のレジュメに基づく各問題の検討が行われたが、それまでの議論の結果を前提とする以上、全体としての方向はみえていた。三人のレジュメの内容や意見は、いずれも、少数意見として片付けられるか、あるいは無視された。

　そして、局議の最後を締めくくった矢尾局長の言葉が、三人に完全にとどめを刺した。彼は、こう告げたのだ。

「この協議会については、非常に重要かつ微妙な論点が多いので、局議のまとめについても、局付が作成したものについて決裁を重ねる通常の形ではなく、局付の素案に基づき、課長たちが協力の上責任をもって作成し、最後に私がそれに目を通す形で行うことにしたいと思います。いいですね？」

　この局長の言葉によって、三人の意見が局見解に何らかの形で記載、反映されるかどうかすら、おぼつかないことになってしまった。

こうして、局議の結果は、長谷川、笹原、野々宮の完全な敗北に終わった。

会議室を出た三人が憮然《ぶぜん》とした表情で自席に戻ると、田淵が、左右を見回しながら言い放った。

「あんたら、心配しすぎやで。日本の原発は、事故が起こらへんようにできとる。日本の原発は、壊れへんのや。わかったか。課長に隠れてまで、ぐずぐずしょうもないことばっかりやっとると、そのうち、あんたらの未来もなくなるで！」

三人は、田淵の言葉を無視して、茫然《ぼうぜん》自失の状態から立ち直り、それぞれに目の前の仕事に取りかかろうとしたが、なかなかそれができないでいた。彼らの表情は、一様に、《はめられた！》と語っていた。

32

その夜、笹原は、局議の経過と結果を、問わず語りにアイに語った。

全部を聴き終えると、アイは言った。

「私は居候《いそうろう》だし、先生には恩義があるから、大きなことは言えないわ。でも、何ていうかな、ここにきてから先生を見ていると、つらくなることがあるの。すごくうちひしがれてて、窮屈そうで、いたたまれないような気がすることがあるの。こんなの私の先生じゃない、っていうか、いや、違うな、先生は確かに私の先生なんだけど、でも、先生はこんなことをしてるべき人じゃないって、そう感じるときがあるの」

「おまえの言いたいことはわかるけどさ、これが僕の今の仕事なんだよ。もっと立派なことや意味のあることができてりゃ、僕だってうれしいよ。でも、僕にはこれが分相応なのさ。おまえは僕を買いかぶってるんだよ。子どものころのおまえには僕は大きくみえたかもしれないけど、結局、それは、ただの虚像だったのさ」

それ以上アイの言葉を聞くのがつらくなった笹原は、みずから結論を引き取ろうとした。

「違うよ、そんなことない。そんなこと言う先生は嫌いよ。先生らしくないよ。だって、学生時代の先生は、もっとはつらつとしてたもの。裁判官っていう仕事だって、正直にいえば、私には、兄貴はともかく、先生がやることかなっていう違和感にあったけど、でも、私に教えてくれていたころの先生は、もっとゆとりがあって、堂々としていた。教えてくれてることも、絶対、なりたてのそこらの判事補なんかが教えられるようなことじゃなかった。私、先生には、そういう人であってほしいの。

少なくとも、今、兄貴は身体を張って勝負しようとしてるけど、先生は、どうなのかな？　……私の感覚にすぎないけど、そして、先生たちがレジュメや局議で主張したことは正しいに違いないと私も思うけど、でも、本当に本気の勝負じゃなかったような気もするの……。結論がみえているところで、自分たちの良心の免罪符作りに一応正論を主張してみたとでもいうのかな……。うまくは言えないんだけど……」

「おまえの言うことはきついけど、大筋正しいかもしれない……。

局付の立場なんて、結局飼い猫みたいなものさ。何をやっても、ある一線の中、安全圏の中でのことなんだ。そして、長谷川や野々宮も、僕も、出たがりの飼い猫にすぎないんだろう。トバモリーとおんなじで、一旦外に出たくなるとどうしても我慢できなくて出てしまうんだけど、遠くにまでは行けないし、半日もするとまた帰ってくるんだ」

「そうね。事務総局の中にいる人たちの限界ということもあるかもしれない。兄貴だって、もし局付になっていれば、今ほどがんばれたかどうかはわからないし……」

そこでしばらく会話が途切れたが、ちょっと言いすぎたと感じているらしいアイが、口調を柔らかいものに変えて、言った。

「それはそれとして、兄貴も、先生も、疲れすぎだよ。最近、夜になると、よく、長い間ぼうっとしてまぶたをこすってるでしょう？」

「ああ、気が付いてたか……。どうも、このごろ調子がよくなくてね。何となく現実感が稀薄になるときがあるんだよ。

……実は、僕には、ほとんど人に言ってない秘密が一つあるんだ。たいしたことじゃないけど、あまり人には言いたくなくてね。でも、知りたければ、おまえには教えようか？」

「うん、聴きたいな」

「でも、信じてもらえるかどうか微妙な事柄なんだ、正直に言うと……」

「そんなこと言わないで教えてよ。私、きっと信じるから」

アイの口調は、笹原を仮借なく批判していたさっきまでの大人びた口調から、一転して、その年頃の少女の親しげな口調に戻っていた。

「……おまえ、コッポラの『地獄の黙示録』見たことあるかい？」

「また忘れてる！　先生がその映画の話をしてくれて、私が見たいって言って、うちの馬鹿でかいテレビで、パパやママも一緒に見たじゃない」

「そうか、そうだったな。悪かった。じゃあ、あの映画のファーストシーンは覚えてるね？」

「最初に、先生がそのシーンの話をしてくれたのよ。もちろん、覚えてるわ。ジャングルを背景に、まず低空を旋回するヘリコプターの音が広がって、それ以外は音のない世界で、それから、スローモーションでヘリの機影が左から右に横切って行って、ドアーズの音楽が始まり……それから、耐えがたいような緊張の時間が続いて……そして、もう一つの機影、今度はヘリの下のほうだけが画面を横切ると、ジャングルが一斉にぱっと燃え上がる。

　すごいね、あのシーン。それで、先生の言いたいことは……」

「つまり、あれと同じことが、僕にも起こるんだよ。だから、あの映画を初めて見た時には、動揺して、ファーストシーンだけでロビーに出てしまった」

「どういうこと？」

「低空飛行の飛行機やヘリの音とか、踏切での列車の音、あるいは、雷みたいな強烈な光、時によってはもっと小さな刺激でも、引き金になることがある。ともかく、そういうものが引き金になって、何ていうか、空間が、いや、時間も含めて時空が、ゆがみ始めることがあるんだ。ものが少しゆがんで見え、音も、ドップラー効果みたいに縮んだり引き伸ばされたりする。そして、数秒後には現実感の薄れた無音の世界になって、それから、炎が見えるんだ。

その炎は、小さいこともあり、大きいこともある。大きな炎の場合には、それがかぶさっている人やもの、あるいはその場所が、まるで燃えているみたいに見える。

それが始まってしまうと、もう、目を閉じてもだめなんだ。しばらくして目を開くと、炎がいよいよひどくなってる。だから、じっと我慢して凝視し続けているしかない。そうやってじっと我慢して見詰めていれば、そのうちにそれは終わる。

でも、僕が炎を見た人やものには、その後、何かよくないことが起こる場合が多いんだ」

「よくないことって、たとえば、人だったら、死ぬとか……？」

「そこまでのことはまだないけど、病気、けが、事業の失敗、家庭の問題、たとえばそういうことはありうる。ものの場合や、漠然とした状況の場合にも、同じように悪いことが起こりうる。……つまり、凶兆を見るってことかな。何の役にも立たない能力だし、うかつに人には言えないんだけど、これ、本当なんだ。信じるかい？」

「うんっ、信じる、信じる。……そうかあ、やっぱりそうだったんだ。先生は、やっぱり、私と同じ種類の人間だったたんだね？　本当は、私、昔っから、そんな気がしてたんだ」

「同じ種類って？」

「うーん、人に言っても馬鹿にされるだけだから言わないんだけど、実は、私にもね。そういうこと、そういう能力みたいなものがあるって、子どものころから思ってたの」

「どんな能力？」

「手相見に近いようなことなんだけど……精神を集中して人の手を握っていると、この世界じゃない、『別の世界』が感じられる……はっきりしたものではないんだけど、でも、何となく、この世界ではない『別の世界』がみえるような気がするの。……ね、私、そんな気がするの。わかるでしょ、先生？」

笹原は、必死で訴えかけてくるアイの目をじっと見詰め、そして、裁判官としての経験からくる直感で、アイのいう「能力」が、彼女の願望、孤独な少女の魂が紡ぎ出した夢であるに違いないことを理解し、確信した。しかし、彼女のそんな思い込みを無下に否定するのは、残酷なことだと思われた。

「うーん、ちょっと信じにくいような話だけど、おまえの言うことだから、そのとおりなんだろうと思うよ。宇宙は無数に存在するらしいから、おまえの話のほうが、僕のよりは科学的根拠があるかもしれないしな……」

33

笹原は、アイの言う「能力」の話についてはそれで打ち切ろうとしたのだが、こうと思うとすぐにやってみなくては気のすまない彼女は、笹原の両手を引っ張って、カーペットの上に背筋を伸ばして座り、笹原をも自分の前に座らせた。

笹原は、やむなく、アイを信じるふりをしたまま、その言葉に従い、素直に、両手の手の平を開いて、彼女の前に差し出した。

「人によって、右手のほうがいいことと、左手のほうがいいことがあるの。先生の場合は、……そうね、左手ね」

アイは、そう言うと、笹原の左手を取り、彼女のほうに引き寄せ、目を閉じ、彼の左手を彼女の両手で包み込むように、また、軽くマッサージするようにしながら、そのあちこちに触れていった。

「うーん、まだ何も感じられません、みえません。しばらくこのままで待っていて下さいね……」

ふと気が付くと、アイが彼の左手を胸元に強く引き寄せているために、目を閉じて精神を集中している、そして頰を中心に心持ち紅潮しているアイの顔が、笹原のすぐ目の前にあった。その顔は、まるで、それ自体が光っているかのように、くっきりと鮮やかに見えた。

笹原は、ふっと、頭がしびれるような奇妙な感覚に襲われた。アイと同居するようになってからかなりの時間が経っていたが、考えてみれば、笹原が、アイの手に、肌に、直接触れたのは、初めてのことだった。そして、笹原は、彼女に対して、そのなめらかな肌、つややかな髪、細く締まった腰に対して、初めて、明確な欲望を覚えた。それは、深く激しい欲望だった。

アイがかつて彼の教え子だったからといって、それがどうだというのだろう？　彼女はもう大学生なのだ。もちろん、彼女は火薬のような少女であり、一旦火が付けば、どんなことになるかはわからない。

《でも、どうしてそうなっちゃいけないんだ？》と笹原は思った。《かまわないじゃないか？　彼女と二人で、いけるところまでいってしまえばいい。それで、今もっているものがすべて壊れてしまったところで、それがどうだというんだ？　こんな、薄

暗いところに押し込められた囚人みたいな暮らしを後生大事に守ってゆくことに、どんな意味があるというんだ……？》

笹原の左手を包み込んでいるアイの温かな両手から、笹原の身体の中心に何かが流れ込み、彼は、流れ込んできたものを介して、アイのいう「別の世界」の気配ではなく、「アイの孤独な魂そのもの」の存在を感じた。

そして、笹原は、その瞬間、これまで自分がみずからをずっとあざむき続けてきたこと、成長したアイが久しぶりに彼の下を訪れたその時から、自分も、心の底では、アイと同じく、彼女との同居を望んでいたことに、ようやく気が付いた。

さらに、笹原の意識は、数秒間のうちに、彼の記憶の中をめまぐるしく逆行し、自分自身の、ませた、そして、感じやすい女の子のようにひよわでもろく、繊細すぎるといわれることの多かった孤独な子ども時代にまで、さかのぼっていった。また、光一が笹原の無二の親友であるように、その妹であるアイも、自分にとってかけがえのない存在であったこと、子どものころから心が通じ合った少女ないしは女性たちとの関係の中でも、アイとの関係は、今は疎遠になった幼なじみの女性との関係と同じくらいに、自分にとって重要で特別なものであったことに気付いた。アイは、いつのころからかははっきりしないとしても、笹原にとって、実の妹以上の存在になっていた。もちろん、並外れて鋭敏、敏感なアイは、そのことを期待していただろうし、そう信じてもいただろう。だから、彼の恋人からの電話にアイが逆上したのも、彼女にしてみれば、無理からぬ話だったのだ。

要するに、笹原が、アイに関して心の底では含んでいながらみずからに認めさせることを拒んでいたすべての事柄が、今、わずか数秒間の間に、明らかにされた。

そして、それとともに、笹原の片手をそっと包んでいるアイの柔らかな両手から、しびれるような、うずくような、激しい快感が、彼の身内に広がった。抗しがたい力に強く押されるように、笹原は、右手をアイの横顔に置き、彼女の柔らかな頬に彼の手の平をゆっくりとすべらせ、その顔を彼の方に引き寄せた。

アイが、眠りから覚めるように、ゆっくりと目を開いた。その澄み切った瞳孔がふわっと開き、笹原は、そこに吸い込まれてゆくように感じた。彼は、いつの間にか、右手をアイの頬に置いたまま、左手では彼女の細い腰を抱いていた。そして、二人の顔は、もはや、触れ合う寸前の距離にまで近付いていた。

すると、アイの表情が、急に、幼い女の子のそれのような、頼りなく不安げなものに変わった。

「先生、だめ。だって……だって……」

アイは、逃れられない運命から逃れようとする人のように視線を左右にさまよわせたり、笹原の目を見詰め返したりしていたが、やがて、彼らの横二メートルくらいのところに陣取って二人をじっと見詰めているトバモリーの、わずかにグリーンがかった大きな黒い瞳に目を留めた。

「だって、だって……先生……トバモリーが、トバモリーが見てるよお……」

アイは、そう言うと、笹原の手からするりとすり抜けてすっと立ち上がり、「今日は集中がとぎれちゃったからもう無理。私、お茶いれますね」と言い残し、キッチンに走って行った。

笹原が、ため息をついて、恨めしそうにトバモリーをにらみ付けると、猫は、彼を見詰めたまま、嘆息するように、にゃあああと、長く引き伸ばして鳴いた。

34

次の日曜の朝早く、電話が鳴った。

起き抜けのねぼけた声で笹原が受話器を取ると、光一の思い詰めた声が響いてきた。

「心配してたことが起こった。ひどいもんだ」

光一の部の裁判長、彼と同様、原発の耐震性が十分でないと認められる場合には稼働停止判決もやむをえないとの方向で原発訴訟の審理を行っていた裁判長が、すでに結審が近い段階であるにもかかわらず、八月という中途半端な時期に、何の予告もなく突然大阪地裁に異動になり、そのあとに、東京から、事務総局課長経験のある裁判長が入ってきたというのだ。安川清吾というその裁判長は、明らかに被告寄りで初めに結論ありきの強引な訴訟指揮を行い、一方、左陪席を強力に説得し、自宅にまで呼び付けて彼の意見を変えさせようとしているという。

「前にも言ったとおり、ほかの原発訴訟係属裁判所でも、四月に、複数の不自然な異動があったんだ。原告に有利な心証を表に出したり、そういう方向の訴訟指揮をやっていた裁判長が動かされているんだよ。今回の異動も、それと同じだと思う」

「そうか。原発訴訟にからんで時々不自然な人事があるっていう話は、事務総局に入ったころから聞いていたけど、去年の仮処分以降は、なりふりかまわずおおっぴらにやっているってことだね」

「ああ、去年の仮処分を出した裁判長の早めの異動と事務総局経験のある裁判官たちの送り込み人事もひどかったけど、今回のも、ここまでやるのかっていうくらいの露骨さだよ。そっちの協議会に出るのは地裁では裁判長だから、安川部長だが、最近、彼が、行政寄りの出題趣旨を含んだ追加、補足問題を出してただろう？」

「うん、そういえば、確かに、福島から、ちょっと変わった追加問題が出ていたよ。……今おまえの話を聞いてその意味がよくわかったんだけど、あれは、多分、行政局が出題を依頼した『やらせ』の問題だと思うな。この前の局議での行政局見解とほとんど同じことが書いてあったからね。おそらく、行政局の課長たちとは、密に連絡を取り合っているんだろう。いわば、事務総局がそっちへ出向していったようなもんだよ」

「そうなんだろうな……。ところで、協議会の方向はどう？」

「うん、これは、ほかの裁判官にはオフレコにしてほしいけど、行政の専門技術的裁量尊重、原子炉設置許可段階における安全審査の対象は原子炉施設の基本設計だけ、被告が安全性に関する型通りの主張立証を行えば、稀有な事故の可能性なんかは実際上無視してもかまわない、民事訴訟についても大筋行政訴訟の枠組みに合わせる、まあ、局議は、そんな方向だったね。司法審査はもっと厳正、客観的に行われるべきだって反対したのは、僕を含めて、民事局の年長局付三人だけ。でも、結局押し切られてしまったし、詳しくは言いにくいけど、局長、課長はもちろん、もっと上のほうにまで不穏な動きがあって、議論の方向は最初から決まっていたような気がするんだ」

「どういうこと?」

「そうだね……。今思えば、上から、局長を通じて課長たちにまで、おおまかな方向性が下りてきていたんじゃないかと思うんだ。おそらく、最初から、その方向を精緻化することだけが目的の議論だったんじゃないかな。行政局は、民事局以上で、局付も含めて全員がその方向で議論を組み立て、肉付けしていたと思うね。つまり、結論は決まってて、後付けで理屈を考えただけだよ。局長についても、僕たちは、法律論に関する限り中立、客観的なんじゃないかと期待していたんだけど、局議では完全に多数派の味方だったし」

「おまえたち三人の意見は?」

「局見解も、今回は、異例で、基本的に課長たちと局長がまとめるから、僕を含む局付の出した原案のとおりにはならない。どんなものになるのか、全く予想が付かない。局付にも教えてくれないまま作業を進めることは確実だから」

「そうか……。じゃ、協議会もおそらく絶望的だな?」

「協議会の出席者からどのくらい果敢な意見が出るかにもよるけど、従来の協議会の例からすれば、あまり期待できない。おまえの言うとおり、大筋は絶望的だね。

多分、数年内にその方向の最高裁判決も出るんじゃないかな。そしたら、その後、いくつの下級審がそれに抵抗できるのか？　……去年の仮処分も、おまえの予想したとおり、先月、保全異議であっさり取り消されちゃったしね」

「笹原……。俺さ、行政訴訟に関する例の論文、各論で原発訴訟にもふれたやつ、書き上げてしまって、発表することに決めたんだ。原稿はすでに出版社に出していて、今編集者に見てもらっているんだ」

「今の段階で……。それじゃ、発表は協議会の直後になるよね……。おまえ、それは、最高裁に対する、意図的な、しかも熾烈な挑戦と受け止められるよ。危険すぎるよ。前にもそう言ったけど、ここのところの最高裁内の動きを考えると、その危険性は、僕が思ってたよりもはるかに大きいんだ。それは絶対間違いないよ」

「ああ、おまえの言いたいことはわかる。……でも、もういいんだ。もしかしたら、これで新しい方向が開けるかもしれない。左陪席を勇気付けられるかもしれない。左陪席まで交替させられたとしても、次の人に期待できるかもしれない。……それでいいんだ」

「おまえ自身は？」

「俺も、事件から外されることが、ありえないわけじゃない。でも、この事件の膨大な記録を完全に読み込んで、その全体像が頭に入ってるのは俺だけだから、安川も、結審が近いこの時期に、俺を手放したくはないんだ。それは、彼の態度を見ているとよくわかる。

それから、そのことに関連して、実は、もう一つ、おまえに打ち明けておくことがあるんだ」

光一が打ち明けたのは、笹原の高校時代の級友で、大学時代に学園祭で笹原が光一に紹介した鳥海景子《とりうみけいこ》、今はある全国紙の社会部で遊軍記者をやっている彼女に、光一の論文について記事にしてもらうことはできないかともちかけたところ、鳥海がそれを承諾してくれたということだった。

「いや、大学を出てからほとんど会ってもいないし、それほど期待していたわけじゃないんだ。この前の日曜の朝、マンションに電話したら、まだ寝ていて、さっきのおまえみたいにぼうっとした声で応対していたんだけど、こちらの依頼の趣旨がわかると、俄然乗り気になってくれてね」

光一の思惑は、もしも論文が記事になれば、世論を喚起できる可能性、少なくとも、原発訴訟をめぐる具体的な状況についてさらに人々の注目を集められる可能性があるはずだというのだった。また、そうなれば、今後も彼を原発訴訟から外すようなことはできなくなる、少なくとも容易ではなくなるだろう、そんな思惑もあるようだった。

「光一。それは絶対にやめたほうがいいよ。論文だけでも十分に危険なのに、それに加えて新聞記事なんて、それは、いわば自殺行為だよ」

「自殺ってどういうことだ？　俺の出世の望みがなくなるってことか？」

「それもあるけど、それ以上に、どんな報復を受けるかわからないってことだよ。原発に関しては、最高裁は、本当に何でもやるよ」

しかし、光一の意志は固かった。確かに、法律誌に論文が掲載されても、それだけでは、一般社会に対する影響は皆無だし、実務家や学者についても、読む人間はごくわずかだろう。新聞記事になれば、波紋が大きく広がる可能性はある。だが、光一は、その反面のリスクについて、本当によく理解しているのだろうか？　本当に、それを引き受ける覚悟ができているのだろうか？

「あのさ、これは、極秘だと厳命されててさっきの二人の年長局付にしか話してないことなんだけど、僕自身が、須田長官に呼び付けられたんだよ」

「えっ、何で？」

「よくはわからないけど、民事局の議論の状況をきくとか、局長や課長の性格について尋ねるとか、色々あったんだ。あの人は、所長時代から時々そういうことをやってたらしい。つまり、若手を呼び出して現場の状況をきくっていったことをね。それはいいとしても、最高裁長官になってまでそんなことをするのは、よくよくのことだよ。原発というテーマは、須田にとってそれだけ重要、特別なんだよ。わかるだろう、僕の言ってることの意味？」

「原発訴訟についての須田の意見は？」

「それがまた、よくわからないんだよ。最初は司法審査には消極的みたいな感じだったんだけど、僕の意見を聴いたあとでは、自由に準備して意見を述べればいいみたいなことを言って……。間違いないのは、僕が呼ばれたことにも、よくわからない裏があるだろうってことだけ。僕も、元々、そういう陰謀とか謀略みたいなこと、全然興味ないからさ、真相はよくわからないんだよ。……ただ、僕たちが、何らかの意味での『嚙ませ犬』の役割を割り当てられたことだけは、間違いないよ」

「『嚙ませ犬』って、どういう意味？」

「闘犬で、調教する犬に嚙ませて自信を付けさせるとか、あるいは闘争心をかきたてるためにあてがわれる犬のことさ。この前の局議についていえば、僕たち三人の民事局年長局付の異論があることで、多数派である民事局と行政局の課長たちや行政局の局付たちに闘志を燃やさせて、彼らの議論の精度が上がることを期待したってことだったんじゃないかと、僕は思うよ。もちろん、これは、単なる個人的な推測だけどね。……それから、須田は、おそらく、局長と僕に、それぞれ別のことを言ってたんじゃないかとも思うよ。これも推測にすぎないけどね」

「…………」

「これで、すべて話したよ。たとえ各論に出てくるだけでも、原発にふれる論文の発表は、ことにおまえの場合は、やめたほうがいいし、記事についてはなおさらだと思うんだ」

けれども、笹原がいくら説得しても、光一は、考えを変えず、かえって、最高裁の詳しい状況を知るにつけて、強情に、依怙地《えこじ》になっていった。《こういうところは、アイによく似ている。アイ以上かもしれない。母親譲りだな》と笹原は思った。

それ以上続けてもかえって光一の気持ちを固める結果になるだけだとわかったので、笹原は、次の週末にでもまた根気よく説得したほうがよいと考え、適当なところで電話を切った。

彼は、むずかしい表情でソファに腰を下ろすと、考え込んでしまった。

《確かに、地裁でも、判事補といえども、判事が近い我々くらいの期になれば、ことに優秀であれば、合議体の内部でも尊重されているし、安川が光一を手放したくないというのも事実だろう。しかし、それにしても、光一は、育ちがよすぎて、甘すぎる。最高裁の、事務総局の、そして須田の、本当の恐ろしさが、わかっていないのではないだろうか……？》

35

ところが、次の週末を待たずに、光一から、さらに電話があった。十二月か一月の論文掲載後、かなり大きな記事が組まれ、また、鳥海の新聞社の週刊誌にも、行政法学者、覆面の通産省官僚との鼎談《ていだん》が掲載されるとのことだった。

「何だって？　鼎談？　……それに、その『覆面』ってどういう人なの？　大丈夫なの？」

「原発の危険性についても真摯《しんし》に考えてるという点では異色だが、信頼できるまじめな官僚だそうだ。さすがに名前は出せないが、彼がそういう行動を取っても、通産省はみてみぬふりをするだろうってことだった」

「……その企画は……鳥海から出たの？」

「いや、鳥海は、基本的には雑誌のほうの記者から頼まれて俺を紹介してくれただけで、俺がその人に直接会って、趣旨もすべてきちんと説明してもらって、俺の自由意思で引き受けたんだ。だから問題ないよ。心配してくれてありがとう。でも、大丈夫だ」

もう、そこまで話が進み、かつ広がってしまったのでは、手の打ちようがなかった。

笹原は、光一からの電話が終わったあとで、鳥海のほうに電話をかけて、思い付く限りのことを告げておくことにした。

「……今詳しく説明したとおりで、僕は、正直にいえば、論文の雑誌掲載も、記事も、鼎談も、反対なんだ。でも、それは、如月がそうしたくてすることだし、僕としても、言うだけのことは言ったから、これ以上蒸し返すつもりはない。

ただ、この記事がもつインパクトにはそういう部分もあるわけだから、取り上げ方、書き方には、くれぐれも注意してくれよな。うまく彼をサポートして、いい効果の出るような、彼に及ぶリスクを逆に軽減できるような、そういう方向の記事にしてもらえるとありがたいんだ」

「笹原君の言いたいことは、よくわかるわ。あたしも、できるだけのことはするし、すぐ上の先輩と一緒に取材することになると思うけど、彼も、きっとそこは理解してくれると思うの。論文の内容や意味についてもきちんと紹介すれば、広がりのあるすばらしい記事になるわよ」


笹原は、電話を切ったあと、寝室に閉じこもって、寝込んでしまった。彼は、光一の身に降りかかってくるだろう災難を、わがことのように感じるとともに、それについて何もしてやれない自分に対して深い無力感を感じていた。

ただ、笹原によくわかっていたのは、人間は、結局はやりたいことをやってしまう生き物なのであり、それは、多くの場合、彼ら自身の意思や意識によって制御できるものではないということだった。特に、如月家の人間たちについては、そのことが強くいえた。その彼らが多大の関心を示してくれた自分についても、おそらく、そういうところはあるのだろうと、笹原は思った。やがて、まどろみが訪れ、そのまどろみが、モルヒネのように、彼の心の痛みを、一時的にもせよ、やわらげていった。

36

その一週間後、須田は、長官室に水沼人事局長を呼び付けていた。

福島地裁の如月光一判事補が、法律誌に、行政訴訟に関する、また各論では原発訴訟にもふれた論文を発表し、灰谷の新聞とその新聞社の雑誌にこれに関する記事掲載の動きがあるとの情報が、篠原秘書課長兼広報課長を通じて、須田にもたらされたのだ。

「新たに如月の部の裁判長になった安川に確認したところでは、如月が論文発表を考えていることは事実のようです。如月が前裁判長や左陪席等にそのような話をしていたらしいことが、主任書記官からの情報で判明しました」

「記事のほうは、灰谷を通じてつぶす画策が可能だ。しかし、それ以前に論文のほうが問題だ。安川を通じ、場合により所長をも交えて、如月を説得しろ。論文発表を断念させるのだ」

「しかし、安川の話によると、如月は、場合によっては裁判所をやめる覚悟もあるようです。安川は、結審が近いこの段階で事案の内容をよく知っている主任裁判官の如月にやめられるとあとの方針が立たなくなると言っていますし、何より、如月は、やめればマスコミに何を言うかわかりません。ですから、上からの線で彼を止めることは困難ですし、危険でもあると思います」と、水沼は顔をゆがめた。

「何を言っておるかっ！」と、須田の鋭い一喝が飛んだ。「裁判官の替えなどいくらでもいる。その上で、安川自身が徹夜してでも記録を読み込めば足りることだ。そういう弱音を吐いているようなら、君から安川に強く注意しておけ。論文が掲載される予定の雑誌は何だ？」

「『司法展望』です」

「ああ、あそこか。日頃から何かと便宜を図ってやっているのに、そんなつまらん論文など載せると約束しおって……。すぐに篠原に手を打たせる。あそこの取締役には、元裁判官も入っているから、掲載をやめさせることなど、赤子の手をひねるより簡単だ。

記事のほうは、灰谷を通じて圧力をかける。これも篠原にやらせる。

如月がやめたところで、過労で精神に異常をきたしたとの情報をメディアに流してやれば、判事補の世迷《よま》い事《ごと》をあえて取り上げる度胸のあるメディアなど、まずはない。少なくとも、大きなところは大丈夫だ」

37

十月も下旬に入り、裁判官協議会の日がやってきた。

協議会の司会は、慣例通り、東京高裁のヴェテラン裁判長が務めた。同種の問題をまとめた問題群ごとに、出題を行った裁判所の裁判官がまずみずから意見を述べ、その後、議長が、発言者を求めた。しかし、この段階でみずから発言する裁判官はほとんどいなかったので、議長が一人、二人の裁判官に意見を求め、その後に若干の応答や議論が行われる場合が多かった。

最後に、民事局、行政局の課長たちが、すでに書面にまとめられている局議の結果を、民事局あるいは行政局見解として述べた。これは、本来それまでの議論を踏まえた見解であるべきはずのものだが、田淵の場合には、それは無理なので、原稿をほとんどそのまま棒読みしていた。ほかの課長たちについても、申し訳程度にそれまでの議論にふれる程度で、大きな相違はなかった。彼らは、そもそも、協議会参加裁判官たちの議論などおよそ問題にしておらず、基本的には、局見解を述べるために出席しているにすぎなかった。

その「局見解」については、課長と局長がまとめたために局付たちは協議会当日までその内容を知らなかったわけだが、長谷川、笹原、野々宮の三人は、それを聴いて、愕然とした。彼ら三人のレジュメや局議における意見の主要なものすべてが、「そのような見解もありうるかもしれないが、しかし否定されるべき少数意見」として課長たちの説明の中に周到に取り入れられていたからだ。

民事局の三人の年長局付は、決して、ただの、単純な「嚙ませ犬」として多数派の闘志をあおるために利用されたわけではなかった。そうではなく、彼らは、多数派の「理論的協力者」として、利用されていたのである。三人の意見は、局見解の補強、肥やしとして、徹底的に利用し尽くされていた。もちろん、それらの意見は、協議会参加裁判官たちにとっては、「決して採るべきではない見解。そのような見解を採れば最高裁の怒りを買うだろう見解」として印象付けられることになるだろう。

《一体、自分たちのしてきたことは何だったのか……？》

三人の局付は、互いに顔を見合わせ、ほぞを嚙んだ。

多くの出席者は、各庁の意見は聞き流していても、局見解だけは必死でメモした。

そこで鉛筆やシャープペンシルが一斉に動き始める様は、スターリン時代のソ連の会議もかくやと思わせる異様な光景だった。

協議結果を事務総局がまとめた執務資料、具体的には担当局付たちがまとめるのだが、この協議会については課長たちも積極的に手を入れて完成されることになると思われるそれの中の「局見解」は、今後、全国の裁判官たちに絶大な影響を及ぼすことだろう。事務総局の執務資料は味も素っ気もない白い表紙のものと決まっているので、裁判官たちは、これを「白表紙《しらびょうし》」と呼んでいたが、水害訴訟を始めとして、それに関して協議会が開催された事件類型の判決の中には、「白表紙」中の局見解と趣旨を同じくするものがあるのはもちろん、中には、表現までそっくりの「丸写し判決」まで存在した。

しかし、この協議会においても、中には勇気のある裁判官がいて、大勢に反対する意見を述べた。もっとも、その内容自体は、発言の時間が限られていることもあって、民事局の年長局付たちの議論をより断片的にしたにすぎないものが大半で、局見解や多数意見を切り崩すような力は、およそもたなかった。

要するに、この協議会の実質は、あの日の局議ですでに終わってしまっていた。進行している協議会は、その局議の結果を、民事局年長局付たちの意見について「否定されるべきもの」と位置付けた上で、全国の裁判官に下達するための、一種のセレモニーにすぎなかった。

そして、協議会が終わると、三人の年長局付たちの二年間の任期も、あと五か月を残すばかりとなった。四月が異動期に当たる裁判官の仕事は、これは現場でも事務総局でも同じことだが、年が明ければ、残務整理や引継ぎ用の資料作成が相当の比重を占めるようになってくる。

笹原の場合には、民法の一部、その重要部分の改正立法準備作業があったが、これについても、内閣法制局における条文の詰めの作業はとどこおりなく終わり、来年四月ごろの国会への法案提出もほぼ決まり、あとは、国会答弁の想定問答作りといった、まとめないし引継ぎ用の事務だけが残る段階に入っていた。

もっとも、民事局の内部は相変わらずの荒れ模様だった。

二人の課長が民事局の職員たちに数年間で及ぼした被害は、目にみえないところで大きく広がり、固定していた。田淵に恫喝された水野調査員は、ノイローゼに眼底出血が重なっての一か月の休職後も、眼底出血は収まったものの、精神的な不調についてはあまり変化がなく、相変わらず、誰とも口をきかず、青ざめた顔、憑かれたような眼差しで机に向かい続けていたし、チームリーダーの五十嵐係長をすげ替えられたコンピューターソフト作成チームは、桂木に抵抗する職員がいなくなってしまったために、誰もが、ほとんど半病人状態で、それでも深夜まで居残って仕事をしていた。ほかにも何人もの職員が心身に変調をきたしており、胃潰瘍になった者、激しい神経性胃炎に悩む者、ストレスから危険な状態の高血圧が続いている者など、相当に深刻な病気、症状を抱え込む者が多数出てきていた。

事務総局の実働部隊の中では比較的年長に当たる係長たちの中には、四月にはおそらく田淵が一課長になるだろうけれども、その後は、望みがかなったということで少しはその態度も改善されるだろうから、もしも次の二課長がそこそこまともな人間だったら、民事局全体の雰囲気も同様に多少は改善されるのではないか、と淡い期待を抱いている者もいた。もっとも、他方では、田淵の問題は彼の性格に根があるのだから、一課長になったからといってそれが改善される見込みは薄いし、また、事務総局の異端であり、議論になれば正論を吐いて係長や調査員たちの側に立ってくれることの多かった三人の年長局付もいなくなるのだから、民事局が今よりよくなるとは思えない、という係長たちもいた。

いずれにせよ、多くの仕事の実質上の責任者としての局付たちの苦労や苦痛がいかに大きいものだったとしても、任期が二年と比較的短くまた原則として固定されているという点では、彼らは、職員たちより恵まれていた。職員たちの事務総局における任期は、長い場合には四年、五年にわたることも多かったからである。

第
3
部

1

原発訴訟協議会が終わって数週間後、笹原が十時過ぎに帰宅すると、電話が鳴っていた。出迎えたアイが、「さっきもずっと鳴っていたのよ」と告げた。

受話器を取ると、相手は光一だった。

「論文や記事の件では何かと相談に乗ってくれてありがとう。色々世話になったな」

と光一は言った。「実は、俺、一月に中村支部ってところに転勤することになってさ」

「えっ」と笹原は答えた。「一月に異動だって？　……そもそも、中村支部ってどこ？」

「高知の一人支部だよ」

「でも、その任地は、露骨な……」

「それは誰にでもわかることだよ。島流しってことさ」

「何が理由？　だって、論文も記事もまだ出てないのに……」

「……俺が甘かったよ。安川部長も、所長も、最高裁も、最初は俺を説得しようとしたけど、結局、結審の時期を相当に遅らせてでも、俺を切ることに決めたらしい。それに、論文掲載も、記事も、鼎談も、すべてつぶされたよ」

「つぶされたって、誰に？」

「詳しくはわからない。論文については、雑誌が、内容に難癖をつけて、掲載できないと言ってきた。表現に問題があるなら指摘してくれれば直すって言ったけど、問答無用なんだ。おそらく、最高裁から圧力がかかったんだろう。おまえが言ったとおり、裁判所と関係の深い出版社だからね。編集長の言葉をうかつに信用した俺が馬鹿だった。地裁の中で信頼できると思った人間に論文のことを話したのも、今思えば、うかつだったよ」

「記事や鼎談は？」

「記事のほうは、鳥海から電話があって、出せなくなったっていう話だった」

「理由は？」

「それがよくわからない理由でね。以前に、左派の裁判官が裁判所のあり方を批判した論文を書いたときにも記事にするのは見送ったから、俺のだけ載せるのは難しいってことだった」

「何なんだよ、それ？　信じられない理由だな」

「まあ、彼女はそう言ってたということだ。……鼎談も、校正までやっていたのに、これは全く理由はわからないが、つぶされた。週刊誌の副編集長が会いにきて、『担当記者も、自分も、議論のあるべき方向付けが十分にできていないまま鼎談を進行させてしまったように思います。私たちの責任です』とか言ってたな」

「そんなの、理由にも何にもなってないじゃないか、完全にめちゃくちゃだよ」

「俺も、『そんなわけのわからない理由、聞きたくありません』って言ったんだ。でも、平身低頭なので、その人を責めても仕方がないと思って、菓子折もらっておいたよ」

「あとで、鳥海にきいてみるよ」

「いや、彼女の責任では全くないと思うから、それはやめてくれ。おまえに伝えられればそれでいいんだ」

光一が強く主張するので、笹原は、その場でそのことをそれ以上主張するのはやめた。慰めるにも慰めようがなく、間の悪い会話が続いたが、光一は、やがて言った。

「……でもな、俺も、これですっきりしたよ。本当は、こうなってもいい、あるいは、むしろ、こうなってほしいと思っていたのかもしれない。本意でない判決を無理やり書かされるような羽目になるくらいなら、このほうがいいよ。それに、裁判所がどういうところかも、マスメディアがどういうものかも、よくわかったしな。

……中村支部はそんなに忙しい場所じゃないと思うから、しばらく本でも読んで、また気力が湧いてきたら、転職を考えるよ」

「どうするんだ。学者、それとも弁護士？」

「いや、学者はもういいや。俺、裁判所の連中みてるうちに、その人間としてのあり方っていうか、精神構造っていうか、そういうものがつくづくいやになってきたんだけど、考えてみると、そういう精神構造の出所《でどころ》って、一つは大学じゃないかって気がしてるんだ。ことに法学部や経済学部。ことに東大、京大、一橋なんかのいわゆる一流国立大。おまえ、大学では教授に質問したり教授室を訪ねたりしなかったろ。あれ、正しいと思うよ」

「いや、僕は、ただ、そういうことが面倒で、教授たちの取り澄ました雰囲気が好きになれなかっただけで」

「その感覚、直感、それが正しいのさ。あのころの俺は、教授室に日参して、媚《こ》びを売って、やなやつだったと思うよ、今考えると」

「……でも、まともな人もいただろ？」

「ああ、それはそうだ。でも、そんなことをいえば、どこにだってまともな人間は必ずいる。ナチス時代のドイツにだって、太平洋戦争期の日本にだって、スターリン時代のソ連にだって、まともな人間はいたさ。それは裁判所も同じことだ。……でも、だからといって、その組織がオーケーだということにはならない。組織のあり方とその平均的構成員の精神、その双方に、構造的な問題があるんだよ。

おまえがさっき言ったとおり、教授たちの中のつまらない連中の、あの、もったいぶった、自分こそ何でも一番よくわかってて正しいんだといわんばかりの態度。中立、客観性を装い、傍観者を決め込んで、二つの意見があると、常に、いずれもいかがなものかと思います、みたいなことを言ってくさし、その真ん中あたりのどっちつかずの意見を述べるんだけど、実は、一貫した思想や行動原則なんてものは、どこにもありゃしない。要するに、自分は先験的にえらい、正しい、たてまつられるべきだ、って言いたいだけのことなのさ。……いやらしいという意味では、あれほどいやらしい連中はいないよ。裁判官や官僚のほうが、本音がみえるだけまだましさ。要するに、大学や学問のあり方に根本的な問題があるんじゃないかという気がするんだ。ことに、官学としての学問」

「おまえの言うことは、僕も、色々思い当たる節があるよ……。じゃあ、弁護士か？」

「そうだ。今度は訴える側に回ってやろうと思ってな」

「そうか……。そうか……。残念だけど……本当に残念だけど、……おまえなら、きっと、いい弁護士になるよ」

「ありがとう。おまえは、民事局を出られるのか?」

「ああ、予定どおり出られそうだよ」

「そうか、よかったな。……ただ、俺さ、一つだけおまえに言っておきたいことがあるんだ。言ってもいいか?」

「うん、かまわない」

「俺は、せいぜい弁護士くらいしかできない人間だよ。だから、これでいいんだ。でも、おまえは、何か、もっとましなことができるんじゃないかって、俺、昔から思ってたんだ。……そのことが言いたかった」

「僕は、こんなところだよ。裁判官をやっていくか、せいぜいどこかの時点で大学に移って民法でも教えるか。でも、今となっては、もう、転身も難しいんじゃないかな」

「いや、そういう考え方がいけないんだ、笹原。おまえがそんなことでどうすんだよ。だったら、ほかの連中はどうすりゃいいんだよ。そういうふうだから、日本はいつまで経ってもだめなんだよ、変わんねえんだよ!」と、光一は、にわかに語気を強めた。

「……でも、裁判をやるか、教えるくらいしか無理だよ、僕には。裁判官になってからは、論文すら、最高裁からの依頼でアメリカ不法行為法について一本書いただけだし。今からじゃ、教えることだって、はたしてできるかどうか……」

「いや、俺は、必ずしも職業のことを言ってんじゃないんだ。誰でも何かしなきゃならないし、選択なんて、誰にとっても限られてる。それはわかってる。ただ、俺は、おまえには、何かオリジナルなこと、ほかの人間にはできないようなこと、あるいは、少しは本当に人の役に立つようなことができるような気がする、昔からそんな気がしていたって、そう言ってるだけなんだ。……妹にも、多分、同じことがいえる。折があれば、俺がそう言っていたと、伝えてやってくれ。

なあ、笹原。これは俺の本当の気持ちなんだ。だから、今日俺がそう言ったってことだけは、よくよく覚えておいてほしい。それだけだ」

「わかった。よく考えてみるし、覚えておくよ」

「じゃあまたな。この次は、弁護士になったときに連絡するよ」

2

笹原は、光一からの電話を切ると、すぐに、鳥海の新聞社に電話した。彼は、到底このままにしておくことはできないと思っていた。

「あっ、笹原君。如月君のことでしょ？　悪いけど、今取り込んでるんで、しばらくしたら、こっちからかけさせてもらえる？　じゃあね」この前とは打って変わってそっけない応答をする鳥海の声は、冷たく、硬かった。

笹原は、そのまま鳥海の電話を待っていたが、なかなかかかってこないので、小さな音でジャズをかけ、気に入りの大判美術全集を白い函《はこ》から出し、解説を読みながら一つ一つの絵をじっくり眺めて心を落ち着かせ、時を過ごしていた。鳥海から電話がかかってきた時には、すでに一時を過ぎていた。

「如月が四国の一人支部に飛ばされる。論文掲載もつぶされた。それは彼の問題だけど、記事も鼎談も載せられないって、一体、どういうことなの？」

鳥海は、光一の異動の知らせにショックを受けたのか、しばらく黙り込んでいたが、やがて、笹原の促しや質問に応じて、ぽつりぽつりと語り始めた。

「左派の裁判官が書いた論文についての記事を見送ったから、如月君の記事だけ載せるのはバランスが悪いって言った人は、確かにいるの。それは嘘じゃない。……でも、それは、要するに議論の最後に出たまとめの言葉、苦しい言い訳よ。……本当は、原発行政訴訟の右陪席で主任裁判官である人が書いた行政訴訟の審理判断方法に関する批判的な論文を広く紹介するとか、原発訴訟を担当してきた裁判官の異動、つまり如月君と同じ意見だった裁判長のことだけど、その異動の不透明さについて書くとかすると、ましてや、さっきの論文掲載取りやめの件とかについて書くことになると、権力を、最高裁を正面から攻撃することになるが、それはちょっとまずいんじゃないか、また、先方から抗議があったときにきちんと証明できないと足をすくわれるんじゃないか、それから、今後の裁判所との関係にもよくない影響が出るんじゃないか、たとえば、そういった懸念《けねん》からなの。

……最後の点についてより詳しくいえば、最高裁で重要事件の言渡しをするときに教えてもらえなくて他社に抜かれたらどうするんだとか、裁判の記事を書くときによくわかんない部分について広報に解説してもらえなくなると困るんじゃないかとか、たとえばそういったことね。誰も正面からはっきりとは言わないんだけど、心の中で本当に考えているのはそのたぐいのこと。そして、さっき言ったまとめの言葉は、如月君に対する言い訳であり、かつ、自分たちの良心をあざむくための嘘。……そういうことよ」

「僕も、おそらくそんなところだろうとは思った。でも、なら、なぜ、如月にそういう説明をしてやらないんだ？」

「…………」

「記者とニュースソースの信頼関係より、友情より、小汚いムラの論理のほうが優先するってわけか？」

「そんな言い方しないでよ。あたしもつらかったのよ。だって、言えないじゃない、そんな恥ずかしい理由なんか……。如月君は、あんなに期待していたんだし。彼にとっては、自分の進退を懸《か》けての勝負だったんだし。……あたしだって、上司にも、ほかの記者たちにも、罵倒するくらいの言葉で、散々に反論したわよ。でも、多勢に無勢だったのよ……」

「……記事のほうはわかったよ。じゃあ、君には関係ないとは思うけど、鼎談のほうはどうなの？　校正まですんでたんでしょう？　しかも、如月だけじゃなくて、学者や官僚にまでやらせて、そのあとでつぶすなんて……。信じられないよ。如月から聴いた理由も、記事のほう以上にむちゃくちゃだし」

「ああ、あれ……あれはね。ある有力な司法記者が、鼎談の話と内容を聞き付けて、社の幹部に御注進に及んだの。そして、その幹部の圧力でつぶされたの。週刊誌編集長なんかのレヴェルじゃないのよ。もっとずっと上のほうからの圧力なの。……でも、本当をいえば、記事がつぶされた理由も、それと同じことなのかもしれないわ……」

「でも、でも……」と、笹原は、これ以上責めても鳥海を傷付けるだけだということがわかっていながら、自分を抑えることができなかった。「でもさ、君んとこの新聞、一流紙っていう看板で売ってるんだろう、通ってるんだろう？　そうだよね？　それが、そういうことやるわけ？　ホント信じられないよ。社長の一存や外部の圧力で記事の内容が変わるブラックジャーナリズムと、全然変わらないじゃないか？」

「笹原……。あのさ、社会部の中でも、司法担当ってのはさ、ラインに乗ってる連中がやることになってるエリートコースなんだよ。最高裁判事や、笹原のいる事務総局、あるいは検察の幹部やOBとつながってるやつ、そういう交際を自分の後ろ盾にしてるやつだっている、っていうか、そんな連中ばっかりよ。社内でも、『司法マフィア』なんて呼ばれてる。そういうやつらが、裁判所や検察庁に、ひいては自分に、本当の意味で都合の悪い記事や企画は、みんな握りつぶしちゃうのよ。

……笹原あ、……ねえ、あんたどう思う？　保守本流を自称する国民党、頑迷な国粋主義者までいる国民党は、実はさ、アメリカに頭が上がらないその忠犬。それでも昔は内部に批判勢力もあったから、色々考えていたけれど、いつの間にかそれもなくなっちゃって、このごろはアメリカ追従一辺倒。保守本流、国粋が聞いてあきれるわよね。そして、最高裁は、そんな政府のそのまた忠犬。まあ、政界も須田長官には一目置いてるけどさ、でも、全体としてみりゃ最高裁のほうが忠犬よね。

そいでもって、……そいでもってさ、うちの司法は最高裁のそのまた忠犬……ていうか、うちの新聞の反権力とかリベラル色なんて看板倒れもいいところで、実をいえば、……その大筋をみれば、もう、報道部門全体が、権力にべったり張り付いて情報をもらってる、いわば、その広報係か番犬みたいなものよ。本当の意味での権力批判なんて、今じゃ、ほとんどありゃしない。社長にしてからが、首相から、しかも、あの首相から会食に誘われて、断るどころか、有頂天になって社内で触れ回っている始末、まあ、これは他社も同じみたいだけどさ。

……でも、いずれ劣らぬ猛犬たちの間にあって、ほかより際立って小さな愛玩犬。手の平に乗るようなかわいらしいスピッツってとこよね。しかも去勢済み。『きゃんきゃんと、吠える姿も、いとをかし』ってね、あははははは」

「…………」

「笹原あ、……あたしさ、あたしさ、……あたしだって、もうやなんだよう、あんなとこ。もうやめたいんだよお、本当に……」

笹原は、今になって、鳥海がかなり酔っていることに気付いた。それと同時に、雷話の前の彼女の姿、疲労して帰宅し、電話を前に一人飲み続け、酔いが回ったところで、酒の勢いを借りて、ようやく受話器を取る彼女の姿が、ありありと心に浮かんだ。

「あそこは腐ってんのよ、腐り切ってんのよ。……就職の難しい文学部を出て、難関に通って、結婚もせずにがんばってきたけど……もうやだ。でも、退社してフリーでやってゆけるほどの自信も筆力もない。だから、結局、またがんばるしかない……。笹原はいいよ……。そうでしょ？　そりゃ締め付けは厳しいだろうけど、地位だって肩書きだってしっかりしてて、立派なもんだし、そんなに汚いこともやらないで、何とか、自分の良心、保ってやっていられてんでしょ……？　あたしなんか、あたしなんかさ、……もう、ジャーナリストの気概も、良心も、とっくにドブに捨てちゃった。そんな気がしてんだ、このごろ。……そして、如月君の異動。それについても、もしかしたら、あの司法記者が最高裁に何か垂れ込んだ可能性だって、絶対にないとは言い切れない。ああ……あたし、もう、今日会社にいけない。いける自信がない……」

鳥海の口調には、ただの自己憐憫にとどまらない深い絶望と自己嫌悪が、隠しようもなくにじんでいた。

「わかった……。かさにかかって悪かったよ。僕だって、本当をいえば、君と同じようなものなんだ。同じようなことをしてるんだ。今日、如月や君との電話で、そのことがよくわかった。……気を落とさないでがんばってくれ。そのうち一度会おう。また電話するよ」

電話を切った笹原は、やり場のない激しい怒りにおそわれ、思わず「ちくしょうっ」と大声を上げた。彼は、そのまま両手で電話機を抱え上げ、床に叩き付けようとしたが、そこで、アイが彼女の部屋のドアを少し開けて内側から聞き耳を立てているらしい気配を感じ、肩の高さまで持ち上げていた電話機を、そっと元に戻した。

寝室にゆき、床に座り込んだ笹原は、再びこみ上げてきた怒りに、右手を振り上げ、拳が痛くなるまで、カーペットを何度も叩き続けた。それから、のろのろと立ち上がり、引き出しから薬の袋を取り出した。彼は、最近、疲労が激しく、また、なかなか眠りにつけないことがあり、近所の心療内科で軽い精神安定剤を処方されて毎日一錠服用するほか、眠りにつけない場合のために、睡眠薬をもらっていた。

《今夜はもう二時だが、睡眠薬は、一錠じゃききそうもないから、二錠飲むしかないな》

笹原はそう考えた。

3

如月光一は、行きつけの静かなバーで、今夜も、一人飲んでいた。

光一の転勤が決まったあと、安川部長は、合議事件については、原発訴訟を含め、何事も、左陪席と相談して決めるようになっていた。安川は、事務総局の課長経験者ではあるが、それなりの節度をも備えており、また、愚かな男ではなかったから、光一の存在をことさらに無視していやな思いをさせるようなことはなかった。しかし、一方、最高裁や所長との関係から、光一と接触をもつことはできる限り避けたいと思うようになっていることも、ありありとみてとれた。小心な人間だから、常に外の目を気にし、裁判官室で光一と二人きりになること自体を恐れているようにみえることすらあった。《安川にとっては、俺は、もはや、アンタッチャブルな存在になってしまったのだろう》と光一は考えた。

しかし、もう、今となっては、安川も、安川に追従することに決めたらしい左陪席も、何もかも、どうでもよかった。鳥海への依頼から始まった一連の出来事のあと、ことに、その顚末《てんまつ》について笹原に電話で話してしまってからは、これですべては終わった、という気がしていた。なぜか、「わがこと終われり」という中国故事の中の言葉が、しきりに思い出された。

《そんなはずはない。たかが、ある重大事件の合議をめぐって敗れ、その結果、見せしめ人事を受けたというだけのことではないか……》

「そんなに忙しいところじゃないと思うから、しばらく本でも読んで、また気力が湧いてきたら、転職を考えるよ」と笹原には言ったし、それは正しいはずだ。これくらい、たいしたことじゃないはずだ。もし何なら、一時法曹界から身を引いて、父の会社で働きながら英気を養うことだって可能だった。可能な「はず」だった。

が、そうは思うものの、身体と精神は、いずれも、彼のいうことをきかなかった。

身体中のエネルギーが一気に抜け出していってしまったような気がした。大きな酒樽の下の方にうがたれた穴から、いつの間にか、酒が、少しずつ、床に流れ出ていってしまった、それなのに、それに気付かず、気付いたときには、もう、酒樽はほとんど空になっていた。たとえば、そんな感じだった。

光一は、バーの壁面の上品な装飾模様を見ながら、《あの模様は、何の模様なのだろう？　なぜ、こんな場所に、ああいう複雑な模様が記されているのだろう？》と考え、次には、静かに流れているジャズの調べに気付いて、《あのジャズは、どの年代の、どういう流れに属するミュージシャンたちのものなのだろうか？》と考えた。《笹原がここにいたら、教えてくれるか、少なくとも、彼なりの推測をするだろう。妹でも、推測くらいならできるかもしれない……。でも、俺にはできない》そう考え、そして、《自分が父や母から受け継いだものは一体何だったのだろう？》と考えた。すべての思考はまとまりがなく、鉛のように重い頭の中をするするとすべっては、消えていってしまう。そして、視界の上の方半分くらいが、なぜか、ひどく暗い。

「ああ、俺はもうだめだ……」

そんなつぶやきが、ふと口から漏れて出た。

急速に酔いが回ってきていた光一は、その言葉が自分の口から出たものなのかどうかを確かめるように、そっとあたりを見回した。

4

十二月に入って間もないある夜、笹原が裁判所から帰ると、アイが、放心したような表情で、リヴィングルームのソファに座り込んでいた。

「どうした？」と声をかけた笹原の方を振り向いたアイの顔は、涙に濡れ、ゆがんでいた。

笹原の内部で何かがつながり、そのつながりが、さらに別のつながりを発生させ、それらのコネクションがまとまった言葉にならないうちに、《しまった》という思いが、稲妻のように彼の心を貫いて走った。それと同時に、アイが、ぽつりと告げた。

「ついさっき、パパの使いの人が知らせてきた。兄貴が死んだって……」

光一は、深夜、泥酔して帰宅途中に、車道にさまよい出て、トラックにはねられたという。事故なのか自殺なのかは不明だった。

「兄貴、もう何か月も前からうつだったらしいんだよ。医者にかかり始めたところらしかったけど……。書斎に、兄貴の書いた論文と、ほとんど形のできている原発訴訟の判決書原稿がきちんとそろえて置いてあったっていうから、もしかしたら、自殺かもしれない……」

そこまで語ると、アイの口調は、乱れ始めた。

「先生……。兄貴は、兄貴はさ、正しい人間であるために、あんな両親の、あんなでたらめな人たちのいい子であるために……私の、あの、私のさ、私の分まで含めて……一人で、たった一人でがんばってたけど……だけど、本当は、つらかったんだと思う……。本当は、私と同じで、ううん、私以上に、つらかったし、もろかったんだと思う……。

私、ここへくる前には、兄貴のところに何度も行ってたのに、自分のことばかりにかまけて、そういうこと、何にも気が付かなかった……何にも、気が付かなかったよお……。

私、どうしたらいいの？　先生、私、どうしたらいいのよ……？

ねえ、教えてよ、教えてよ。……あなたは、私のたった一人の先生だったんだから、わかるはずよ！　そうよ。だから、私にわかるように、教えてよ、説明してよ！」

アイは、下から笹原を見据えたまま激しく言い募ると、そのまま立ち上がり、笹原のすぐ前に立ち、彼の顔を下から見上げると、続けた。

「先生も、先生よ！　最近も、兄貴と電話して、状況だってわかっていたのに、どうして、……どうして、兄貴を助けてあげられなかったのよ！　……友達でしょ？　親友でしょ？　それなのに、何にもできなかったのね？　そうでしょ？　……そうなんでしょ、先生……？

こんなの、あんまりだよ。ひどいよ！　ひどすぎるよお！」

そして、アイは、小さな拳を振り上げて笹原に力いっぱい打ってかかり、何度も笹原の胸を打っていたが、やがて、笹原に抱き付くと、そのまま泣き崩れた。

笹原は、ただ呆然として、アイの細い身体を支え、抱き締めていた。

5

光一の通夜と葬儀が、あわただしく行われた。

葬儀には多数の人々が参列したが、通夜については、家族の意向で、家族、親族以外には、光一や家族と特に親しかった人々だけが列席していた。だから、友人たちの数が少ないのはうなずけたが、それにしても、光一が親しかったはずの運動部系の友人たちの数がごく限られていることに、笹原は、やはり驚いた。そこに、自分がよく知っていたわけではない、光一のある側面を垣間見るような思いがしたからだ。

笹原は、最後に、アイと二人で、棺《ひつぎ》の前に立ち、特別にそのふたを開けてもらって、光一の顔をしげしげと見詰め、実際上の最後の別れをした。

光一の死に顔は、安らかで、また、静かな威厳があった。それは、最後まで為すべきことを成し遂げて死んでいった人間の顔だった。そして、いつもの快活な表情が消えているために、これまで表には現れていなかった、現されることのなかった線の細さが、くっきりと現れていた。笹原は、光一の鼻からあごにかけての線が、アイのそれにそっくりであることに、今、初めて気付いた。この兄と妹は、全く違った人間のようにみえながら、アイが言ったとおり、本当は、共通するところが多い兄妹だったのかもしれなかった。

笹原は、右手を伸ばして、光一のそげた頬に、そっと触れてみた。刺すような、ひやりとした感触が、光一の頬に触れた指先から、這い上がってきた。

《ああ、光一は、ここにはもういない……》

笹原は、あらためてそう思った。

アイも、笹原につられて、震える指を兄の頬に近付けようとしたが、笹原は、その手をそっと押しとどめた。

「先生！　悔しいよ、……悲しいよ、……」

アイは、そう答えると、笹原の胸に顔を埋《うず》め、嗚咽した。笹原の胸に、彼女の流す熱い涙がにじんで広がった。笹原は、アイの体温と、彼女の涙が含んでいる熱とによって、みずからの胸もまた焦がされてゆくような思いがした。

「光一は、ここにはもういない。でも、おまえのいう『別の世界』では、きっと元気で生きているよ。おまえなら、そう信じられるよね……」

笹原は、ほかの会葬者に聞こえないように、小さな声で、アイの耳にそうささやいた。

6

光一の死の記憶が笹原とアイの心から薄れないままに、日は過ぎ、やがて、年が明けた。

アイは、笹原と食事をともにするとき以外には、多くは自分の部屋に閉じこもっていたが、二月初めのある夜、笹原がリヴィングルームで休んでいると、珍しく、部屋から出てきて言った。

「先生。もうすぐ事務総局からも解放だし、今度の日曜、前祝いにドライブしない？　兄貴もドライブは好きで、三人で行ったことも何度かあったじゃない。だから、兄貴のとむらいもかねてさ。……車の運転、好きだったでしょ、昔から？」

「ドライブか……。いいけど、車はどうする？　こっちの駐車場は高いから、東京にくる時、売ってきちゃったよ」

「車は任せて、私が用意するから」

「用意するって、おまえ、免許あるのか？」

「うん、もう取った」

笹原は、レンタカーでも借りてくるのだろうと思って、アイに任せることにした。

日曜の朝、アイに起こされた笹原が遅めの朝食をすませると、彼女は、「ちょっと待っててね」と言って、部屋に着替えに行った。そして、細身のジーンズ、空色のセーター、抑えたミリタリールック調のジャケットというでたちで現れた。帽子をかぶらず、手首に金のブレスレットをしていることを除けば、去年の春にここにやってきた時と同じ服装だということに、笹原は気付いた。

「その格好じゃ少し寒いんじゃないか？　それ、春物だろ？」

「上にコートを羽織るから大丈夫よ。この格好、ちょっと気に入ってるんだ」

二人が出かけようとすると、トバモリーが、ものすごい勢いで奥の部屋から飛び出してきて、アイのコートにしつこくまとわり付いた。

「どうしたの、トバモリー、ばたばた走って？」

「ああ、外に出たいんだよ。出たいときには時々そんなふうになるんだ」

二人に連れられて外に出たトバモリーは、しかし、下に下ろされても、すぐに立ち去ることなく、二人の後ろ姿をじっと見送っていた。

近くの有料駐車場に、磨き上げられた、濃い緋色の高級車がとめてあった。

「これ、麗子さんの車だろ？」

「そうよ。前もって電話しておいて、昨日借りてきたの」

「まずいんじゃないか、もし傷を付けたりしたら？」

「先生は、運転うまいから大丈夫よ。それに、ママは、よくこするの、へたくそで。だから、ちょっとした傷くらい何でもないわ。それに、どうせ気が向くと塗り直してるの。いつもぴかぴかしてるのはそういうわけ」

「どこに行きたい？」

「そうね、ぱあっと走りたいから、高速がいいな。川口から東北自動車道ってのはどうかしら？」

「いいね。天気もいいし、陽射しが強いからそれほど寒くもない。じゃあ、行くか？」

運転してみると、馬力もあり、ハンドルの切れ味もよく、瀟洒な見かけだけの車ではないことがわかった。笹原は、川口に着くまでに、運転の感覚を取り戻していた。

高速の入口で、アイは、ナップサックの中からかなりの枚数のコンパクトディスクを取り出した。

「随分たくさん持ってきたな」

「うん、景気付けにね」と答えたアイがカーステレオのスイッチを入れると、

「俺はシェリフを撃った《アイ・ショット・ザ・シェリフ》

でも、副官は撃っちゃいない《バット・アイ・デイド・ノット・シュート・ザ・デピュティ》」

ロック調にアレンジされたレゲエのリズムに乗って、エリック・クラプトンの切れのいいギターと苦みのあるヴォーカルが車内に響き渡った。そして、激しく発音される「ショット」と「シェリフ」の二つのS、歯擦音が重なり、二人の精神状態を一気にハイにした。

その後も、アイは、次から次へと自分の選択した曲をかけていった。彼女の選んだあらゆる曲には、表に現れているか、言外に含まれているかは別として、死の匂いがどこかに漂い、あるいは深く立ち込めていた。

やがて、右チャンネルに、決して思い出せない記憶を人に思い起こさせようとするかのような、物さびたギターのフレーズが現れ、同じフレーズが、左チャンネルでくつきりとフォローされた。

ピンク・フロイドの『あなたにここにいてほしい《ウイッシ・ユー・ワー・ヒア》』だった。その音楽は、まるで、スタジオにいて彼らの演奏を目の前で聴いているかのように、クリアに、ダイレクト

に響いてきた。背景では、ホワイトノイズのような効果音が、低く、「キ、イ、イ、イ、イ、イ、イ、イ、イ、イーン」となり続けている。短波ラジオのチューニングノイズのようにも聴こえる。アナログシンセサイザーで合成されたものかもしれない。

《しかし、こんな音が、本当に、あの曲に流れていたのだろうか……?》

気が付くと、音楽と、左にいるアイの声だけを残して、すべての音が高速道路から消えていた。そして、笹原は、いつの間にか、催眠術にかかった人のように、みずからの心に対するコントロールを失いつつあった。

《これは、どういうことなんだろう……。本当に催眠術の一種なのかもしれない。みずからの思い込みと一念でアイが作り上げた世界が、僕に、そのまま、ダイレクトに感染してきている……》

アイが語り始めた。

「先生、『あなたにここにいてほしい《ウィッシ・ユー・ワー・ヒア》』よ。

私、どうしても、一度、この曲を、先生と一緒に、この車の中で聴きたかったの。どうしても、そうしなくちゃならなかったの。

もう、あとは、私と先生の会話が終わるまで、曲は、ずっと、『あなたにここに《ウィッシ・ユー・》いてほしい《ワー・ヒア》』よ。だから、リラックスして、運転に集中していて大丈夫。

……ねえ、先生。先生がいなくなってからの、先生がこなくなってしまってからの、私の話をしたかったの。一度だけでいいから、その話を、先生に、聴いてほしかったの。

私が電話で先生の恋人にひどいことを言って、先生と彼女の間がまずくなってしまって、先生がうちにきてくれなくなって……でも、それは全部私のせいで、私の責任で、私がしたのは本当にひどいことで、そのことは絶対否定できなくて、パパもママも兄貴もそう思っていて……私は、ただ、毎日を生きることに耐え続けていたわ……。

そうやって毎日を耐えながら、私は、このレコードを、ＣＤを、一体何回聴いたかしら？　私には大きすぎる自分の部屋にこもって、あのがらんとしてうつろな空間にこもって、内側から鍵をかけて、ベッドの上に、服を着たまま、時には何も身に着けないまま、あお向けに寝ころんで、涙を流すことすらできない、絶対的な孤独の中で……」

《あなたに、ここにいてほしい》とピンク・フロイドが歌った。

「……でも、それが私であり、私という人間であり、私の運命だった。そのことだけはよくわかっていた。だって、私は、何回生き直しても、あの電話に出た時には、やっぱり同じようなことを言ってしまったと思うもの……。私には、そうするほかなかったの。たとえば、いろんな方法で『別の世界』を覗こうとすることをママから禁じられても、『そんな、狐憑《きつねつ》きか悪魔払《ばら》いみたいなおかしなことはやめなさい』って言われても、どうしても、それがやめられなかったように……」

《私は、あなたに、ここにいてほしい》とピンク・フロイドが歌った。

「先生、前を見て、運転に集中していてね。私、これから、先生に触れるから、呼吸を乱されないように」アイは、そう言った。

アイの細くしなやかな指が、笹原の肩、脇腹、腰に触れ、まさぐると、そこから、到底表現できないような喜悦、真っ白な光のようなエクスタシー、精神と肉体の双方を超越するようなエクスタシーが、身体全体に広がり、笹原は、みずからの身体が、そのエクスタシーの発する光と同じように、白熱してゆくのを感じた。

「先生、感じるでしょう？　感じてほしいの、これが私の愛よ。それは、先生のように、私に近いものを自分の内に抱え込んでいる人間にしか伝えられない愛」

《どんなにか、私は、あなたに、ここにいてほしい》とピンク・フロイドが歌った。

「ねえ、先生、聴こえるでしょう、私の声が？　感じるでしょう、私の愛を？　私が今先生に伝えている愛は、千回、一万回身体を開くより、千回、一万回交わるより、もっと深い愛のはずよ。先生にはそのことがわかるはず。ね、そうでしょう、先生……？」

「わかるよ」と、笹原は、押し付けられたような、低い、小さな声で答えた。

《ああ、どんなにか、どんなにか、私は、あなたに、ここにいてほしい》とピンク・フロイドが歌った。

「先生、スピードが上がっているわ……。でも、それでいいの。もっとスピードを上げても大丈夫よ。……うん、いい、とてもいいわ。ね、先生、私がここに座って先生に触れているから、大丈夫。私は絶対に先生を放しはしないから、大丈夫。もっと踏み込んで、もう少し。……そう、いいわ、とてもいい。さあ、このまま、私と一緒に、『向こうの世界』に抜けましょう。その世界では、きっと、兄貴も生きてて、笑って私たちを迎えてくれるわ。だから、二人で一緒に行きましょうよ。ね、先生。先生も、もう、私と同じで、こんな世界に未練なんかないでしょ？　失うものなんか、もう、何も残ってはいないでしょ……？」

その時、笹原がおちいっていた催眠状態が一瞬かき消え、同時に、彼の眼前に、真っ赤な炎が広がった。笹原は、その炎を通して、高速道路の側壁に激突して大破している彼らの車、そして、運転席、助手席の、血まみれで骨が折れた彼とアイの死体を、まざまざと見た。

笹原は、ハンドルを固く握り締めたまま、慎重に、かつゆっくりと、踏み込んでいたアクセルから足を放していった。

7

笹原は、最初のサーヴィスエリアに入り、駐車場に車をとめた。身体が、水を含んだ綿のようにぐったりと重く、強い眠気がした。疲労感というより、身体の中のエネルギー水位が押し下げられてしまったような、深い消耗感があった。しかし、一方では、さっきの体験から得た強烈な印象や底のない喜悦、エクスタシーの余韻もまた、身体と頭の中に響いていた。

「先生、ごめんなさい……」

「すまない。僕は、おまえと一緒に行ってあげられなかった。そうしてもいいと思っていたのに、結局、できなかった……」

「私、自分で自分をコントロールすることが難しいの。そういう人間なの。物事のいい悪いがわかっていても、それは、ある場合には、私には、何の意味ももたないの。だから、たとえ、今日思いとどまれたとしても、いつか、私は、必ず、同じことをしたと思います」

「それは、おまえだけのことじゃない。多分、僕だって同じような人間なんだ」

「いいえ、たとえ同じような部分があったとしても、やっぱり、先生は、私とは違う。先生は、多分、世界の正しい側、正しい秩序の側に生きている人間なのよ。私とは違う」

笹原は、アイの言葉を黙って聴き、聴き終わったあとで、彼女の方を見ずに、問いかけた。

「おまえ、まだ余力は残ってるかい？」

「余力って、何のことですか？」

「運転する余力だよ。僕は、もう、到底無理みたいなんだ。だから、おまえにまだ余力が残ってるなら、帰りは運転してくれないか？」

「ええ、運転くらいなら、できると思います。……でも、少し休ませて下さい」

「高速からは近くで降りて、下の道をゆっくり帰ろう」

「ええ、大丈夫よ。……安全運転でゆきますから、心配しないで」

そう答えるアイの表情は硬かった。

二人は、車から降り、喫茶店でしばらく休んだあと、帰途についた。

トバモリーは、その日も、翌日も、笹原とアイが何度か下にいっても姿を見せなかったが、二日後になって、やっと帰ってきた。

8

しばらくは静かな日々が続いた。アイは、いくぶん他人行儀で、ていねいな言葉遣いになりはしたが、落ち着いていて、むしろ、ドライブに出かける前よりも元気そうにみえた。

けれども、ある夜、マンションのドアを開けた笹原は、ただちに異変に気付いた。マンションの中は、いつもと変わりないように見えたが、しかし、いつもとは決定的に異なっていた。隅々まで清掃が行われ、きちんと片付けられたマンションの至る所に、不在の匂い、清潔な死の匂いが漂っていた。

笹原は、まっすぐにアイの部屋に進み、最悪の事態を予感しながらドアを開けた。

しかし、部屋の中はからっぽで、やはり、綿密に掃除されていた。片隅に、アイのセーターとジャケットが、それだけが生きているかのように無造作に脱ぎ捨てられており、その上に、トバモリーが、丸くなって悲しげに座っていた。笹原を認めると、猫は、二、三度まばたきした後、短く、鋭く、にゃあと鳴いた。

机の上には、置き手紙と、アイが部屋で聴いていたCDラジカセがあり、ラジカセは、ポーズのモードになっていた。

笹原は、封筒から手紙を取り出すと、細かく震える手でそれを開いた。

先生、こんな形でお別れすることを、許して下さい。

この九か月余りの期間は、私にとって、これまでの人生で最も充実した期間でした。先生に家で教えて頂いていた期間もそうでしたが、あのころの私はまだ子どもでしたし、それに、週に二回しかお会いできなかったからです。

何をどう書いたら私の気持ちを伝えられるのか、私にはわかりません。それは、言葉にはとても表せない事柄です。

ここにずっといられれば、私は、それはそれで幸せですが、先生の迷惑になると思うので、できません。それに、兄が亡くなってしまい、そのあとであんなことがあった以上、私は、先生のそばにいてはいけないのだと思います。

どのくらいの期間になるかはわかりませんが、私は、日本を出ます。大学の休学手続はすませました。両親には私から連絡します。両親が先生に連絡を取らないようにも伝えておきます。何かと御迷惑になると思いますから。

兄のことを忘れるためにも、私は、当分の間、日本を離れることが必要なのだと思います。

さあ、これで、最低限のことは書けたのでしょうか？　書き続ければ、きりがありません。だから、これで終わりにします。

実をいうと、今の時点で、私は、先生を好きなのかどうか、よくわからないのです。先生も、私同様、兄を助けられませんでしたし、私と一緒に行くことも拒んだわけですから、先生と私の関係も、変わらなければならないような気もします。

ですから、いずれにせよ、私がここを去り、この国も去ることが、今の私にできる唯一の正しい選択なのだと思います。

私自身、とても混乱していて、自分の気持ちも、何を考えているのかもよくわからないままこれを書いていることを、どうか、わかって下さい。

「さようなら」という言葉はきらいです。だから、ただ、「お元気で」とだけ書いておきます。

先生を知ってから十四年目の冬　二月十八日　午後三時二十五分

アイ

笹原先生

笹原の指は、かたわらに置かれたCDラジカセのポーズスイッチを機械的に押した。

静かな室内に、ニルソンの歌声が流れた。

「『一』は、あなたが体験できる、一番寂しい数字

『二』も同様に寂しい、そう、『一』と同じくらい寂しい数字

『いいえ』は、あなたが知りうる限りの、最も悲しい体験

『はい』も、あなたが知りうる限りの、最も悲しい体験」

笹原は、それ以上聴き続けることができなかった。音楽を切ると、部屋には、再び、死のような静寂が戻ってきた。

トバモリーが、その静寂の中で、笹原をじっと見詰め続けていた。

9

光一が亡くなり、アイが立ち去ってからの笹原は、魂が抜けた人のようになってしまった。まるで、如月兄妹が、彼らとともに、笹原の存在の半分を持ち去ってしまったかのようだった。すべての感覚が稀薄になり、常に、薄い膜を通して世界を見ているような気がした。

また、笹原は、通勤の途中などに、人混みの中にいると、ふっと周囲の世界の現実感が薄れ、聞こえる音や視界がかすかにゆがみ始めて、ひどく気分が悪くなり、座り込んでしまうことがあった。昨年来、ことにアイとのドライブ以来、子どものころにはかなりの回数があったものの最近はほとんど出なくなっていた例の炎の反応が出そうになる、そんな予感を覚えることが、たびたびあるようになっていた。

この時期、ぎりぎりのところで生きていた笹原は、ただ、毎日の仕事を機械的にこなし、必要がなければ誰とも口をきかず、仕事が終わると、食事もそこそこに家に帰り、家にいる間は、暗くした寝室で寝込んでいた。

笹原は、その部屋に、光一の形見として彼に分けられた原発訴訟判決書草稿の二つの綴りを並べて置き、その上に、アイのセーターとジャケットを、やはりきちんとたたんで載せた。彼が寝込んでいると、必ず、トバモリーが、寝室にやってきて、アイの衣服の上にうずくまり、笹原をじっと見詰めた。

そのときの笹原にとっては、光一の判決書草稿、アイの残していった二つの衣類、そしてその上の猫だけが、現実感とぬくもりをもった存在であり、彼をこの世につなぎ止めている「もの」たちだった。

《ただ、俺は、おまえには、何かオリジナルなこと、ほかの人間にはできないようなこと、あるいは、少しは本当に人の役に立つようなことができるような気がする、昔からそんな気がしていたって、そう言ってるだけなんだ。……妹にも、多分、同じことがいえる。折があれば、俺がそう言っていたと、伝えてやってくれ》

事実上光一の遺言となった言葉、アイにも伝えてやってくれと言われながら結局彼女に伝えることはできなかった言葉が、繰り返し、繰り返し、笹原の頭の中によみがえってきた。

そして、アイが去った日から二週間後、笹原は、バルセロナの消印のある一通のエアメールを受け取った。中には一枚の大きな上質紙が折りたたまれて入っていた。開

くと、そこには、ただ、

WISH YOU WERE HERE

という赤い文字だけが、力強い筆跡で大書されていた。

10

アイからのエアメールを受け取った翌日、笹原は、田淵が席を外している間に、数秒間思い迷った末、受話器を取り、長官秘書官室に電話をした。

「民事局付の笹原です。もしも長官にお時間がおありでしたら、お話ししたいことがあります」

その実、笹原は、自分が須田に会って何を話したいのか、何を話すべきなのか、よくわかっていなかった。ただ、自分の落ち込んでいるこの出口のない状況を打開するには、須田ともう一度話す必要があるという思いだけがあった。そして、その結果がどうであろうともはや自分の知ったことではない、という気もしていた。光一の死とアイの失踪とが、笹原を完全に自暴自棄の状態にしており、アイのエアメールが、その自暴自棄の気分に火を付けた。


しかし、笹原を長官室に迎え入れた須田は、いつになく上機嫌だった。

「自分からわしに会いたいと申し出てくるとは、君も、変わった男だ。しかし、原発訴訟の件も大体は片が付いたし、君については、前のときの話もなかなか面白かったことだから、もう一度話をしてみたいと、実は、わしも思っていた。ちょうど今日は時間もある。まあ座りたまえ」と須田は言った。「裁判官協議会というのは、よくできた制度だろう？　ことに、局付たちに発奮させるといいアイディアが出てくるというのが、わしの持論だ。現に、去年の原発訴訟に関する協議会でも、君をも含め、局付たちが様々な観点からいい意見を出してくれたと、局長からは聴いている」

「はい。ありがとうございます。……ただ、大変ありがたいお言葉ではありますが、私を含む数名の局付の意見は、否定されるべき少数意見として、局見解の肥やしになっただけのようにも思います」

「ほう、そうかね？　……しかし、まあ、それはしょうがないだろう。議論の結果なのだからな」

須田は、余裕をもって笹原の言葉をかわすと、その時彼の頭にあったらしい司法と権力の関係というテーマについて、ちょうどよい聴き手が現れたといわんばかりの口調で、勢い込んで語り始めた。笹原は、ともすればうつろになる頭脳を何とか奮い立たせて、須田の言葉に耳を澄ました。

「戦後、新憲法の下で三権分立が制度上も確固としたものになり、また、違憲立法審査権が与えられたことによって、司法は、権力の一部をになうようにもなった。すなわち、戦後の裁判所は、権力の一翼をになうものとして、政治の一環に組み込まれた。わしは、そう考えている」

「……失礼ながら、どうもよく理解できないのですが、今のお言葉からすると、長官は、司法と行政に本質的な相違はないとお考えなのでしょうか？」

「少なくとも戦後はそうだ。違憲立法審査権を得たことによって、裁判も政治の一部になったのだ」

「お言葉ですが、そのお考えには承服できかねます。司法は、三権の一つとして立法、行政をチェックすべきものです。憲法の番人、法の番人という言葉の意味もそこにあると思います。司法が行政とその本質において同じだという考え方は、司法の権力チェック機能を見失わせるものではないでしょうか？」

「しかし、司法にも、行政同様のバランス感覚は必要だ。若造の君にも、それくらいのことはわかるだろう？」

須田は、笹原が、みずからの意見を求められたわけではないにもかかわらず強い言葉でそれを述べ、須田の意見に反論したことに驚いたようだったが、協議会の件について笹原の追及を軽くかわしたあとでもあるので、笹原をぎろりと一瞥して短く応答しただけで、みずからの感情は何とか抑えていた。

笹原は、須田のそのような言葉と態度にわずかな気後れを感じたが、自暴自棄の構えで突っ走ってしまいたいという衝動のほうが、それよりもずっと大きかった。

「バランス感覚が必要だということまでは、否定いたしません。司法は基本的に謙抑的であるべきだという意見にも、正しい部分はあるでしょう。しかし、司法には、これは動かしてはならない、ここは譲ってはならないというプリンシプル、原理、原則もまた必要です。人権に関わる事柄はその典型です。そうした事柄について司法が行政と同様の機会主義的な『政治』を行うとしたら、行政のほかに司法を置くことに、何の意味があるのでしょうか？」

「君の言うことには、理屈としては正しい部分があるだろう。だが、日本の裁判官に、そんな立派な司法をになう気概があるのだろうか？　わしは、深く疑うね」

「そうですね……。確かに、日本の裁判官には、昔から、ここぞというところできちんと踏みとどまって司法の役割を全うする気概が、足りないように思います。でも、たとえば、戦後、一九六〇年代までの裁判所には、そういう部分もかなりあったのではないでしょうか？

たとえば、多数の公安事件や大規模な疑獄事件で、政治や世論に迎合することなく無罪判決を出したという例がありますし、行政訴訟も、その時期のほうが、しっかりした、見識のある判断をしていたのではないかと思います」

「君は、司法がだんだん悪くなっているとでも言いたいのかね、え？」

須田は、もはや、若輩に接するときの余裕のある態度をかなぐり捨てて、上体を起こし、笹原を本気で言い負かそうとしていた。

「そういう面もあるかとは存じますが……」

「公害訴訟では、司法の取組みは高く評価された！」

「おっしゃるとおりです」

「だが、あれは、現場の裁判官の力でできたことではない。わしらが、事務総局民事局が、バックアップして、彼らの背中を押してやったからこそ、できたことだ。アイディア自体がそうだ。わしが、民事局長として采配をふるい、局付たちにアイディアを出させ、詰めた議論をさせた。地方の裁判官が三人集まったところで、ろくなものは出てこない。優秀な若い連中を集めたほうが、必ずや、ベターなものが出てくるのだ。

去年の君たちの局議にしてもそうだ。その方向はおくとして、局議で君たちが議論した以上の議論が、協議会の中で出てきたかね？」

「確かに、短期的に、ある局面だけをみれば、そういう部分があるかもしれません。私も、各種の裁判官協議会で、同様のことを感じた例はあります。しかし、それは、協議会という形式によって切り取るからそうなるのであって、長い目でみれば、個々の裁判官あるいは裁判官たちが模索しながら出していった裁判がファジーな形で積み重なるうちに、だんだんいい方向に進む、ベターな方向がみえてくるということだって、あると思います。判例法主義を採る英米の裁判は、まさにそういうものなのではないでしょうか？」

「君の言っていることは、間違ってはおらん。しかし、理想論にすぎない。日本の裁判官の大多数は、まだそんなところに達してはおらん。また、国民の間に、それを受け入れる基盤もない」

「別に日本の裁判官の肩をもつつもりはありませんが、生来の知的能力だけからみれば、そんなに低くはないと思います。ただ、最近は、好況で弁護士の実入りがいいことから、そっちへゆく若者が増えて、任官者の下限が下がっているという話は聞きます。しかし、私より少し下の世代くらいまでは、世界的にみても、まずまずの水準だったといえるのではないかと思います」

「なるほど、君はそう思うわけだ。……しかし、本当にそうかな？」

「……正直に申し上げれば、人権感覚とか、視野の広さ、謙虚さなどでは、どうかというところはあると感じます。また、一般的な知的能力は別として、自分の頭で、また、自分の良心や原則に照らして考える力が弱くはないかということも、いえるかと思います。しかし、少なくとも後者の点は、日本の専門家や知識人一般についていえることであって、必ずしも裁判官固有の問題ではないと考えます」

「さっきから聴いていると、今日は、君は、随分思い切ったことを言っているな。わしの前で、そこまで言ってしまっていいのかね？」

「特に失礼なことを申し上げているとまでは思いませんが」

「いや、待て。君には、わしに対する甘えが生じてきているのかもしれんぞ。また、おそらくは、他人に対する君の見方も甘すぎる。周囲の人間は、君とは違った価値観をもち、違ったことを考える、違った種類の人間であるかもしれんのだ。……そういうことを考えたことはあるかね？」

「考えることも、感じることも、しばしばあります」

「……たとえばだ。世の中には、そして裁判官にも、えらくなりたくないやつ、上に上がりたくないやつなどおらん。そうではないか？」

「そうでもないように思いますが」

「じゃあ、君自身はどうなんだ、え？」

「はい。正直に申し上げれば、裁判官になったころには、上にゆきたいという気持ちもかなりあったと思います。でも、それは一時的な熱病みたいなもので、ことに、ここにきてからは、そういう気持ちは、もう、ほとんどなくなりました」

「それじゃ、君より能力の劣る者たちに先を越されても、平気でいられるというのかね？」

「プライドということですね……。確かに、出世云々《うんぬん》より、そちらのほうがはるかにつらいでしょうね。私のみるところ、良識派の裁判官たちを苦しめているのは、出世欲ではなく、閉じられた横並び社会における、理由のよくわからない線引きや選別にさらされることのつらさ、そうしたことへの不安なのではないかと思います。自分の能力が正当に評価されない可能性についての不安、ということです」

「ほら、どうだね？　結局のところ、上にゆきたいんだ。違うかね？」

「違うと思いますが、長官がそのように単純化した見方を採りたいとおっしゃるのであれば、そのことに異論をさしはさむつもりは、ございません」

「君は、今日は、どうも挑戦的に突っかかるな。虫の居所でも悪いのか？」

「残念ながら、あまり好調ではないようです」

笹原は、わずかな微笑を紅潮した顔に浮かべると、激戦中のパイロットが無意識のうちにそうしてしまうことがあるように、みずから進んで、さらに決定的な場所に踏み込んでいった。

「先ほどの裁判官協議会の話に戻らせて頂きますと、協議会が現場の裁判官の背中をいい方向に押したのは、後にも先にも公害の場合ただ一度だけではないかという考え方が、弁護士の間には強いと思います。ある自由主義者の弁護士はこう言っています。『最高裁は、一方では、東法協パージの過程で、裁判官たちの間に育っていた自由主義の芽までことごとく摘んでしまい、一方では、協議会等による統制によって、裁判官たちの創造性の芽を摘んでいる』」

「自由主義の芽までことごとく摘んだだと！　誰がそんなことを言ったっ！」

「それは、お答えできかねます」

須田は、激しい怒りに肩で息をしながらも、何とか平静を取り戻し、言葉を続けた。こんな青二才に言い負かされたまま終わってたまるものかという思いが、須田の激怒の決定的な発露を抑えていた。

「『ある自由主義者の弁護士』とは誰だね？　それは、実は、君の意見なのではないかね？」

「御想像にお任せいたします。私も、共感するところはあります」

「……君の自由主義者としての反感には、わしも、理解できる部分がないではない。しかし、君にはわかっておらん、全くわかっておらん！　日本の裁判所の基盤が、このように立派な最高裁の建物ができた今でも、なお、本当は、きわめて弱いのだということが！

日本の裁判所の基盤は、まだ、非常に脆弱なものなのだ！　だから、その基盤を確固としたものにするためには、政治の、また、立法や行政の動向を慎重に見据えながら、中道をゆく必要があるのだ！」

「ヒットラーも、同じようなことを言っています」

「ヒットラーが、そんなことを言ったのか……？」

「現実のヒットラーではありません。三島由紀夫の戯曲の中のヒットラーです。鉄鋼王クルップが、ヒットラーに対して、『アドルフ、よくやったよ。君は左を斬り、返す刀で右を斬ったのだ』と呼びかけます。すると、ヒットラーが、舞台中央へ進み出て、『そうです、政治は中道を行かなければなりません』と答え、終幕が閉じられます」

「ふん、そうなのか？　……三島という男は、ただの文学馬鹿ではないらしいな？」

「東大法学部を優秀な成績で卒業して、九か月間は大蔵省にいましたからね。長官のお言葉をお借りすれば、えらくなりたいという気持ちも、多少はあった人かもしれません」

「それで、君は、わしがヒットラーに似ているとでも、言いたいのかね？」

「そこまでは申しません。ただ、長官のおっしゃる中道というのは、権力、政治、世論の力関係をみながら適宜それに合わせて調整を図ってゆくというやり方だと思いますが、そういう機会主義的な行き方は、はたして、司法にふさわしいものなのでしょうか？　司法は、法の支配、三権分立、国民主権という観点から、国家のあり方を正し、それに確固としたプリンシプル、行動原則を提供すべきものではないでしょうか？　たとえば、そういうことを申し上げたいだけです、まさに、釈迦に説法ではありますが……」

「言葉をつつしみたまえ、笹原君」

「申し訳ございません」

「君の言うことは、一から十まで、すべて理想論だ。そういう理想論で日本の社会が動くなら、大変結構なことだがな。だが……」

「だって、司法が理想論を吐かなくてどうするんですか？　司法の役割というのは、痩《や》せても枯れても理想論を吐き、筋を通すことにあるのではないでしょうか？　司法が立法や行政と一緒になって『政治』をやっていたら、法の支配だって、正義だって、公正だって、およそありえないと思いますが」

「わしの話を最後まで聴きたまえっ！　いいか、笹原君、よく聴きたまえ！」と、須田は、太い指を笹原に向かって突き付けながら、続けた。「いいかね、そういう理想論では、何一つ動きはしないのだ。たとえば、最高裁判事にしたところで、合議で自分の意見をちゃんと言える者など、せいぜい数人という有様。中には、最初に意見を求められたのに、『私は多数意見に従います』などと平然と言うやつまでいる始末。……だから、わしも、自分の意見を通し、影響力を行使せざるをえないのだ」

「……最近の殉職自衛官合同慰霊祭事件や唐木敦事件最高裁判決で、高裁の判断がくつがえされたようにですか？　ああした判断にも、陰に陽に、長官のお考えが反映しているということなのでしょうか？」

「君は、こともあろうに、このわしにけんかを売るつもりかね？」

「…………」

「答えたまえっ！　笹原君！」

「……まことに、申し訳ございません。ただ、最近、色々とよくないことが続きまして、ほとんど眠れない日も多いものですから……。これは、言い訳ではなく、事実です」

「たとえば、どんなことだ？」

「私的なことも大きいのですが、それはおくとして、たとえば、福島地裁にいたきわめて優秀な友人、長官もよく御存知のはずの友人が、突然、四国の一人支部へ異動させられることになり、その後、泥酔して車にはねられ、亡くなりました。自殺の可能性もあります。みずからが主任裁判官であった重要な合議案件を残してのことです。判決書の草稿もすでに書かれていたということです」

「黙れっ！　何を言い出すのだ、君は。身の程を知れっ！」

しばらくの間、広大な長官室を、嵐のような静寂が支配した。やがて、笹原が、静かな口調に戻って言った。

「確かに、今日は、私は、自分でも思ってもみなかったことばかり口にしているようです。ですから、おっしゃるとおり、これ以上お話ししていても、御不快に感じられるようなことが続くかと思いますので、失礼させて頂くほうが、よろしかろうと存じます。

ただ、最後にもう少しだけ申し上げると、長官にも、二つほど、おわかりになっていらっしゃらないことがあるように思います。

一つは、人間の行動や考えなどというものは、予測のつかない、制御不可能なものだということです。現に、私自身、ついさっきまで、自分があのようなことをここで口にするとは、全く考えておりませんでした。しかし、結局、そうしてしまったわけです。

そのように、人間というものは、自分の運命を決定することができるような人物の前でさえ、その意に沿わないことを、どうしても言いたくなるときがあるのです。きわめて弱い立場にある人間にでも、なお、そのようなことはありうるのです。端的にいえば、今の僕は……いや、私は……そんなことはみんなどうだっていい、なるようになれと思う、たとえば、そんな心境にある……いや、あるいはですが……あるのかもしれません。

私が申し上げたいのは、人間の行動や考えにはそのような面が否定しがたくあるのですから、それをただ一つの枠組みで統制、制御し、ひいては支配しようとするような試みは、たとえその意図に正しい部分が含まれているとしても、いつか必ず破綻をきたすのではないか、……そういうことです」

須田が、すさまじい表情で口をはさもうとしたが、笹原は、震えながらもそれを制し、静かに続けた。

「長官。どうかお待ち下さい。……もう、すぐに終わりますので、どうか、最後まで続けさせて下さい。……もう一つあります。

それは、長官の行われていることが、まさに『政治』であって『司法』ではなく、右と左の真ん中を行くというその御方針も、確固とした原理、原則によるものではなく、ただ、その時々の権力の方向にみずからの御方針を合わせておられるにすぎない、そうした、きわめて日本的なバランス感覚にのっとった『政治的感覚』によるものにすぎない。そうなのではないかということです。

その意味では、まことに失礼ながら、長官もまた、一つの『権力の駒』にすぎないのではないでしょうか？　長官のおっしゃるような中道は、結局、司法を古い国粋保守の基盤、根城にするという結果に、行き着くことになるのではないでしょうか？

大変失礼ながら、私には、そのように思われます」

須田は、怒りのあまり声を失っていたが、その目は、食い殺さんばかりの激しさで、笹原を睨《ね》め付けていた。

「……種々、無礼なことを申し上げました。お許し下さい。短い時間でしたが、刺激的な議論をさせて頂き、大変感謝いたしております。

それから、些少なものですが、一冊の書物をお持ちいたしました。法律家、著名な法学者を主人公とする小説です。私にも、また、長官にも当てはまる部分があるように思います。私の学生時代の未熟な文章にまでお目を留められた長官のことですから、あるいはこのようなものにも御興味をおもちになるのではないかと愚考いたしました。どうぞお納め下さい。

それでは、失礼いたします」

笹原は、立ち上がり、須田の顔を正面からまともに見据えた後、深く一礼すると、長官室の広大な空間を横切り、重い扉を開け、しかし、そこでもう一度慣例に従い敬礼することはせず、ただ、今一度須田の方を見据えると、そのまま長官室から出て行った。

11

「馬鹿者めがっ！　わしが如月の死に責任があるとでも言いたいのかっ！」

須田は、笹原が去った後、机の前に戻ると、憤然として椅子に座り込み、しばらくの間必死で怒りを抑えていたが、やがて、左手の指で額を支え、左肘をついた姿勢、彼がいつも何事かを考え込むときの姿勢をとるに至った。

須田は、しかし、必ずしも笹原を本気で憎んではいなかった。友人の死で血迷った青二才の暴言を本気で憎むことなど、彼のプライドが到底許さなかった。

ただ、今後笹原をどうすべきかということは、考えていた。

まず考えたのは、如月と同じ目にあわせてやろうということだった。だが、それではいかにも単純すぎるという気もした。

やがて、全く別の方向の考えが、須田の頭に浮かんだ。彼は、東法協に所属していた局付たちのうち何人かが、転向した後に有力な部下になった例を思い出していた。

《……あるいは使える人間なのかもしれん》と須田は思った。《このわしと、臆することなく、あれだけやり合うことができたのだからな。もう少し年がいっていれば、もっと早く認める機会があって、あいつにふさわしい使い方をしてやることができたかもしれん。わし以外の人間では、ああいう男はとても使えまい。……ただ、線が細すぎる。繊細、軟弱すぎる。鉈ではなく、カミソリだ。刃こぼれしやすい。そこは問題だ。

また、いうことをきかせるのも、あるいは、容易ではないかもしれん。戦前の特高警察の連中がいっていたことは、全く正しい。左翼は、方向が間違っているだけで、方向さえただしてやれば、強力な仲間にすることもできる。しかし、根っからの自由主義者というやつは、始末が悪い。猫のようなもので、決していうことをきかんし、考え方を変えさせることも容易ではない。

そうであれば、やはり、早めに切り捨てるほうがよいのではないか……。簡単なことだ。あいつの友人と同じ目にあわせてやればよいのだから。それでもやめなければ、もう一度同じような人事を繰り返すだけのことだ》

そこで、須田は、みずからの考えをもう一度たどり直した後に、つぶやいた。

「だが、結局のところ、笹原に何ができるというのだ？　たとえば、調査官をやり、東京高裁の裁判長になり、進歩派連中に受けのいい判決を二、三書く。ただそれだけのことではないか？　そうであるとすれば、このまま放っておけばよいのかもしれない……」

しかし、数分後、須田は、みずからの計算に誤りがあること、この計算には、何度繰り返しても、割り切れない余りが必ず出てくることに気付いた。

《そうだ。笹原は、必ずしも、絶対に安全な人間というわけではない……。いつ、どのような方法によってかはわからんが、わしらにとってきわめて不都合なことをやらかす可能性だって否定できない。あれは、そういう人間なのだ》

そこで、須田は、みずからの冷徹な計算を自分自身がごまかしていた可能性に気付いて、ぎくりとした。

《一体どうしたことだ……。わしともあろうものが、あんな若造一人に心をかき乱されるとは……。あんな青二才をかばってやろうと、無意識のうちにでも心のどこかで考えていたとは……》

須田は、笹原が残していった書物を開いてみた。頁を開くと、エピグラフ、巻頭の引用として、『往生要集』の言葉が引かれていた。

「罪人偈《げ》を説き閻魔《えんま》王を恨みて云えらく、何とて悲の心ましまさずや、我は悲の器《うつわ》なり、我に於いて何ぞ御慈悲ましまさずやと。

閻魔王答えて曰《いわ》く、おのれと愛の羂《あみ》に誑《たぶら》かされ、悪業を作りて、いま悪業の報いを受くるなり」

「ふん、坊主の言葉か。あいつらしいものを持ってきたな」

須田は、笹原の今後の処遇という小さな問題に解決をつけられないまま、すでに十分以上を過ごしていた。こんな事態は、彼の明晰な頭脳からすれば、到底考えにくいことのはずだった。のみならず、さっきの議論の疲れからか、強烈な眠気が襲ってきた。

「わしもそろそろ年かな」と須田はつぶやいた。

12

須田は、開けた森のようでもあり、うらぶれた都会の片隅でもあるような、奇妙な場所に立っていた。霧のようなものが深く立ち込めており、周囲に人影はなかった。少し歩くと、前方の一本の樹の下、枝を大きく広げた樹木のかたわらに、一人の少年が立っていた。

須田は、その少年の方へ近付いて行った。その顔が判別できるほどに近付いたとき、須田は、雷に打たれたようなショックを受けて、立ちすくんだ。

「佳樹《よしき》、佳樹じゃないか？」

少年は、もう十年も前に亡くなった須田の一人っ子、佳樹だった。亡くなった時の年齢ではなく、九歳か十歳くらいの子どもの姿ではあったが、しかし、見間違えようがなかった。それは佳樹だった。

佳樹は、際立って母親似で、須田の家系の血は薄かった。幼いころから、えらい父親として須田を尊敬しつつ、同時にどこか距離を取るところもあり、須田から言われたことはいつでも素直に聴いたが、そのようなときにも、何も言わずに、父親の顔を見上げ、じっと見詰める癖があった。

須田が最後に佳樹に会ったのは、彼が地裁所長になったばかりのころだった。時間にゆとりができたこともあり、洋楽を中心に扱うレコード会社でディレクターを務めている佳樹の仕事場に立ち寄ってみようかとふと思い、電話をし、訪ねて、しばらく話をした。須田が、近年の音楽のことがわからんから少し教えてくれと求めたのに対し、佳樹は、いつになくうれしそうに、次々とレコードをかけ替えては、詳しい説明をしてくれた。須田は、佳樹のそんな笑顔を見たことが、彼が幼いころ以来あまりなかったことに気付いて、驚いたものだ。

それが、佳樹の見納めになった。数週間後、佳樹は、テニスのプレイ中にアキレス腱を切った傷から致命的な感染症にかかり、急死した。

「佳樹、佳樹じゃないか？」

しかし、須田が少年の方へ走り寄ると、少年の姿は、逃げ水のように彼から遠ざかった。そして、佳樹は、再び、前と同じくらい離れた場所から、悲しげな表情で、彼をじっと見詰め続けた。

須田が近付くと、少年の姿が再び遠ざかる。何度か、それが繰り返された。

「佳樹、どうしたというのだ？　なぜ返事をせん？　佳樹、どうして、そんな目でわしを見るのだ？」

その時、背後からざわざわと声がした。

「須田がかわいがっていた一人っ子が死んだぞ」

「ざまあみろ、天罰だ」

「いや、息子じゃ足りない。あいつ自身に、みずからの命をもって償わせるのだ」

激しい憎しみと怨嗟の声、彼を誹謗《ひぼう》し、おとしめる声、そのような声の中には、聞き覚えのある声さえいくつか混じっていることに気付いて、須田は、愕然とし、同時に、深い恐怖を覚えた。

やがて、背後から、いくつも石が飛んできた。その一つが鋭く須田の頬をかすめ、傷口がぱっくりと開いて、生温かい血がたらたらと流れ出し、頬を伝ってしたたり落ちた。

恐慌《きょうこう》をきたした須田は、必死で走り始めた。

「逃げ足の速いじじいだ」

「どうせすぐ息が切れるさ。元スポーツ万能だか何だかしらねえが、もう若くはねえんだ。追い詰めて、殺《や》っちまえ」

「そうだ、殺せ！　そして、顔がわからなくなるくらいに、石で叩きつぶしてやれ！」

無数の同じような声が、背後の暗闇から響いてきた。群衆のたてる激しい足音もまた、少しずつ彼に近付いてくる。須田は、息を切らしながら走り続けた。さらに、いくつかの石が、頭や肩に命中した。

「わしが何をしたというのだ？　わしは、ただ、皆と同じことをしただけだ。わしがしなければ、ほかの者が、同じことを、あるいは、もっとひどいことをしただろう。わしは、ああするほかなかったのだ。選択の余地はなかったのだ」

《おまえのしてきたことは、おまえ自身が、一番よく知っている》

頭の中に、そんな言葉が響いた。響いたというより、ホワイトボードに太いマーカーで字が書き込まれるように、その言葉は、じかに、彼の脳の内側に刻み込まれた。

そんな気がした。

「佳樹、佳樹！　なぜ、わしに答えん？　なぜ、遠くにいってしまうのだ？　佳樹、わしを助けてくれ」

《おのれと愛の羂《あみ》に誑《たぶら》かされ、悪業を作りて、いま悪業の報いを……》

「くそっ」と、須田は、あえぎながらつぶやいた。「これは罠なのか？　笹原が、あの若造が、わしを罠にかけたのか？　いや、そんな馬鹿な……そんなことが、あいつにできるはずは……」

その時、大振りの石に背中を直撃されて、須田の身体は、ぐらりとよろめいた。

「わしが何をした？　どういうことだ、これは？　佳樹、なぜそんな目でわしを見る？　なぜ黙っている？　返事をしてくれ、佳樹！」

《何とて悲の心ましまさずや、我は悲《ひ》の器《うつわ》なり、我に於いて何ぞ御慈悲ましまさずや……》

須田が、よろめき、血だらけになりながら、最後の力を振り絞って少年に近付いて行くと、少年は、右足を一歩前に出し、右手を彼の方に差し伸べた上で、小さな手の平を、心持ち立ててみせた。その一連の動作は、彼を招くようでもあり、押しとどめるようでもある、微妙な含みをもっていた。

須田は、佳樹のその動作に、一瞬たじろぎ、それから、地面から張り出した木の根らしきものに足を取られ、叩き付けられるように、激しくうつぶせに倒れた。

目が覚めてみると、長官室は薄暗くなっていた。須田は、右手を大きく前に突き出した不自然な姿勢のまま、机に突っ伏していた。起き直ってみると、頰を、幾筋も、温かいものが流れていた。

《血？》

彼は、ぎょっとして、頰に手を置き、おそるおそるその手を自分の前にかざしてみた。それは、血ではなく、涙だった。

「おお、おお……」

須田は、椅子の上で上半身をよじらせ、上方を振り仰いで、激しくうめいた。

「何ということだ……。おお、何ということだ……」

彼は、そのまま、数分間、凝固したように凍り付いていたが、やがて、立ち上がると、照明のスイッチを入れた。広大な長官室が光でおおわれた。須田は、一瞬、見たばかりの夢を思い出して恐怖に立ちすくんだが、やがて、自席に戻り、再び椅子に座り込むと、がっくりと首を落とした。

長官室の大きな開口部の外には、徐々に、夜の帳《とばり》が下りてきた。須田は、そのまま、目を閉じ、身じろぎもせず、長官席に身を沈めていた。しかし、この時の須田は、日本国の司法の世界、法曹界に君臨し、隠然たる勢力をふるう、歴代でも有数の、あるいは、最大の権力をもつ最高裁長官ではなかった。広い世界の片隅に位置する一つの建物、そのまた片隅に位置するからっぽの、空虚なスペース、その空間をつかの間専有することを許された、一人の、老いた、無力な司法官僚にすぎなかった。

13

篠原秘書課長兼広報課長は、長官室に向かう廊下を、鉛のように重い心持ちで歩いていた。

須田長官から、国民党を焚き付けた裁判官を特定せよとの厳命を受けて以来、日を決めて月に一度は調査の進展について報告してきたのだが、そのたびに須田のいらだちが激しくなってきていたからだ。特に、今日は、たまたましばらく長官室に顔を出していなかったこともあって、須田が、溜め込んでいた鬱憤を一気に爆発させる恐れがあった。

篠原としては、独自の諜報機構、情報収集機構などもっていない裁判所が、しかるべき筋に極秘の依頼を続けながら少しずつ通話記録収集対象裁判官の範囲を広げていっていることについては、薄氷を踏むような思いがしていた。彼は、須田の秘書課長兼広報課長としてすでに散々手を汚してきていたから、今更罪の意識を感じるということはなかったが、そうした仕事を続けてきた人間の常として、本能的な保身の感覚は身につけており、また、そのような意味で、機を見るに敏な人間ではあった。

この極秘調査については、万が一それが露見でもしたら、戦後の裁判所始まって以来といってもよいほどの大スキャンダルになりかねず、また、折口にも告げずに調査を進めてきた以上、たとえ須田がどのようにかばってくれたところで、自分の首が飛ぶことは避けられない。いや、須田自身も、引責退官を免れないだろう。

その場合、自分にいい就職口が見付かるはずはなく、結局、名もない弁護士として法曹界の片隅に埋《うず》もれるか、誰も名前を知らない地方の小さな私学に客員教授といった形ででも迎えてもらうほかないといった結果になるだろうことは、目に見えていた。しかも、それすら、事件のほとぼりが冷めるまでの数年間は難しいだろう。《その間、はたして、貯金で食いつないでゆくことができるのだろうか……？》そんなことまで、篠原は、考え始めるに至っていた。

しかし、その日、向かいのソファに座った須田の表情は、心なしかうつろにみえた。須田の顔色をうかがいながらおそるおそる進める篠原の説明についても、いつもの猛禽《もうきん》のような目でこちらを見据えながら、また、鋭い質問を交えながら聴くというのではなく、質問はたとえあってもおざなりで、注意力が散漫になってしまっているような風さえ見られた。

「……以上でございます。今月も目立った進展がなく、まことに申し訳ございません」

篠原は、例によって、額が小卓にくっつくほどに深く、頭を下げた。

「ああ、残念だな」と答えた須田の口調は、しかし、驚くべきことに、穏やかだった。

そして、しばしの沈黙の後、須田は続けた。

「やめよう」

「は？」

「もうこのあたりで、らちもない犯人探しなどやめようと言っておるのだ。……あそこまで大それたことをするやつら、裁判官だとしても、尻尾を出すほど馬鹿ではあるまい。また、万が一すべてが国民党の狂言だったとしたら、わしらは、非常に危ない橋を渡っていることになる。おとしいれられるまでのことはないとしても、付け入る隙を与えかねない。……人間、引き際が大切だ」

「ありがとうございます。……実は、私も、長官のお言葉に近いことを、懸念いたしておりました」

「うん、この件では、君にも長い間苦労をかけたな。礼を言う。それじゃ、仕事に戻ってくれ」

長官室から出た篠原は、心配が晴れたうれしさよりも、須田の態度の豹変ぶりのほうがより大きなショックで、書類を小脇に抱えたまま、しばらくそこに立ち尽くしていた。

14

笹原は、長官室にみずから出向いた三月初めごろの日以来、そのことをとがめられればただちに辞職する覚悟で過ごしていたが、いくら時間が経っても、誰にも、何も言われなかったので、ようやく気を取り直し、いつでもやめるつもりですでに仕上げておいた彼の仕事の引継書を、補足し始めた。

二か月前の一月に発表された年長局付たちの異動は、まだ東京における任期が一年間残っている笹原が東京地裁であり、長谷川と野々宮については、地方の高裁所在地の大規模地裁だった。

様々な意味で報復的な人事を予想し、それを覚悟して異動の内示に臨んだ長谷川と野々宮もまた、結果が当たり前の異動、むしろ、地方の大規模地裁の戦力としてのてこ入れ的な異動だったことに、拍子抜けしていた。

「僕たち三人のやったことは、結局、全部、事務総局の想定の範囲内で、そこを一歩も出ちゃいなかったってことやね。反抗したつもりでも、反抗にすらなっていなかった。すべてが先方の想定の範囲内でのこと、既定の枠組みの中でのことにすぎなかった……」

長谷川が、苦々しげにそうつぶやいた。

「原発訴訟協議会でも、考えられる差止めの根拠を全部出して全部つぶされて、結局、局見解を全面的に補強する結果に終わりましたものね。……僕たちは、結局、事務総局の、そしてゴジラの、手の平で踊らされていただけのことだったんだ……」

野々宮がそう受けた。そして、最近は、二人の会話にもほとんど加わらず、自席で仕事をするか、そうでなければ今のように目を閉じて静かに休息を取っている笹原のほうをちらとうかがった。長谷川もまた笹原の方をうかがうと、小さな声で言った。

「笹原さん、大丈夫なんかなあ？　このごろ全然元気ないんやけど……」

「……実は、僕の同期で、結審が近い原発訴訟の主任だったのに突然異動させられることになった福島地裁の如月さんが、去年の十二月に亡くなったんです。……自殺の可能性もあるようなんですよ。そして、笹原さんは、彼の親友だったらしいんです。……それが相当にこたえてるんじゃないかと思いますよ」と野々宮は言った。

「それは本当にひどいなあ。なるほど、そういう事情だと、こたえるわなあ……」

と、長谷川は、同情するように笹原の方を見た。

そして、桂木一課長の後任には、田淵二課長が座ることに決まった。

矢尾局長は、異動の内示の直後に、三人の年長局付を呼んで、判事補の他職経験制度で一年間企業に出向するつもりはないか、と尋ねた。三人の異動先はそれぞれ大きな裁判所だったから、そこから企業への出向者が一人くらい出てもやりくりがつく。

「いやあ、それは……。そういう制度には、私たちのようにもう判事が近いような者ではなく、初任明けくらいのフレッシュな人たちにいってもらったほうが、制度趣旨からしても、よろしいのではないかと思います」と、笹原が、いかにもいやそうに答えた。

「そうそう、局長。我々みたいな薹《とう》が立った判事補を出してみても、何の意味もありませんよ。若くて美人の判事補がしょっちゅう新聞やテレビに出ていたようですが、裁判所にとっては、あのほうがずっといいんじゃないですか？」と長谷川が続け、矢尾の方にちらりと目を上げると、付け加えた。「それに、私たち三人は、いささか局付の資格に欠けるところがあるようにも思われますから、外になど出されないほうが、無難でもありますよ」

矢尾が最後に野々宮の方に顔を向けると、彼は、強い口調で言い切った。

「私は、もう、これ以上、道化をやるつもりはありません！」

穏和な性格の野々宮が発した最も強烈な言葉に、局長も、二人の局付も、一斉に彼の顔を見詰めた。

「諸君の意向はよくわかった。もういい！」

矢尾は、さすがにむっとした表情でそう言い、それから、思い出したように付け加えた。

「私も、上のほうの人事のあおりで、急遽《きゅうきょ》、関東の所長に出ることになった。……まあ、君たちは、三人とも、能力は十分にあるのだから、今後もしっかりやって下さい。健闘を祈ります」

三課の熊西局付は、突如、四月からの人事局付への異動が決まった。

それ以来、熊西とほかの局付との間には、それまでにはなかった、微妙な溝が生まれた。ほかの局付が熊西を避けることは全くなかったが、彼の人事について立ち入った感想を求めることは誰もしなかったし、熊西もまた、それについて語ることはなかった。また、熊西が大声で課長たちや他局の局付たちの悪口を言うことも、ふっつりとなくなった。一緒に食事をするときにも、熊西の異動の話は、双方が避けていた。ほかの局付たちにとっては、人事局への異動は、そのこと自体からしても、局を替わることで局付としての任期が延びることからしても、身の毛のよだつような事柄だったが、確かに、熊西ならその点は大丈夫だろうし、あえて口に出して気の毒がってみせるのも偽善的だろう、誰もがそう感じていた。

それまでの熊西は、威勢はよかったものの、前任の金脇のような理論面の冴えになかったし、知的、法的能力という側面では年長局付たちに一歩を譲っていたから、その意味では今一つ印象の薄いところがあり、本人も、それは自覚しているようだった。

しかし、人事局への異動が決まってからの熊西には、そのことに伴うある種の自信が新たに生まれたようにみえた。彼は、仕事が一息つくと、必ず、ほかの局付たちのところへ出かけては雑談を交わしていたのだが、最近は、そんな時にも、自席で腕組みをし、時には目を閉じて、じっと考え込んでいることが多くなった。彼のそんな姿は、それまでは絶対にみられなかったものだった。

15

一月の局長交替に続き、四月には一課長と四人の局付の異動を控え、民事局内がざわつき、その統制が一時的にゆるんでしまった状況で、四月一日は、意外に早くやってきた。

三人の年長局付は、十時過ぎに、新しい局長から辞令をもらった。

最高裁にいる知人、友人の数はそれぞれ異なるので、一緒に民事局内の挨拶を終えた後、各自が建物の中を回った上で、食堂に集まってゆっくり昼食を取り、午後に、一緒に、法務省、司法研修所、東京地裁等最高裁以外の場所への挨拶に行こうということになった。

最小限の人間にしか挨拶する気のなかった笹原が関係部署を回って帰ってくると、民事局内は、四月以降も勤務を続ける七割くらいの職員たち、局付については橋詰一人がいるだけで、いつになく閑散としていた。彼のように特に親しい人間にしか挨拶しないで早々と帰ってきた者は、あまりいないようだった。一課長席には、さっきは外に出ていた田淵が、すでに、いち早く移ってきて、いかにもうれしそうな表情で座っていた。

笹原は、できれば、田淵に挨拶することなく、そのまま食堂に向かいたいと思っていたのだが、田淵を避けて部屋の後ろのほうに回り込もうとした時、そちらを見た田淵と目が合ってしまった。

目を合わせてしまった以上、そのまま逃げるのは無理である。笹原は、仕方なく、方向を変えて、一課長席の前に進んだ。

「田淵課長。二年間種々お世話になりました。ありがとうございました」

笹原は、当然付け加えるべき「今後ともよろしくお願い申し上げます」をあえて省略した。それは、いやみではなく、憎しみからでもなく、ただ、本当に田淵とだけは二度と一緒に仕事をしたくないと思っており、その思いがあまりにも強いために、たとえ儀礼とはいえそれに反する言動が取れない、つまり、身体と言葉が嘘をつけない、そういうことにすぎなかった。

田淵も当然同様の淡々とした儀礼的な挨拶を返してくれるものと笹原は考えていたが、そうではなかった。

「いやあ、笹原君、笹原君よ！　二年間、本当にようやってくれたなあ。これからも、頼みたいことや教えてもらいたいことが色々あると思うけど、そのときには、よろしく頼むわ、なあ？」

満面に笑みを浮かべた田淵は、挨拶するために席から立ち上がるのみならず、笹原の身体に触れんばかりに、近付いてこようとした。まるで、笹原を始めとする局付たち、水野を始めとする職員たちに対して彼がしてきたことなど、一切忘れてしまったかのようにみえた。そして、笹原は、たった今、この瞬間から、彼が、田淵にとって、「徹底的にこき使い、搾取すべき部下」から、「今後のことを考え愛想よくしておくべき外部の人間」に変わったことを理解した。

「いや、課長。……あの、お世話にはなりましたが、多分、もうお世話になることはないのではないかと思います。おそらく……いや、きっと、お互いのためにも、そのほうがいいですよ」

「そんなこと言わんと、なあ、ええやないか？　よろしく頼むわ、なあ？」

「いや、その……。頼まれません。お世話しませんし、されません、もういいです。さようなら、課長、それじゃお元気で……」

笹原は、上司からセクハラを受けそうになった女性職員さながらに、彼を抱擁《ほうよう》せんばかりの田淵の動きからするりと身をかわすと、あいまいなお辞儀をし、自席に走って戻り、鞄を取り、課長席を迂回して、民事局から逃げ出した。

16

同じ日の午後零時。

会議室の一つに、須田長官の命により、事務総局各局の局長、課長、そして、裁判部門からも、首席、上席の各調査官が集められていた。極上のシャンパンと、軽食も用意されていた。

昼日中からのこの異例のパーティーに、集まった人々は、皆、緊張の面持ちだった。須田が、何らの目的もなくこうした半ば公的な集《つど》いを開くことなど、およそありえなかったからである。ことに、ここ数週間、須田が長官室に一人こもっており、長官室への人の出入り、つまり、須田による高官たちの呼出しがめっきり減っていること、夕方も特に重要な公式行事以外はキャンセルしてまっすぐ帰宅する場合が多かったこと、そんな異例の事態が続く中でのこの出来事だったから、人々の不安は大きかった。

やがて、折口事務総長と篠原秘書課長兼広報課長に伴われて、須田長官が登場した。いつもは彼の姿を見るやいなや口をつぐみ姿勢を正す人々は、今日は、なぜか、須田の登場後もいくぶんざわめいていたが、それでも、彼がマイクを手にし、いつもの気迫に満ちた表情で語り始めると、水を打ったように静まりかえった。

「諸君、多忙な中お集まり頂き、感謝している。

わしの最高裁長官の任期も、すでに半ばを過ぎた。そこで、一つの節目として、司法行政を司る幹部職員諸君に、お集まり頂くこととした。

この間、様々なことがあったが、わしは、諸君の協力を得て、数々の難題を乗り越え、事務総長時代以来、振り返れば、民事局、人事局各局長時代以来の政策を一貫して推し進めてきた。日本の裁判所の基盤をより確固としたものとするために、日夜、る。

邁進《まいしん》してきたのだ。そのことについての諸君の御協力、御尽力には、深く感謝している。

今日、我が国の未曾有の繁栄は、とどまるところを知らない。世界第二の経済大国はおろか、ついに、世界第一の経済大国となる可能性さえもがみえ始めている、そのような状況にあるといっても過言ではないだろう。

我々は、先の戦争に敗れた。そのことは否定できない。しかし、わずか四十年余りで、焼け野原からここまでの復興と成長を成し遂げた。そのこともまた事実なのだ。

この輝かしい日本民族の成功の下にあって、司法も、また、戦後、長足の進歩を遂げた。行政の一部局から三権の一翼をになう存在となり、たゆまぬ努力によって、現在では、最高裁判所は、日本の奥の院とまでささやかれる存在となっている。

我々は、このような司法の現状を見据えながら、さらにこれを発展させ、立法、行政と比較しても、いかなる点においても何らの見劣りもしないような、鉄壁の組織としてゆかなければならない。

近年、経済発展の陰で、行政組織の弱体化、また、行政官僚の劣化傾向が指摘されている。わしも、そのことは否定しがたいと考えるし、おそらく、今後も、ますます、その傾向は進むことだろう。

しかし、それは、我々にとって、飛躍のまたとない機会でもある。司法が、司法こそが、裁判所こそが、きたるべき日本の未曾有の繁栄と覇権の時代にあって、その礎とならなければならないのだ。明日の日本は、司法が支えなければならないのだ。

その意味で、ことに、今後の民事裁判のあり方は、きわめて重要だ。純粋な民事訴訟、通常訴訟のみならず、行政訴訟、労働訴訟、国家賠償請求訴訟、憲法訴訟、そして、原発訴訟等をも含めて、それはいえることだ。諸君には、日本司法の司令塔としての役割を、存分に果たして頂く必要がある。

今日、わしは、新しい年度の初めに当たって、そのことを諸君に伝え、わし自身にも活を入れ、残されたわしの在任期間中、諸君の思いをわしの思いと一つにして頂きたいと考え、このささやかな宴を催すこととした。どうか、皆、短い時間ではあるが、楽しんで頂きたい。

挨拶は以上だ。それでは……」

シャンパンのコルクが抜かれ、淡い琥珀《こはく》色の液体が磨き上げられたグラスになみなみと注がれると、須田は、続いて、乾杯の音頭を取ろうとした。

その時、総務局の火取一課長が、つと一歩前に進み出、上体をぴんとそり返らせ、グラスを手にした右腕を、須田に向かって高々と差し出した。

「今日の長官の御挨拶、まことに感じ入りました。私どもも、長官と一丸となって、日本司法のますますの発展のために、鋭意努力する所存であります。

ただ、私は、民事裁判のみならず、刑事裁判もまた、国家の安寧《あんねい》秩序保持のためには、きわめて重要なものであると考えております。いや、民事裁判以上に重要であるとさえ、いえるかもしれません。

その意味で、日本の刑事司法は、精密司法は、まさに、世界に冠たるもの、誇るべきものであり、日本が刑事司法の分野で最も先進的な国の一つであることには、疑う余地がありません。

これまではわずかに冤罪事件も存在し、再審開始決定、再審無罪判決も、微々たるものではありますが、下されてまいりました。しかし、私は、さらに日本の刑事司法が進化した結果、今後、日本では、冤罪などというものは、事実上消滅するのではないかと考えております。私どもが、厳格な訓練を受けたキャリア裁判官が、厳正な審理を行った結果として、有罪の判決を下せば、その被告人は、有罪なのです。もはや、そのことを疑う余地などありません。今後、日本には、冤罪などというものはなくなる、なくなってゆくだろうと、私は、考えております。

長官の御挨拶に、お忘れかと思われた事柄を一点だけ付け加えさせて頂きたく、失礼ながら、あえて申し上げた次第でございます。御寛恕《ごかんじょ》頂けましたら、幸いに存じます」

室内は、針一本落ちても聞こえるほどの、ぎりぎりの緊張をはらんだ静寂に包まれた。火取の直接の上司である鰐川総務局長の顔は、みるみる、紙のように真っ白になった。

人々が固唾《かたず》を呑んで見守る中、須田と火取の、いつ果てるともしれないにらみ合いが続いた。しかし、とうとう、火取が、面《おもて》を伏せ、前方に突き出していた右腕をも下に下ろした。

須田は、なお数秒間、燃えるような瞳で火取をにらみ据えていたが、やがて、その顔面に、一抹の翳りが現れた。それは、そこに居並ぶ人々にはついぞ見覚えのない、須田の表情だった。しかし、一瞬の後、須田は、再び人々の中央をきっと見据えると、口を開いた。

「……出すぎた言葉もあったようだが、まあいい。今日は無礼講だ。不問に付すこととしよう。

さあ、それでは、力強く、乾杯しようではないか。

それでは、諸君。御唱和頂きたい。

日本国の今後の発展と繁栄、そして、日本国裁判所、ことに、最高裁判所の今後の発展と繁栄を祈念《きねん》して、乾杯！」

「乾杯！」

あちこちで人々がグラスを打ち合わせる音が、広い会議室に鋭く反響した。

17

三人の局付は、うらぶれた地下の食堂で最後の昼食を取った後、ほかの場所に挨拶に出かける算段をしていた。最後だから一つ正門から堂々と出て行ってやろうじゃないかと長谷川が提案し、野々宮が、それはいい思い付きだと喜んだ。ここのところずっと沈んでいた笹原も、この思い付きには、ほほえんで同意した。

「笹原さん、年末あたりからずうっと口もきかんから心配しとったけど、やっと少し元気が出てきたな。あんたがそういう顔で笑うと、小さな男の子みたいで、何となくええ感じやで」と長谷川が言った。

三人は、薄暗く長い廊下を通り抜け、広大な吹き抜けのある大ホールを経て、正面玄関から、建物の外に出た。

しばらく歩くと、三人は、正面玄関前の、大振りの敷石で埋め尽くされた広場の真ん中に立ち、正面玄関、最高裁判所の正面《ファサード》の方に向き直った。

「あばよ、最高裁！」

「馬鹿野郎。さっさとくたばっちまえ！」

「こんなところ、二度とくるか！」

三人は、正面《ファサード》に向かって口々に罵声を浴びせ、中指を立てて突き出し、それから、試験が終わったあとの学生たちのように一頻《ひとしき》り晴れやかに笑って、正門の方へと進んだ。

その時、前方上空に、一機の黒塗りのヘリコプターが現れた。最初、それは、小さな点のようにしか見えなかったが、高速でみるみる近付いてきた。かなり大型の機種に見えた。ヘリは、すさまじい爆音を響かせながら、低空飛行で、三人の頭上を通り過ぎていった。

「なんやなんや？　なんで、こんなとこをヘリが低空で飛ぶんや？」

「港区にあるテレビ局の方へ行くんじゃないかなあ？　それにしても、低く飛んでいったね……。まるで戦争みたいだ」

「何か大きな事件でもあったんやろな、あのあわてようは」

長谷川と野々宮は、そんなのどかな会話を交わしていた。

だが、その時彼らの後ろにいた笹原は、その会話を、間遠く、かつ、途切れ途切れにしか聞き取れていなかった。

全く予期していなかったヘリコプターのすさまじい爆音によって、彼のまわりの空間は、いや、時空は、それまでに一度も経験したことのないほどのひどさでゆらゆらとゆがみ、ねじれ、また、その爆音自体も、その後の二人の会話も、同様に、ゆがみ、ねじれて聞こえていた。さらに、笹原の身体にも、ヘリが上空を通過した瞬間に、引き裂くような激痛が、斜めに走った。そのために、彼は、一度は張り飛ばされたように横様《よこざま》に倒れかけたが、ようやくのことで、体勢を立て直し、敷石に膝をついていた。

そして、笹原の周囲で、すべての音が、ふっと消失した。

《ああ……あれがくる、あれがくる。それも、これまでにない大きなやつが……。見てはいけない、見てはだめだ》そう思いながらも、笹原は、抗しがたい力に引きずられるように、膝をついたまま身体をねじって、最高裁判所の正面《ファサード》の方に向き直った。

最高裁判所の正面《ファサード》は、彼の眼前で、何倍もの大きさにふくれあがり、全体が陽炎《かげろう》のようにゆらゆらと揺れながら、一方、どっしりとした花崗岩の重量感をも、倍加していた。

そして、一瞬の後、それは、音のない世界で、火を噴いた。

火山の噴火のような真っ赤な火柱が、一気に、建物の何倍もの高さにまで立ち昇り、業火に包まれた正面《ファサード》は、燃える黒い巨塔と化して、笹原の目の前いっぱいに立ちはだかった。

《ああ、何ということだ……。最高裁判所が燃える。最高裁が燃えている。最高裁判所が、最高裁が……燃えてしまう……》

長谷川と野々宮が左右から笹原の腕を支え、彼の耳元で、大声で何か叫んでいるようだった。けれども、その言葉は、笹原には全く聞き取れなかった。

「大丈夫……。少しだけ待って、すぐに治まるから……。もう少しだけ待って、もう少しだけ……」

しかし、笹原の目の前の地獄の業火は、いよいよすさまじく、赤々と燃えさかり、その中にあって、最高裁判所は、黒い巨塔は、彼の言葉をあざ笑うかのように、その影を、暗さを増しながら、そびえ立ち続けていた。

笹原は、まばたきもしないで、その業火と、業火の内にある黒い巨塔を、見詰めていた。

エピローグ

それから三十年近くが経過した……。

須田謙造《すだけんぞう》最高裁長官は、三年後に、最高裁長官を定年退官した。

須田の後任については、須田は、内閣との折衝と妥協の末、結局、民事系の裁判官をあきらめ、その時点では事務総長から高裁長官を経て最高裁判事となっていた刑事系の**折口茂**《おりぐちしげる》に後事《こうじ》を託すことに決めた。しかし、折口は、須田に言い含められたその後の最高裁判事人事の予定をことごとくくつがえした。さらに、腹心の部下たちもまた、須田を裏切った。

須田は、七十七歳の夏に、宿泊先のホテルを出て海岸をジョギング中、心筋梗《こう》塞《そく》で急逝《きゅうせい》した。遺体の右手は、沈み行く夕陽の方に向かって伸ばされていたという。

神林弘人《かんばやしひろと》首席調査官、**水沼隆史**《みずぬまたかし》人事局長、**鰐川勲**《わにかわいさむ》総務局長、**篠原勉**《しのはらつとむ》秘書課長兼広報課長、**火取恭一郎**《ひとりきょういちろう》総務局一課長、**影浦昌平**《かげうらしょうへい》行政局一課長、**谷崎達哉**《たにざきたつや》総務局付は、いずれも、その後、最高裁判事となった。

うち数名は、最高裁長官をも務めた。

矢尾道芳《やおみちよし》民事局長兼行政局長は、高裁長官でそのキャリアを終え、念願の最高裁入りを果たすことはできなかった。

桂木秀行《かつらぎひでゆき》民事局一課長は、生来の性格から、あちこちで周囲や部下たちとの衝突を繰り返したが、それでも、大高裁の裁判長や大地裁の所長を無事勤め上げて、定年を迎えた。

田淵留助《たぶちとめすけ》民事局二課長は、ある時期に後輩有力裁判長たちの造反にあい、東京地裁を出ることを余儀なくされた。その際、「それでは、私は、民事局長にも東京の所長代行にもなられへんやないですか？」と叫んだという。それでも、桂木同様、大高裁の裁判長や大地裁の所長を無事勤め上げて、定年を迎えた。

柳川俊之《やながわとしゆき》総務局二課長は、一課長を経て裁判の現場に戻った後、行き詰まり、心身の不調で退官した。その後回復して弁護士となり、大手弁護士事務所で知的財産権訴訟を専門としながら、依頼があれば、庶民の小さな事件をも手がけているという。

長谷川朔也《はせがわさくや》民事局付は、後に、行政局二課長、一課長を務めたが、その後、裁判長として、多数の行政訴訟、国家賠償請求訴訟等で原告勝訴の判決を下し、裁判所当局にマークされる裁判官の一人となった。

笹原駿《ささはらしゆん》民事局付は、東京やその周辺と地方の地裁、高裁を行き来しながら、如月《きさらぎ》光一《こういち》の遺言を心に留めて民法の研究に打ち込むとともに、民事訴訟を担当し続け、良心的な民事系裁判長として知られるようになった。

野々宮敏和《ののみやとしかず》民事局付は、その後、刑事系の人材払底を理由に、刑事系に転身させられた。彼もまた、刑事系における良心的な裁判長として知られている。

民事局から人事局に移った熊西祥吾《くまにししょうご》局付は、後に事務総長を務めた。

その当時のほかの局付たちは、多くが、地方の地家裁所長を経た後、高裁長官、事務総長、首席調査官、大地家裁の所長、大高裁の裁判長といったポストを務めている。

病気、定年、天下り等ですでに退官した者、また、亡くなった者もいる。

全国紙社会部司法担当デスク灰谷怜司《はいたにれいじ》は、その後、裁判所や検察庁の人脈とのつながりをバックに上級役員にまで昇り詰め、さらに、系列テレビ局の社長に就任した。

同紙社会部記者鳥海景子《とりうみけいこ》は、如月光一の死を知った後、「私たちが如月裁判官を殺した」との言葉を残して退社。家族と子どもの問題を主なテーマとするフリーのジャーナリスト、ライターとなった。地味ながら質の高い一連の著作で知られている。

如月光一福島地裁判事補がその生命を賭《と》した福島地裁の原発行政訴訟については、第一審の安川清吾裁判長が一年後に請求を棄却。高裁、最高裁とも同様の結論で、確定した。

しかし、その後も、原発民事訴訟については、請求を認容する下級審判決、仮処分が複数現れたため、電力業界は、国民党に対して強力なロビイ活動を展開し、原発訴訟については、東京、大阪に新たに設けられた原発訴訟専門の裁判所に行政訴訟の形式で訴えることしか許さないという立法を実現させ、ここに、原発訴訟は、事実上その息の根を止められることとなった。

如月愛《きさらぎあい》は、一年余の世界放浪後帰国し、人類学を専攻した。

トバモリーは、老いてなお元気だったが、ある時、後足を引きずって歩くようになり、動物病院で悪性腫瘍を発見された。苦痛が激しいため、笹原の幼なじみである医師の計らいにより、麻酔薬を用いて安楽死させられることになった。注射をされたトバモリーは、笹原の膝の上から二人を交互に見詰めていたが、やがて、うなずくように首をすくめ、静かに目を閉じた。享年十九であった。

解説

清水　潔
（ジャーナリスト）

最高裁判所——。

皇居を見下ろす三宅坂の地に花崗岩を組み上げてそそり立つ要塞。居並ぶ裁判官は「識見が高く法律の素養がある」方々だという。一般庶民には縁もゆかりもないその施設内で、どんな立派な人々がどのような仕事をしているのか、それが漏《も》れ伝わることはあまりない。裏舞台が赤裸々に書かれた本も読んだ記憶がない。ネットやＳＮＳの時代にも鉄のカーテンに守られた数少ない聖域なのであろう。

本書『黒い巨塔』は、そのベールの向こう側を可視化していく小説である。最高裁事務総局民事局付《きよくづき》に異動となった判事補・笹原駿《しゆん》というひとりの男の目を使い、読者は聖域に侵入していくことになる。ただし、本書は架空の出来事を書いたフィクションである。笹原をはじめとする登場人物は一人も実在しない。その点は肝に銘じて読み進めなければならない。

最高裁着任早々、笹原はこれまでの職場だった東京地裁民事部との違いを上司たちから思い知らされる。

《事務総局のメンバーである裁判官たちは、裁判を行っている裁判官たちよりも一段高い存在なのであり、地裁ではそれなりに評価されてきただろう君も、もし我々の仲間に加わりたいのなら、これまでにつちかってきた考え方やものの見方を一度は御破算にし、性根を入れ替えてもらわなければならない》

エリートである裁判官の世界でも、ここ最高裁はエリートの格が違うのだ……、そんな生臭い幕開けなのである。

最高裁には十五名の最高裁裁判官からなる裁判部門と、裁判官や職員で構成される司法行政部門があり、事務総局は人事、経理、総務……などを担っているという。組織の中で人と金を握るということがどれ程の権力を握るかは敢えて語るまでもないだろう。それはつまり裁判官たちの首根っこを押さえられるということになる。

そんな環境の末席に置かれた笹原たちは息苦しい日々を強いられることになる。無理難題を押し付けられて精神を病《や》んでいく者も現れる。

「誰もが、ここから出られる日を指折り数えながら日々を過ごしている。（略）いわば、ここは、一種の牢獄、収容所、ラーゲリなのだ」

笹原の目に映った聖域とは思想を統一させるための牢獄だったのである。

＊

事件記者という仕事を長くやってきた私は、これまで裁判を傍聴する機会が多かった。

静寂な空気が張り詰める裁判所――。

見上げる壇上に姿を現す法服の裁判官たち。起立、礼。厳《おごそ》かに流れ出すのは神の声なのか。「主文……、被告人を死刑に処する」。人の命運を定め、すっとどこかに消えていく黒服の後ろ姿。そんな判決が決められる楽屋とはいったいどんな雰囲気なのだろうか。立ち入り禁止のその先が私はずっと気になっていた。本書にはその舞台裏とも思えるような場面も描かれている。ある事件で死刑判決を避けた高裁についての最高裁の反応だった。

十九歳の少年が三人のタクシー運転手を殺害したという事件だった。地裁は死刑判決を下したが、続く高裁は無期懲役と分かれた。最高裁内部でその無期懲役の理由を伝えようとするのは首席調査官だ。対する最高裁長官は「何を言っているのか」とその説明に激昂。手にしていたファイルを机に叩きつける。傍らの事務総局事務総長がその怒りを引き取るように言った。

「死刑判決は、多ければ多いほどいい。庶民のやり場のない怒りや不安、報復感情を満足させ、それらが望ましくない方向へ向かうのを予防する効果がある」。その言葉に「わしもそう思う」と応じる長官……。

望ましくない方向……。なんとも深みを感じる言葉ではなかろうか。

瀬木氏は本書をあくまでフィクションであると強調する。もちろん具体的な話の内容はそうなのであろう。とはいえ部外者にとって驚かされるのは、一般企業の裏側にもなかなかいないような俗人が、あの荘厳な要塞の中に存在するらしいというリアリズムではなかろうか。

上司に抗議をしたことで家裁の支部に左遷された、普通の官庁ならノンキャリアに当たるある係長書記官は、内輪の送別会でその上司を名指しして息巻く「野郎、いつかぶっ殺してやる！」。

普通のフィクション作家ならまず描かないこれらのシーン。いや書けないのだ。なぜか？　それは「そんなことがあるはずがない」と信じているからである。極端に荒唐無稽な話は受け入れられないと作家は知っているからだ。だが、ベールの向こう側を知り尽くしている者ならば自信を持ってギリギリまで行くことはできる。瀬木小説の強さはまさにここにある。

＊

前述したように裁判所の裏側を知らなかった私は、いつかチャンスを見つけて裁判官に取材を試みたいと考えていたのだが、数年前にそのチャンスに巡り会えた。瀬木さんにご無理を言って三日間にも及ぶ膝詰め取材をさせてもらったのだ。ここぞとばかりに積年の疑問をぶつけるロングインタビューになった。瀬木さんの口から飛び出す言葉の驚きは今も忘れない。

中でも印象深かったのは三権分立の崩壊だ。

ご存知のように司法、立法、行政という国家の三つの権力は「三権分立」システムになっている。立法権は国会が、行政権は内閣が持っているので、万一それらが暴走した場合には、違憲立法審査権を持つ裁判所が、「権力チェック機構」としてブレーキをかける仕組みだ。だが、もしもその裁判所が政治に「忖度《そんたく》」したらいったいどうなるのだろうか？　瀬木さんの話を伺っているうちに、そんな現実がひたひたと迫っているような怖さを覚えたものだ。

政治や権力に忖度する裁判所の実態。

一般の人間にはにわかに信じがたい話なのだが、本書の中にも事例として読みやすく埋め込まれている。

さて、本書の筋書きについて少々触れてみたい。

＊

ある原子力発電所の冷却装置には非常用の発電機が備えられていた。だが、万一その原発が大津波に襲われた場合、電源が喪失するという危険が内部で指摘されていた。しかしそのシミュレーションの結果は電力会社によって握りつぶされていたのだ。それだけではない。原発内部の制御棒が脱落し臨界状態になったという現実も隠蔽されていた。これらの事実が内部告発され、この原発に対して稼動を認めないための差止め請求が起こされた。地裁はその請求を認める。つまり原発を動かすことはできなくなったのである。ところが、その請求を認めた裁判官が本来の異動時期ではないにも拘らず、突然に別の裁判所に転勤を命じられる……。

まるでどこかで聞いたような話ではないか。フィクションとして、そんなケースの裏側の動きをスケッチしたかのような描写に興味が湧かないはずはない。最高裁長官が新たにその裁判所に送り込んだのは絶対に「仮処分の取消決定」を出す裁判官であった。

与党が重んじる原発。その陰の実力者とも言われる大物政治家から呼びつけられた最高裁長官は、原発の稼働停止判決は困るとはっきりと突きつけられていたのだ。これこそがまさに三権分立の危機なのだが、当の長官は自身の部下を呼びつけて最高裁の中で吠えた。

「今後原発は止めん、絶対に止めん。それがわしの意志だ」

長官は、全国の裁判官たちに大きな影響を与える「裁判官協議会」のテーマを原発訴訟とすることを命じる。協議会とは何か？　国全体に関わるような重要な訴訟案件などについて、最高裁はその方向性を統一したい。そこで協議会において事前に判決を先取りしたような内容を示し、つまりは裁判官を事前統制するという。

長官肝入りの協議会の準備を命じられた笹原だったが、改めて原発について調べてみると原発は安全なものとは思えず、万一事故が起こった場合の結果はあまりに重大であることを認識する。最高裁の最高権力者と対立してしまうことになる笹原。彼はいったいどんな道を選んでいくのか……。

内部を知り尽くした瀬木氏だからこそ、思い切りよく綴《つづ》られていく本書が、フィクションであることをここでもう一度念押ししておきたい。何度もくどくて申し訳ないが、それほどにリアルで真に迫っているからである。

本書は二〇一六年十月、小社より単行本として刊行されたものです。

|著者| 瀬木比呂志　1954年名古屋市生まれ。東京大学法学部在学中に司法試験に合格。1979年以降裁判官として東京地裁、最高裁等に勤務。2012年明治大学教授に転身、専門は民事訴訟法・法社会学。在米研究2回。著書に、『絶望の裁判所』『ニッポンの裁判』『民事裁判入門——裁判官は何を見ているのか』（いずれも講談社現代新書）、『裁判所の正体——法服を着た役人たち』（清水潔氏との対談。新潮社）、『リベラルアーツの学び方』（ディスカヴァー・トゥエンティワン）、『教養としての現代漫画』（日本文芸社）、『裁判官・学者の哲学と意見』（現代書館）、専門書主著6冊、また関根牧彦の筆名による小説『映画館の妖精』（騒人社）等がある。2015年、『ニッポンの裁判』により第2回城山三郎賞を受賞。

黒《くろ》い巨塔《きよとう》　最高裁判所《さいこうさいばんしょ》

瀬木比呂志《せぎひろし》

2019年11月14日第1刷発行
2019年12月25日第2刷発行

講談社文庫
定価はカバーに
表示してあります

発行者——渡瀬昌彦
発行所——株式会社　講談社
東京都文京区音羽2-12-21　〒112-8001
電話　出版　(03)　5395-3510
　　　販売　(03)　5395-5817
　　　業務　(03)　5395-3615

Printed in Japan

デザイン—菊地信義
製版———株式会社新藤慶昌堂
印刷———株式会社新藤慶昌堂
製本———株式会社国宝社

ISBN978-4-06-516950-6

講談社文庫刊行の辞

二十一世紀の到来を目睫に望みながら、われわれはいま、人類史上かつて例を見ない巨大な転換期をむかえようとしている。

世界も、日本も、激動の予兆に対する期待とおののきを内に蔵して、未知の時代に歩み入ろうとしている。このときにあたり、創業の人野間清治の「ナショナル・エデュケイター」への志を現代に甦らせようと意図して、われわれはここに古今の文芸作品はいうまでもなく、ひろく人文・社会・自然の諸科学から東西の名著を網羅する、新しい綜合文庫の発刊を決意した。

激動の転換期はまた断絶の時代である。われわれは戦後二十五年間の出版文化のありかたへの深い反省をこめて、この断絶の時代にあえて人間的な持続を求めようとする。いたずらに浮薄な商業主義のあだ花を追い求めることなく、長期にわたって良書に生命をあたえようとつとめるところにしか、今後の出版文化の真の繁栄はあり得ないと信じるからである。

同時にわれわれはこの綜合文庫の刊行を通じて、人文・社会・自然の諸科学が、結局人間の学にほかならないことを立証しようと願っている。かつて知識とは、「汝自身を知る」ことにつきていた。現代社会の瑣末な情報の氾濫のなかから、力強い知識の源泉を掘り起し、技術文明のただなかに、生きた人間の姿を復活させること。それこそわれわれの切なる希求である。

われわれは権威に盲従せず、俗流に媚びることなく、渾然一体となって日本の「草の根」をかたちづくる若く新しい世代の人々に、心をこめてこの新しい綜合文庫をおくり届けたい。それは知識の泉であるとともに感受性のふるさとであり、もっとも有機的に組織され、社会に開かれた万人のための大学をめざしている。大方の支援と協力を衷心より切望してやまない。

一九七一年七月

野間省一

講談社文庫　目録

芥川龍之介　藪の中
有吉佐和子　新装版 和宮様御留
阿川弘之　春風落月
阿川弘之　亡き母や
阿刀田　高　ナポレオン狂
阿刀田　高　新装版 ブラック・ジョーク大全
阿刀田　高　新装版 食べられた男
阿刀田　高　新装版 妖しいクレヨン箱
阿刀田　高　新装版 奇妙な昼さがり
阿刀田高編　ショートショートの花束1
阿刀田高編　ショートショートの花束2
阿刀田高編　ショートショートの花束3
阿刀田高編　ショートショートの花束6
阿刀田高編　ショートショートの花束7
阿刀田高編　ショートショートの花束8
阿刀田高編　ショートショートの花束9
安房直子　南の島の魔法の話
相沢忠洋　「岩宿」の発見〈幻の旧石器を求めて〉
安西篤子　花あざ伝奇

赤川次郎　真夜中のための組曲
赤川次郎　東西南北殺人事件
赤川次郎　起承転結殺人事件
赤川次郎　冠婚葬祭殺人事件
赤川次郎　人畜無害殺人事件
赤川次郎　純情可憐殺人事件
赤川次郎　結婚記念殺人事件
赤川次郎　豪華絢爛殺人事件
赤川次郎　妖怪変化殺人事件
赤川次郎　流行作家殺人事件
赤川次郎　ABCD殺人事件
赤川次郎　狂気乱舞殺人事件
赤川次郎　女優志願殺人事件
赤川次郎　輪廻転生殺人事件
赤川次郎　百鬼夜行殺人事件
赤川次郎　偶像崇拝殺人事件
赤川次郎　四字熟語殺人事件〈ベスト・セレクション〉
赤川次郎　三姉妹探偵団
赤川次郎　三姉妹探偵団2〈キャンパス篇〉

赤川次郎　三姉妹探偵団3〈珠美・初恋篇〉
赤川次郎　三姉妹探偵団4〈怪奇篇〉
赤川次郎　三姉妹探偵団5〈復讐篇〉
赤川次郎　三姉妹探偵団6〈危機一髪篇〉
赤川次郎　三姉妹探偵団7〈駈け落ち篇〉
赤川次郎　三姉妹探偵団8〈人質篇〉
赤川次郎　三姉妹探偵団9〈青ひげ篇〉
赤川次郎　三姉妹探偵団10〈父恋し篇〉
赤川次郎　死が小径をやってくる〈三姉妹探偵団11〉
赤川次郎　死神のお気に入り〈三姉妹探偵団12〉
赤川次郎　次女と野獣〈三姉妹探偵団13〉
赤川次郎　心地よい悪夢〈三姉妹探偵団14〉
赤川次郎　ふるえて眠れ、三姉妹〈三姉妹探偵団15〉
赤川次郎　三姉妹、呪いの道行〈三姉妹探偵団16〉
赤川次郎　三姉妹、初めてのおつかい〈三姉妹探偵団17〉
赤川次郎　恋の花咲く三姉妹〈三姉妹探偵団18〉
赤川次郎　月もおぼろに三姉妹〈三姉妹探偵団19〉
赤川次郎　三姉妹、ふしぎな旅日記〈三姉妹探偵団20〉

赤川次郎　三姉妹、清く貧しく美しく〈三姉妹探偵団21〉
赤川次郎　三姉妹と忘れじの面影〈三姉妹探偵団22〉
赤川次郎　三姉妹、舞踏会への招待〈三姉妹探偵団23〉
赤川次郎　三人姉妹殺人事件〈三姉妹探偵団24〉
赤川次郎　三姉妹、さびしい入江の歌〈三姉妹探偵団25〉
赤川次郎　沈める鐘の殺人
赤川次郎　静かな町の夕暮に
赤川次郎　ぼくが恋した吸血鬼
赤川次郎　秘書室に空席なし
赤川次郎　我が愛しのファウスト
赤川次郎　手首の問題
赤川次郎　おやすみ、夢なき子
赤川次郎　二重奏《デュオ》
赤川次郎　メリー・ウィドウ・ワルツ
赤川次郎ほか　二十四粒の宝石〈超短編小説傑作集〉
赤川次郎・横田順彌　二人だけの競奏曲
新井素子　グリーン・レクイエム
安土敏　小説スーパーマーケット(上)(下)
安土敏　償却済社員、頑張る

阿井景子　真田幸村の妻
浅野健一　新・犯罪報道の犯罪
安能務訳　封神演義 全三冊
安部譲二　絶滅危惧種の遺言
安西水丸　東京美女散歩
トルーマン・カポーティ　安西水丸訳　真夏の航海
綾辻行人　緋色の囁き
綾辻行人　暗闇の囁き
綾辻行人　黄昏の囁き
綾辻行人　殺人方程式〈切断された死体の問題〉
綾辻行人　鳴風荘事件 殺人方程式II
綾辻行人　十角館の殺人〈新装改訂版〉
綾辻行人　水車館の殺人〈新装改訂版〉
綾辻行人　迷路館の殺人〈新装改訂版〉
綾辻行人　人形館の殺人〈新装改訂版〉
綾辻行人　時計館の殺人〈新装改訂版〉(上)(下)
綾辻行人　黒猫館の殺人〈新装改訂版〉
綾辻行人　暗黒館の殺人 全四冊
綾辻行人　びっくり館の殺人

綾辻行人　奇面館の殺人(上)(下)
綾辻行人　どんどん橋、落ちた〈新装改訂版〉
阿井渉介　荒《あら》南風《はえ》
阿井渉介　うなぎ丸の航海
阿井渉介　生首岬の殺人〈警視庁捜査一課事件簿〉
阿井渉介・阿部牧郎他　薄灯かり〈官能時代小説アンソロジー〉
阿井文瓶　伏龍〈海底の少年特攻兵〉
我孫子武丸　0の殺人
我孫子武丸　人形はこたつで推理する
我孫子武丸　人形は遠足で推理する
我孫子武丸　人形はライブハウスで推理する
我孫子武丸　新装版 8の殺人
我孫子武丸　眠り姫とバンパイア
我孫子武丸　狼と兎のゲーム
我孫子武丸　新装版 殺戮にいたる病
有栖川有栖　ロシア紅茶の謎
有栖川有栖　スウェーデン館の謎
有栖川有栖　ブラジル蝶の謎
有栖川有栖　英国庭園の謎

講談社文庫　目録

赤井三尋　翳《かげ》りゆく夏
赤井三尋　面影はこの胸に
あさのあつこ　NO.6〔ナンバーシックス〕#1
あさのあつこ　NO.6〔ナンバーシックス〕#2
あさのあつこ　NO.6〔ナンバーシックス〕#3
あさのあつこ　NO.6〔ナンバーシックス〕#4
あさのあつこ　NO.6〔ナンバーシックス〕#5
あさのあつこ　NO.6〔ナンバーシックス〕#6
あさのあつこ　NO.6〔ナンバーシックス〕#7
あさのあつこ　NO.6〔ナンバーシックス〕#8
あさのあつこ　NO.6〔ナンバーシックス〕#9
あさのあつこ　NO.6beyond〔ナンバーシックス・ビヨンド〕
あさのあつこ　待　っ　て　る　〈橘屋草子〉
あさのあつこ　さいとう市立さいとう高校野球部(上)(下)
あさのあつこ　甲子園でエースしちゃいました〈さいとう市立さいとう高校野球部〉
赤城　毅　虹のつばさ
赤城　毅　麝《じゃ》香《こう》姫《ひめ》の恋文
赤城　毅　書《ル》・物《トリ》法《ビュ》廷《ナル》
阿部夏丸　泣けない魚たち
阿部夏丸　父のようにはなりたくない
青山　潤　アフリカにょろり旅
梓　河人　ぼくとアナン
朝倉かすみ　感応連鎖
朝比奈あすか　憂鬱なハスビーン
朝比奈あすか　あの子が欲しい
荒山　徹　柳生大戦争
荒山　徹　柳生大作戦(上)(下)
天野作市　気高き昼寝
天野作市　みんなの旅行
青柳碧人　浜村渚の計算ノート
青柳碧人　浜村渚の計算ノート　2さつめ〈ふしぎの国の期末テスト〉
青柳碧人　浜村渚の計算ノート　3さつめ〈水色コンパスと恋する幾何学〉
青柳碧人　浜村渚の計算ノート　3と½さつめ〈ふえるま島の最終定理〉
青柳碧人　浜村渚の計算ノート　4さつめ〈方程式は歌声に乗って〉
青柳碧人　浜村渚の計算ノート　5さつめ〈鳴くよウグイス、平面上〉
青柳碧人　浜村渚の計算ノート　6さつめ〈パピルスよ、永遠に〉
青柳碧人　浜村渚の計算ノート　7さつめ〈悪魔とポタージュスープ〉
青柳碧人　浜村渚の計算ノート　8さつめ〈虚数じかけの夏みかん〉
青柳碧人　浜村渚の計算ノート　8と2分の1さつめ〈つるかめ家の一族〉
青柳碧人　浜村渚の計算ノート　9さつめ〈恋人たちの必勝法《マーチンゲール》〉
青柳碧人　双月高校、クイズ日和
青柳碧人　東京湾　海中《かいちゅう》高校
青柳碧人　希《レ》土《ア》類《アース》・少女《ガール》
朝井まかて　花《はな》競《くら》べ〈向嶋なずな屋繁盛記〉
朝井まかて　ちゃんちゃら
朝井まかて　すかたん
朝井まかて　ぬけまいる
朝井まかて　恋　歌
朝井まかて　阿《お》蘭《らん》陀《だ》西《さい》鶴《かく》
朝井まかて　藪《やぶ》医《い》　ふらここ堂
朝井まかて　福　袋
歩《あゆみ》　りえこ　ブラを捨て旅に出よう〈貧乏乙女《ぜろか》の〝世界一周〟旅行記〉
安藤祐介　営業零課接待班
安藤祐介　被取締役《とりしまられやく》新入社員
安藤祐介　お　い！　山　田〈大翔製菓広報宣伝部〉
安藤祐介　宝くじが当たったら
安藤祐介　一〇〇〇ヘクトパスカル

五木寛之　燃える秋
五木寛之　真夜中の望遠鏡〈流されゆく日々'78〉
五木寛之　ナホトカ青春航路〈流されゆく日々'79〉
五木寛之　旅の幻燈
五木寛之　他力
五木寛之　こころの天気図
五木寛之　新装版 恋歌
五木寛之　百寺巡礼 第一巻 奈良
五木寛之　百寺巡礼 第二巻 北陸
五木寛之　百寺巡礼 第三巻 京都Ⅰ
五木寛之　百寺巡礼 第四巻 滋賀・東海
五木寛之　百寺巡礼 第五巻 関東・信州
五木寛之　百寺巡礼 第六巻 関西
五木寛之　百寺巡礼 第七巻 東北
五木寛之　百寺巡礼 第八巻 山陰・山陽
五木寛之　百寺巡礼 第九巻 京都Ⅱ
五木寛之　百寺巡礼 第十巻 四国・九州
五木寛之　海外版 百寺巡礼 インド1
五木寛之　海外版 百寺巡礼 インド2

五木寛之　海外版 百寺巡礼 朝鮮半島
五木寛之　海外版 百寺巡礼 中国
五木寛之　海外版 百寺巡礼 ブータン
五木寛之　海外版 百寺巡礼 日本・アメリカ
五木寛之　青春の門 第七部 挑戦篇
五木寛之　青春の門 第八部 風雲篇
五木寛之　親鸞 青春篇(上)(下)
五木寛之　親鸞 激動篇(上)(下)
五木寛之　親鸞 完結篇(上)(下)
五木寛之　五木寛之の金沢さんぽ
井上ひさし　モッキンポット師の後始末
井上ひさし　ナイン
井上ひさし　四千万歩の男 全五冊
井上ひさし　四千万歩の男 忠敬の生き方
井上ひさし　ふふふ
井上ひさし　ふふふふ
井上ひさし　黄金《きん》の騎士団(上)(下)
井上ひさし　一分ノ一(上)(中)(下)
井上ひさし／司馬遼太郎　新装版 国家・宗教・日本人

池波正太郎　私の歳月
池波正太郎　よい匂いのする一夜
池波正太郎　梅安料理ごよみ
池波正太郎　わが家の夕めし
池波正太郎　新装版 緑のオリンピア
池波正太郎　新装版 殺しの四人〈仕掛人・藤枝梅安(一)〉
池波正太郎　新装版 梅安蟻地獄〈仕掛人・藤枝梅安(二)〉
池波正太郎　新装版 梅安最合傘〈仕掛人・藤枝梅安(三)〉
池波正太郎　新装版 梅安針供養〈仕掛人・藤枝梅安(四)〉
池波正太郎　新装版 梅安乱れ雲〈仕掛人・藤枝梅安(五)〉
池波正太郎　新装版 梅安影法師〈仕掛人・藤枝梅安(六)〉
池波正太郎　新装版 梅安冬時雨〈仕掛人・藤枝梅安(七)〉
池波正太郎　新装版 忍びの女(上)(下)
池波正太郎　新装版 殺しの掟
池波正太郎　新装版 抜討ち半九郎
池波正太郎　新装版 娼婦の眼
池波正太郎　近藤勇白書(上)(下)〈レジェンド歴史時代小説〉
井上　靖　楊貴妃伝
石牟礼道子　新装版 苦《く》海《がい》浄《じょう》土《ど》〈わが水俣病〉

講談社文庫　目録

今西祐行　肥後の石工
いわさきちひろ　ちひろのことば
いわさきちひろ
松本　猛　いわさきちひろの絵と心
いわさきちひろ
絵本美術館編　ちひろ・子どもの情景〈文庫ギャラリー〉
いわさきちひろ
絵本美術館編　ちひろ・紫のメッセージ〈文庫ギャラリー〉
いわさきちひろ
絵本美術館編　ちひろの花ことば〈文庫ギャラリー〉
いわさきちひろ
絵本美術館編　ちひろのアンデルセン〈文庫ギャラリー〉
いわさきちひろ
絵本美術館編　ちひろ・平和への願い〈文庫ギャラリー〉
石野径一郎　新装版　ひめゆりの塔
今西錦司　生物の世界
井沢元彦　義経幻殺録
井沢元彦　光と影の武蔵〈切支丹秘録〉
井沢元彦　新装版　猿丸幻視行
一ノ瀬泰造　地雷を踏んだらサヨウナラ
泉　麻人　大東京23区散歩
伊井直行　ポケットの中のレワニワ
伊集院　静　乳房
伊集院　静　遠い昨日
伊集院　静　夢は枯野を〈競輪躁鬱旅行〉

伊集院　静　野球で学んだこと　ヒデキ君に教わったこと
伊集院　静　峠の声
伊集院　静　白秋
伊集院　静　潮流
伊集院　静　機関車先生
伊集院　静　冬の蜻蛉《とんぼ》
伊集院　静　オルゴール
伊集院　静　昨日スケッチ
伊集院　静　アフリカの王(上)(下)〈『アフリカの絵本』改題〉
伊集院　静　あづま橋
伊集院　静　ぼくのボールが君に届けば
伊集院　静　駅までの道をおしえて
伊集院　静　受け月
伊集院　静　坂の上のμ〈野球小説アンソロジー〉
伊集院　静　ねむりねこ
伊集院　静　新装版　三年坂
伊集院　静　お父やんとオジさん(上)(下)
伊集院　静　ノボさん(上)(下)〈小説　正岡子規と夏目漱石〉
いとうせいこう　存在しない小説

井上夢人　おかしな二人〈岡嶋二人盛衰記〉
井上夢人　メドゥサ、鏡をごらん
井上夢人　ダレカガナカニイル…
井上夢人　プラスティック
井上夢人　オルファクトグラム(上)(下)
井上夢人　もつれっぱなし
井上夢人　あわせ鏡に飛び込んで
井上夢人　魔法使いの弟子たち(上)(下)
井上夢人　ラバー・ソウル
池宮彰一郎　高杉晋作(上)(下)〈レジェンド歴史時代小説〉
池井戸　潤　果つる底なき
池井戸　潤　架空通貨
池井戸　潤　銀行狐
池井戸　潤　仇敵
池井戸　潤　BT'63(上)(下)
池井戸　潤　空飛ぶタイヤ(上)(下)
池井戸　潤　鉄の骨
池井戸　潤　新装版　銀行総務特命
池井戸　潤　新装版　不祥事

講談社文庫　目録

講談社文庫　目録

内田康夫　シーラカンス殺人事件
内田康夫　パソコン探偵の名推理
内田康夫　「横山大観」殺人事件
内田康夫　江田島殺人事件
内田康夫　琵琶湖周航殺人歌
内田康夫　夏泊殺人岬
内田康夫　「信濃の国」殺人事件
内田康夫　鐘
内田康夫　風葬の城
内田康夫　透明な遺書
内田康夫　鞆《とも》の浦《うら》殺人事件
内田康夫　箱庭
内田康夫　終幕《フィナーレ》のない殺人
内田康夫　御堂筋殺人事件
内田康夫　記憶の中の殺人
内田康夫　北国街道殺人事件
内田康夫　蜃気楼
内田康夫　「紅藍《くれない》の女《ひと》」殺人事件
内田康夫　「紫《むらさき》の女《ひと》」殺人事件

内田康夫　藍色回廊殺人事件
内田康夫　明日香の皇子
内田康夫　伊香保殺人事件
内田康夫　不知火《しらぬい》海《かい》
内田康夫　華の下にて
内田康夫　博多殺人事件
内田康夫　中央構造帯(上)(下)
内田康夫　黄金の石橋
内田康夫　金沢殺人事件
内田康夫　朝日殺人事件
内田康夫　湯布院殺人事件
内田康夫　釧路湿原殺人事件
内田康夫　貴賓室の怪人〈「飛鳥」編〉
内田康夫　イタリア幻想曲 貴賓室の怪人2
内田康夫　靖国への帰還
内田康夫　若狭殺人事件
内田康夫　化生の海
内田康夫　日光殺人事件
内田康夫　不等辺三角形

内田康夫　ぼくが探偵だった夏
内田康夫　怪談の道
内田康夫　逃げろ光彦〈内田康夫と5人の女たち〉
内田康夫　皇女の霊柩
内田康夫　悪魔の種子
内田康夫　戸隠伝説殺人事件
内田康夫　歌わない笛
内田康夫　新装版 死者の木霊
内田康夫　新装版 漂泊の楽人
内田康夫　新装版 平城山《ならやま》を越えた女
内田康夫　秋田殺人事件
内田康夫　孤道
和久井清水　孤道 完結編〈金色の眠り〉
歌野晶午　死体を買う男
歌野晶午　安達ヶ原の鬼密室
歌野晶午　新装版 長い家の殺人
歌野晶午　新装版 白い家の殺人
歌野晶午　新装版 動く家の殺人
歌野晶午　密室殺人ゲーム王手飛車取り

講談社文庫　目録

講談社文庫　目録

上田秀人　忖《そん》度《たく》〈百万石の留守居役(十)〉
上田秀人　騒　動〈百万石の留守居役(十一)〉
上田秀人　分　断〈百万石の留守居役(十二)〉
上田秀人　舌　戦〈百万石の留守居役(十三)〉
上田秀人　梟《ふくろう》の　系　譜〈宇喜多四代〉
上田秀人　竜は動かず　奥羽越列藩同盟顛末　(上)万里波濤編　(下)帰郷奔走編
内田　樹　下　流　志　向〈学ばない子どもたち　働かない若者たち〉
内田　樹／釈　徹宗　現代霊性論
上橋菜穂子　獣　の　奏　者〈I闘蛇編〉
上橋菜穂子　獣　の　奏　者〈II王獣編〉
上橋菜穂子　獣　の　奏　者〈III探求編〉
上橋菜穂子　獣　の　奏　者〈IV完結編〉
上橋菜穂子　獣　の　奏　者〈外伝　刹那〉
上橋菜穂子　物語ること、生きること
上橋菜穂子　明日は、いずこの空の下
上橋菜穂子原作／武本糸会漫画　コミック　獣の奏者　I
上橋菜穂子原作／武本糸会漫画　コミック　獣の奏者　II
上橋菜穂子原作／武本糸会漫画　コミック　獣の奏者　III
上橋菜穂子原作／武本糸会漫画　コミック　獣の奏者　IV

上田紀行　ダライ・ラマとの対話
上田紀行　スリランカの悪魔祓い
嬉野　君　妖　怪　極　楽
嬉野　君　黒猫邸の晩餐会
上野　誠　天平グレート・ジャーニー〈遣唐使・平群広成の数奇な冒険〉
うかみ綾乃　永遠に、私を閉じこめて
植西　聰《あきら》　がんばらない生き方
海猫沢めろん　愛についての感じ
遠藤周作　ぐうたら人間学
遠藤周作　聖書のなかの女性たち
遠藤周作　さらば、夏の光よ
遠藤周作　最後の殉教者
遠藤周作　反　逆　(上)(下)
遠藤周作　ひとりを愛し続ける本
遠藤周作　深《ディー》い《プ・》河《リバー》
遠藤周作　周　作　塾〈読んでもタメにならないエッセイ〉
遠藤周作　新装版　海と毒薬
遠藤周作　新装版　わたしが・棄てた・女
江波戸哲夫　新装版　銀行支店長

江波戸哲夫　集　団　左　遷
江波戸哲夫　新装版　ジャパン・プライド
江波戸哲夫　起　業　の　星
江波戸哲夫　ビジネスウォーズ〈カリスマと戦犯〉
江上　剛　頭　取　無　惨
江上　剛　不　当　買　収
江上　剛　小説　金　融　庁
江上　剛　絆
江上　剛　再　起
江上　剛　企　業　戦　士
江上　剛　リベンジ・ホテル
江上　剛　起　死　回　生
江上　剛　瓦礫の中のレストラン
江上　剛　非　情　銀　行
江上　剛　東京タワーが見えますか。
江上　剛　慟　哭　の　家
江上　剛　家　電　の　神　様
江上　剛　ラストチャンス　再生請負人
江國香織　真昼なのに昏《くら》い部屋

2019年9月15日現在